W0396086

Joanna Wylde

ROCKER SKLAVIN

Ein unanständiges Angebot

Joanna Wylde

ROCKER SKLAVIN

Ein unanständiges Angebot

LAGO

Bibliografische Information der Deutschen Nationalbibliothek:
Die Deutsche Nationalbibliothek verzeichnet diese Publikation in der Deutschen Nationalbibliografie; detaillierte bibliografische Daten sind im Internet über http://d-nb.de abrufbar.

Für Fragen und Anregungen:
rockersklavin@lago-verlag.de

1. Auflage 2014

Die englische Originalausgabe erschien 2013 als E-Book unter dem Titel »Reaper's Property«.

Übersetzung: Ramona Wilder
Redaktion: Birgit Walter
Umschlaggestaltung: Melanie Melzer, München
Umschlagabbildung: Shutterstock
Satz: Georg Stadler, München
Druck: CPI books GmbH, Leck
Printed in Germany

ISBN Print 978-3-95761-004-1
ISBN E-Book (PDF) 978-3-95762-012-5
ISBN E-Book (EPUB, Mobi) 978-3-95762-013-2

Ich möchte Raelene Gorlinsky danken, der Lektorin und Verlegerin, die an mich geglaubt hat, und meinen Testleserinnen Mary und Alicia. Danke auch an meinen Mann, der meine kreativen Anstrengungen so unendlich unterstützt. Und schließlich ein besonderes Dankeschön an meine erste Lektorin Martha Punches, die mich immer ermutigt hat weiterzuschreiben, obwohl ich so viele Jahre damit aufgehört hatte. Martha, du hattest recht, was die Verlaufsform der Verben in der Vergangenheit angeht – ich hatte mich geirrt …

KAPITEL EINS

Eastern Washington, Yakima Valley

17. September – heute

Marie

Mist, vor dem Trailer standen Motorräder.

Drei Harleys und ein großer brauner Laster, den ich nicht kannte.

Bloß gut, dass ich auf dem Heimweg beim Lebensmittelladen gehalten hatte. Es war ohnehin ein langer Tag gewesen, und das Letzte, was ich wollte, war, gleich wieder loszuhetzen und noch mehr Essen zu kaufen, aber die Jungs wollten immer futtern. Jeff hatte mir kein Extrageld für Bier gegeben und ich wollte ihn nicht darum bitten – nicht bei den Geldsorgen, die er hatte. Es war schließlich nicht so, dass ich hier Miete zahlen würde. Für einen Kerl, dessen Lebensinhalt darin bestand, Hasch zu rauchen und Videospiele zu spielen, hatte mein Bruder Jeff in den letzten drei Monaten eine Menge für mich getan. Ich war ihm etwas schuldig, und das wusste ich auch.

Ich hatte schon ein paar Bier und Rinderhack aus dem Sonderangebot gekauft und für Jeff und mich Burger, Brötchen und Fritten geplant, aber ich machte immer etwas mehr, damit wir am nächsten Tag die Reste essen konnten. Gabby hatte mir eine Wassermelone geschenkt, die sie am Wochenende in Hermiston abgegriffen hatte. Ich hatte sogar schon einen großen Kartoffelsalat für das Büfett morgen nach der Arbeit fertig. Ich würde lange aufbleiben und einen neuen machen müssen, aber das war okay.

Ich lächelte, dankbar, dass wenigstens etwas in meinem Leben einmal gut lief. In weniger als einer Minute hatte ich ein Essen geplant – nicht gerade Feinschmeckerstandard, aber auch nicht so, dass Jeff sich dafür schämen musste.

Ich parkte neben den Motorrädern und achtete darauf, dass ich genügend Platz ließ. Als die Reapers das erste Mal vorbeigekommen waren, hatte ich Angst vor ihnen gehabt. Das wäre jedem so gegangen. Sie sahen aus wie Kriminelle, hatten jede Menge Tattoos und trugen schwarze Lederwesten, die mit Aufnähern übersät waren. Sie fluchten und soffen und konnten unverschämt und anspruchsvoll sein, aber sie hatten nie etwas gestohlen oder kaputt gemacht. Jeff hatte mich oft vor ihnen gewarnt, doch er betrachtete sie als Freunde. Ich war zu dem Schluss gekommen, dass er übertrieb, was die Gefahr anging. Horse war zwar gefährlich, aber nicht wegen irgendwelcher kriminellen Machenschaften …

Ich ging davon aus, dass Jeff das Webdesign oder so was für die Reapers machte. Irgendwas Geschäftliches. Warum ein Motorradclub eine Homepage brauchte, kapierte ich allerdings überhaupt nicht. Als ich mich einmal bei Jeff danach erkundigt hatte, hatte er mir gesagt, ich solle nicht fragen.

Danach war er zwei Tage lang im Casino versackt.

Ich stieg aus und ging um das Auto herum, um die Einkäufe aus dem Kofferraum zu holen. Ich fürchtete mich fast davor, das Bike von Horse bei den Motorrädern zu entdecken. Ich wollte ihn so gern sehen, dass es wehtat, wusste aber nicht, was ich ihm sagen sollte, falls er hier war. Es war ja nicht so, dass er auf meine diversen SMS geantwortet hätte. Doch ich konnte nicht anders, ich musste nachschauen. Also packte ich meine Tüten und ging zu den Bikes, um sie mir genau anzusehen, ehe ich reinging.

Ich kenne mich mit Motorrädern nicht besonders gut aus, aber gut genug, um seines zu erkennen. Es ist groß, schnittig und schwarz. Nicht so aufgemotzt und weniger geschmückt als die Bikes, die man oft auf dem Freeway sieht. Einfach groß und schnell, mit riesigen dicken Auspuffrohren und mehr Testosteron, als erlaubt ist.

Das Motorrad war fast so schön wie der Mann, der es fuhr. Aber nur fast.

Mir blieb das Herz stehen, als ich die Maschine sah. Sie stand ganz rechts. Ich wollte das Motorrad berühren, testen, ob das Leder des Sitzes so weich war, wie ich es in Erinnerung hatte. Aber ich war nicht so dumm, es anzufassen. Dazu hatte ich kein Recht. Ich sollte mich auch eigentlich gar nicht so sehr darauf freuen, Horse zu treffen, doch der Gedanke, dass er hier in meinem Trailer war, berauschte mich. Es lief nicht gerade reibungslos zwischen uns und ich wusste wirklich nicht, wie er mich sah. Eine Zeit lang schien es fast so, als wäre er mein neuer Freund, aber das letzte Mal, als ich ihn gesehen hatte, hatte er mir eine Scheißangst eingejagt.

Angst hin oder her, bei dem Mann bekam ich ein feuchtes Höschen.

Er war groß, gut gebaut, hatte schulterlanges schwarzes Haar, das er in einem Pferdeschwanz trug, und dicke schwarze Bartstoppeln im Gesicht. An den Handgelenken und den Oberarmen trug er krasse Tribals. Und sein Gesicht … Horse war so schön wie ein Schauspieler. Ich könnte schwören, dass die Frauen bei ihm Schlange standen, und da er mehr als eine Nacht in meinem Bett verbracht hatte, wusste ich, dass er nicht nur oberhalb der Gürtellinie schön war. Der Gedanke an seine Ausstattung untenherum führte zu einer kurzen, aber intensiven Fantasie, in der Horse, ich, mein Bett und Schokoladensirup vorkamen.

Lecker!

Scheiße – Nachtisch! Ich brauchte noch ein Dessert für heute Abend. Horse liebte Süßes. Ob wir noch Schokostückchen hatten? Dann könnte ich Plätzchen backen, vorausgesetzt, die Butter reichte. *Bitte lass ihn nicht sauer auf mich sein*, bat ich innerlich, obwohl ich mir ziemlich sicher war, dass Gott nicht gerade interessiert an Gebeten war, bei denen die Verheißung von Unzucht so eine wichtige Rolle spielte. An der Tür hantierte ich mit den Tüten herum und schob die meisten auf meinen rechten Arm, sodass ich die linke Hand für die Klinke frei hatte. Ich ging rein und schaute Richtung Wohnzimmer.

Dann schrie ich.

Mein Bruder kniete mitten im Raum. Er war übel zugerichtet, der ganze Teppich war voller Blut. Vier Mann in Reapers-Montur standen um ihn herum: Picnic, Horse und zwei, die ich nicht kannte – ein muskelbepackter Schrank von einem Mann mit Irokesenschnitt, Tattoos auf dem Schädel und tausend Piercings, der andere war groß und kantig mit hellblonder Stachelfrisur. Horse betrachtete mich mit dem gleichen coolen, fast ausdruckslosen Gesichtsausdruck, den er auch gehabt hatte, als wir uns zum ersten Mal begegnet waren. Als wäre er in Gedanken anderswo.

Auch Picnic starrte mich an. Er war groß und hatte kurzes, dunkles Haar, das für einen Biker fast zu stylisch aussah. Seine hellblauen Augen bohrten sich geradezu in mich hinein. Ich hatte Pierce schon mindestens fünfmal getroffen. Er war der Präsident des Clubs, hatte viel Sinn für Humor und trug Fotos von seinen beiden Teenagertöchtern bei sich, die er bei jeder Gelegenheit herumzeigte. Als er das letzte Mal hier gewesen war, hatte er mir beim Maisschälen geholfen.

Jetzt stand er direkt hinter meinem Bruder und hielt ihm eine Pistole an den Kopf.

16. Juni – zwölf Wochen vorher

»Marie, du hast es genau richtig gemacht«, sagte Jeff und hielt mir einen Eisbeutel an die Wange. »Dieser Schwanzlutscher soll verrecken! Du wirst es nicht bereuen, dass du ihn verlassen hast.«

»Weiß ich«, antwortete ich kläglich. Er hatte recht – warum hatte ich mich nicht schon viel früher von Gary getrennt? Wir waren seit der Highschool zusammen und hatten mit neunzehn geheiratet. Als ich zwanzig wurde, wusste ich schon, dass ich einen großen Fehler gemacht hatte. Aber es hatte bis jetzt, noch fünf Jahre, gedauert, bis ich begriffen hatte, wie groß dieser Fehler wirklich war.

Heute hatte er mir eine verpasst. Mitten ins Gesicht.

Danach brauchte ich nur noch zehn Minuten, um das zu tun, was ich vorher nicht geschafft hatte: Ich schmiss meine Klamotten in einen Koffer und verließ diesen Arsch, der mich misshandelte und betrog.

»Irgendwie bin ich sogar froh, dass er es getan hat«, sagte ich und blickte auf den zerkratzten Resopaltisch im Trailer meiner Mutter. Sie war im Moment auf Kurzurlaub im Knast. Das Leben meiner Mutter ist kompliziert.

»Was zum Henker meinst du damit, Marie?«, fragte Jeff und schüttelte den Kopf. »Dir haben sie wohl ins Hirn geschissen, dass du so was sagst?«

Mein Bruder liebte mich, aber ein Dichter war er nicht gerade. Ich lächelte ihn matt an.

»Ich bin viel zu lange bei ihm geblieben und habe alles hingenommen. Vielleicht wäre ich ewig geblieben. Aber als er mich geschlagen hat, war es, als wäre ich dadurch aufgewacht. Vorher hatte ich Angst, ihn zu verlassen, und jetzt ist mir alles egal. Ehrlich, es ist mir scheißegal, Jeff. Er kann alles behalten – die Möbel, die Stereoanlage, den ganzen Scheiß. Ich bin nur froh, dass ich da raus bin.«

»Du kannst hier so lange bleiben, wie du willst«, sagte er und machte eine Geste, die den ganzen Trailer umfasste. Der Wohnwagen war klein und muffig. Er roch nach Pot und schmutziger Wäsche, aber hier fühlte ich mich sicher. Der Trailer war die längste Zeit meines Lebens mein Zuhause gewesen, und obwohl es nicht gerade eine Bilderbuchkindheit gewesen war, hätte es zwei White-Trash-Kinder, deren Vater sich aus dem Staub gemacht hatte, bevor sie eingeschult wurden, schlechter treffen können.

Na ja, es lief alles gut, bis Mom sich am Rücken verletzte und anfing zu trinken. Von da an ging es bergab. Ich sah mich im Trailer um und versuchte nachzudenken. Wie sollte das funktionieren?

»Ich habe überhaupt kein Geld«, sagte ich. »Ich kann dir keine Miete zahlen, solange ich keinen Job habe. Das Konto läuft nur auf Garys Namen.«

»Was für ein Scheiß, Marie – Miete?«, entgegnete Jeff und schüttelte den Kopf. »Das ist auch dein Haus. Ich meine, es ist ein beschissenes

Drecksloch, aber es ist immerhin *unser* Drecksloch. Hier zahlst du keine Miete.«

Ich lächelte ihn an, und diesmal war es ein richtiges Lächeln. Jeff mochte ein Kiffer sein, der neunzig Prozent seiner Zeit mit Videospielen verbrachte, aber er hatte ein Herz. Ich empfand plötzlich unglaublich viel Liebe für ihn und konnte mich nicht zurückhalten. Ich ließ den Eisbeutel fallen, warf mich auf ihn und umarmte ihn fest. Er schlang verlegen die Arme um mich und und erwiderte die Umarmung, doch ich merkte, dass dass er verwirrt und auch ein wenig erschrocken war.

In unserer Familie hatte es selten Liebkosungen gegeben.

»Ich liebe dich, Jeff«, sagte ich.

»Ähm, ja«, murmelte er und machte sich nervös von mir los, aber er lächelte ein klein bisschen. Er ging zum Küchenschrank hinüber, zog eine Schublade auf und holte eine kleine Glaspfeife und ein Tütchen Gras heraus.

»Willst du auch?«, fragte er. Ja, Jeff liebte mich wirklich, er teilte sein Hasch nicht mit jedem. Ich lachte und schüttelte den Kopf.

»Ich passe. Ich gehe morgen früh auf Jobsuche und will bei einem Drogentest nicht durchrasseln.«

Mit einem Achselzucken ging er ins Wohnzimmer – das gleichzeitig Esszimmer, Eingangsbereich und Flur war – und setzte sich auf die Couch. Eine Sekunde später ging der gigantische Großbildfernseher an. Er zappte sich durch die Sender, bis er beim Wrestling ankam – nicht bei dem echten Sport, sondern bei der Variante, in der die Kämpfer merkwürdige Kostüme tragen und es zugeht wie in einer Seifenoper. Gary sah bei uns zu Hause wahrscheinlich gerade dasselbe an. Jeff nahm ein paar Züge, dann legte er seine Pfeife und sein Lieblings-Totenkopf-Feuerzeug auf den Tisch. Er schnappte sich seinen Laptop und klappte ihn auf.

Ich grinste.

Jeff war immer schon der Hammer gewesen, wenn es um Computer ging. Ich hatte keine Ahnung, wie er sein Geld verdiente, aber ich vermutete, dass er möglichst wenig arbeitete, sodass es gerade reichte, um nicht zu verhungern. Die meisten, darunter auch Gary, hielten ihn für einen Versager. Vielleicht war er das auch. Aber das war mir egal, denn er war immer für mich da gewesen, wenn ich ihn gebraucht hatte. *Und ich werde immer für ihn da sein*, schwor ich mir. Als Erstes würde ich hier mal Ordnung schaffen und und etwas Anständiges zu essen kaufen. Soweit ich sehen konnte, lebte der Mann von Pizza, Chips und Erdnussbutter.

Manche Dinge ändern sich nie.

Es war verdammt viel Arbeit, den Trailer sauber zu kriegen, aber ich genoss jede Minute. Natürlich vermisste ich Mom, aber ich musste zugeben (wenn auch nur vor mir selbst), dass es ohne sie viel gemütlicher war. Sie ist eine fürchterlich schlechte Köchin, lässt den ganzen Tag die Rollos unten und benutzt nie die Klospülung.

Ach ja – und alles, was sie anfasst, verwandelt sich in Chaos und Drama.

Jeff zieht auch nie die Klospülung, aber aus irgendeinem Grund stört mich das nicht so sehr. Wahrscheinlich weil er mir nicht nur das größere Zimmer gegeben, sondern mir an jenem ersten Morgen ein überraschend dickes Bündel an Scheinen in die Geldbörse geschoben, mich auf die Stirn geküsst und mir viel Glück gewünscht hatte, bevor ich mich auf Jobsuche machte. Ich musste es schaffen, Arbeit zu finden, obwohl ich von Garys zärtlichem kleinen Tätscheln einen hässlichen blauen Fleck im Gesicht hatte.

»Du wirst das spitzenmäßig hinkriegen, Schwesterherz«, sagte Jeff und rieb sich die Augen. Ich war gerührt, dass er aufgestanden war, um mich zu verabschieden, denn er war nicht gerade ein Morgenmensch. »Kannst du mir auf dem Rückweg Bier mitbringen? Und ein paar von diesen Kaffeefilterdingern … davon sind keine mehr da und auch keine Papierhandtücher. Ich weiß nicht, ob das auch mit Klopapier geht, und ich brauche unbedingt mein Koffein.«

Ich zuckte zusammen.

»Ich werde mich ums Einkaufen kümmern«, antwortete ich schnell. »Und ums Kochen auch«, fügte ich hinzu, während ich einen Blick auf die Spüle warf, in der sich die Teller und Töpfe stapelten. Auch etwas Grünes wuchs dort vor sich hin – wie ein Experiment für die Krebsforschung …

»Klasse«, murmelte Jeff, drehte sich um und taumelte zurück in sein Zimmer.

Es waren zwei Wochen vergangen und alles sah schon viel besser aus. Ich hatte beim Putzen solche Fortschritte gemacht, dass ich keine Angst mehr hatte, mich auf die Klobrille zu setzen oder zu duschen. Mein nächstes Projekt war der kleine Platz vor dem Trailer, wo seit mindestens zwei Jahren niemand mehr den Rasen gemäht hatte. Außerdem hatte ich einen Job bei Little Britches Daycare gefunden. Denise, die Mutter meiner alten Freundin Cara, leitete die Kinderkrippe. Cara und ich hatten den Kontakt verloren, als sie aufs College gegangen war, doch ihre Mutter traf ich ab und zu und fragte sie immer nach Cara. Sie hatte sich durch ihr Jurastudium geboxt und arbeitete jetzt in New York in einer endgeilen Kanzlei. Ihre Mom zeigte mir manchmal Fotos und ich fand, Cara sah aus wie eine Anwältin aus dem Fernsehen, mit Designerklamotten und superschicken Schuhen.

Bei mir war das anders gelaufen. Ich hatte zwar genauso gute Noten gehabt wie Cara, aber ich war so waaahnsinnig verliebt in Gary gewesen, dass ich jeden Gedanken an ein Studium in den Wind geschlagen hatte. Tolle Zukunftsplanung.

Jedenfalls hatte Denise mich vorsichtig gefragt, ob ich noch mit Gary zusammen sei, und dabei einen Blick auf mein Veilchen geworfen, das ich mit jeder Menge Schminke zugespachtelt hatte. Ich hatte ihr meine neuen Lebensumstände erklärt, und das war's dann auch schon.

Ich hatte jetzt also einen Job, und obwohl er nicht besonders viel abwarf, arbeitete ich gern mit den Kindern. Ich hatte sogar angefangen, für verschiedene Familien, die ihre Kinder tagsüber zu Little Britches brachten, abends ein bisschen Babysitting zu machen. Jeff hatte mich gern um sich, weil ich kochte und putzte und die Wäsche machte. Das hatte ich für Gary auch alles gemacht, aber er hatte sich nie bedankt.

Im Gegenteil, er hatte immer nur rumgeschnauzt, was ich alles falsch machte.

Dann war er abgehauen und hatte seine Hure gefickt.

An diesem Tag arbeitete ich bis drei Uhr, dann kam ich nach Hause und begann Brot zu backen. Über die Jahre hinweg habe ich meine Technik perfektioniert – ich fange mit einem einfachen französischen Brotteig an, aber dann schmeiße ich Knoblauch, italienische Kräuter und fünf verschiedene Arten Käse dazu und mache eine Eiweißglasur. Das Rezept ergibt zwei große Laibe. Zum Brot wollte ich Spaghetti machen, mit frischen Tomaten aus dem Garten von Denise und mit meinem einzigartigen Spinatsalat. Natürlich würden wir nicht ansatzweise so viel Brot essen, aber ich wollte den zweiten Laib am nächsten Tag für die Mädels in die Arbeit mitnehmen.

Denise hatte hinter dem Haus einen riesigen Garten, und sie hatte mir gesagt, ich könne mich da bedienen. Das wollte ich ordentlich ausnutzen, solange die richtige Jahreszeit dafür war. Ich träumte davon, ein bisschen was einzumachen, aber das war wohl nicht besonders realistisch. Ich hatte mein ganzes Zeug bei Gary gelassen und traute mich da noch nicht wieder hin. Er hatte keinen Kontakt zu mir aufgenommen, seit ich weg war (darüber war ich glücklich), und ich hatte in der Stadt gehört, dass er Misty Carpenter in unser Bett geholt hatte (deswegen hätte ich kotzen können).

Ich bezeichnete Misty gern als DIE HURE. Zur besseren Betonung schrieb ich das in jeder SMS in Großbuchstaben.

Um den Teig gehen zu lassen, stellte ich ihn auf ein Tablett auf den alten Picknicktisch im Freien. Ich beschloss, mich an das Unkraut rund um die Veranda zu machen. Es war heiß, also zog ich ein Bikini-Oberteil an, das ich trotz meiner kleinen Körbchengröße ziemlich gut ausfüllte. Ich schnappte mir ein Paar alte Arbeitshandschuhe, die ich im Schuppen gefunden hatte, goss mir Eistee ein, öffnete die Fenster in meinem Auto und drehte das Radio ordentlich auf. Dann legte ich los, um dem Unkraut so richtig zu Leibe zu rücken.

Eine halbe Stunde später schien das Unkraut mich zu besiegen. Ich entschied, erst einmal Pause zu machen. Ich kletterte auf den Picknicktisch, legte mich hin, stellte die Füße auf die Bank und ließ die Arme an der Seite des Tischs herunterbaumeln. Es fühlte sich fantastisch an, so entspannt und frei von allen Sorgen in meinem eigenen Hof zu liegen.

Natürlich mussten genau in diesem Moment die Biker auftauchen.

Ich hörte sie zwar kommen, aber nicht so früh, wie man meinen könnte, da die Musik aus meinem Autoradio so laut war. Ich merkte nicht, dass ich Gesellschaft bekam, bis die Kerle schon die halbe Einfahrt hinaufgefahren waren, die sich durch den Obstgarten unseres Vermieters schlängelte. Ich setzte mich auf und und stützte mich auf den Händen ab, während sie näher kamen. Ich war völlig verdutzt. Normalerweise lebte ich gern hier am Ende der Welt, ohne Nachbarn, aber jetzt fühlte ich mich auf einmal sehr allein.

Wer waren diese Typen?

Ich war mir nicht bewusst, dass ich schweißüberströmt war, und hatte auch vergessen, dass ich mein Bikini-Oberteil trug – bis die Biker ihre Motoren abstellten, die Helme abnahmen, sich umdrehten und mich gründlich betrachteten. Um das Klischee perfekt zu machen, dröhnte in diesem Moment Def Leppards *Pour Some Sugar on Me* aus dem Radio. Ich zuckte zusammen – wahrscheinlich sah ich aus wie eine White-Trash-Prinzessin aus der Hölle, die sich zu uralter schlechter Musik neben ihrem Trailer in der Sonne aalt. Ich spürte, wie ihre Blicke regelrecht über mich krochen. Während alle drei den Anblick zu genießen schienen, fiel mir vor allem der Mann in der Mitte auf. Er war groß. Nicht einfach nur hochgewachsen (das war er auch – er musste fast eins fünfundneunzig groß sein im Vergleich zu meinen kleinen eins zweiundsechzig), sondern imposant: Er hatte breite Schultern und muskulöse Arme mit Tribal-Tattoos auf den Handgelenken und Oberarmen. Ich hätte gewettet, dass ich seinen Bizeps nicht umfassen konnte. Und er hatte ausgeprägte Oberschenkel, die ich gerne einmal gedrückt hätte … und vielleicht auch abgeleckt.

Er stieg von seinem Motorrad und kam auf mich zu, wobei er seine Augen nicht eine Sekunde lang von meinen ließ. Ich spürte, wie es zwischen meinen Beinen erschreckend heiß wurde. Erregung hatte ich, ehrlich gesagt, schon lange nicht mehr empfunden. Die letzten Jahre mit Gary waren bestenfalls frustrierend und schlimmstenfalls schmerzhaft gewesen. Doch die Art, wie dieser Biker auf mich zustolzierte, den Raum füllte und die Luft um sich herum zum Schwingen brachte, erwischte mich völlig unvorbereitet und traf mich mitten …

Na ja, ihr wisst schon, wo.

Meine Brustwarzen wurden hart und ich schwankte etwas, als er stehen blieb, die Hand ausstreckte und mit einem Finger erst mein Schlüsselbein entlangfuhr, von der Schulter nach innen, und ihn dann zwischen meinen Brüsten hinabbewegte, die er dabei leicht berührte. Er hob den Finger zum Mund und leckte meinen Schweiß ab. Der Mann roch nach Motoröl und Sex.

Heilige Scheiße!

»Hallo, Süßarsch«, sagte er. Das durchbrach den Zauber. Süßarsch? Was für ein Schwachkopf nannte eine Frau so, die er noch nie gesehen hatte? »Ist dein Kerl hier? Wir müssen ihn sprechen.«

Ich kletterte rückwärts vom Tisch, weg von ihm, und wäre dabei fast hinuntergefallen. Plötzlich verstummte die Musik. Ich drehte mich um und sah, dass einer seiner Kumpel in mein Auto gegriffen und den Schlüssel aus dem Zündschloss gezogen hatte. Er steckte ihn in die Tasche. *Oh je.*

»Jeff? Der ist in der Stadt«, sagte ich und versuchte mich zu beruhigen. Scheiße, vielleicht hätte ich nicht zugeben sollen, dass ich allein war! Aber ich hatte gar keine Wahl. Ich hätte zwar behaupten können, dass ich Jeff hole, und dann in den Trailer rennen und die Tür verriegeln können, aber der Trailer war dreißig Jahre alt. Der Riegel war schon verrostet gewesen, als ich klein war. Außerdem hatten sie ja meinen Schlüsselbund. »Wartet doch einfach hier draußen, ich rufe ihn schnell an.«

Der große Mann sah mich scharf an, sein Gesicht war kalt und ausdruckslos. Ich fand, dass ich nicht ganz sicher sein konnte, ob er wirklich ein Mensch war. Er war eher so etwas wie ein Terminator. Da ich seinem Blick nicht mehr standhalten wollte, schaute ich auf seine Weste. Total abgenutzt, schwarzes Leder, jede Menge Aufnäher. Einer davon fiel mir besonders auf, ein hellrotes Viereck, das auf der Spitze stand, darauf eine Eins und ein Prozentzeichen. Ich wusste nicht, was das zu bedeuten hatte, aber ich war mir vollkommen klar darüber, dass ich in den Wohnwagen gehen und mir etwas anziehen wollte.

Am besten eine Burka.

»Klar doch, Baby«, sagte er und setzte sich rittlings auf die Bank. Seine Freunde zuckelten zu ihm herüber.

»Wie wär's mit was zu trinken, Mädel?«, fragte einer der beiden, ein großer Mann mit kurzem schwarzen Haar und leuchtend blauen Augen. Ich nickte und ging schnell zum Trailer. Ich brauchte meine ganze Selbstbeherrschung, um nicht loszurennen. Hinter mir hörte ich die Biker lachen. Es war kein freundliches Lachen.

Zum Glück ging Jeff sofort ans Telefon.

»Hier sind ein paar Typen, die dich sehen wollen«, sagte ich und spähte durchs Küchenfenster. Dabei achtete ich darauf, dass die zugezogenen Gardinen mit den Bildern von kleinem fliegenden Gemüse geschlossen blieben. »Es sind Biker. Ich glaube, die könnten gefährlich sein. Für mich sehen sie aus wie Mörder, aber ich glaube, ich mache mich da gerade ein bisschen verrückt. Bitte sag mir, dass ich unter Verfolgungswahn leide, ja?«

»Fuck …«, antwortete Jeff. »Das ist der Reapers MC. Marie, mit denen ist nicht zu spaßen. Tu, was sie dir sagen, aber komm ihnen bloß nicht zu nah. Was immer du tust, berühre keinen von ihnen und sprich nur mit ihnen, wenn sie dich zuerst ansprechen. Schau sie am besten nicht einmal an! Geh ihnen bloß aus dem Weg! Ich bin in zwanzig Minuten da.«

»Was heißt MC?«

»Motorradclub. Ganz ruhig bleiben, klar?«

Jeff legte auf.

Nun hatte ich richtig Angst bekommen. Ich hatte erwartet, er würde mich auslachen und mir sagen, dass es harmlose Kerle seien, die gern auf ihren Bikes herumführen und einen auf böse Jungs machten. Aber das hier war wohl ernst. Ich rannte in mein Zimmer und zog ein schlabberiges T-Shirt an, das ich gern als Nachthemd trug. Ich streifte meine Shorts ab, wechselte in Caprihosen und wurstelte mein langes dunkelbraunes Haar zu einem unordentlichen Knoten zusammen. Ein schneller Blick in den Spiegel überzeugte mich, dass ich mir zu viele Sorgen machte – die Kerle mochten zwar mir gegenüber derb und anzüglich gewesen sein, aber ich war bestimmt keine Traumfrau. Mein Gesicht war mit Dreck beschmiert, die Nase von der Sonne verbrannt, und irgendwie hatte ich mir einen riesigen Kratzer auf der Wange eingehandelt. Er bildete ein schönes Gegenstück zu dem verblassenden rot-gelben Veilchen, das Gary mir verpasst hatte.

Mir zitterten die Hände, als ich Eistee in drei große Plastikbecher goss und mich fragte, ob ich Zucker dazugeben sollte. Ich beschloss, die Zuckerdose mit nach draußen zu nehmen, und steckte einen Löffel hinein. Dann klemmte ich mir zwei Becher zwischen rechten Arm und Oberkörper und nahm den dritten in die Hand. Ich schnappte mir den Zucker mit der linken Hand und schaffte es, mich vorsichtig durch die Tür zu manövrieren. Die Männer unterhielten sich leise, als ich herauskam, und beobachteten, wie ich zum Tisch ging. Ich setzte ein strahlendes Lächeln auf, so wie damals, als ich noch auf der Highschool war und ab und zu kellnerte. Ich würde das hier schaffen!

»Hast du deinen Kerl angerufen?«, fragte der Große. Ich starrte ihn an und vergaß dabei völlig, dass ich seinem Blick ja eigentlich ausweichen sollte, da seine Augen so unergründlich und wunderschön grün waren.

»Meinen Kerl?«, fragte ich.

»Jensen.«

Mist, ich hatte gar nicht mehr daran gedacht, dass sie mich ja für Jeffs Freundin hielten. Sollte ich ihnen die Wahrheit sagen? Ich konnte mich nicht entscheiden. Ich sah den Biker an und überlegte mir, was die sicherste Antwort wäre. Er begegnete meinem Blick, ohne mit der Wimper zu zucken. Sein Haar war zu einem Pferdeschwanz gebunden und sein Kinn war voller dicker schwarzer Bartstoppel. Mein blöder Körper wurde schon wieder munter, als ich mich fragte, wie es sich wohl anfühlen würde, wenn ich meine Lippen langsam über seinen Bart gleiten ließe.

Wahrscheinlich einfach nur saugut.

»Mädel, beantworte die verdammte Frage«, rief der Mann mit den blauen Augen. Ich zuckte zusammen und sabberte etwas Tee auf mein T-Shirt. Natürlich ausgerechnet auf meinen rechten Busen. Meine Brustwarze stand wie eine Eins, als sie mit dem eiskalten Getränk in Berührung kam. Der große Typ sah zu, wie sie hart wurde, und seine Augen wurden dunkel.

»Jeff kommt«, erklärte ich und schaffte es, nicht zu stottern. »Er sagt, er ist in zwanzig Minuten hier. Und ich habe Tee für euch«, fügte ich etwas dämlich hinzu. Der große Kerl streckte die Hand aus und nahm den Becher aus meiner Hand. Damit saß ich in der Klemme, denn ich konnte die anderen beiden Becher nicht abladen, ehe ich nicht die linke Hand frei hatte. Entweder gab ich ihm den Zucker oder ich musste mich über ihn beugen und die Dose auf den Tisch stellen. Und ich war mit ganz sicher, dass ich das nicht wollte.

Er löste das Problem für mich, indem er wieder die Hand ausstreckte und sich einen der Becher griff, die ich an meinen Körper gedrückt hielt. Es kribbelte wie blöd, als seine Finger zwischen das kalte Plastik und meinen Körper glitten, und ich stand da wie festgefroren, als er es mit dem zweiten Becher genauso machte. Dann nahm er den Zucker. Er ergriff meine Hand und zog mich an seine Schenkel, bis mein Bauch ganz nah vor seinem Gesicht war.

Ich bekam kaum noch Luft.

Er fasste an mein Kinn und drehte mein Gesicht, sodass er den blauen Fleck genau sehen konnte. Ich hielt den Atem an und hoffte, er würde mich nicht danach fragen. Das tat er auch nicht. Stattdessen legte er seine Hand auf meine Taille und ließ sie langsam an meiner Hüfte hinauf- und hinuntergleiten. Ich musste mit aller Kraft gegen den Wunsch ankämpfen, mich an ihn zu schmiegen und ihm meine Brüste ins Gesicht zu drücken.

»War das Jensen?«

Verdammt. Ich musste es ihnen sagen, es durfte nicht so aussehen, als hätte Jeff mir wehgetan. Das hatte er nicht verdient.

»Nein, so etwas würde er nie tun. Jeff ist mein Bruder«, sagte ich schnell, während ich rot wurde, und machte mich mit einem Ruck los. Dann drehte ich mich um und rannte ins Haus.

Sie saßen am Tisch, tranken ihren Eistee und quatschten, bis Jeff kam. Es kam mir vor, als würde er Stunden brauchen, obwohl er den Weg in Rekordzeit schaffte. Zwischendurch langte der große Typ einmal quer über den Tisch und warf einen Blick unter das Handtuch, das über dem Brotteig lag. Der würde jetzt viel zu sehr gehen, wenn ich ihn nicht bald in den Ofen kriegte.

Mist.

Aber ich würde nicht wieder nach draußen gehen. Nicht bis sie weg waren.

Leider schienen sie nicht in der Stimmung zu sein, bald zu verschwinden. Als Jeff in seinem alten Firebird angerollt kam, stand er eine Weile bei ihnen, und sie redeten miteinander. Dann kamen sie zur Eingangstür und der Große warf einen Blick auf das Fenster, hinter dem ich stand. Obwohl ich wusste, dass er mich aller Wahrscheinlichkeit nach nicht sehen konnte, schienen sich unsere Blicke zu treffen.

Als sie hineinkamen, lächelte Jeff und sah ganz entspannt aus. Die anderen auch. Die Stimmung war freundlich. Ich runzelte die Stirn und fragte mich, ob ich mir nur eingebildet hatte, dass Jeff vorhin am Telefon so ernst geklungen hatte.

»Schwesterherz, meine Geschäftspartner bleiben zum Essen«, kündigte er großspurig an. »Du machst dich am besten an dein Brot, ich glaube, der Teig ist jetzt lange genug gegangen. Maries Brot ist ganz wunderbar, es wird euch schmecken. Sie macht euch ein spitzenmäßiges Essen.«

Ich lächelte ihn ein wenig zittrig an und verfluchte ihn innerlich. Was zum Teufel sollte das? Klar, ich kochte für ihn, aber die hier wollte ich nicht bekochen. Sie machten mir Angst. Dazu kam das merkwürdige Bedürfnis meines ungehorsamen Körpers, der am liebsten den großen Typen auf der Stelle besprungen hätte. Mir fiel aber kein Ausweg ein, der nicht unsere nette kleine Show, dass nichts Unheimliches daran war, dass drei furchterregende Biker aus dem Nichts bei uns auftauchten, zerstören würde.

Und nicht nur das, auch der Teig wäre ruiniert, wenn er nicht bald in den Ofen kam. Die Spaghettisauce köchelte schon auf dem Herd und sie roch fantastisch. Ich konnte noch nicht einmal behaupten, es wäre zu heiß, um den Ofen anzumachen, denn wir hatten ein paar dieser kleinen Klimaanlagen an den Fenstern, die wie kleine Dampflocks vor sich hintuckerten und den Innenraum angenehm kühlten. Die Männer machten es sich im Wohnzimmer bequem, nur der Große nahm sich einen Hocker von der Küchenbar, die gleichzeitig unser Esstisch war. Er setzte sich, lehnte sich gemütlich an die Wand und verschränkte die Arme vor der Brust.

Er würde mir die ganze Zeit beim Kochen zuschauen können und gleichzeitig alles mitbekommen, was im Wohnzimmer lief.

Ich rannte nach draußen und holte den Brotteig, während Jeff den Fernseher anmachte. Als ich zurückkam, lief irgendein Kampf, diesmal kein Wrestling, sondern ein echter Fight in einer Art Käfig. »Bring uns ein paar Bier, Süßarsch«, sagte der dritte Typ, ein dunkelhaariger Mann mit leicht pockennarbigen Wangen. Ich biss mir auf die Lippe. So wurde ich wirklich nicht gern genannt. Es war nicht nur erniedrigend, sondern es lag auch eine hässliche Andeutung in seinem Ton. Jeff warf mir jedoch einen

Blick zu und sagte tonlos »bitte«. Also stellte ich den Teig weg, ging zum Kühlschrank und holte vier Bier heraus. Während ich das Essen machte, ignorierten sie mich größtenteils. Nur nicht der große Kerl. Ab und zu schaute ich auf und sah, dass er mich nachdenklich betrachtete. Er lächelte nicht und sprach nicht mit mir, kein Wort. Er studierte mich nur aufmerksam, besonders meinen Busen (kleiner als manche, aber kecker als die meisten) und meinen Arsch (ein bisschen größer, als mir lieb war).

Ich nahm mir auch ein Bier, entspannte mich nach einer Weile und nahm die Dinge hin. Vielleicht hätte ich sauer sein sollen, dass dieser Typ einfach nur dasaß und mich aufdringlich anstarrte, aber irgendwie fühlte es sich auch gut an, dass ein Mann mich würdigte.

Es war schon ganz schön lange her, dass ich das erlebt hatte.

Als ich das Brot aus dem Ofen holte, war der Kampf im Fernsehen vorbei. Ich legte Unterlagen für die heiße Pasta und die Sauce auf den Tisch und stellte den Salat dazu. Die Männer fielen über das Essen her wie ausgehungerte Tiere.

»Das ist echt toll«, sagte der Mann mit den blauen Augen, als ob er mich zum ersten Mal als Person wahrnahm. Er hatte kräftige, klare Gesichtszüge, und ich fand, dass er für einen alten Kerl echt scharf aussah. »Du kannst wirklich kochen. Meine Alte Lady hat früher so gekocht.«

»Danke«, sagte ich und hoffte, dabei nicht rot zu werden. Dies war wohl die seltsamste Dinnerparty meines Lebens, aber ich kochte gern für Leute, die gutes Essen zu schätzen wussten. Während der Highschool hatte ich ernsthaft darüber nachgedacht, auf eine Kochschule zu gehen.

Wegen dir habe ich gar nichts gemacht, Gary. Vielen Dank!

Der große Typ sagte nichts, aber mir fiel auf, dass er sich ein zweites und drittes Mal nachnahm. Nach dem Essen fing ich an aufzuräumen, aber er langte über die Bar und packte mich am Arm.

»Du möchtest doch sicher ein bisschen herumfahren«, sagte er und wies mit dem Kinn auf die Tür. »Wir haben was Geschäftliches zu besprechen.«

Ich sah Jeff an und er lächelte mir beruhigend zu.

»Macht dir doch nichts aus, Schwesterherz?«, fragte er. Ich schüttelte den Kopf, obwohl es mir ein bisschen gegen den Strich ging zu gehen, ohne ihre Namen erfahren zu haben. Irgendwie hatten sie im Lauf des Abendessens aufgehört, mir Angst einzujagen, und waren erstaunlich menschlich geworden. Ich wusste aber, wann ich nicht erwünscht war, und war es Jeff schuldig, ihm keinen Ärger zu machen. Also lächelte ich alle strahlend an und schnappte mir auf dem Weg zur Tür meine Geldbörse von der Ablage.

»Also, war nett, Sie kennenzulernen, ähm …«

Mister Blaue Augen, auf dessen Weste das Wort »President« stand, grinste.

»Ich bin Picnic und das sind meine Brüder Horse und Max«, sagte er.

Ich warf einen Blick auf den großen Typen. Horse? Was war das denn für ein Name? Und wie Brüder sahen sie auch nicht gerade aus …

»War nett, Sie kennenzulernen, Mr Picnic«, sagte ich, ohne nachzufragen.

»Einfach nur Picnic. Und danke noch mal fürs Essen.«

Horse stand auf.

»Ich bringe dich zum Auto«, sagte er mit tiefer, polternder Stimme. Jeff riss die Augen auf und warf den Kopf zurück, dann wurde er ruhig. Picnic grinste mich wissend an.

»Lass dir Zeit, wir warten gern«, sagte er zu Horse, fischte meine Schlüssel aus der Hosentasche und warf sie mir zu. Ich ging in den warmen Sommerabend hinaus, Horse folgte mir. Er riss mich an der Hand und zog mich zum Picknicktisch. Mein Herz raste bei jedem Schritt. Ich hatte keine Ahnung, was jetzt passieren würde, aber ein Teil von mir sehnte sich danach, von ihm berührt zu werden.

Vielleicht.

Vielleicht auch nicht.

Scheiße.

Horse packte mich unter den Achseln und setzte mich auf den Tisch. Dann ließ er seine Hände an mir heruntergleiten, schob sie zwischen meine Beine und drückte sanft meine Knie auseinander. Er stellte sich zwischen meine Schenkel und beugte sich vor.

Ich bin mir ziemlich sicher, dass ich kurz davor war umzukippen.

»Ich glaube, das ist keine gute Idee«, sagte ich und schaute zum Trailer. Mein Herz hämmerte in meiner Brust. Jeff würde das hier nicht gefallen. Horse war gefährlich, das konnte ich riechen, ehrlich. Unter dem appetitlichen Duft von Leder, Schweiß und Mann lag ein stechender Geruch von purem Ärger. »Ich meine, die warten doch alle auf dich, oder? Ich verschwinde einfach und wir vergessen das Ganze, okay?« Er sagte gar nichts, sondern sah mich nur mit seinem kühlen, ausdruckslosen Gesichtsausdruck an.

»So willst du's also damit halten, Süßarsch?«

»Ich bin nicht dein Süßarsch«, blaffte ich und kniff wütend die Augen zusammen. Ich hasste es, mit solchen Ausdrücken bezeichnet zu werden. Gary hatte das immer getan. Warum nannten sie mich bloß die ganze Zeit so?

Zur Hölle mit ihm und mit Gary sowieso.

Männer!

»Hau ab«, sagte ich und starrte ihn an.

Horse stieß ein bellendes Gelächter aus, das die Stille abrupt durchbrach und mich in die Realität zurückholte. Er umschlang meine Taille und zog mich an sich, sodass mein Unterleib sofort an etwas stieß, was eine ansehnliche Erektion sein musste.

Er bewegte seine Hüfte an meiner entlang und schob sie langsam nach oben über meine Klit. Es ist mir peinlich, aber ich muss zugeben, dass ich auf der Stelle ein feuchtes Höschen bekam, statt ihm in die Eier zu treten, wie jede vernünftige Frau es getan hätte. Er beugte sich zu mir. Ich hielt den Atem an und wartete darauf, dass er mich küssen würde. Stattdessen flüsterte er mir ins Ohr:

»Hübscher Hintern. Süßarsch.«

Sein Ton gefiel mir nicht, also biss ich ihm ins Ohr, und zwar fest.

Er sprang zurück und ich fragte mich, ob er mich nun umbringen würde. Stattdessen fing er an, herzhaft zu lachen. Ich machte ein finsteres Gesicht, und er hielt die Arme hoch als Zeichen, dass er kapitulierte.

»Ich hab's kapiert, Hände weg«, sagte er und schüttelte amüsiert den Kopf. »Mach es so, wie du es für richtig hältst. Und du hast recht: Wir haben etwas Geschäftliches zu besprechen. Fahr eine Stunde herum, das sollte reichen.«

Ich glitt vom Tisch und huschte um ihn herum. Er folgte mir zu meinem Auto. Ich öffnete die Wagentür und war schon fast eingestiegen, als mich dieser dumme Anflug von Neugier überkam, der mir schon mein ganzes Leben lang Ärger einbrachte und meinen Selbsterhaltungstrieb erstickte. Ich hielt inne und sah ihn über das Autodach hinweg an.

»Horse ist doch nicht dein richtiger Name, oder?« Er lächelte. Seine weißen Zähne blitzten in der Dunkelheit wie die eines Wolfes.

»Straßenname«, erwiderte er und lehnte sich aufs Autodach. »So funktioniert das in meiner Welt. Die Spießbürger haben Namen, wir haben Straßennamen.«

»Was bedeutet das?«

»Du kriegst sie, wenn du mit dem Motorradfahren anfängst«, sagte er beiläufig. »Sie können alles Mögliche bedeuten. Picnic hat seinen Namen weg, weil er total aufwendig ein beschissenes Picknick für eine Schlampe geplant hat. Sie hat sein Essen gefuttert und seinen Alkohol getrunken. Dann hat sie ihren idiotischen Freund angerufen, damit er kommt und sie abholt, während Picnic pinkeln war.«

Ich verzog bei seiner Derbheit das Gesicht und versuchte das Ganze zu kapieren.

»Das ist ja sehr … unerfreulich. Warum sollte er sich daran erinnern wollen?«

»Weil Picnic diesen idiotischen Freund, als der auftauchte, mit dem Kopf auf einen Picknicktisch geschmettert hat.«

Ich holte tief Atem. Das klang gar nicht gut. Ich wollte fragen, ob der Mann die Geschichte überlebt hatte, beschloss aber, dass ich die Antwort lieber nicht hören wollte.

»Und Max?«

»Wenn er trinkt, werden seine Augen manchmal ganz groß, und er sieht völlig verrückt aus, genau wie Mad Max aus dem Film.«

»Ach so«, sagte ich und dachte über den Mann nach. Er sah tatsächlich ein bisschen aus wie Mad Max… es war sicher besser, ihn nicht in betrunkenem Zustand zu sehen.

Die Stille hing schwer zwischen uns.

»Und, willst du's nicht fragen?«

Ich schaute ihn genau an und kniff die Augen zusammen. Ich hatte ein schlechtes Gefühl bei der Sache, aber die Worte spudelten mir einfach aus dem Mund, völlig außerhalb meiner Kontrolle.

»Und warum heißt du Horse?«

»Weil ich ausgestattet bin wie ein Pferd«, antwortete er grinsend.

Ich ließ mich in den Autositz fallen und schlug die Tür zu. Durch das offene Fenster hörte ich ihn lachen, während ich mit quietschenden Reifen die Einfahrt entlangschoss.

KAPITEL ZWEI

17. September – heute

»Es tut mir so leid, Schwesterchen«, sagte Jeff. Da seine Lippen blutig und geschwollen waren, klangen seine Worte gedämpft. *Fehlte ihm etwa ein Zahn?* Ich konnte nicht glauben, dass diese Männer – für zwei von ihnen hatte ich gekocht, für den Dritten hatte ich einiges mehr getan, als ihn zu bekochen – tatsächlich drohten, meinen Bruder zu töten.

Picnic sah mir direkt ins Gesicht und blinzelte.

»Dein kleiner Bruder hat sich schlecht benommen«, sagte er. »Er hat uns beklaut. Weißt du irgendetwas darüber?«

Ich schüttelte rasch den Kopf. Eine Tüte rutschte mir vom Arm. Äpfel sprangen heraus und kullerten über den Boden. Einer rollte bis zum Fuß von Horse. Er schaute nicht hin, sondern behielt diesen kühlen, gedankenverlorenen Gesichtsausdruck bei, den ich schon so oft an ihm gesehen hatte. Es frustrierte mich – ich hätte ihn am liebsten angeschrien, er solle verdammt noch mal irgendeine Emotion zeigen. Ich wusste, dass er Gefühle hatte. Wenn er nicht auch in dem Punkt gelogen hatte.

Oh Gott!

Mein Bruder kniete blutend in der Mitte unseres heruntergekommenen Wohnzimmers und wartete darauf, erschossen zu werden. Und alles, woran ich denken konnte, waren Horse und ich. Was zum Teufel stimmte mit mir nicht?

»Ich versteh das nicht«, sagte ich schnell. Ich sah in Jeffs geschwollenes, geschundenes Gesicht und bat ihn im Stillen eindringlich, diesen dummen Streich, den sie mir da gerade spielten, sofort zu beenden und in Gelächter auszubrechen.

Aber Jeff fing nicht an zu lachen. Sein keuchender Atem schallte durch den Raum wie ein Soundeffekt im Film. *Wie schwer war er verletzt?*

»Er sollte eigentlich für uns arbeiten«, erklärte Picnic. »Er ist ziemlich gut mit seinem kleinen Laptop. Aber anstatt zu arbeiten, hat er mit unserem verdammten Geld im Casino gezockt. Und jetzt hat er den Nerv, mir zu sagen, dass er das Geld verloren hat und es *nicht zurückzahlen kann.*«

Er betonte die letzten drei Worte, indem er Jeff den dicken runden Lauf seiner Pistole in den Nacken stieß.

»Du hast nicht zufällig fünfzig Riesen dabei?«, fragte Horse beiläufig mit kühler Stimme. Ich schüttelte den Kopf und merkte, wie mir schwindelig wurde. Verdammt, deshalb hatte Jeff also versucht, mich dazu zu bringen, Gary um Geld zu bitten … Aber fünfzig Riesen? *Fünfzig Riesen?* Ich konnte es nicht fassen.

»Er hat fünfzigtausend Dollar gestohlen?«

»Jau«, erwiderte Horse, »und wenn wir die nicht ganz schnell zurückkriegen, stehen seine Chancen schlecht.«

»Ich dachte, ihr wärt Freunde«, flüsterte ich und schaute von ihm zu Jeff.

»Du bist wirklich ein süßes Mädchen«, sagte Picnic. »Aber du kapierst nicht, wer wir sind. Es gibt den Club und den Rest der Welt. Dieser dumme Arsch hier ist *kein* Mitglied im Club. Wer sich mit uns anlegt, bekommt Ärger. Verdammten Ärger. Und er zieht immer den Kürzeren.«

Jeffs Lippen zitterten und ich sah, wie ihm Tränen in die Augen stiegen. Dann machte er sich in die Hose, ein dunkler Fleck breitete sich zwischen seinen Beinen aus.

»Scheiße«, sagte der Mann mit dem Irokesenschnitt und den Totenkopf-Tattoos. »Das hasse ich ja total, wenn die sich anpissen.«

Er schaute an Jeff hinunter und schüttelte den Kopf.

»Deine Schwester pisst sich ja auch nicht an, oder? Was für ein elender Feigling«, sagte er angewidert.

»Bringt ihr uns jetzt um?«, fragte ich Picnic und versuchte nachzudenken. Ich musste es schaffen, dass er mich als Mensch sah. So hieß es in den Fernsehshows über Serienkiller immer. Picnic hatte zwei Töchter, ich hatte sogar Fotos von ihnen gesehen. Ich musste ihn an seine Familie erinnern, daran, dass er ein Mensch war und kein Reaper-Monster. »Ich meine, würden Sie wirklich Leute ermorden, denen Sie Fotos von Ihren Töchtern gezeigt haben? Eine von ihnen ist ungefähr so alt wie ich, oder? Können wir uns nicht gemeinsam etwas überlegen? Vielleicht könnten wir das Geld ja in Raten zurückzahlen.«

Horse schnaubte und schüttelte den Kopf.

»Du kapierst es nicht, Süße. Hier geht es nicht nur um Geld«, sagte er. »Die Kohle könnte uns auch gestohlen bleiben. Es geht um Respekt und darum, dass er den Club beklaut hat. Wenn wir diesen degenerierten Arsch damit davonkommen lassen, dann werden auch andere anfangen, uns zu bescheißen. Wir lassen so etwas nicht schleifen. Nie. Er wird mit Blut bezahlen müssen.«

Ich schloss die Augen und spürte, wie mir nun auch die Tränen kamen.

»Jeff, was hast du bloß gemacht«, flüsterte ich.

»Ich hatte nicht vor, das Geld zu verlieren«, antwortete er mit bebender Stimme, die ohne jede Hoffnung war. »Ich dachte, ich gewinne es zurück und bügle das irgendwie aus. Oder ich verstecke es in den elektronischen Überweisungen …«

»Halt die Fresse«, drohte Picnic und schlug ihm mit der freien Hand heftig auf den Kopf. »Du sprichst nicht über die Geschäfte des Clubs. Selbst dann nicht, wenn du gleich stirbst.«

Ich wimmerte und spürte, wie ich anfing zu zittern.

»Es gäbe da noch eine andere Möglichkeit«, sagte Horse zu mir, noch immer ganz beiläufig. »Mit Blut bezahlen kann Verschiedenes bedeuten.«

»Er muss doch nicht unbedingt sterben«, bat ich und dachte blitzschnell nach. »Vielleicht könntet ihr unseren Trailer abfackeln!«

Ich lächelte ihn ermutigend an. Scheiß auf den Trailer, ich wollte Jeff in Sicherheit wissen. Und mich auch. Oh Scheiße, wenn sie Jeff umbrachten, würden sie mich auch umbringen müssen.

Ich wäre dann eine Zeugin. *Oh Scheiße, Scheiße …*

»Das machen wir sowieso«, sagte Horse gedehnt. »Aber das ist ja kein Blut. Ich wüsste da aber noch etwas anderes, und das wäre Blut.«

»Was?«, fragte Jeff mit verzweifelter Hoffnung. »Ich mache alles, das schwöre ich. Wenn ihr mir eine Chance gebt, knacke ich euch so viele Konten, dass ihr es gar nicht glauben könnt. Wir können alles schaffen! Ich höre mit dem Rauchen auf, dann kriege ich einen klareren Kopf und kann noch besser arbeiten …«

Er verstummte, als Horse lachte. Der Typ mit dem Irokesenschnitt schüttelte den Kopf und grinste Picnic an.

»Glaubst du diesem Arsch?«, fragte er. »Jetzt mal ehrlich, du Volltrottel, das macht sich hier nicht besonders gut, wenn du uns erzählst, wie nachlässig du gewesen bist.«

Jeff wimmerte. Ich wollte zu ihm, ihn umarmen und ihn trösten, aber ich hatte zu viel Angst.

Horse streckte sich, neigte den Kopf zu jeder Seite und ließ seine Gelenke krachen, als würde er sich auf einen Kampf vorbereiten. Das erinnerte mich irgendwie an eine Folge der *Sopranos* und wäre superwitzig gewesen, hätte ich nicht zufällig gewusst, wie diese Folge ausging.

»Lass uns mal ein paar Dinge klarstellen«, sagte Horse nach einer Pause, die ungefähr zehn Jahre gedauert hatte. »Dir passiert nichts, Marie.«

»Nein?«, fragte ich. Ich war mir nicht sicher, ob ich ihm trauen konnte. Jeff hörte voller Angst zu und blinzelte gegen seine Tränen an. Ich sah, wie ihm ein Schweißtropfen über die Stirn lief und eine Spur durch das Blut zog, das immer noch aus seiner Wunde quoll.

»Ne«, sagte Horse. »Du hast nichts Schlimmes gemacht und auf dich sind wir nicht sauer. Hier geht es nicht um dich. Du hältst den Mund, wenn du weiterleben willst, und du bist schlau genug, um das zu wissen. Das ist nicht der Grund, weshalb du hier bist.«

»Und warum bin ich hier?«

»Damit du sehen kannst, was für einen verdammten Ärger dein Bruder kriegt«, antwortete er. »Weil wir ihn kaltmachen, wenn er sich nicht überlegt, wie er uns das Geld zurückzahlen kann. Ich glaube, wenn er die richtige Motivation hat, dann könnte er's vielleicht hinkriegen.«

»Ich werd's hinkriegen«, stammelte Jeff. »Ich werde euch alles zurückzahlen, ich bin euch so dankbar …«

»Nein, du wirst uns das Doppelte zurückzahlen, du Idiot«, sagte Picnic und trat ihm mit seinem schweren Lederstiefel brutal in die Seite. Jeff stürzte zu Boden und stöhnte vor Schmerz. Ich zuckte zusammen. »Das heißt, falls wir dich am Leben lassen – was voll und ganz von deiner Schwester abhängt. Wenn sie nicht wäre, dann wärst du jetzt schon tot.«

Ich starrte Picnic an. Ich hatte keine Ahnung, wovon er sprach, aber ich würde alles tun, um Jeff zu retten. Wirklich alles. Er war das einzige echte Stück Familie, das mir geblieben war, und auch wenn er ein Dummkopf war, war er ein Schatz, der mich aufrichtig liebte.

»Ich mach's«, sagte ich schnell.

Horse schnaubte. Er ließ seinen Blick an mir hinuntergleiten, betrachtete meine Brüste und sah mir wieder ins Gesicht. Ich merkte, dass der Rest meiner Einkäufe zu Boden gefallen war und ich die Fäuste geballt hatte.

»Willst du nicht erst mal fragen, was du überhaupt machen sollst?«, fragte er trocken.

»Ähm, klar«, sagte ich und starrte ihn an. Wie konnte ein so schöner Mann nur so grausam sein? Ich hatte gespürt, wie zärtlich seine Hände sein konnten. Woher kam nun dieser üble Charakter? Echte Menschen, Leute, die lachten und zusammen aßen, verhielten sich nicht so. Jedenfalls nicht in meiner Welt. »Was soll ich machen?«

»Scheint so, als ob unser Horse hier eine Hausmaus sucht«, sagte Picnic. Ich sah ihn verständnislos an. Er warf Horse einen genervten Blick zu. »Sie schnallt's nicht. Bist du dir wirklich sicher? Scheint mir ein ganz schönes Stück Arbeit zu werden.«

Der Irokesen-Typ grinste, als Horse Picnic wütend ansah. Die Spannung im Raum stieg. Mir wurde klar, dass die Situation, auch wenn ich das Gegenteil erwartet hatte, rasch noch sehr viel schlimmer werden konnte. Was, wenn sie jetzt aufeinander losgingen? Dann zuckte Picnic mit den Achseln.

»Du hast die Wahl«, sagte Horse unvermittelt zu mir. »Wenn du willst, dass der Schwachkopf am Leben bleibt, dann packst du jetzt deinen Kram, steigst auf mein Bike und wir hauen ab. Du machst, was ich dir sage, wann ich es dir sage. Keine Fragen und kein Rumgezicke.«

»Warum?«, fragte ich verwirrt.

»Damit du mir Nachtisch machen kannst«, fuhr er mich an. Der Irokesen-Typ brach in Gelächter aus. Mir blieb der Mund offen stehen – hier ging es um Nachtisch? Ich wusste, dass er gerne Süßes aß, aber das ging über meinen Verstand. Horse schüttelte verzweifelt den Kopf. Er sah frustriert aus. Diesen Ausdruck hatte er manchmal im Umgang mit mir, als ob er dachte, ich wäre ein bisschen verrückt.

»Was zum Teufel glaubst du denn?«, zischte er. »Damit ich dich ficken kann.«

KAPITEL DREI

8. Juli – neun Wochen vorher

Mein Telefon summte. Ich las die SMS von Jeff.

Bleibe heute bei Krissy. Brauchst nicht zu warten.

Wenn eine SMS dreckig grinsen könnte, dann würde diese es tun. Ich schüttelte den Kopf, lachte leise in mich hinein und schob das Handy wieder in die Tasche. Jeff würde heute Nacht Sex haben und freute sich tierisch darüber.

Das traf sich gut.

Es war später Nachmittag und es waren nur noch drei Kinder auf dem Spielplatz. Gabby hatte schon mit Putzen angefangen, also würde ich die Kita bald zumachen können und hätte heute Abend den Trailer ganz für mich allein. Ich entschied mich, auf dem Heimweg bei Redbox anzuhalten und ein Video auszuleihen. Vielleicht würde ich auch etwas Eis kaufen. Das Leben war um einiges besser, seit ich meinen ersten Lohn bekommen hatte. Als das letzte Kind weg war, sah ich, dass Gabby schon alles geputzt hatte, genau wie ich es mir gedacht hatte. Wir winkten uns zum Abschied zu und ich ging zu meinem Auto. Die Redbox-Filiale lag gleich neben dem Walmart, der jetzt am Abend voll war, aber nicht so voll, dass ich meinen Plan mit dem Eis aufgegeben hätte. Ich wählte die Geschmacksrichtung »Slow Churned French Silk«, die meiner Meinung nach echt gesunde Kost war, da auf der Packung stand, sie habe nur halb so viel Fett und ein Drittel weniger Kalorien als die normalen Sorten. Die Eiscreme und der Johnny-Depp-Film in meiner Tasche würden mir einen echt geilen Abend bescheren.

Meine Stimmung wurde immer besser, während ich nach Hause fuhr.

Eines meiner Lieblingstanzlieder kam im Radio. Das war super, denn in meiner kleinen Schrottkiste konnte ich weder einen iPod noch einen CD-Player anschließen (deswegen auch die Geschichte mit Def Leppard, als die Reapers gekommen waren). Fast wäre ich hinter einem langsamen Farmlaster gelandet, aber er fuhr zur Seite und ließ mich vorbei. Ich tanzte im Auto, während ich die lange Einfahrt durch die Obstwiese entlangfuhr. Dann sah ich, dass ein einzelnes, tief liegendes schwarzes Motorrad vor unserem Trailer stand.

Das gehörte nicht zu meinem Plan.

Ich stieg aus und schaute mich vorsichtig um, aber ich sah niemanden. Es saß keiner am Picknicktisch oder auf den Klappstühlen, die ich auf den frisch aufgeräumten Rasenbereich gestellt hatte (als echten Rasen konnte man das Fleckchen nicht guten Gewissens bezeichnen). *Was zum Teufel war hier los?*

Ich ging vorsichtig zur Eingangstür und umklammerte mein Handy, als wäre es eine Waffe. Was ich damit anfangen wollte, war mir selbst nicht klar, denn wenn im Trailer ein Mörder wartete, hätte ich wohl kaum die Zeit, einen Notruf abzusetzen. Ich überlegte, ob ich wieder ins Auto steigen und wegfahren sollte, aber ein Teil von mir war neugierig, ob Horse nicht vielleicht wieder da war. Ihr wisst schon, welcher Teil von mir das fragte – das kleine Stückchen zwischen meinen Beinen, das Miststück. Die Tür schwang auf, als ich sie antippte. Ich sah Horse an der Küchentheke sitzen und SMS schreiben, ganz Muskeln und Tattoos und unglaublich scharf.

Ich öffnete den Mund und klappte ihn wieder zu.

»Ihr solltet euch bessere Schlösser anschaffen«, sagte Horse lässig. »Es hat mich keine zehn Sekunden gekostet, hier reinzukommen.«

Ich schüttelte den Kopf und sah mich im Zimmer um, obwohl ich keine Ahnung hatte, wonach ich Ausschau hielt. Nach einem Kobold, der aus irgendeiner Ecke sprang und mir erklärte, was hier los war?

»Ich will Jeff sehen«, sagte Horse und legte sein Handy zur Seite. »Er hat etwas für mich. Wo ist er denn?«

»Er ist mit einem Mädchen unterwegs, mit Krissy«, antwortete ich, noch ganz verwirrt. »Er hat gesagt, er kommt spät. Ich versuch ihn anzurufen.«

Horse schaute mir zu, während der Anruf auf die Mailbox umgeleitet wurde. Ich schrieb eine SMS und hoffte, dass Jeff gerade beschäftigt war und nicht antworten würde. Es kam keine Antwort. Ich sah Horse an und zuckte mit den Achseln.

»Ich glaub, er hat sein Telefon ausgeschaltet«, sagte ich. »Aber ich kann ihm sagen, dass du hier warst.«

Horse lachte kurz und hart, es hörte sich nicht gerade humorvoll an.

»Ich bin dreieinhalb Stunden gefahren, um ihn zu sehen«, antwortete er. »Er wusste, dass ich komme.«

Ich lächelte schwach.

»Ähm, du weißt ja, dass er ein prima Kerl ist, aber er raucht so einiges und kann dann manchmal ein bisschen vergesslich werden ...«

Horse kniff die Augen zusammen.

»Ich warte.«

Da ich nicht wusste, was ich nun tun sollte, stellte ich erst mal das Eis ins Gefrierfach. Dann knurrte mein Magen deutlich hörbar. Ich hatte eigentlich vorgehabt, mir ein Sandwich zu machen, doch es kam mir merkwürdig vor, ihm nichts anzubieten.

»Willst du ein Omelett?«, fragte ich. Ich ging davon aus, dass jeder gern Frühstückssachen zu Abend isst.

»Klingt gut«, antwortete er. »Und ein Bier?«

»Ja, klar«, sagte ich und machte den Kühlschrank auf. Ich war überrascht, dass er sich noch nicht selbst bedient hatte, nachdem er sowieso schon hier eingebrochen war. Ich hatte letzte Woche ein paar Zimtbrötchen gebacken und die Hälfte davon eingefroren. Die holte ich jetzt zusammen mit dem Orangensaftkonzentrat aus dem Eisfach.

Als ich hochschaute, sah ich, wie Horse einen tiefen Zug aus der Flasche nahm. Beim Trinken blickte er mich an und seine Halsmuskulatur bewegte sich. Am liebsten hätte ich ihn abgeschleckt – von der kleinen Grube unterhalb seiner Kehle bis zu seinem Kiefer hinauf …

Lieber doch keinen Saft, entschied ich. Jetzt brauchte ich auch ein Bier.

Horse schaute mir beim Kochen zu und sagte nichts. Sein Schweigen jagte mir einerseits echt Angst ein, andererseits machte es mich an.

»Wobei arbeitet ihr Jungs und Jeff eigentlich zusammen?«, fragte ich.

»Clubangelegenheiten«, antwortete er. »Stell solche Fragen nicht, du kriegst bloß Ärger.«

Alles klar. So viel zum Thema Unterhaltung.

Das Omelett war fertig und die Brötchen waren in der Mikrowelle aufgetaut. Ich verteilte das Essen auf Tellern für uns beide und dachte sehnsüchtig an meinen Film. Ich kam nicht oft dazu, eine DVD anzuschauen, und es war ja schließlich nicht so, als hätte ich Horse eingeladen. Aber ich hatte das Gefühl, dass er nicht ganz so sehr auf Johnny Depp stand wie ich. Sollte ich ihn einfach fragen? Er entschied die Sache für mich, indem er sich auf die Couch setzte und sich die Fernbedienung schnappte.

»Kommst du?«

»Ähm, ja«, sagte ich und folgte ihm ins Wohnzimmer. Ich wollte eigentlich den Sessel nehmen, aber er klopfte herausfordernd neben sich auf die Couch.

Und einer Herausforderung habe ich noch nie widerstehen können.

Er klickte sich durch die Fernsehsender und blieb bei einem Kanal hängen, in dem wieder diese Kämpfe stattfanden, in denen ein großer Käfig vorkam. Ich seufzte und beschloss, dass ich mein Eis auf keinen Fall mit ihm teilen würde.

»Mixed Martial Arts ist wohl nicht so dein Fall?«, fragte er und biss in sein Zimtbrötchen.

»Nicht so besonders«, sagte ich und lehnte mich in die Kissen zurück.

Er nickte. »Gefällt vielen Mädels nicht«, sagte er. »Aber manchen schon. Die ganzen verschwitzten Körper, verstehst du?«

Er warf mir einen Blick zu. In seinen Augen lag eine winzige Spur Humor, doch ich war mir nicht sicher, ob er mich neckte oder nicht. Ich beschloss, in mein Zimmer zu gehen und dort weiterzuessen, aber er hielt mich zurück.

»Wo ist das Problem?«

»Ich bin müde«, sagte ich. »Ich weiß, dass du was mit Jeff zu bereden hast, und es tut mir echt leid, dass er dich versetzt hat, aber ich hab dafür echt keine Energie.«

»Wofür?«

Ich machte eine Handbewegung, die Horse, den Fernseher und den ganzen Raum umfasste.

»Dafür«, sagte ich. »Ich kapier nicht, ob du mich ärgern willst oder nicht, und das verwirrt mich. Außerdem hast du die Fernbedienung.«

Er zuckte mit den Achseln.

»Dann such du aus, was wir gucken«, sagte er leichthin. »Das ist doch keine große Sache, Marie.«

Er gab mir die Fernbedienung und lächelte mich an. Diesmal lächelten auch seine Augen. Ich betrachtete ihn genau – das war eine neue Seite an ihm und die gefiel mir. Er war immer noch ein großer, derber Kerl (jedenfalls kein guter Junge, da war ich mir ziemlich sicher), aber er wirkte echt entspannt und schien dazu bereit zu sein, mich aus dem kleinen Psychospielchen, das er im Kopf hatte, zu entlassen.

»Eigentlich hab ich mir bei Redbox einen Film ausgeliehen«, sagte ich nach einer kleinen Pause. »Den neuen mit Johnny Depp.«

Er grinste, wies aber großzügig auf den Bildschirm.

»Wirf ihn rein.«

Ich hatte es nicht erwartet, aber den Film mit ihm zusammen zu gucken war echt prima. Bei einer Kampfszene erklärte er mir, warum das im echten Leben nicht klappen könnte (ganz schön beängstigend, dass er so viel über Nahkampf wusste), aber während der Sexszenen ärgerte er mich nicht und machte auch sonst nichts. Als der Film aus war, sahen wir gleich noch einen im Pay-TV. Diesmal ließ ich ihn aussuchen, und er nahm einen Thriller mit einem Hauch von Romanze drin, von dem wir beide dachten, er könnte gut sein. Vorher hatte er noch nicht einmal die Auswahl an Pornos durchgeschaut. Mitten im Film wurde mir ein bisschen kalt und ich holte mir eine Decke. Ich dachte, jetzt könnte ich doch mein Eis mit ihm teilen, also machte ich für jeden von uns eine Schale fertig. Als er sie leer hatte, stellte er die beiden Schalen auf den Tisch und zog mich auf seinen Schoß. Dann drehte er sich herum, bis er auf dem Rücken auf der Couch lag und ich und meine Decke auf ihm drauf.

Ich protestierte nicht dagegen. Er fühlte sich gut an. Horse rieb eine Hand langsam auf meinem Rücken auf und ab, aber das war kein Betatschen. Ich fühlte mich sicher. Ich wollte gar nicht wieder aufstehen. Andereseits wollte ich auch nicht zugeben, wie gut es mir gefiel, dass er mich in den Armen hielt.

Es fühlte sich gut an, in den Armen eines Mannes zu liegen.

Es fühlte sich sogar so gut an, dass ich einschlief.

Ich wachte verwirrt in meinem Zimmer auf. Ich lag mit Gary im Bett. Warum war Gary hier? Dann merkte ich, dass der Kerl, der mich an sich drückte, viel zu groß war, als dass es sich um Gary handeln könnte. Außerdem steckten in dem Arm, der auf meinem Bauch lag, mehr Muskeln, als mein Ex-Mann am ganzen Körper besaß. Als ich dann das schwarze Tribal-Tattoo am Handgelenk bemerkte, wurde ich richtig wach.

Horse lag neben mir im Bett! Ich hatte keine Hose mehr an, nur noch mein Oberteil und die Unterhose. Keinen BH. Ich rieb mein Bein an seinem und stellte fest, dass er ebenfalls keine Hose trug. Und ich spürte, wie sein riesiger erigierter Penis mir in den Hintern piekte.

Wie ein Pferd – allerdings.

Das ist nur eine Morgenlatte, sagte ich mir. *Er ist wahrscheinlich noch nicht einmal wach.*

»Morgen, Süßarsch«, flüsterte er mir ins Ohr, und sein heißer Atem ließ mein Blut geradewegs in meine unartigen Körperteile schießen. Trotzdem ärgerte ich mich über seinen Spruch. Ich folgte lieber dem sicheren Gefühl, meinem Ärger, und versuchte mich von Horse loszumachen. Er nahm meinen Versuch kaum zur Kenntnis, was mich noch mehr ärgerte.

»Nenn mich nicht so«, murmelte ich eingeschnappt. »Wer nennt denn eine Frau so?«

Er lachte und es klang tief und warm in meinem Ohr.

»Das willst du nicht wirklich wissen«, antwortete er. Er küsste meinen Nacken und drückte mir die Hand auf den Bauch. Mein Höschen wurde feucht. Ich rieb meinen Körper an seinem großen Gerät und fragte mich, ob ich den Verstand verloren hatte.

Mein Körper und mein Gehirn kämpften miteinander. Wer die Oberhand gewinnen würde, würde alles kriegen.

»Warte«, sagte ich. Mein Gehirn trug für den Moment den Sieg davon. »Was meinst du damit, dass ich das lieber nicht wissen will? Ich will's wissen!«

»Du willst es nicht wissen«, wiederholte er. »Ist auch egal.«

»Wenn es egal ist, dann kannst du's mir ja sagen.«

Statt einer Antwort ließ er seine Hand hinabgleiten, griff den Saum meines Pullis, zog ihn langsam hoch und ließ dabei seine rauen, schwieligen Fingerspitzen über meinen Bauch gleiten. Mein Gehirn beschloss, dass wir das Problem der Süßarsch-Bezeichnung später noch klären konnten. Ich wackelte mit dem Hintern, Horse schob seine Hüften nach vorne und rieb seine Erektion, die jetzt wirklich gewaltig war, an meiner Poritze.

Seine Hand glitt weiter nach oben und legte sich um meine Brust. Er zupfte an meiner Brustwarze, während er meinen Nacken küsste.

»Oh verdammt …«, murmelte ich. »Das fühlt sich unglaublich an, Horse.«

»Ich fang gerade erst an, Baby«, flüsterte er. Er nahm mein Ohrläppchen zwischen die Lippen. Ich stöhnte. Mein Gehirn klinkte sich völlig aus und überließ meinem Körper die Kontrolle – und der wollte Horse in sich spüren.

Sofort.

Ich drehte mich um und rutschte ein bisschen höher, sodass ich auf dem Rücken lag und die Hand um seinen Hals legen und seinen Mund zu mir ziehen konnte. Da er bisher zärtlich gewesen war, traf mich das, was nun geschah, völlig unerwartet.

Er bedrängte meinen Mund, wälzte sich auf mich und klemmte sich zwischen meine Beine. Ich öffnete den Mund für ihn, er drang kraftvoll mit der Zunge ein und versenkte sie immer wieder in mir, während seine Hüften sich an meinen rieben. Sein Schwanz traf gegen meine Klit, fast brutal in seiner Heftigkeit, und uns trennten nur noch zwei Lagen dünner Stoff. Mich überlief ein Schauer, Lust und Begierde brachen sich Bahn. Ich versuchte die Hüften zu heben und mich mit ihm gemeinsam zu bewegen. Dabei stieß ich ihm aus Versehen gegen die Brust. Horse verstand das falsch und dachte, ich würde ihn wegstoßen.

Er löste sich von meinem Mund und knurrte. Seine Augen waren so dunkel vor Verlangen, dass ich erstarrte. Er sah aus wie ein läufiges Tier und sein harter Schwanz schien diese Tatsache klar zu betonen, als wollte er mich auf seine eigene Art und Weise beeindrucken.

»Ich habe hier das Sagen, vergiss das nicht«, knurrte Horse.

Ich nickte fasziniert und beschwerte mich nicht, als er nach oben griff, gerade weit genug, um mir den Pulli über den Kopf zu ziehen und meine Arme nach oben zu strecken. Er ließ meine Arme im Pullover stecken und wickelte den restlichen Stoff um meine Handgelenke, die er mit einer

Hand über meinem Kopf gefangen hielt. Dann glitt er tiefer, nahm meine Brustwarze in den Mund und saugte heftig daran. Die Erregung überwältigte mich und ich stöhnte laut. Zwischen meinen Beinen schmerzte eine Leere und ich stellte mir vor, wie er in meinen Körper stieß und mich weit öffnete, während er sein Verlangen stillte.

Horse fummelte mit seiner freien Hand an seiner Hüfte herum und schob seine Unterhose weg. Dann warf er seine Hüften wieder auf meine. Verdammt, fühlte sich das gut an! Jetzt drückte die Spitze seines Schwanzes durch mein Höschen genau gegen meinen Schlitz und strich nicht mehr rauf und runter gegen meine Klit. Das war eine ganz neue Empfindung. Der dünne Stoff dehnte sich unter dem unerträglichen Druck. Seine Schwanzspitze schob sich tatsächlich ein kleines bisschen in meinen Körper, ehe der Stoff sie aufhielt.

Ich kam ihr entgegen und wollte ganz dringend mehr.

Er hob den Kopf von meiner Brust, stützte sich mit einer Hand auf und beugte sich über mich, während er mit der anderen Hand noch immer meine Arme im Pulli festhielt. Ich wand mich vor Verlangen.

»Fuck, du bist wirklich ein scharfes Weib«, brummte Horse. Ich machte die Augen zu, rieb meine Hüften weiter an seinen und wimmerte. Er sollte mich nehmen.

»Lass die Hände über dem Kopf, sonst wirst du es büßen«, befahl er und starrte mich mit seinen grünen Augen an.

»Okay«, sagte ich. Ich hätte alles getan, was er wollte. Noch nie hatte ich solche Lust verspürt. Ich war nur einen Katzensprung, weniger als fünf Minuten, von einem Riesenorgasmus entfernt.

So war es mit Gary nie gewesen.

Horse ließ meine Hände los, glitt an mir hinab und rieb seine Nase über meinen Bauch, während ich mich wand. Dann griffen seine Hände nach meinem Höschen und zogen es herunter. Ich schlüpfte mit einem Fuß heraus und spreizte die Beine. Er schnappte mit dem Mund nach meiner Klit, während er mit zwei Fingern in mich eindrang. Ohne Warnung, ohne Vorbereitung machten sich seine rauen Finger an meinen G-Punkt ran.

Verdammt! Das war besser als mein spezieller pinker Vibrator, der mit den zwei Köpfen und dem wackelnden Ding. Mein Körper wurde starr. Ich grunzte und spreizte die Zehen. Es war da, fast in Reichweite.

Horse zog seinen Mund weg und lachte.

»Das wusste ich, dass es so sein würde«, sagte er. »Ich kann es kaum erwarten, in dich reinzukommen. Aber du bist so eng, dass es beim ersten Mal wehtun könnte. Ich dehne dich erst ein bisschen und dann wird es verdammt gut. Ist auch Zeit.«

Sein Mund fiel wieder über mich her und saugte an mir. Seine Finger stießen in mich hinein und glitten wieder heraus. Ich grunzte und meine Muskeln zitterten, als ich meinen Kröper anspannte. Ich war so nah dran. Wieder hörte er auf, aber diesmal machte ich nicht die Augen auf, um zu sehen, was er tat. Vielleicht hätte ich hinsehen sollen, dann wäre ich gewarnt gewesen. Während er mich wieder mit den Fingern fickte, schob er die andere Hand auf meinen Hintern. Ich schrie auf, als er mit einem Finger hinten in mich eindrang, schrie direkt in seinen Mund hinein und schoss mit dem Rücken vom Bett hoch.

Ich brauchte ein paar Minuten, bis ich wieder zu mir kam.

Ich öffnete die Augen. Horse lag neben mir, auf den Ellbogen gestützt, und starrte mich an – nicht zufrieden, sondern grübelnd und entschlossen. Ich blinzelte verstört.

»Jetzt fick ich dich.«

»Klar«, flüsterte ich noch immer verwirrt. »Ich glaub aber nicht, dass ich viel dazu beitragen kann. Du hast bei mir einen Kurzschluss ausgelöst oder so.«

Er lächelte mit grimmiger Befriedigung. Dann legte er sich vorsichtig auf mich und griff zwischen uns, damit er seinen Schwanz in Position bringen konnte. Plötzlich kam ich zur Besinnung.

»Kondom!«, keuchte ich und stupste ihn vor die Brust. »Hör auf, wir brauchen ein Kondom.«

»Ich will dich so«, murmelte er und kniff die Augen zusammen. »Ich bin sauber.«

Mich überlief ein Zittern und ich machte die Augen zu.

»Das glaube ich dir, aber ich bin es vielleicht nicht. Gary hat mich betrogen.«

Das kapierte er und sein Blick wurde sanft. Er streckte die Hand aus und fuhr mit dem Daumen über die Stelle an meiner Wange, an der der blaue Fleck gewesen war.

»Er hatte dir eine verpasst, ja?«, fragte er. Ich nickte. »Dein Bruder sagt, er gehört der Vergangenheit an, stimmt das?«

Ich nickte noch einmal und sah überall hin, nur nicht in sein Gesicht. Das war nicht leicht, denn er lag ja auf mir.

»Ich will nicht über Gary sprechen. Hast du ein Kondom?«

»Ja, draußen in der Satteltasche«, antwortete er. »Ob du es glaubst oder nicht, das Ganze hier war nicht geplant.«

Ich lachte.

»Ich hatte das auch nicht geplant.«

»Weiß ich doch«, sagte er. Er rollte von mir hinunter und plumpste auf den Rücken. Ich drehte mich auf die Seite, schaute nach unten und sah seinen Schwanz zum ersten Mal.

»Ach du Scheiße …«

Er war riesig, und das meine ich ganz ehrlich. Nicht nur lang, sondern auch dick und hart, voll durchblutet und hellrot, als wäre er wütend. Er war leicht nach oben gekrümmt und in der Mitte des Schaftes etwas dicker, ehe er unter der Schwellung der Eichel wieder schmaler wurde.

Ich konnte nicht anders: Ich griff nach unten und fuhr seine ganze Länge entlang, fasziniert von der heißen weichen Haut über so etwas Hartem und Eindruckvollem.

»Ich habe dir doch gesagt, warum ich Horse genannt werde«, sagte er. Ich riss meinen Blick los und schaute ihm ins Gesicht, wo sich Zufriedenheit und Begierde mischten.

»Gibt es denn überhaupt so große Kondome?«, fragte ich, nur halb im Spaß.

»Du wärst überrascht«, murmelte er. »Ich sag es verdammt ungern, aber du solltest jetzt lieber meinen Schwanz loslassen.«

Er wälzte sich vom Bett, griff nach seiner Jeans und zog sie mit einiger Anstrengung über sein gutes Stück.

»Bin kurz draußen bei meinem Bike. Nicht weglaufen.«

Das würde kein Problem sein.

Er machte die Zimmertür auf und blieb stehen.

»Fuck«, sagte er resigniert.

»Süßarsch ist eine, die laut wird, das gefällt mir«, hörte ich eine Männerstimme aus dem Wohnzimmer sagen, direkt vor meiner Tür. *Oh Scheiße.* Ich krallte mir die Bettdecke, zog sie über mich und wickelte sie um mich herum. Ich konnte es nicht fassen, dass wir Zuhörer hatten! Die Wände im Wohnwagen waren dünn wie Papier. Die Typen mussten alles gehört haben.

Ich rollte mich auf den Bauch und stöhnte ins Kissen.

»Klingt nach einem heißen kleinen Biest«, sagte eine andere Stimme. »Ist sie bereit für eine zweite Runde? Dann bin ich dran.«

Oh mein Gott.

Horse ging aus dem Zimmer und knallte die Tür hinter sich zu. Ich hörte, wie er etwas knurrte. Dann folgten Gelächter, ein dumpfer Schlag, ein Grunzen und weiteres Gelächter. Die Eingangstür ging auf und fiel wieder zu. Eine Minute später kam Horse mit einer Ledertasche wieder zu mir herein. Er setzte sich aufs Bett, kramte in der Tasche herum, zog eine Handvoll Kondome heraus und warf sie in meine Richtung.

»Auf keinen Fall«, sagte ich mit zusammengebissenen Zähnen.

Horse stand auf und zog seine Jeans wieder aus. Er kletterte aufs Bett und schwebte auf den Knien über mir. Sein Schwanz bedrängte mich aggressiv. Horse kniff die Augen zusammen und ich schüttelte hektisch den Kopf.

Er griff nach unten, nahm sich selbst in die Hand, und ein Tropfen perlte aus ihm heraus.

»Ich weiß, dass du das hier willst.«

Ich wollte es auch, aber nicht, wenn draußen Leute zuhörten. Ich schüttelte wieder den Kopf.

»Nein, und das meine ich auch so«, sagte ich. »Ich mache das nicht mit einem Haufen Kerle in meinem Wohnzimmer. Wann sind die bloß gekommen? Ich habe gar keine Motorräder gehört.«

»Sie sind mit dem Laster gekommen«, antwortete er. Er drückte hart an sich herum und ließ seine Hand auf und ab gleiten. Ich hatte noch nie in meinem Leben etwas gesehen, das ich sexyer fand. Er keuchte in abgehackten Stößen und ich sah, wie die Ader in seinem Hals pulsierte. »Ist egal. Mach das scheiß Kondom auf. Ich will spüren, wie du's mir überstreifst.«

»Nein.«

Horse erstarrte. Auf einmal lag etwas Dunkles und Schweres im Raum.

»Nein?«

»Nein«, wiederholte ich mit zitternder Stimme. »Ich habe gehört, was die da draußen gesagt haben. Das gefällt mir nicht und ich will keinen Sex haben, wenn die in der Nähe sind.«

Langsam und bedächtig ließ Horse seinen Schwanz los und beugte sich über mich. Er stützte die Hände rechts und links von meinem Gesicht auf und kam ganz nah an mich heran. Er starrte mich an, seine Augen waren kalt und hart.

»Ich ficke, wann ich will und wie ich will«, sagte er. Ein Schauder überlief mich. Nun war er wieder der Furcht einflößende Mann, dem ich beim ersten Mal begegnet war. Ich hatte vergessen, wie sehr er mich damals erschreckt hatte. »Und meine Brüder auch. Es ist meine Sache, mich um sie zu kümmern, nicht deine. Du kümmerst dich nur um mich.«

»Nein«, sagte ich wieder. Ich hatte zwar Angst, aber ich war entschlossen. »Was wir da eben gemacht haben, war ganz unglaublich, und es tut mir leid, dass du nicht zum Schuss gekommen bist. Aber ich habe keinen Sex mit Zuhörern. Punktum! Und jetzt raus aus meinem Bett.«

»Du machst einen schweren Fehler«, sagte er.

»Raus aus meinem Bett«, wiederholte ich beharrlich. Ich schubste ihn vor die Brust. Als ich ihn berührte, flippte er fast aus. Er fuhr herum und schlug an die Wand. Dann packte er seine Jeans und zerrte sie über seinen wütenden Schwanz. Seine Ledermontur kam als Nächstes dran, sie glitt über seinen nackten Oberkörper. Er nahm seine Satteltasche, stakste aus der Tür und warf sie so hart hinter sich zu, dass ich etwas krachen hörte.

Dann lag ich allein in meinem Bett, übersät von ungeöffneten Kondomen.

Eine Stunde später klopfte Jeff vorsichtig an meine Tür.

»Marie, alles okay?«, fragte er. Seine Stimme zitterte leicht. »Ähm, weißt du, dass deine Tür mittendurch gesplittert ist?«

»Ja«, sagte ich leise, setzte mich auf und zog die Knie an die Brust. Ich hatte mich schon angezogen und Denise per SMS mitgeteilt, dass ich mich nicht gut fühle und nicht zur Arbeit kommen könne. Ich hatte gehört, wie Horse auf seinem Bike losgebrettert war und Jeff und die anderen Kerle sich wegen irgendetwas gestritten hatten. Hatte gehört, wie ein Laster mit quietschenden Reifen die Einfahrt entlangraste. Jetzt saß ich einfach nur da und versuchte zu verarbeiten, was passiert war.

Ich hatte noch nie mit einem Mann geschlafen außer mit Gary.

Horse hatte mich echt umgehauen, erst mit seiner Freundlichkeit und dann mit seinen Fähigkeiten. Aber dann hatte er sich so benommen, dass ich eine Scheißangst gekriegt hatte, ganz zu schweigen davon, dass er in meinem Zimmer ernsthaft Schaden angerichtet hatte. Welcher von beiden war der echte Mann? Würde ich Horse je wieder zu sehen bekommen?

Wollte ich ihn je wieder sehen?

»Marie, kann ich reinkommen?«

»Nein«, sagte ich und sah mich im Zimmer um. Das schwarze T-Shirt von Horse mit dem Reapers-Symbol lag zerknautscht auf dem Boden neben seinen Boxershorts.

Auf dem Nachttisch stapelten sich fein säuberlich die Kondome.

Jeff brauchte nichts davon zu sehen.

»Ich leg mich noch mal ein Weilchen hin«, sagte ich nach einer langen Pause. »Belassen wir's einfach dabei.«

KAPITEL VIER

17. September – heute

Ich starrte Horse an.

»Du drohst, meinen Bruder umzubringen, nur damit du mit mir schlafen kannst?«

Der Mann mit dem Irokesenschnitt ging lässig zu Horse hinüber und legte ihm einen Arm um die Schultern.

»Sie ist süß, aber nicht besonders helle, Bruder«, sagte er und sah mich grinsend an. »Soll ich sie auf einen Ritt mitnehmen und ein bisschen für dich trainieren?«

Er ließ anzüglich die Hüften kreisen, und die anderen Typen kicherten. Horse fuhr herum und schlug dem Irokesenkerl in den Magen. Der krümmte sich tief, aber er schaffte es, auf den Beinen zu bleiben. Horse packte mich am Arm und schob mich aus der Tür. Er marschierte mit mir in den Obstgarten hinein, bis wir ein gutes Stück zwischen uns und den Trailer gebracht hatten. Dann stieß er mich mit dem Rücken gegen einen Baum, kam dicht an mein Gesicht heran und packte mich an den Schultern.

»Ich will nicht mit dir *schlafen*«, sagte er. Er sprach jedes Wort langsam und deutlich aus und schüttelte mich leicht, um seine Botschaft zu unterstreichen. »Ich will dich *ficken*. Schlafen, kuscheln, dieser ganze andere Scheiß ist für Freundinnen und Alte Ladys. Du hast ja verdammt klargemacht, dass du an so was kein Interesse hast, also erklär ich dir das jetzt: Ich bedrohe deinen Bruder, weil er den Club bestohlen hat, und das hat nichts mit dir zu tun. Wer den Club beklaut, der bezahlt mit Blut. Du bist vom gleichen Blut wie dein Bruder, wenn wir dich nehmen, bezahlt er also dadurch. Dich zu ficken ist nur ein zusätzlicher Pluspunkt.«

»Ihr nehmt mich also mit, um zu zeigen, dass keiner den Club bestehlen sollte?«

»Es ist ein verdammtes Wunder, sie hat's kapiert«, murmelte Horse. »Dein Bruder hat Glück, weil ich lieber meinen Schwanz in dich stecke, als ihn umzubringen. Wenn das Arschloch es auf die Reihe kriegt und dem Club das Geld zurückzahlt, dann lasse ich dich vielleicht wieder gehen – aber erst *nachdem* ich mit dir fertig bin. Wenn er es nicht schafft, dann wird mir schon etwas anderes für dich einfallen. Klar?«

Ich nickte.

»Keine Spielchen, keinen Mist bauen«, warnte er. Dann trat er einen Schritt zurück, fuhr sich grob mit der Hand durchs Haar und ging von mir weg. Ich folgte ihm, aber er drehte sich wieder zu mir um. »Es liegt ganz bei dir, ob du das hier machst. Ich vergewaltige dich nicht. Du entscheidest dich, den Fehler deines Bruders auf dem Rücken auszubügeln. Verstehst du das?«

Ich hatte nicht unbedingt eine Wahl, wenn ich an die Pistole dachte, die auf den Kopf meines Bruders gerichtet war. Aber das sprach ich nicht laut aus. Wenn die Reapers uns diesen Ausweg anboten, würde ich ihn nutzen, wie auch immer Horse ihn beschrieb.

»Das ist mein Ernst«, sagte Horse und starrte mich an. »Du kannst jederzeit aussteigen. Ich werde dich nicht einsperren und dich die ganze Zeit bewachen. Wenn du diesen Deal abschließt, liegt es an dir, ihn auch einzuhalten. Und du musst diese beschissene Vereinbarung nicht treffen. Dein Bruder ist ein Idiot, er wusste genau, worauf er sich einlässt. Das ist nicht deine Scheiße, und es ist nicht deine Aufgabe, ihm aus der Patsche zu helfen.«

»Willst du's mir ausreden?«, fragte ich. »Das kannst du nicht. Was ich gesagt habe, habe ich auch genau so gemeint. Ich würde alles für Jeff tun – wirklich alles.«

Horse presste Ober- und Unterkiefer so hart zusammen, dass sich seine Muskeln verkrampften. Er drehte sich um, knurrte und trat so hart vor einen Baum, dass es ein Wunder war, dass er sich dabei keinen Zeh brach. Dann marschierte er mit mir zusammen zum Trailer zurück.

Wir gingen hinein. Die anderen Typen saßen herum, tranken Bier und quatschten. Jeff lag mitten im Zimmer auf der Seite und wimmerte leise vor sich hin. Alle Körperteile, die ich sehen konnte, waren mit Blutergüssen übersät, die von Minute zu Minute schlimmer wurden. Horse ignorierte die anderen, schob mich in mein Zimmer und schloss die Tür, die er kaputt gemacht hatte, hinter uns. Er riss meine Schranktür auf, fand einen Rucksack und warf ihn mir zu.

»Du hast eine halbe Stunde Zeit«, sagte er. »Dann sitzt du auf meinem Bike und wir fahren nach Hause. Schnapp dir alles, was du behalten willst.«

»Okay«, erwiderte ich und hoffte, er würde gehen, damit ich in Ruhe packen könnte. Er lehnte sich jedoch an die zersplitterte Tür und schaute mir zu, wie ich mich durch den Schrank wühlte. Ich beschloss, nicht zu viel an Kleidung mitzunehmen. Neue Klamotten würde ich immer auftreiben können. Stattdessen wollte ich meine Fotos und die paar Erinnerungsstücke, die ich aus Garys Wohnung hatte mitnehmen können, einpacken. Es war deprimierend zu sehen, wie wenig es waren.

Ich kramte meinen Schuhkarton mit Papieren hervor und warf ihn aufs Bett. Er kippte um und Fotos fielen heraus. Ich ignorierte sie und arbeitete mich weiter durch den Schrank. Meine Mutter hatte irgendwo hier drinnen ein schönes Paar Lederstiefel verstaut, und obwohl ich mir nie viel aus Stiefeln gemacht hatte, dachte ich, sie wären auf einem Motorrad sicher wichtig, um die Beine zu schützen.

Horse setzte sich aufs Bett und sah sich die Fotos an. Ich ignorierte ihn und zog meine Cargoshorts hoch, die heruntergerutscht waren und den Blick auf meinen Stringtanga freigaben. Warum hatte ich den bloß ausgerechnet heute angezogen?

»Trägst du diesen Scheiß für ihn?«, fragte Horse mit eisiger Stimme. Ich drehte mich um und sah, dass er ein Hochzeitsfoto hochhielt, auf dem Spuren von getrocknetem Blut zu sehen waren. Ich und Gary. So verdammt jung.

»Was trag ich?«, fragte ich.

»Die Zahnseide am Arsch«, fuhr er mich an. »Warum verdammt nochmal trägst du einen Stringtanga, wenn du zum Kinderhüten gehst? Triffst du dich wieder mit ihm?«

»Nein!«, rief ich entsetzt. »Ich habe ihn nicht mehr gesehen, seit er mich verprügelt hat. Er hat mich auch nicht angerufen, gar nichts. Wenn ich die Papiere zusammenhabe, bringt der Mann von Denise sie für mich hin. Das hat er mir versprochen.«

»Und das hier behältst du?«

»Ja«, sagte ich und betrachtete das Foto. Ich hatte damals so viele Hoffnungen und Träume gehabt und ich hatte zugelassen, dass ein Mann sie zerstörte. »Das will ich nicht vergessen. Jedenfalls noch nicht.«

Horse ließ das Foto wortlos fallen. Ich packte weiter und schaute ab und zu auf meinem Handy nach, wie viel Zeit ich noch hatte. Schließlich musterte ich den Stapel Sachen auf meinem Bett und war traurig, dass mein gesamtes Leben so wenig Raum einnahm. Alles, was ich jetzt noch brauchte, waren BHs und Höschen. Ich wollte auf keinen Fall in meiner Unterwäsche herumwühlen, während Horse mir dabei zusah. Doch ich hatte keine Wahl.

Ich stand auf und zog die Schublade mit der Unterwäsche auf. Viel hatte ich nicht, aber wenn ich Horses' … ähm … was auch immer sein sollte, wären ein paar schicke Höschen sicher angebracht. Er stellte sich hinter mich, legte seine großen Hände auf meine Hüften, zog mich an sich und beugte sich zu mir hinab. Er atmete tief ein.

»Ich liebe den Geruch deines Haares«, sagte er barsch, während ich seinen harten Schwanz am Hintern spürte. Ich hörte Picnic und die anderen im Wohnzimmer reden. Jeff war auch da draußen und musste abwarten, ob sie ihn töten würden oder nicht.

»Ich hab nur noch zehn Minuten«, murmelte ich angespannt, »bitte.«

Horse ließ meine Hüften los, griff mir unsanft ins Haar und drehte meinen Kopf zur Seite. Er presste seine Lippen auf meine und drang heftig mit der Zunge in meinen Mund ein, zog sie heraus und stieß sie wieder hinein. Ich stöhnte und sank gegen seinen Körper. Seine andere Hand griff an meinen Hosenbund und riss die Knöpfe an meinen Shorts auf. Ich hörte, wie ein Knopf zu Boden fiel. Horse schob die Finger in mein Höschen, glitt rau an meiner Klit entlang und versenkte sie in mir. Ich stöhnte und verwünschte mich dabei, weil mich das Ganze so sehr anmachte.

Er zog seinen Mund von meinem weg und hielt mich mit seinem Blick fest. Ich bekam kaum noch Luft. Sein Blick war so intensiv – voller Verlangen, Lust und Wut, und alles war auf mich gerichtet.

»Diese Muschi«, sagte er und bewegte die Finger in mir, sodass ich aufstöhnte und mich schämte, wie leicht er mich feucht werden ließ. »Diese Muschi gehört mir. *Du* gehörst mir. Ich werde dich ficken, wann und wo ich will, und entweder bist du einverstanden oder du verpisst dich jetzt. Haben wir uns verstanden?«

»Ja.« Ich nickte zitternd. Ich wollte ihn hassen, aber mein Körper ließ das nicht zu. Horse behielt die Hand in meinem Haar, drückte mich an sich und streichelte mich immer wieder. Meine Beine wurden schwach und ich wimmerte. Verzweifelt sehnte ich mich nach Erleichterung. Er nahm erneut meinen Mund.

Jetzt stieß seine Zunge im gleichen Rhythmus zu wie die Finger seiner Hand. Das Fleisch zwischen meinen Beinen zog sich zusammen, mein ganzer Körper spannte sich an. Horse ging härter ran. Ich schauderte und war ganz kurz davor. Er zog seinen Mund von meinem weg, ließ seine Lippen zu meinem Hals hinuntergleiten und leckte und saugte dort, während ich die Hüften gegen ihn stieß und unbedingt kommen wollte. Dann biss er mich in den Hals und ich stöhnte.

Es war sicher laut genug, dass man es im Nebenzimmer hören konnte.

Horse zog seine Hand aus meinem Tanga und trat einen Schritt zurück. Ich erstarrte ungläubig, und mein Keuchen war laut im Zimmer zu hören. Als ich mich ihm zitternd zuwandte, sah er mich mit einem Lächeln an, das seine Augen nicht erreichte. Dann hob er langsam und demonstrativ die Finger und leckte meinen Saft ab.

»Ist mir egal, wie gut du schmeckst, du sagst hier nicht, wo's langgeht«, flüsterte er. »Kapiert?«

»Deine Regeln«, flüsterte ich zurück. »Oder ich verpisse mich. Und was passiert, wenn ich abhaue?«

»Was dir passiert?«, entgegnete er. »Nichts. Du kommst schließlich aus freiem Willen mit. Aber der Club muss mit Blut bezahlt werden, Marie, dagegen kann ich nichts tun. Vergiss das nicht.«

»Okay« Ich nickte rasch.

Er schob mich sanft zur Seite und wühlte in der Schublade mit meiner Unterwäsche herum. Er zog ein paar Tangas und einen Body heraus und warf die Sachen auf den Boden.

»Die brauchst du nicht«, sagte er. Ich nickte, während er sich wieder der Schublade zuwandte, und versuchte, nicht darüber nachzudenken, was er noch darin finden würde. Ich zuckte zusammen, als er plötzlich stockte. Ich hatte wirklich riesiges Pech, denn das Folgende würde jetzt gar nicht schön werden.

Er holte das zerknüllte schwarze Reapers-T-Shirt hervor, das er nach der fatalen Nacht in meinem Bett auf dem Boden liegen gelassen hatte. Er sah es prüfend an und warf mir einen fragenden Blick zu. Ich schüttelte den Kopf, wurde feuerrot vor Scham und streckte die Hand aus, um es ihm abzunehmen.

Aber Horse gab es mir nicht, sondern faltete es auseinander. Seine Augen wurden groß vor Staunen, als er den knallig pinken Vibrator mit den beiden Köpfen sah, einen für die Klit und einen für den G-Punkt. Wir standen schweigend da und starrten das Gerät an. Dann rollte er das Päckchen wieder zusammen und drückte es mir in die Hand. Er sah sehr zufrieden aus.

»Pack das T-Shirt und das Spielzeug ein«, sagte er und sah zu, wie ich es unten auf den Boden des Rucksacks legte. Ich glaube, in meinem ganzen Leben ist mir nichts peinlicher gewesen. Ich konnte ihm nicht in die Augen sehen, während ich meinen restlichen Krempel in den Rucksack stopfte, ihn zumachte und mir über die Schulter warf.

»Hast du alles?«, fragte er. »Willst du noch irgendwas aus dem Wohnzimmer oder aus der Küche? Das wird alles nicht mehr da sein, wenn du zurückkommst.«

Ich schüttelte den Kopf und brachte kein Wort heraus. *Dämlich, dämlich, dämlich …*

Er beugte sich zu mir und flüsterte mir ins Ohr:

»Das nächste Mal, wenn du mit deinem hübschen pinken Spielzeug spielst, dann tust du das, während ich zuschaue. Wenn du dich gut benimmst, darfst du dabei das T-Shirt anziehen. Verstanden?«

Ich nickte. Wir gingen durch das Wohnzimmer, vorbei an Jeff und den Reapers, und traten nach draußen.

KAPITEL FÜNF

13. August – sechs Wochen vorher

Nach der Abfuhr, die ich ihm erteilt hatte, erwartete ich nicht, dass ich Horse je wiedersehen würde. Picnic, Max und ein anderer Kerl namens Bam Bam waren ein paarmal vorbeigekommen. Jeff schien das ganz in Ordnung zu finden, und sie liebten es, wenn ich für sie kochte. Sobald sie weg waren, wurde Jeff allerdings sehr still und anlehnungsbedürftig. Er ging auch immer häufiger ins Casino, und das machte mir Sorgen.

Er kam nie nach Hause wie einer, der gewonnen hatte.

Obwohl ich spürte, dass irgendetwas schieflief, genoss ich die Besuche der Biker beinahe. Ich war mir nicht sicher, ob ich überhaupt wollte, dass Horse wiederkam. Jedes Mal, wenn ich Motorräder in der Einfahrt sah, fürchtete ich mich davor, ihn zu sehen, und war enttäuscht, wenn er dann doch nicht dabei war. Ich träumte die ganze Zeit von ihm und mehr als einmal spielte ich unseren unfassbaren Morgen mit meinem Vibrator nach.

Offenbar hatte er mich komplett vergessen. Ich wollte auch keinen der anderen Typen nach ihm fragen. Mitleid konnte ich nicht ausstehen, und das war so ungefähr das Beste, was ich mir von ihnen erhoffen konnte. Während dieser Zeit wirkte Jeff immer abwesender. Er rauchte sehr viel Pot, sprach kaum noch mit mir und aß extrem wenig. Ich machte mir natürlich Sorgen um ihn, und heute war ich ganz besonders frustriert, weil er mir versprochen hatte, er würde an diesem Tag sauber bleiben.

Denn heute wollte ich meinen Kram aus meinem alten Zuhause holen.

Gestern hatte ich frei gehabt und war zum Women's Center in Kennewick gefahren, um herauszufinden, wie ich das mit der Scheidung von Gary hinkriegen könnte. Ich konnte mir keinen Anwalt leisten, aber ich wollte ja auch nichts von Gary, also stellte ich mir vor, man könnte das schnell und einfach durchziehen. Wenn ich Glück hatte, müsste ich ihn nicht einmal mehr sehen. Ich könnte ihm die Scheidungspapiere einfach mit der Post schicken, damit er sie unterschrieb.

Aber die supernette Frau, die sich mit mir zusammensetzte, Ginger, konfrontierte mich mit ein paar unangenehmen Wahrheiten. Zum Beispiel hatte ich zwar meine Handtasche geschnappt, als ich abgehauen war, und eine Tasche voller Klamotten mitgenommen, meine Social Security Card, meine Geburtsurkunde und die Wagenpapiere hatte ich aber dagelassen. Fotos oder irgendwelche Erinnerungsstücke hatte ich auch nicht eingepackt. Ginger hatte recht, als sie betonte, dass mir das jetzt vielleicht egal sei, aber dass ich das alles früher oder später brauchen würde. Und Gary sollte ich den Austausch besser nicht überlassen.

Daran gab es nichts zu rütteln.

Sie wollte auch, dass ich ein Kontaktverbot gegen ihn erwirkte, aber ich kannte Gary, das würde ihn erst so richtig wütend machen. Jetzt machte er mir keinen Ärger, aber wenn ich ihn mit so einer Anordnung provozierte, würde er mich vielleicht suchen und mich erneut verprügeln. Also hatte ich mir den Plan zurechtgelegt, dass ich zum Haus fahren und meinen Krempel holen würde, wenn ich wusste, dass er nicht da war.

Montags spielte er immer mit seinen Kumpels Poker. Er hatte es noch nicht einmal ausfallen lassen, als seine Mutter gestorben war. Da zum Haus zu fahren war für mich absolut sicher, es sei denn, ich würde zufällig auf Misty treffen, die nicht nur seine neue Hure war, sondern auch zwei Jahre lang mit mir zusammen im Lebensmittelladen gearbeitet hatte.

Soweit ich wusste, arbeitete sie montags immer lange. Doch selbst wenn ich ihr über den Weg laufen würde – ich ging davon aus, dass sie mich in Ruhe lassen würde. Es war ja nicht so, dass ich eine Bedrohung für sie war, und ich hatte auch wirklich keine Angst vor ihr. Sie war zwar ein bisschen größer als ich, aber sie war beängstigend dürr und ihre Nägel waren ihr viel zu wertvoll, als dass sie sie in einem Katzenkampf aufs Spiel gesetzt hätte. Eigentlich hatte ich immer mehr Mitleid für sie, je länger ich von Gary weg war. Ich war aus der Schlinge geschlüpft – aber sie?

Sie war dumm genug gewesen, die Schlinge von mir zu übernehmen, sie sich um den Hals zu legen und zuzuziehen.

Trotzdem wollte ich zur Sicherheit Jeff auf die zweistündige Fahrt nach Ellensburg mitnehmen, wo ich in den vergangenen drei Jahren mit Gary gewohnt hatte. Ich war nicht in Gefahr, aber ich hatte immer noch Albträume, in denen ich von ihm verprügelt wurde. Ich schämte mich und es war mir auch peinlich. Ich hatte noch nicht einmal bei Safeway gekündigt, als ich abgehauen war. Selbst wenn ich Gary nicht begegnete, was war, wenn ich meinem früheren Chef über den Weg lief?

Ich wollte wirklich keinen sehen.

Als ich nach der Arbeit zum Trailer kam, lag Jeff ausgeknockt auf der Couch, seine Pfeife, ein leerer Plastikbeutel und vier leere Bierflaschen lagen neben ihm auf dem Boden. Ich versuchte ihn aufzuwecken, aber er war völlig weggetreten. Selbst wenn ich es schaffte, ihn mitzunehmen, würde er mir keine Hilfe sein.

Also beschloss ich, allein zu fahren.

Ja – jetzt weiß ich auch, wie unglaublich bescheuert das war, das könnt ihr mir glauben.

Vor meinem früheren Haus zu parken fühlte sich total schräg an.

Es hatte sich nichts verändert, aber irgendwie erschien mir alles kleiner und dreckiger. Derselbe schäbige Rasen, derselbe ausgeblichene, abblätternde Anstrich, derselbe ramponierte Mustang, der aufgebockt in der

Einfahrt stand. Alles in allem fühlte ich mich richtig gut mit meiner Entscheidung, dass ich abgehauen war.

Unser Trailer war vielleicht scheiße, aber wenigstens stand er mitten in einem Obstgarten. Mein Dad hatte für den Eigentümer der Anlage, John Benson, gearbeitet, und es war Teil seiner Bezahlung gewesen, dass wir den alten Wohnwagen nutzen durften. Als Dad abgehauen war, hatte John Mitleid mit uns gehabt. Wir durften für ganz wenig Miete in dem Trailer wohnen, weil er ihn sowieso nicht mehr gebrauchen konnte. Ich glaube, irgendwann lief auch einmal etwas zwischen meiner Mom und John, aber ich wusste nichts Genaueres – und ich wollte auch gar nichts darüber wissen. Wir hielten den Trailer in Schuss und ansonsten den Ball flach. So lief die Sache ganz gut.

Ich parkte an der Straße und freute mich, dass Mistys Auto nicht dastand und das Haus dunkel war. Es war auch kein Nachbar zu sehen, also musste ich keinen peinlichen Small Talk halten. Es war sowieso nicht diese Art von Nachbarschaft, in der die Leute ein Auge aufeinander hatten oder in der es eine Bürgerwehr oder so was gab.

Einen Moment lang ließ sich die Tür nicht öffnen. Ich dachte, sie hätten vielleicht die Schlösser ausgetauscht, aber dann sprang sie auf. Drinnen sah alles aus wie früher, bloß unordentlicher. Offenbar hatte Misty es nicht so mit Hausarbeit. Ich kicherte und stellte mir vor, dass Gary deswegen echt sauer sein würde.

Der Trottel.

Ich fand meine Unterlagen schnell, nur die Wagenpapiere fehlten noch. Im Kleiderschrank des unbenutzten Schlafzimmers hatte ich noch einen Schuhkarton voller Fotos und Andenken. Niemand hatte sich daran zu schaffen gemacht. Ich trug ihn zum Auto und stellte ihn in den Kofferraum. Dann gab ich der Versuchung nach und ging wieder ins Haus. Ich dachte mir, wenn ich schon vor Ort war, dann könnte ich auch nachsehen, ob meine Klamotten noch da waren oder ob Misty sie rausgeschmissen hatte.

Erstaunlicherweise hatte sie das nicht gemacht. Ich fand alles fein säuberlich eingepackt und beschriftet im Windfang hinter dem Haus. Das war ja praktisch! Ich lief viermal hin und her, dann hatte ich die Sachen im Auto und ging ein letztes Mal ins Haus. Ich wusste nicht, was ich eigentlich suchte … Vielleicht irgendwas, um ganz abzuschließen? Unser Hochzeitsfoto hing noch immer an der Wand, neben dem Bild von der Abschlussfeier an unserer Schule. Ich schaute mich auf den Fotos an und wünschte mir, ich könnte die Zeit zurückdrehen und mir selbst einen guten Rat geben, so etwas wie: *Hau ab und blick niemals zurück!*

Aus irgendeinem Grund, den ich mir selbst nicht erklären konnte, nahm ich das Hochzeitsfoto von der Wand, machte die Rückseite vom Rahmen ab und holte das Bild heraus. Es war nichts Besonderes, bloß ein Schnappschuss im Kleinformat. Wir hatten bei der Hochzeit gar keinen richtigen Fotografen gehabt.

Trotzdem war es ein gutes Bild.

Gary war jung und gut aussehend, ich war kess, hübsch und neugierig, was die Zukunft bringen würde. Ich kann nicht sagen, wie lange ich gedankenverloren dastand, aber ich merkte tatsächlich nicht, dass Gary ins Haus kam. Er roch nach Bier und Rauch, doch ich nahm ihn erst wahr, als er seinen Schlüsselbund auf das Tischchen schmiss.

Ich fuhr herum und mir blieb der Mund offen stehen. Meine Hände zitterten so sehr, dass ich das Bild fallen ließ.

»Ähm, hallo, Gary«, brachte ich flüsternd heraus.

»An dem Tag hast du mich voll reingerissen«, sagte er und wies mit dem Kinn auf das Bild. Sein Gesicht war knallrot und ich sah, wie die Ader an seiner Stirn anfing zu klopfen. Er war wütend – stinkwütend. »Ich hätte alles machen können, aber du wolltest ja unbedingt heiraten. Jetzt stecke ich in diesem verdammten Kuhdorf fest und hab nix. Ein großartig beschissener Plan, Marie. Hoffentlich bist du stolz auf dich!«

Ich sah ihn misstrauisch an, als er auf mich zukam, und versuchte, nicht in Panik zu geraten. Als ich ihn das letzte Mal gesehen hatte, hatte er mir so heftig eine gescheuert, dass ich quer durch die Küche geflogen war. Ich war nicht vorbereitet auf den Schrecken und das Gefühl von Hilflosigkeit, das diese Erinnerung in mir auslöste. Auf einmal war ich wie gelähmt. Ich zwang mich zum Nachdenken. Würde ich es schaffen, an ihm vorbei- und durch die Tür hinauszukommen? Er lachte.

»Bist du hier, damit du mich noch mal reinreißen kannst, Fotze?«

Er lallte. Gary war betrunken, sehr betrunken. Vielleicht sogar bis zum Filmriss.

Ich musste hier weg, und zwar auf der Stelle.

Ich machte einen Versuch, aber er stürzte sich auf mich und warf mich mit derselben Kraft und dem demselben Tempo zu Boden, die er als Quarterback an der Highschool gehabt hatte. Ich krachte mit dem Kopf auf den Holzboden. Letztes Jahr hatten wir den Teppich rausgerissen, und ich hatte mich riesig gefreut, dass darunter die Holzlatten zum Vorschein gekommen waren. Jetzt schoss mir der Schmerz durch den ganzen Körper. Gary setzte sich rittlings auf mich, packte mich und riss mich hoch.

Dann fing er an, mich zu verprügeln.

Danach wird meine Erinnerung undeutlich.

Ich lag lange auf dem Boden und stöhnte. Irgendwann kam Misty rein und schrie los. Gary war völlig hinüber. Er lag auf der Couch und merkte gar nicht, dass sie mir aufstehen half und mich in die Küche brachte. Sie wollte die Polizei holen, aber ich bat sie, es nicht zu tun – ich wollte mich nicht gedemütigt fühlen. Ich wollte die Bullen nicht anschauen, ihnen jede Menge Fragen beantworten und ihre mitleidigen Blicke erdulden müssen.

Außerdem wollte ich Misty nicht gern haben müssen.

Ich war am Boden zerstört gewesen und hatte mich verraten gefühlt, als ich erfahren hatte, dass sie mit meinem Mann schlief. Dass Gary mich geschlagen hatte, lag vor allem an dem Streit, den wir ihretwegen gehabt hatten. Aber ihre Berührung war sanft und behutsam und das Entsetzen in ihren Augen war echt. Sie zwang mich, Paracetamol zu nehmen, als ich mich weigerte, in die Notaufnahme zu fahren. Dann ging sie durchs Haus, warf all ihre Sachen in drei Koffer und weinte dabei die ganze Zeit große stille Tränen. Das Paracetamol wirkte schnell. Dennoch konnte ich ihr nicht helfen, ihre Sachen hinauszutragen, doch ich hielt ihr wenigstens die Tür auf. Wir schlossen hinter uns ab und ich sah zu, wie sie alles in ihr Auto packte. Dann nahm sie mich am Arm und führte mich zu meinem Wagen.

»Bist du dir sicher, dass ich nicht doch die Bullen rufen soll?«, fragte sie. »Er muss dafür bezahlen. Ich habe gewusst, dass er trinkt und dass er ganz schön miese Launen haben kann, aber ich hatte keine Ahnung …«

»Ich will bloß noch nach Hause«, flüsterte ich. Sie umarmte mich und drückte mich sanft. Ein kleiner, merkwürdig losgelöster Teil meiner Psyche wunderte sich, dass eine Frau, die ich so sehr gehasst hatte, nun meine Retterin war. Das Leben ist manchmal seltsam.

»Komm nicht wieder her«, flüsterte Misty. »Ein Mann, der zu so was fähig ist, könnte dich beim nächsten Mal umbringen. Ich denke, ich werde ein Weilchen bei meinem Bruder bleiben. Er ist Polizist, bei ihm bin ich sicher. Aber Gary redet die ganze Zeit von dir, wie sehr er dich hasst, wie sauer er ist, dass ihr geheiratet habt und er mit seinem Leben nichts anderes mehr anfangen konnte. Bitte komm nicht zurück.«

»Ich werde nicht zurückkommen«, sagte ich, und ich meinte es ernst.

Es war schon drei Uhr morgens, als ich neben dem Trailer parkte. Ich hatte wirklich verdammtes Pech, denn dort standen fünf Motorräder, voll beladen mit Satteltaschen und Schlafsäcken. Ich blieb erschöpft im Auto sitzen und sah die Bikes einfach nur an. Der Trailer war hell erleuchtet, hinter der Ostecke des Wagens sah ich einen orangen Schimmer glühen.

Sie hatten ein Lagerfeuer gemacht. Offenbar war Jeff wieder nüchtern genug, um auch einmal etwas anderes anzuzünden als nur sein Gras. Ich hatte keine Energie, um nachzuschauen, was es mit dem Feuer auf sich hatte. Mein Körper war während der Fahrt ganz steif geworden, und es war schon eine Herausforderung gewesen, aus dem Auto zu klettern. Ich schlurfte zur

Tür und hoffte verzweifelt, dass alle draußen beim Lagerfeuer waren, sodass ich mich hineinschleichen und einfach nur aufs Bett fallen lassen könnte.

Aber Pech gehabt.

Ich machte die Tür auf, ging hinein und sah Horse, Max, Bam Bam und Jeff. Eine Weile lang stand ich einfach nur da und hielt mich am Türrahmen fest, damit ich nicht umfiel.

»Heilige Scheiße«, sagte Bam Bam und ich nickte weise.

Heilige Scheiße, das war allerdings richtig.

Jeff saß sprachlos auf der Couch und klappte den Mund auf und zu wie ein Fisch. Ich machte mir nicht die Mühe, mit irgendjemandem zu reden, sondern hinkte voller Schmerzen auf mein Zimmer zu. Dann stand auf einmal Horse neben mir, hob mich ganz vorsichtig hoch, stieß die kaputte Tür meines Schlafzimmers auf und legte mich aufs Bett. Er machte die kleine Lampe auf dem Nachttisch an – mit einem Klick war der Raum in mildes Licht getaucht.

Ich sank in die Kissen und hatte Tränen der Erleichterung in den Augen, als ich das weiche Bettzeug spürte.

Zu Hause! Ich hatte es geschafft.

»Wer war das?«, fragte Horse mit kälterer Stimme, als ich sie je bei ihm gehört hatte. Er setzte sich neben mich aufs Bett, seine Augen wirkten tot und sein Gesicht ausdruckslos. Ich wollte ihn nicht anschauen und konnte es nicht ertragen, dass er mich in diesem Zustand sah. Ich schloss die Augen zu und blendete sein Gesicht einfach aus.

»Gary«, murmelte ich. »Mein Mann. Ich wollte meine Sachen holen. Er hätte eigentlich gar nicht zu Hause sein sollen.«

»Du brauchst einen Arzt«, stellte Horse fest. »Hast du die Bullen gerufen?«

Ich schüttelte tief in den Kissen den Kopf.

»Nein, und ich will keinem davon erzählen«, murmelte ich. »Niemandem. Ich fahre nicht zur Notaufnahme, es ist nichts gebrochen. Er hat mich nur zusammengeschlagen, es ist nichts Ernstes.«

Eine Weile sagte Horse gar nichts.

»Ich muss das fragen, Baby. Hat er dich vergewaltigt?«

Fuck. Ein kurzes hartes Bellen an der Grenze zur Hysterie kam aus meinem Mund. Daran hatte ich noch gar nicht gedacht – es hätte alles noch viel schlimmer gewesen sein können. *Danke, Gary. Danke, dass du mich nicht vergewaltigt hast, du Dreckskerl.*

»Nein.«

»Baby, schau mich an und beantworte meine Frage.«

Ich machte die Augen auf. Horse hatte sich über mich gebeugt. Sein Gesicht war schrecklich angespannt mit fürchterlichem, brennendem Zorn, über den ich nicht weiter nachdenken wollte. Ich hatte nicht die Energie, meine eigenen Gefühle in den Griff zu kriegen, und schon gar keine, um mir über seine Gefühle Gedanken zu machen.

»Nein, er hat mich nicht vergewaltigt«, sagte ich knapp, machte die Augen wieder zu und ließ mich treiben, weiter weg vom Schmerz. Nach einer Weile hörte ich Schritte. Jemand kam in mein Schlafzimmer. Ich hörte das tiefe Grummeln von Picnics Stimme, aber ich konnte erst keine Worte verstehen. Er wiederholte, was er gesagt hatte, und trat näher an mein Bett heran.

»Hast du Zeugen?«, fragte Picnic. Ich sah ihn nicht an.

»Baby, wir müssen wissen, ob es irgendwelche Zeugen gibt«, mahnte Horse eindringlich. »Hat jemand gesehen, was er mit dir gemacht hat? Hast du es irgendjemandem erzählt?«

»Misty«, flüsterte ich nach einer Weile. »Misty hat mich gefunden. Sie hat mir ins Auto geholfen. Sie wollte die Bullen rufen, aber ich habe sie nicht gelassen.«

»Wer ist Misty?«, fragte Horse.

»Garys neue Freundin«, antwortete ich und griff mir behutsam tastend an die aufgeplatzte Lippe. Sogar das Sprechen tat mir weh. »Ich mag sie sogar irgendwie. Sie hat ihre Sachen gepackt und ist abgehauen. Nicht so blöd wie ich, sie ist schnell weg von ihm.«

»Was hältst du von einer Fahrt?«, fragte Horse Picnic.

»Klingt gut«, antwortete er.

»Ich kümmere mich erst um ihre Wunden und schaue, ob sie nicht doch einen Arzt braucht.«

Das fand ich in Ordnung.

Danach verlor ich immer wieder kurz das Bewusstsein. Ich spürte, wie mein Gesicht mit kaltem Wasser abgetupft wurde. Horse schob mir ein paar Tabletten in den Mund und hielt mir einen Becher Wasser hin, damit ich sie hinunterschluckte. Jeff saß neben mir und hielt meine Hand, während der Schmerz völlig verschwand. Gute Pillen, dachte ich. Ganz bestimmt nicht bloß Paracetamol. Ich hörte Motorräder aufheulen, dann wurde ich wieder ohnmächtig. Später rief Jeff in der Kinderkrippe an und erklärte, dass ich einen Unfall gehabt hätte und wahrscheinlich einige Tage nicht zur Arbeit kommen könnte. Er versuchte, mich dazu zu bringen, etwas zu frühstücken, aber ich ertrug den Gedanken an Essen nicht. Ich wollte einfach nur im Bett liegen und in Selbstmitleid versinken. Gegen zehn hörte ich wieder das Brummen von Motorrädern, aber diesmal kam nicht die ganze Mannschaft hinein, sondern nur Horse. Er betrat mein Zimmer und setzte sich zu mir aufs Bett, ohne etwas zu sagen.

»Ich bin ganz schön müde«, sagte ich, ohne ihn anzuschauen. Ich kam mir unglaublich blöd vor, es war mir so peinlich! Ich wusste doch, dass Gary gewalttätig werden konnte. Beim Women's Center hatten sie mich davor gewarnt, allein zum Haus zu gehen, aber ich war mir bei solcher Vorsicht echt bescheuert vorgekommen – ich hatte doch keine Angst, in mein eigenes Zuhause zurückzukehren! »Du gehst jetzt besser.«

Horse strich mit einem Finger über mein Schlüsselbein, eine der wenigen sichtbaren Stellen meines Körpers, an der keine hässlichen blutunterlaufenen Stellen zu sehen waren.

»Er wird dir nichts mehr tun«, sagte er.

»Das ist nicht dein Problem, Horse«, antwortete ich. Ich wollte nicht mit ihm reden, ich wollte einfach nur die Augen schließen, schlafen und eine Weile lang vergessen, was passiert war.

»Dein Problem ist es jetzt auch nicht mehr.«

Etwas in seiner Stimme ließ mich aufhorchen, und ich zwang mich, ihn anzusehen. Seine Augen waren blutunterlaufen und die Muskeln in seinem unrasierten Kiefer spannten sich. Er hob meine Hand hoch und küsste sie ganz sanft. Da sah ich seine Knöchel.

Sie waren total kaputt und voller Blut.

Er folgte meinem Blick, schüttelte langsam den Kopf und sah mich mit einem etwas merkwürdigen, traurigen Lächeln an.

»Stell nie eine Frage, wenn du die Antwort nicht hören willst«, sagte er. »Ich muss los, wir haben eine lange Fahrt vor uns – nach Kalifornien. Wenn jemand fragt: Du hattest einen Unfall mit dem Auto, okay? Keine weiteren Einzelheiten, denn sobald du zu viele Informationen rausgibst und die Lüge kompliziert machst, ist es schwieriger, sie aufrechtzuerhalten.«

Ich nickte und machte die Augen wieder zu.

Ich dachte nicht einmal darüber nach, ihn zu fragen, wobei er sich die Knöchel verletzt hatte.

KAPITEL SECHS

Eine Woche später kamen die Reapers auf dem Heimweg wieder vorbei. Ich war schon wieder auf den Beinen und lief herum, obwohl ich noch nicht zur Arbeit ging. Denise hatte mich besucht – bewaffnet mit einer Hühnersuppe und einem Korb voll frischem Gemüse, darunter eine Zucchini, die mindestens zwanzig Pfund wog. Sie hatte entschieden, dass ich mich nicht um die Kinder kümmern könnte, solange ich aussah, als hätte mich jemand als Sandsack missbraucht. Die Kids würden sich nur vor mir fürchten. Außerdem hatte Denise mir versprochen, die Stelle für mich freizuhalten, was ich wirklich sehr zu schätzen wusste, und hatte mir sogar angeboten, dass ich, sobald ich wieder vorzeigbar aussah, Überstunden machen könnte, um das Geld heranzuschaffen, das mir jetzt durch die Lappen ging. Sie war so lieb gewesen, dass ich angefangen hatte zu weinen.

Jetzt saß ich vor dem Trailer auf einem Campingstuhl, las eine alte Schmonzette von meiner Mom und hörte, wie ein Motorrad aufheulte und unsere Auffahrt hinauffuhr.

Horse.

Die anderen waren nicht dabei. Ich wusste nicht, was ich sagen sollte, als er zu mir herüberkam. Ich kam mir dumm vor und war verlegen, nicht nur, weil er mich gesehen hatte, als ich wirklich am Ende gewesen war, sondern auch, weil ich immer noch schrecklich aussah. Zum Glück hatte ich mit meiner ursprünglichen Einschätzung der Verletzungen recht behalten – es war nichts gebrochen und es würde keine bleibenden Schäden geben.

»Du siehst beschissen aus«, stellte Horse wenig hilfreich fest, während er sich einen Gartenstuhl schnappte und sich neben mich setzte. Er klang beinahe fröhlich, das ärgerte mich. Ich starrte ihn an und er grinste. »Aber du hast trotzdem noch einen süßen Arsch.«

Jetzt war ich nicht mehr verärgert, sondern stinksauer.

»Du sollst mich nicht so nennen«, fuhr ich ihn an, »ich kann das nicht leiden.«

»Weiß ich doch«, sagte er. »Deswegen mache ich es ja. Du bist so süß, wenn du sauer bist. Wie eine nasse kleine Katze. Dabei werde ich hart.«

Mir blieb der Mund offen stehen. Horse lehnte sich in seinem Stuhl zurück, fuhr sich mit der Hand durch das dunkle, unordentliche Haar und grinste mich mit seinem perfekten Mund an. Seine Bartstoppeln waren so lang, dass sie zu einem kleinen Bart geworden waren. Der Mann sah aus, als wäre er sehr mit sich zufrieden.

»Was vom Ex gehört?«, fragte er.

Ich schüttelte den Kopf und entschied mich, nicht auf die »Dabei werde ich hart«-Bemerkung einzugehen.

»Freut mich, ich glaube auch nicht, dass er dich noch einmal belästigen wird«, antwortete er. »Die Jungs kommen in ein paar Stunden nach, und sie bringen Essen mit. Wir wollen heute Nacht hier campen und morgen nach Hause fahren.«

»Das klingt gut«, sagte ich. »Weiß Jeff Bescheid?«

Er schüttelte den Kopf.

»Ich wollte erst mal nach dir sehen«, sagte er. »Ist Jeff da?«

Ich schüttelte den Kopf.

»Er ist mit ein paar Freunden ins Casino gegangen und meinte, er würde heute vielleicht bei Krissy pennen.«

Horses' Gesichtsausdruck veränderte sich nicht, aber ich spürte eine frostige Reaktion. Das fand ich in Ordnung, denn mir gefiel es auch nicht, dass Jeff ins Casino ging. Er hatte sicher noch etwas für die Reapers zu tun, das noch nicht fertig war. Mit Jeff war es in den letzten paar Wochen echt bergab gegangen, und ich konnte offenbar nichts machen, um das zu verhindern und ihm zu helfen.

»Das soll euch aber nicht abhalten«, sagte ich rasch. »Ihr könnt gerne hierbleiben, vor allem wenn ihr euer eigenes Essen dabeihabt.«

Das meinte ich ehrlich. Obwohl Horse mich bei unserem unvergesslichen ersten Treffen zu Tode erschreckt hatte, fühlte ich mich in seiner Gegenwart sicher, besonders jetzt. Als ich verletzt gewesen war, hatte er mich beschützt. Ich wusste, dass er irgendetwas mit Gary gemacht hatte, das nicht besonders freundlich war. Darüber hätte ich mich eigentlich aufregen sollen, denn meiner Meinung nach hat Gewalt noch nie irgendwelche Probleme gelöst. Andererseits hatte Gary verdient, was auch immer er bekommen hatte, und sicher auch noch ein bisschen mehr.

»Willst du etwas zu trinken?«, fragte Horse und nahm den leeren Plastikbecher, der neben mir auf einer Milchkiste aus Plastik stand. Ich lächelte ihn an und versuchte nicht zusammenzuzucken, als meine aufgeplatzte Lippe sich verzog.

»Eistee?«

»Kriegst du«, sagte er und verschwand im Wohnwagen. Er kam mit einem zweiten Becher für sich selbst wieder heraus. Wir saßen den Rest des Nachmittags kameradschaftlich zusammen und redeten über alles Mögliche. Ich erfuhr, dass er in einer Bikerfamilie groß geworden und sein Vater einer der ersten Reapers gewesen war. Seine Schwester war mit Bam Bam verheiratet. Als ich den Typen zum ersten Mal begegnet war, war mir der Motorradclub wie eine Gangsterbande vorgekommen, aber nach den Beschreibungen von Horse war der Club eher so etwas wie eine Familie. Eine verrückte, laute Mischpoke, die sich ziemlich oft prügelte und bei der zwischendurch auch mal einer im Knast saß, aber trotzdem eine Familie.

Das konnte ich gut verstehen – schließlich war meine Mutter auch mehr als nur ein bisschen verrückt und saß im Bezirksgefängnis, während wir uns vor dem Trailer unterhielten. Und ich liebte sie immer noch heiß und innig.

Ich erzählte ihm von den Broschüren über das Community College in den Tri-Cities, die ich in meinem Schlafzimmer liegen hatte. Es gab dort einen Kurs über Kochkunst, und die Leute beim Women's Center hatten mich ermutigt, noch einmal über eine Ausbildung nachzudenken.

»Das ist eine gute Idee«, sagte er. »Ich weiß, dass du gern in der Kinderbetreuung arbeitest, aber das ist auf Dauer nichts – es sei denn, du würdest selbst gern eine Krippe eröffnen.«

Ich schüttelte lachend den Kopf.

»Auf keinen Fall«, sagte ich. »Die Arbeit mit den Kleinen macht Spaß, aber ich kann mir nicht vorstellen, das mein ganzes Leben lang zu tun. Zu viele Windeln.«

»Du willst also nicht irgendwann eigene Kinder haben? Genug Windeln gehabt?«

Ich zuckte mit den Achseln.

»Ich möchte jedenfalls keine alleinerziehende Mutter werden, so viel ist klar«, sagte ich. »Meine Mom ist gerade wegen Angriffs mit einer tödlichen Waffe im Knast. Die Aktion war ganz schön bescheuert von ihr, das gebe ich zu. Aber sie hat sich immer gut um uns gekümmert. Sie hat wahnsinnig viel gearbeitet, bis sie sich den Rücken verletzt hat und angefangen hat zu trinken. Chronische Schmerzen, weißt du? Aber sie hätte bestimmt nicht versucht, diesen Bullen über den Haufen zu fahren, wenn sie ihr Antiaggressionstraining nicht hingeschmissen hätte. Und warum sie hinter dem zweiten Kerl her war, verstehe ich immer noch nicht. Er war es doch gar nicht, der ihr den Strafzettel fürs Falschparken aufgebrummt hat …«

Horse brach in Gelächter aus, verkniff es sich aber schnell wieder.

Ich schüttelte den Kopf und kniff die Augen zusammen. Er wich meinem Blick aus und trank rasch einen Schluck Eistee. Dann streckte ich die Hand aus und piekte ihn in die Seite. Er lachte wieder und versuchte es in einem Husten zu verstecken. Ich ließ ihn vom Haken.

»Ist schon in Ordnung«, sagte ich lächelnd. »Sogar Mom hat gelacht, als sie sich schließlich wieder beruhigt hatte. Zum Glück ist sie dem anderen Polizisten nicht einmal ansatzweise nahe gekommen. Es war nicht gerade eine Glanzleistung, das ist klar. Sie hat noch vier Monate abzusitzen, und das ist nicht halb so lustig.«

Wir waren ein paar Minuten lang still, dann sprach er wieder.

»Du hast meine Frage nicht beantwortet.«

»Ach ja, Kinder.« Ich schaute auf zu den Wolken. Eine davon sah ein bisschen aus wie meine Mom, die eine Zigarette in der Hand hielt. Ich lächelte. »Eigentlich hätte ich gern Kinder. Aber nicht ganz allein und nicht, wenn ich nicht bei ihnen zu Hause bleiben kann. Jeff und ich waren viel zu oft allein. Ich mache Mom deswegen zwar keinen Vorwurf, aber ich würde mir für meine eigene Familie etwas Besseres wünschen.«

Ich sah zu ihm hinüber und stellte fest, dass er mich intensiv anstarrte. Ich wurde rot, ohne genau zu wissen, warum.

»Und was ist mit dir?«

»Ich will Kinder«, sagte er. »Meine Mom würde mich umbringen, wenn sie von mir nicht ein paar Enkelkinder kriegt. Ich hatte aber nie eine Alte Lady, nicht einmal ansatzweise. Und Kinder ohne Mutter sind eben nicht drin.«

»Stimmt«, antwortete ich und fühlte mich immer unbehaglicher. »Erklär mir doch mal, was ›Alte Lady‹ bedeutet. Das scheint mir kein besonders schöner Ausdruck zu sein für jemanden, den man mag.«

»Das ist eine Respektsbezeugung«, antwortete er. Ich zuckte mit den Achseln. Horse streckte die Hand nach mir aus und drehte mich zu sich, sodass ich ihn ansehen musste. Sein Gesichtsausdruck war entschlossen und konzentriert. »Ehrlich, die Alte Lady eines Bikers ist wie seine Ehefrau. Sie ist sein Eigentum, und wenn irgendjemand sich mit ihr anlegt, dann hat der den ganzen Club am Hals und kriegt verdammten Ärger.«

»Sie ist sein Eigentum?«, wiederholte ich und zog die Nase kraus. »Das klingt ja noch schlimmer.«

»Das kapierst du nicht«, sagte er und schüttelte den Kopf. »In der normalen Welt laufen die Dinge anders, aber der Club ist wie ein eigener Stamm. Wenn keiner Anspruch auf eine Frau erhebt, dann ist sie Freiwild. Doch sobald ein Biker sie als sein Eigentum markiert, ist sie unantastbar.«

»Ich kann mir nicht vorstellen, dass mich jemand sein Eigentum nennt«, fuhr ich ihn an. Er schnaubte aufgebracht.

Ehe er antworten konnte, war in der Ferne das Dröhnen von Auspuffen zu hören. Seine Freunde hatten ausnahmsweise einmal ein richtig gutes Timing. Sie fuhren polternd auf den Hof und hatten Tüten von Kentucky Fried Chicken und jede Menge Gebäck dabei. Normalerweise esse ich dieses Zeug nicht, aber als die Sonne unterging und die Jungs ihre Schlafsäcke ausrollten, konnte ich mir nicht vorstellen, dass irgendetwas leckerer war als das Junkfood, das ich auf einem Teller auf den Knien balancierte.

Keiner erwähnte meine Blutergüsse, das wusste ich zu schätzen. Picnic schenkte mir eine Schachtel getrockneter Kirschen mit Schokoladenüberzug. Sie machten ein Lagerfeuer. Wir saßen zusammen, tranken Bier und lachten, bis ich beinahe einnickte. Als ich aufstand, um ins Bett zu gehen, kam Horse hinter mir her, und es erschien mir fast selbstverständlich, dass er neben mir ins Bett kletterte. Er schien zu verstehen, wie angeschlagen ich immer noch war, und tat nichts, außer mich zu küssen, obwohl ich in der Nacht ein paarmal seine Erektion spürte. In seinen Armen fühlte ich mich sicher. Am nächsten Tag brachen die Reapers im Morgengrauen auf, während ich noch im Halbschlaf war.

Am Nachmittag bekam ich eine SMS. Horse forderte mich auf, mein Handy einmal genau zu checken.

Er hatte sich ganz oben auf der Liste mit den Kontakten mit seiner Nummer eingetragen.

23. August

Horse: *Wie geht's?*

Ich: *Gut. Kind auf Arbeit hat mich fast vollgekotzt, konnte gerade noch weghüpfen :-)*

Horse: *Klingt lustig. Hier Bike zusammengebrochen*

Ich: *Scheiße. Hast Du ein Auto?*

Horse: *Geländewagen. Ist hier praktisch, vor allem bei Schnee. Fühl mich darin aber eingesperrt. Was machst Du?*

Ich: *Sitze im Hof und tanke Sonne.*

Horse: *Was hast Du an?*

Ich: *Nichts. Arbeite an hüllenloser Bräune*

Horse: *!!!! Verarschst Du mich????*

Ich: *LOL Trage T-Shirt und Shorts :-)*

Horse: *Zu schön, um wahr zu sein. Versuche nächste Woche mal runterzukommen*

Ich: *Sag vorher Bescheid*

Horse: *Mach ich. CU*

27. August

Ich: *Langweilig. Wie geht's dem Bike?*

Horse: *Besser gelangweilt als vollgekotzt. Bike fährt wieder*

Ich: *Glückwunsch! Bin aufgeregt, geh heute Abend aus. Freundin Cara von der Highschool zu Besuch aus NY. Wie früher*

Horse: *Aus?*

Ich: *Tanzen in Tri-Cities. Irgendein Club. Werden uns aufrüschen und so!*

Horse: *Sei vorsichtig*

Ich: *Immer. Aber aufgeregt. War seit Gary nicht aus*

Horse: *Suchst du einen neuen Mann?*

Ich: *Ähm … eigentlich nicht. Will bloß Spaß haben*

Horse: *Pass gut auf und zieh Dich nicht zu nuttig an. Nicht dass Du Probleme kriegst*
Ich: *Hatte genug Probleme, glaub mir*
Horse: *Stimmt. Schick mir ein Foto*
Ich: *o.k.*

Ich: *Wie findest Du's? Zu nuttig?*
Horse: *Scharf. Ganz klar zu nuttig. Zieh Dich um*
Ich: *Wie prüde :-P*
Horse: *Meld Dich, wenn wieder da*

Ich: *Scheißabend*
Horse: *?*
Ich: *Jeff krank, richtig schlimm. Hat mich gebeten, bei ihm zu bleiben. Dachte, muss ins Krankenhaus, aber jetzt geht's*
Horse: *Echt beschissen. Jetzt okay?*
Ich: *Glaub schon. Morgen zum Arzt, Magenschmerzen*
Horse: *Tut mir leid*
Ich: *Mir auch. Cara fliegt morgen, also nix mehr mit Ausgehen …*

28. August

Horse: *Wie geht's Jeff?*
Ich: *Gut, als wär nix gewesen. Doc sagt, Gase im Darm*
Horse: *Häh?*
Ich: *Üble Gase*
Horse: *Tut mir leid mit Ausgehen. Aber froh, dass Dich keiner aufgerüscht gesehen hat*
Ich: *Eifersüchtig? ;-)*
Horse: *Was glaubst Du? Muss los, gleich Gottesdienst*
Ich: *Gottesdienst?!?? Hab Dich nicht für Kirchgänger gehalten*

Horse: *So heißen die Clubtreffen. Werd mich vom Sammelteller fernhalten*
Ich: *Und kein Weihwasser ins Bier!*

1. September

Ich: *Besuche heute meine Mutter. Hasse den Knast*
Horse: *Vorsicht bei den Vozus*
Ich: *Vozus?*
Horse: *Vollzugsbeamte*
Ich: *LOL. Weil ich so viele Gesetze breche?*
Horse: *Nein, weil Du Dich in schlechter Gesellschaft befindest :-) Besuch nur so oder steht was an?*
Ich: *Nur so. Gehe jetzt einmal pro Woche, weil näher dran. Von Gary aus schwieriger. Wollte nicht, dass ich sie besuche. Anrufen zu teuer, Besuchen also wichtig*
Horse: *Kapiert. Hab auch Brüder drinnen. Hoffe, Besuch läuft gut*
Ich: *Danke*
Horse: *Schickst Du mir noch ein Bild?*
Ich: *Äh, bin aber nicht rausgeputzt*
Horse: *Egal, schick's. Will Dich heute sehen*
Ich: *Okay :-)*

Ich hasse das Bezirksgefängnis.

Ich habe schon viel zu viele Stunden im Warteraum verbracht. Vermutlich ist es hier noch besser als in einer richtigen Strafanstalt, aber die Aufpasser sehen mich an, als wäre ich der letzte Dreck. Ab und zu begrapscht mich einer, wenn er mich durchsucht. Und ohne diese Kontrolle darf man nicht in den Warteraum.

Das ist der Preis, den ich zahle, um meine Mom zu besuchen.

Sie setzten mich in ein Zimmerchen mit einem fest am Boden angeschraubten Tisch – so ähnlich wie bei McDonald's, wo man die Stühle nicht bewegen kann, aber hier gab es bloß Hocker und alles war weiß.

Nach ein paar Minuten ging die Tür auf und meine Mom kam rein. Sie trug einen orangefarbenen Overall, und obwohl das sicher das hässlichste Kleidungsstück der Welt ist, sah Mom darin fantastisch aus. Ehrlich! Meine Mom ist einfach scharf, das war sie immer schon. Als ich in der Highschool war, hat diese Tatsache mich wahnsinnig gemacht. Doch an der Art, wie sie ging, erkannte ich, dass ihr der Rücken mehr wehtat als sonst. Sie hatte kaputte Bandscheiben, aber keine Krankenversicherung, deshalb konnte sie nicht operiert werden. Die Ärzte wollten, dass sie sich operieren ließ, aber der Bezirk zahlte das nicht, also steckte sie in der Vorhölle fest.

Ich stand auf und umarmte sie.

»Hallo, Mama«, flüsterte ich in ihr Haar, das fantastisch aussah, obwohl sie nichts hatte, um sich zu stylen. Wie konnte ihr Haar im Knast bloß besser aussehen als meines, wenn ich zwei Stunden daran herumfrisiert hatte? Das war ein weiteres Geheimnis meiner verrückten, liebevollen und manchmal auch unglaublich schwierigen Mutter.

»Hallo, Baby«, antwortete sie und drückte mich fest. Sie roch ein bisschen nach Zigaretten. Ich weiß, dass viele Leute das abstoßend finden, aber auf mich wirkt dieser Geruch irgendwie beruhigend, solange unser Trailer nicht voller Rauch ist. Ich denke dann immer an früher, als Jeff und ich noch klein waren und Mom spät in der Nacht von der Arbeit nach Hause kam. Sie ging zu uns ins Kinderzimmer, wo wir schon lange im Bett lagen, und gab uns einen Gutenachtkuss. Dieser leichte Geruch nach Rauch war der Geruch von Trost und Sicherheit.

Wir lösten uns voneinander und setzten uns hin.

»Und, wie geht's dir?«, fragte sie. Ich hatte jede Menge Make-up aufgelegt, um den Rest meiner Blutergüsse zu überdecken, aber sie durchschaute den Trick sofort. »Gary?«

»Ja«, sagte ich und wurde rot. »Ich war blöd und bin allein hingefahren, um ein paar Sachen zu holen. Er war besoffen.«

Sie presste die Lippen aufeinander und hatte Tränen in den Augen, entweder vor Wut oder aus Frust, ich wusste es nicht.

»Ich wünschte bloß, ich wär nicht hier drin«, sagte sie. »Ich würd den Dreckskerl umbringen.«

»Mom! Sag so was nicht, die hören hier sicher zu – und dann glauben sie, du meinst es ernst!«

Sie hob eine Augenbraue und ich wusste, dass sie es wirklich so meinte. Mom hat ganz schön Temperament, keine Frage. Deswegen war sie ja auch in erster Linie hier. Aber ich liebte es, dass sie ihre Küken immer beschützte, heute genauso wie damals. Meine Mutter war nicht perfekt, aber sie konnte ein Racheengel sein, wenn es nötig war. Das hatte auch der Typ, der uns in der Schule immer schikanierte, einmal schmerzhaft erfahren.

»Es wird jetzt keinen Ärger mehr mit ihm geben«, sagte ich rasch. »Ein Freund von mir hat ein paar Takte mit ihm geredet.«

»Ein Freund?«, fragte sie.

»Äh, eigentlich ein Freund von Jeff. Ein Biker.«

»Aha«, sagte Mom. »Seit wann hängt Jeff denn mit Bikern ab? Ich dachte, Zocker wären eher sein Ding.«

»Seit ich wieder in den Trailer gezogen bin«, antwortete ich achselzuckend. »Er arbeitet irgendetwas für sie, was genau, weiß ich auch nicht.«

»Sind das gute Biker oder üble Biker?«

»Wie meinst du das?«

»Du weißt schon, wie ich das meine.«

Ich lachte nervös.

»Also, auf mich wirken sie in Ordnung. Sie sind ein bisschen ruppig und können einem Angst machen, aber ich komme gut mit ihnen aus.«

Sie kniff die Augen zusammen. Ich rutschte auf dem Hocker hin und her und wurde wieder rot. Meine Mom hat mich schon immer sofort durchschaut.

»Bloß ›gut auskommen‹ oder noch ein bisschen mehr?«, fragte sie. Ich zuckte wieder mit den Achseln und sie grinste.

»Pass bloß auf. Biker können super sein, aber der richtig harte Kern lebt in einer ganz anderen Welt.«

»Ja, das habe ich schon mitgekriegt«, sagte ich trocken. »Ist aber nichts Ernstes, nur Flirterei.«

Sie brauchte die Einzelheiten nicht genau zu wissen. Oder würdet ihr vielleicht eurer Mutter vom besten Orgasmus eures Lebens erzählen?

»Ich hab auch Neuigkeiten«, sagte sie mit strahlenden Augen. Oje – dieses Strahlen kannte ich.

»Was ist los?«, fragte ich leicht genervt.

»Also, ich hab jemanden wiedergetroffen«, sagte sie. »Einen Mann. Und es ist uns ernst.«

Jetzt war ich ganz Ohr.

»Wie zum Teufel schaffst du das vom Knast aus?«, rief ich aus. »Ich glaub's einfach nicht, du bist ja wie ein Magnet! Wie machst du das bloß, dass dir die Kerle immer nachlaufen?«

Sie kicherte und sah plötzlich um Jahre jünger aus.

»Ich werde vielleicht älter, aber ich bin noch lang nicht tot«, sagte sie. »Er hat mich besucht, kurze Zeit nachdem ich hier reingekommen bin. Und seitdem war er jede Woche ein paarmal da.«

»Wer denn?«

»John Benson.«

»Das gibt's doch nicht«, murmelte ich völlig verblüfft. »John Benson, unser Vermieter?«

»Ja«, antwortete sie und sah ein bisschen verlegen aus. »Du weißt es vielleicht nicht, aber er und ich hatten vor langer Zeit etwas miteinander ...«

»Weiß ich«, sagte ich. »Und ich weiß auch, dass er verheiratet war.«

Sie hatte den Anstand, beschämt auszusehen.

»Tja, ich habe Fehler gemacht. Aber du musst wissen, dass wir uns beide damals schuldig gefühlt haben. Deswegen haben wir auch Schluss gemacht. Seine Frau hat's nie rausgekriegt. Sie ist jetzt ungefähr drei Jahre tot, sie kam bei einem Autounfall ums Leben. John und ich sind uns so lange aus dem Weg gegangen, dass es schon zur Gewohnheit geworden war, aber ich schätze, als er die Geschichte über mich in der Zeitung gelesen hat, hat er wieder an mich gedacht.«

Meine Mutter war wohl der einzige Mensch, der es schaffte, eine alte Liebe wiederzufinden, indem er zwei Polizisten beinahe über den Haufen fuhr. John Benson war eindeutig ein Schwachkopf.

»Er will, dass ich ihn heirate.«

Ich schüttelte den Kopf und wusste nicht, was ich sagen sollte. Schließlich brachte ich was heraus.

»Tja, ich denk mal, das ist gut, Mom. Wie geht er denn mit dem um, was passiert ist?«

»Er weiß, dass ich meine Probleme hab, aber ich bin jetzt trocken, und das hat mir geholfen, ein paar Dinge in meinem Leben anders zu sehen«, erklärte sie. Das stimmte wirklich – sie war schon vor diesem kleinen Zwischenfall zu den Anonymen Alkoholikern gegangen. Wir hatten sie im letzten Winter mit ihrer Trunksucht konfrontiert, nachdem Jeff sie ohnmächtig im Schnee vor dem Trailer gefunden hatte. Es war damals ein Wunder gewesen, dass sie diesen Absturz überhaupt überlebt hatte. »Ich habe jetzt verstanden, dass ich meine Emotionen in den Griff bekommen muss, sonst … ich bin halt schnell aufgeregt.«

Das war die Untertreibung des Jahres.

»Sollte man nicht im ersten Jahr bei den Anonymen Alkoholikern keine Beziehung haben?«

»Wenn ich aus dem Knast komme, ist dieses Jahr fast vorbei«, antwortete sie. »Normalerweise würde ich wegen guter Führung ein bisschen früher entlassen werden, aber wegen der Sache mit den Polizisten wird das nichts.«

Wir sahen uns an und dachten beide an diesen Tag zurück. Sie seufzte.

»Ich mache keine halben Sachen, was?«

Ich schüttelte betrübt den Kopf.

»Da hast du allerdings recht.«

»Ich ziehe bei ihm ein, sobald ich hier rauskomme. Das sind gute Neuigkeiten für dich und Jeff, denke ich. Ihr könnt den Trailer für euch behalten.«

Ich zuckte mit den Achseln.

»Wenn du das so möchtest«, sagte ich. »Ich habe da Bedenken, aber wenn du glücklich bist, dann reicht mir das.«

Sie lächelte und die Anspannung in ihrem Gesicht löste sich.

»Danke, meine Süße«, flüsterte sie. »Ich habe mir so viele Gedanken darüber gemacht, wie ich euch die Neuigkeit beibringen soll. Sprichst du mit Jeff darüber? Er ist schon über einen Monat nicht mehr hier gewesen, und ich mache mir Sorgen. Ist alles in Ordnung mit ihm?«

Ich überlegte, wie ich ihre Frage beantworten sollte. Ich wusste von keiner Sache, die konkret schiefgegangen war, aber irgendetwas war ganz klar im Busche. Wie sollte ich ihr das erklären?

»Er war in der letzten Zeit ein bisschen gereizt«, sagte ich schließlich. »Und er hat abgenommen. Aber er hat nicht mit mir über irgendwelche Probleme gesprochen, und als ich ihn mal gefragt habe, da hat er mich abblitzen lassen. Ich würde dir gern mehr erzählen, aber ich weiß nichts.«

»Danke dir schon mal dafür«, sagte sie. »Bitte sag ihm, dass ich ihn liebe.«

»Das werde ich ihm ausrichten.«

1. September

Ich: *War lustig*
Horse: *?*
Ich: *Hab Mom besucht. Alles klar, aber verrückte Neuigkeiten: Sie heiratet*
Horse: *Ist das gut?*
Ich: *Bin nicht sicher. Vermieter von unserem Trailer. Sie hatten mal was miteinander, aber er war verheiratet. Frau seit paar Jahren tot*
Horse: *Guter Kerl?*

Ich: *Hat seine Frau betrogen*
Horse: *Einmal oder dauernd?*
Ich: *Nur kurz laut Mom. Sagt, beide hatten Problem damit, daher Schluss gemacht. Erklärt, warum wir den Trailer so billig kriegen*
Horse: *Ach was*
Horse: *Magst du ihn?*
Ich: *Glaub schon. War immer nett zu mir. Sie zieht bei ihm ein, wenn sie rauskommt*
Horse: *Dann freu dich für deine Mom*
Ich: *Ich versuch's*

3. September

Horse: *Wann hast du freien Tag?*
Ich: *Do. Warum?*
Horse: *Will dich besuchen*
Ich: *Fänd ich schön :-)*

6. September

Ich betrachtete mein Gesicht kritisch im Spiegel und wünschte mir, ich wäre nicht so nervös. Die Blutergüsse waren verblasst, das war gut, und man konnte kaum noch erkennen, wo meine Lippe verletzt gewesen war. Ein paar gelbe Flecken gab es noch, aber die bedeckte ich mit strategisch klug platziertem Make-up. Ich zog ein schönes Sommerkleid an, nicht zu ausgefallen, aber hell und fröhlich, in dem mein Busen wunderbar zur Geltung kam.

Alles in allem sah ich endlich wieder aus wie ein Mensch.

Horse würde jeden Moment da sein. Die Fahrt dauerte ungefähr drei Stunden, und er hatte mir eine SMS geschrieben, als er morgens um sieben aufgebrochen war. Ich konnte die Beziehung zwischen uns nicht genau definieren, aber er wollte mich besuchen kommen und nicht Jeff. Außerdem kam er ganz allein, das musste irgendetwas zu bedeuten haben. Ganz sicher war ich nicht einfach nur eine Frau für Gelegenheitssex, denn so weit waren wir ja noch nie gekommen.

Ich hörte sein Motorrad und zog das Mieder meines Kleids zurecht. Vorhin hatte ich einen tiefen Ausschnitt noch für eine gute Idee gehalten, aber jetzt war ich ein bisschen verlegen. Es klopfte an der Tür.

»Bist du da, Süßarsch?«, rief er. Ich machte die Tür auf und sofort richteten sich seine Augen auf meinen Busen.

»Nenn mich nicht Süßarsch«, raunzte ich ihn an. Er grinste und tippte mir mit dem Finger auf die Nase.

»Sind wir heute ein bisschen zickig?«

»Sind wir heute ein bisschen unhöflich?«

»Das sind wir immer.«

Wir fingen gleichzeitig an zu lachen. Horse zog mich in seine Arme und gab mir einen Begrüßungskuss, der mich alles andere vergessen ließ. Während seine Zunge in meinem Mund unterwegs war, glitten seine Hände zu meinem Hintern, umfassten meine Pobacken und zogen mich an seine Hüfte. Ich spürte seinen Schwanz am Bauch, und mir schossen die Funken nur so durch den Körper. Kaum zu fassen, dass ich diesen schönen, furchterregenden Biker so erregen konnte.

Irgendwann musste ich dann doch einmal atmen. Ich machte mich von ihm los, nahm ihn bei der Hand und führte ihn zur Wohnzimmercouch. Er sah sich um und seine Augen blieben an Jeffs Pfeife auf dem Couchtisch hängen.

»Ist dein Bruder da?«

»Er liegt noch im Bett«, sagte ich. »Ist nicht gerade ein Frühaufsteher.«

Er lachte.

»Das bin ich auch nicht. Heute Morgen musste ich viel zu früh raus.«

Mich überlief ein Schauer – er hatte mich so gern sehen wollen, dass er früh aufgestanden war!

»Hast du beruflich in der Gegend zu tun?«, fragte ich und versuchte möglichst beiläufig zu klingen. Er schüttelte den Kopf.

»Bin bloß wegen dir hier, Baby.«

Ich grinste ihn an wie eine Schwachsinnige. So viel zum Thema cool bleiben …

»Und was würdest du gern machen?«

Er hob eine Augenbraue.

»Das fragst du noch?«

Ich lachte nervös. Er mochte umwerfend sein, aber ich konnte nicht einfach so mit ihm ins Bett hüpfen, das ging echt nicht. Ich musste mich erst ein bisschen aufwärmen.

»Tja, wie wär's, wenn ich dir ein bisschen die Gegend zeige? Vielleicht könnten wir zum Fluss hinunterfahren oder so?«

Er schaute mich wissend an.

»Schisser.«

»Möglich.«

»Okay, wir spielen nach deinen Regeln. Willst du uns ein Lunchpaket machen oder kehren wir irgendwo ein?«

Ich dachte an mein Bankkonto – das wuchs zwar, aber sehr langsam – und entschied, dass ein Picknick das Richtige war.

»Gib mir zehn Minuten Zeit, dann bereite ich etwas vor.«

»Und du ziehst dich auch besser um.«

»Warum denn?«

»Weil du in dem Kleid nicht auf dem Bike fahren kannst. Zieh eine Jeans an.«

»Ich bin noch nie auf einem Bike gefahren.«

Horse beugte sich über mich und küsste mich kurz auf den Mund.

»Ich freue mich darüber, dass ich dein erstes Mal bin, Baby.«

KAPITEL SIEBEN

Statt zehn Minuten brauchte ich eine halbe Stunde. Ich packte Sachen fürs Mittagessen ein, eine Decke zum Draufsetzen und ein paar Kondome (vorsichtig in einer Reißverschlusstasche in meiner Geldbörse), nur für alle Fälle. Horse gab mir einen schwarzen Helm, der aussah, als wäre er von einem deutschen Soldaten – die Sorte Helm, die an den Kanten gewölbt ist. Ich hätte nicht gewusst, wie man ihn zu befestigen hatte, aber Horse setzte ihn mir auf und machte vorsichtig den Verschluss zu, als wäre ich zerbrechlich und wertvoll. Ich genoss dieses Gefühl. Dann setzte ich mich hinter ihm auf sein Bike. Das allein war schon eine Erfahrung für sich. Die Harley war groß und ausladend, sodass ich die Beine um seine Hüften spreizen musste. Die Symbolik entging mir nicht! Ich war mir nicht ganz sicher, was ich mit meinen Armen anfangen sollte, aber er fasste meine Hände und zog sie um sich herum vor seinen Bauch.

»Gut festhalten«, sagte er. »Klopf mir auf den Bauch, wenn ich aus irgendeinem Grund anhalten soll. Und pass auf mit den Auspuffrohren, die werden sehr schnell heiß.«

»In Ordnung«, antwortete ich nervös.

Dann heulte der Motor auf und wir fuhren die Einfahrt hinunter.

Wie soll ich meine erste Fahrt beschreiben?

Also, zum einen vibriert das Motorrad, und zwar mächtig. Ich schätze, auf einer langen Tour wird einem irgendwann der Hintern taub, aber in den ersten Minuten fühlte es sich an, als säße ich auf dem größten

Sexspielzeug der Welt. Es war auch nicht übel, dass ich die Arme um einen heißen, muskulösen Typen geschlungen hatte, der deutlich gemacht hatte, dass er meine Vorzüge zu schätzen wusste. Ich drückte mich eng an ihn, als wir auf den Highway fuhren, und klammerte mich mit aller Kraft an ihm fest, als er Vollgas gab.

Ich hatte versprochen, ihm ein paar Sehenswürdigkeiten zu zeigen, aber er hatte seine eigenen Pläne und kannte die Gegend offenbar gut. Nach etwa einer halben Stunde fuhren wir vom Highway ab und auf einer Schotterstraße in die Hügel hinein. Nun ging es viel langsamer voran. Nach einigen Kilometern war die Schotterpiste kaum mehr als eine Sandstrecke. Dann bogen wir auf einen noch schmaleren Weg ab, der den Namen »Straße« gar nicht nicht mehr verdient hatte. Es war eine Sackgasse, die in einem Wendehammer endete. Horse machte den Motor aus.

Ich ließ die Arme fallen und berührte dabei versehentlich seine Erektion. Ich zog verlegen meine Hand zurück, aber er packte sie und rieb sie einmal an sich auf und ab.

»Das hab ich vermisst, Baby«, sagte er. Ich antwortete nicht und fühlte mich merkwürdig schüchtern. Als er meine Hand losließ, machte ich jedoch weiter. Ich dachte an seinen Schwanz, daran, wie groß er war und wie hart er das letzte Mal gewesen war, als ich ihn gesehen hatte. Ich bewegte mich auf dem Sitz und kippte meine Hüften nach vorn in das harte Leder. Es fühlte sich gut an, die Beine so weit geöffnet zu haben ... Aber ich wollte ihn in meiner Hand spüren, also tastete ich nach seinem Reißverschluss.

»Scheiße, Baby, ich fick dich doch nicht auf dem Parkplatz«, sagte er lachend. Ich krächzte und zog verlegen meine Hände weg. »Ich hab eine bessere Idee«, sagte er, »komm mit.«

Ich glitt vom Bike und war mir sicher, dass mein Gesicht knallrot war. Horse nahm unsere Picknicksachen und eine Satteltasche und streckte mir die Hand hin. Ich ergriff sie und er zog mich auf einen Trampelpfad, der durchs Gestrüpp führte.

Nun muss man wissen, dass der Osten von Washington nicht gerade der Garten Eden ist. In der Region ist alles wüst und Buschland, mit niedrigen, sanften Hügeln. Als ich Horse jedoch durch eine Schlucht folgte, die zwischen zwei von diesen Hügeln hindurchführte, wurde es immer grüner, und ich sah ein kleines Rinnsal. Wir marschierten etwa eine halbe Stunde am Wasser entlang, bis wir zu einem kleinen runden Teich kamen, von dem Dampfschwaden aufstiegen.

»Eine heiße Quelle!«, rief ich voller Freude aus. Horse sah sehr zufrieden aus, als ich hinrannte und die Hand ins Wasser steckte. »Woher kennst du das hier? Ich bin in der Gegend aufgewachsen und habe noch nie von diesem Ort gehört!«

»Ich kenne alle möglichen interessanten Dinge, die du nicht kennst«, sagte er und hob vielsagend die Augenbrauen. Ich kicherte. Aber als er die Sachen fürs Picknick fallen ließ und einen Satz auf mich zumachte, hörte ich auf zu lachen und rannte los. Ich kreischte und kicherte, als er mich schnappte und mich zu Boden zog, auf sich drauf, und mich kitzelte. Er lag auf dem Rücken, die Arme um meine Brust geschlungen und seine Beine um meine, und hielt mich fest, während er nach dem Saum meines T-Shirts griff. Er zog es mir über den Kopf, hielt alle paar Sekunden inne und kitzelte mich weiter.

Dann glitten seine Hände zum Verschluss meiner Jeans hinab.

»Wag es ja nicht!«, brüllte ich, aber er lachte nur und riss meine Jeans auf. Er schob sie mir über die Hüften. Ich wehrte mich und er ließ mich los, sodass ich nach vorne flog. Ehe ich zur Besinnung kam, hatte er mich von hinten gepackt, zog mir die Jeans aus, stand auf und hielt die Hose triumphierend außerhalb meiner Reichweite.

»Das wirst du mir büßen!«, rief ich noch immer lachend. Als er die Jeans fallen ließ und wieder einen Satz auf mich zutat, hörte ich ganz schnell auf zu lachen und lief weg. Das funktionierte genauso wenig wie beim ersten Mal. Er schnappte mich, warf mich über die Schulter, trug mich zur Quelle und schlug mir leicht auf den Hintern. »Ruhig, Frau!«

Ich kreischte »Nein!«, und dann flog ich auch schon mit einem großen Platscher ins Wasser.

Es war, als würde man in eine heiße Badewanne hüpfen – nicht tief, aber doch tief genug, dass ein Sprung nicht gefährlich war. Ich tauchte wieder auf und warf Horse einen finsteren Blick zu. Dann ließ ich den Kopf nach hinten ins Wasser gleiten, um die Haare aus dem Gesicht zu bekommen. Als ich wieder auftauchte, sah ich Horse an.

Er beugte sich lachend über mich.

Ich spritzte ihn voll, so gut ich konnte, aber er lachte nur noch mehr. Dann drehte er sich um und schmollte.

Dachte ich zumindest.

Der Platscher, den er machte, als er ins Wasser sprang, warf mich fast um. Schon hatte Horse die Arme um mich geschlungen und zog mich mit dem Rücken an seinen Körper. Er hatte sich bis auf die Unterhose ausgezogen. Seine Hände glitten über meine Kurven, und ich schmolz förmlich dahin.

»Baby, du bist so süß, wenn du nass bist«, flüsterte er mir ins Ohr und glitt mit einem Finger in mein Höschen. Mit der anderen Hand zog er meinen BH hinab. Er bearbeitete meine Brustwarze und spielte gleichzeitig an meiner Klit herum. Ich schauderte und bog den Rücken durch, als er seinen Finger immer schneller bewegte, so als würde er Gitarre spielen. Ich musste schon den ganzen Morgen dauererregt gewesen sein, denn ich ging ab wie ein Feuerwerkskörper.

»Verdammt noch mal …«, stöhnte ich und sank an ihm zusammen.

Er küsste mich in den Nacken. Dann drehte er mich herum, sodass ich ihn sehen konnte. Ich schlang die Beine um seine Hüften und die Arme um seinen Hals und küsste ihn mit aller Kraft. Diesmal übernahm meine Zunge in seinem Mund die Führung, und ich vergrub die Finger in seinem Haar. Mein BH hing unterhalb meiner Brüste und meine Nippel scheuerten an seiner Brust. Alles zwischen uns war nass, glitschig und wunderbar.

Schließlich löste er seinen Mund von meinem und holte tief Luft. Ich nutzte die Gelegenheit, griff zwischen uns nach unten und packte seinen Schwanz. Er lockerte seinen Griff, damit ich mich besser bewegen konnte, und ich schob seine Unterhose weg. Dann legte ich die Hand auf die Unterseite seines Penis und zog meinen Handballen dort entlang, wo die Schwellung der Eichel begann.

»Fuck, Baby, das fühlt sich gut an!«

Ermutigt griff ich ihn ganz und glitt mit pumpenden Bewegungen auf und ab, immer schneller, bis seine Hände sich in meine Hüften krallten und sein Atem nur noch stoßweise kam. Ich glitt mit der Hand noch tiefer, umfasste seine Eier und rollte sie in seinem Sack herum. Dann zog ich leicht daran und drückte sie fest gegen den Schaft. Ihn überlief ein Schauer. Er packte meine Hand mit seiner und rieb sie an seinem Schwanz rauf und runter, viel härter, als ich es je getan hätte.

»Fick mich …«, murmelte er und lehnte seine Stirn an meine. »Genau so, Baby. Mach weiter, nicht aufhören!«

Ich pumpte ihn, so schnell ich konnte, und freute mich über sein zufriedenes, begehrliches Stöhnen. Dann spürte ich, wie es tief in seinem Schaft pochte. Sein Samen schoss zwischen uns ins Wasser. Horse grunzte heftig, als er kam. Ich streichelte ihn langsam, während er weich wurde, bis er schließlich meine Hand wegzog, sie zu sich heraufhob und sich um den Hals legte.

»Du bist so verdammt scharf«, flüsterte er, hob mich ein bisschen an und küsste mich hinters Ohr. »Ich fasse es nicht, wie scharf du bist. Ich hab den Gedanken gehasst, dass du dich aufrüschst und ohne mich ausgehst und dich vielleicht ein anderer umarmt.«

»Ich hab die Nacht damit verbracht, Jeff zuzuhören, wie er stöhnte und kotzte, das war also ein ziemlicher Reinfall«, flüsterte ich zurück. »Es wäre eh keiner auch nur ansatzweise an dich rangekommen. Aber ich hätte mir sehr gewünscht, Cara mal wieder zu sehen.«

Er zuckte mit den Achseln.

»Jeff hat getan, was er tun musste.«

Das fand ich ziemlich merkwürdig.

»Wie meinst du das?«

»Er hat dich zu Hause gebraucht, also hat er dich gebeten zu bleiben, obwohl er es wahrscheinlich beschissen fand, dass du dableiben musstest.«

»Oh«, sagte ich. »Ja, da hast du wahrscheinlich recht. Er ist so gut zu mir gewesen, das war das Mindeste, was ich tun konnte.«

Ich lehnte den Kopf an seine Schulter. Wir saßen im heißen Wasser und genossen den Augenblick ohne irgendwelchen Druck oder Eile.

Dann knurrte sein Magen so laut, dass ich es spüren konnte.

»Hast du so einen Hunger?«, fragte ich lächelnd.

»Mein Frühstück ist sechs Stunden her«, antwortete er. »Ich wollte dich so schnell wie möglich sehen. Ich wäre schon letzte Nacht gekommen, wenn es möglich gewesen wäre.«

»Ich beende das hier ungern, aber vielleicht füttere ich dich jetzt besser.«

»Ich wehre mich nicht. Du kochst fast so gut, wie du mir einen runterholst.«

»Horse!«, stieß ich hervor und wurde rot. Ich lehnte mich zurück und spritzte ihm Wasser ins Gesicht. Er tauchte mich unter und wir rangelten ein bisschen miteinander, ehe wir schließlich aus dem Wasser stiegen, um etwas zu essen.

Zum Glück lebten wir in den Neunzigerjahren, also fühlten wir uns, obwohl wir triefend nass waren, nicht unangenehm berührt. Es war merkwürdig, sich zum Mittagspicknick in Höschen und BH hinzusetzen, aber andererseits war es auch nicht viel anders als im Bikini. Außerdem hatte ich richtig schöne Unterwäsche an: Der BH war schwarz mit durchbrochener Spitze und Punkten und einem Hauch von Push-up. Das Höschen war hoch geschnitten und ging mir weit über den Hintern. Ich genoss es, dass die Augen von Horse auf mir lagen, während ich das Essen auftischte.

Es war nichts Besonderes – ein paar Sandwiches mit Huhn, rohes Gemüse zum Knabbern, etwas Wassermelone und Brownies mit einer Creamcheese-Füllung als Nachtisch –, aber Horse schien es zu würdigen.

»Jeff hat echt Schwein, dass er dich hat«, sagte er zwischen zwei Bissen. »Ich wünschte, es gäbe jemanden, der sich so um mich kümmert.«

»Lebst du allein?«, fragte ich und bemühte mich, beiläufig zu klingen. Ich ging nicht davon aus, dass er eine Freundin hatte, aber darüber hatten wir noch nie gesprochen. Wahrscheinlich hätte ich ihm diese Frage stellen sollen, bevor ich im Wasser seinen Schwanz gepackt hatte.

Hoppla!

»Bin allein, seit ich ausgeschieden bin.«

»Du warst beim Militär?«

»Bei den Marines. Zwei Einsätze in Afghanistan, das hat gereicht. Ich bin zurückgekommen, habe eine Zeit lang dies und das gemacht und bin dann dem Club beigetreten.«

Ich hätte gern gefragt, wie es in Übersee gewesen war, aber mit so etwas platzt man nicht einfach so heraus. Also schaute ich ihn nur fragend an und hoffte, er würde von selbst ein bisschen erzählen. Er fing meinen Blick auf und lächelte, an den Augenwinkeln bildeten sich winzige Falten. Diese Falten erinnerten mich daran, dass ich noch nicht einmal wusste, wie alt er war.

Verdammt, auch seinen echten Namen kannte ich noch nicht. Hoppla hoch zwei!

»Wie heißt du eigentlich?«

»Horse.«

»Ich meine deinen richtigen Namen«, sagte ich und schubste ihn spielerisch gegen die Schulter. »Ich kenne dich überhaupt nicht, das ist total merkwürdig. Erzähle mir etwas von dir!«

»Mein richtiger Name ist Horse. So heiße ich überall, so nennen mich die Leute, die mich kennen. Aber wenn du meinen Führerschein sehen willst, nur zu.« Er griff nach seiner Jeans, zog sie zu uns rüber und angelte eine lederne Brieftasche hervor, die mit einer Kette an der Hose befestigt war. Er öffnete sie und holte den Führerschein heraus. Ich nahm ihn und kicherte, als ich seinen Namen las.

Marcus Antonius Caesar McDonnell.

»Ernsthaft?«

»Ernsthaft«, antwortete er grinsend. »Mom hat mich bekommen, während mein Dad im Knast saß. Er saß nicht lange, aber sie war verdammt genervt, dass sie ausgerechnet in der Schwangerschaft allein war. Sie interessierte sich für Geschichte und las eine ganze Reihe von Büchern über das alte Rom, also entschied sie sich, auf alles Gewöhnliche zu pfeifen, und benannte mich nach einem römischen Feldherrn. Das Schlimme daran war, dass sie den Namen nicht richtig erwischte. Marcus Antonius Caesar gab es so gar nicht. Dad kriegte die Krise, aber als er aus dem Knast kam, war die Sache schon gelaufen.«

»Ich kann mich nicht entscheiden, ob dieser Name einsame Spitze ist oder das Gruseligste, was ich je gehört habe«, sagte ich kichernd.

»Es ist mein Name, deswegen ist er einsame Spitze«, antwortete er ernsthaft. »Aber um ehrlich zu sein: Ich habe ihn nie benutzt. Dad war derjenige, der mir den Namen Horse verpasste, als er mich zum ersten Mal sah.«

»Wow, sogar damals schon?«

»Sogar damals schon«, bestätigte er selbstzufrieden. »Der Name ist hängen geblieben. Mom hasst ihn.«

»Hier steht, dass du dreißig bist und in Coeur d'Alene in Idaho lebst.«

»Stimmt.«

»Und da ist auch der Club?«

»Da ist mein Charter, also meine Ortsgruppe. Das Hauptquartier ist in Oregon und es gibt insgesamt siebzehn Charter. Unsere Gruppe ist nicht die größte, aber in unserem Gebiet, das ganz schön weit reicht, dominieren wir. Wir haben auch im ganzen Land Nomaden und sogar ein paar Mann, die in Übersee kämpfen. Die Reapers sind nach dem Vietnamkrieg von Marines gegründet worden und viele unserer Anwärter kommen noch immer von den Marines.«

Wow, Horse war plötzlich eine sprudelnde Informationsquelle. Ich beschloss, mein Glück weiter zu versuchen.

»Und was machst du?«

Er neigte den Kopf und sah mich an.

»Ich bin Mitglied in einem Motorradclub, Süße.«

Ich lachte.

»Nein, ich meine: Was machst du beruflich?«

»Ich arbeite in der Hauptsache für den Club. Wir sind in verschiedenen Branchen tätig und in unserer Gegend sind wir gut im Geschäft. Wir betreiben eine Pfandleihe, eine Bar, ein Waffengeschäft und eine Autowerkstatt. Ich kümmere mich um die Buchhaltung.«

Das überraschte mich. Ich konnte mir überhaupt nicht vorstellen, wie Horse sich über ein Wirtschaftsbuch beugte und Geld zählte.

»Hey, guck mich nicht so an«, sagte er lachend. »Nur weil ich der Inbegriff der männlichen Perfektion bin, muss das doch nicht heißen, dass ich kein Hirn habe. Ich bin ziemlich gut mit Zahlen und habe durch das Veteranenprogramm noch ein paar Kurse machen können. Ich sitze also vor dir als ein normaler verdammter Bilanzbuchhalter. Unsere Finanzen sind komplizierter, als du dir vorstellen kannst.«

»Und mein Bruder macht für euch das Webdesign?«

Sein Lächeln verschwand und er schüttelte den Kopf.

»Das sind Clubangelegenheiten, Baby. Darüber sprechen wir nicht. Genug gefragt jetzt.«

Er streckte seine Hand aus, griff in meinen Nacken, zog mich an sich und küsste mich. Ich ließ mein Essen fallen, denn er zog mich quer auf seinen Schoß, während seine Lippen meine langsam erkundeten. Als der Kuss zu Ende ging, lächelte ich zu ihm hinauf.

»Es gefällt mir sehr, wie du das Thema wechselst.«

»Ich freue mich, dass ich dir zu Diensten sein konnte. Lass uns zusammenräumen, ich möchte die Decke jetzt für etwas anderes benutzen.«

Damit war ich einverstanden.

Ich rutschte von seinem Schoß hinunter, sammelte kniend die Sachen zusammen und packte sie zurück in die Tasche.

»Und warum hilfst du mir nicht?«, fragte ich spielerisch.

»Ich genieße die Aussicht. Ich liebe deinen süßen Arsch.«

Ich wackelte damit und grinste. Er krabbelte zu mir und griff mir an den Hintern. Er ließ seine Daumen an der Stelle über meinen Hintern gleiten, an der er in meine Schenkel überging.

»Verdammt heiß, Baby. Ich kann's kaum erwarten, in dich zu kommen.«

Ich schauderte und drängte ihn zurück.

»So verdammt süß«, murmelte er und küsste mich auf den unteren Rücken.

Süß.

Süßarsch.

Süßer Hintern.

»Horse, was bedeutet Süßarsch?«, fragte ich plötzlich. Er hielt inne. »Ich weiß, du hast gesagt, du nennst mich so, damit ich mich ärgere, aber es hat doch noch eine andere Bedeutung. Ich weiß, dass es so ist. Erklär's mir.«

»Ist egal, Süße, du bist keine von denen.«

Oho. Ich machte mich von ihm los und war schon ein bisschen abgetörnt. So wie das klang, würde es mir überhaupt nicht gefallen. Ich setzte mich hin und sah ihn an, die Knie an die Brust gezogen und die Arme um die Knie geschlungen. Ich wartete.

»Lassen wir das Thema, Baby«, murmelte Horse und setzte sich auf die Fersen. »Wir sind an einem schönen Ort, lassen wir's einfach laufen, so wie es ist. Du denkst zu viel nach.«

»Wenn mir ein Mann sagt, ich soll nicht nachdenken, dann ist das ein ganz schlechtes Zeichen«, sagte ich und kniff die Augen zusammen. »Erklär's mir. Jetzt sofort.«

Horse fuhr sich mit der Hand durchs Haar und zuckte mit den Achseln.

»Du weißt nicht viel über die Reapers, stimmt's? Oder über Motorradclubs überhaupt?«

»Ich weiß gar nichts darüber«, erwiderte ich.

»Also, Biker – Biker wie wir, die ihr Leben lang zu ihrem Club gehören – haben eine ganz andere Art zu leben«, sagte er nach einer kurzen Pause. »Wir sind keine normalen Bürger, wir sind eher wie ein Stamm, der sich die Gegend mit den Bürgern teilt. Aber Umgang haben wir nur mit unseren eigenen Leuten. Jeder, der Teil des Stammes ist, hat seinen festen Platz.«

»Aha«, antwortete ich und fragte mich, wo das wohl hinführen würde.

»Scheiße, du wirst dich bloß aufregen und dann kann ich meinen Schwanz nicht mehr in dich stecken«, murmelte er.

»Musst du so vulgär sein?«, fuhr ich ihn an.

»Du kennst mich doch.«

»Wer hat überhaupt gesagt, dass ich das heute mit dir mache?«

»Baby«, antwortete er mit tiefer, rauer Stimme und hob die Augenbrauen. Ich wurde rot. Ja gut, es stimmte. Ich hatte es auch geplant.

Aber das konnte sich noch ändern.

»Also weiter.«

»Nun, für uns gibt es zwei Arten von Leuten: die Clubmitglieder und die anderen«, erklärte er. »Wenn du im Club bist, dann gehörst du zur Familie. Wir halten zusammen und passen aufeinander auf. Du kriegst eine Lederweste und drei Aufnäher, du bist Mitglied und hast Stimmrecht. Wir haben auch Anwärter, die noch keine Vollmitglieder sind, aber wenn sie nicht kneifen, dann werden sie wahrscheinlich aufgenommen.«

»Und was ist mit Frauen?«

»Keine Frauen als Clubmitglieder«, sagte er und schüttelte den Kopf. »Es gibt Frauen, die im Club rumhängen, aber sie gehören ihm nicht an.«

»Klingt ganz schön sexistisch.«

»Es ist so, wie es ist«, antwortete er achselzuckend. »Es muss dir nicht gefallen, aber so ist die Realität der Motorradclubs. Denke daran: Wir leben nicht in eurer Welt, sondern in unserer, und da gelten andere Regeln. Ein paar Clubs lassen Frauen fahren, wir nicht. Wir sind altmodisch. Richtig altmodisch. Aber das heißt nicht, dass Frauen uns nicht wichtig sind.«

Die Richtung, die dieses Gespräch nahm, gefiel mir nicht.

»Wenn ein Mann eine Frau nimmt, heißt das, er will sie behalten, und sie wird sein Eigentum«, fuhr Horse fort. »Das habe ich dir schon erzählt – es ist ein Zeichen von Verpflichtung und Respekt. Es bedeutet, dass er sie beschützen wird, und alle anderen tun gut daran, ihre verdammten Hände von ihr zu lassen, denn sonst kriegen sie es mit ihm und seinen Brüdern zu tun. Es wird keiner wagen, sich mit der Alten Lady eines Bruders anzulegen.«

»Das klingt ganz durcheinander, Horse.«

Er schüttelte den Kopf und war eindeutig frustriert.

»Du beurteilst das nach bürgerlichen Gesichtspunkten, aber wir sind anders«, sagte er. »Wie gesagt, wir sind ein Stamm. Wir leben und sterben zusammen, und was uns gehört, gehört uns. In guten Zeiten sind wir alle gut. Und in schlechten Zeiten geht es uns vielleicht beschissen, aber das stehen wir gemeinsam durch. Die meisten Leute können sich eine solche Verpflichtung gar nicht vorstellen. Es ist, als würdest du im Kampf unter Beschuss stehen – du musst schlichtweg darauf vertrauen, dass deine Brüder eher sterben würden, als dich im Stich zu lassen. Diese Art von Bruderschaft spürt man im Krieg. Aber wenn man dann nach Hause zurückkehrt, erwarten die Leute, dass man sich hinsetzt und irgendeinen Bürojob macht, als wäre nichts gewesen. So funktioniert das bei Männern nicht – zumindest nicht bei Männern wie mir. Ich bin in Afghanistan ein anderer geworden und kann nicht einfach so tun, als hätte ich nichts anderes erlebt. Und im Club erwartet das auch keiner von mir.«

»Das ist krass«, murmelte ich.

»Was du nicht sagst! Ich weiß, dass das für dich schwer zu verstehen ist, aber ich will, dass du es begreifst. Es ist ein anderes Leben, wir haben unsere eigenen Regeln und unsere eigene Gerechtigkeit, aber das ist nicht schlecht.

Es ist sogar verdammt gut. Ich habe ein schönes Haus, verdiene gutes Geld und mache es mir schön – fast jeden einzelnen beschissenen Tag meines Lebens. Ich lebe, Süße! Neunundneunzig Prozent aller Menschen sind damit zufrieden, einfach nur das zu tun, was man ihnen sagt. Wenn du dich nicht mit uns anlegst, dann legen wir uns auch nicht mit dir an. Aber wenn du uns Schwierigkeiten machst, dann wirst du dafür büßen.«

Ich zitterte, obwohl es warm war. Ich griff nach meinem T-Shirt und zog es an. Horse folgte mir mit den Augen. Ich konnte seinen Gesichtsausdruck nicht einmal ansatzweise ergründen.

»Erzähl mir die Sache zu Ende«, sprach ich in die Stille hinein. »Du sagst das doch alles aus einem bestimmten Grund, oder? Was bedeutet Süßarsch?«

»Nicht alle Frauen im Club sind Alte Ladys«, sagte er geradeheraus. »Eine Alte Lady zu sein ist eine große Sache, das habe ich dir schon erklärt. Du willst nicht irgendeine Schlampe als dein Eigentum haben, sondern du musst bereit sein, wirklich alles für sie hinzuwerfen. Aber ein Mann kommt nicht ohne Sex aus. Und da kommen die Süßärsche ins Spiel.«

Das gefiel mir ganz und gar nicht.

»Weiter«, sagte ich kühl.

»Wir haben Frauen, die gern Alte Ladys wären«, erklärte er. »Oder welche, die einfach nur gern bei Bikern abhängen, weil sie vielleicht einen Platz suchen, wo sie ein Weilchen unterschlüpfen können. Dann kommen sie zum Clubhaus, und wenn sie sich beliebt genug machen, lassen wir sie dableiben. Sie räumen auf, kümmern sich um allen möglichen Scheiß und wir …«

Er machte eine Pause und sah zur Seite.

»Das wird dir ganz sicher nicht gefallen«, murmelte er.

»Sag's mir. Und zwar jetzt.«

»Na ja, ihre Muschis gehören mehr oder weniger allen«, sagte er. »Ein Mann braucht eine Frau, und dafür sind die Süßärsche da. Sie stehen allen Brüdern zur Verfügung.«

Ich sah rot.

»Du Dreckskerl!«

Ich stand auf und ging meine Hose holen. Er streckte den Arm nach mir aus, aber ich schlug seine Hand weg und riss meine Jeans an mich.

»Du hältst mich für eine Hure!«

»Nein, ich halte dich *nicht* für eine Hure. Ich hab dir gesagt, dass es mir gefällt, wenn ich dich manchmal ärgern kann. Das ist echt scharf. Du bist kein Süßarsch. Siehst du vielleicht irgendwelche anderen Kerle hier? Es wirkt ja auch nicht gerade so, als würde ich dich zu irgendwas zwingen, Marie!«

»WAS?« Ich wusste nicht, wie er das meinte, aber ich war mir sicher, dass es nichts Gutes war. Ich zog meine Hose hoch, schnappte mir meine Tasche und holte mein Handy heraus. Na toll – kein Empfang.

»Fuck«, murmelte Horse, zog sich Hose und T-Shirt an und warf sich seine Lederweste über. »Du hörst mir gar nicht zu. Du bist nicht wie die, Baby, das weiß ich. Die Jungs wissen das auch. Es hat nichts zu bedeuten.«

»Und warum habt ihr mich dann alle Süßarsch genannt, als wir uns zum ersten Mal gesehen haben?«, wollte ich wissen. »Es ist ja nicht so, als ob damals schon irgendwas zwischen uns gelaufen wäre, also hast du es nicht einfach nur gesagt, um mich zu ärgern. Erkläre mir das, Mr harter Reaper!«

Er schaute zur Seite und rieb sich mit der Hand über die Bartstoppeln, dann wandte er sich wieder zu mir.

»Weil du so ausgesehen hast«, sagte er schließlich. »Du hast draußen vor dem Trailer gewartet und hast ausgesehen wie aus einem verdammten feuchten Traum. Wir wussten, dass Jeff keine Frau hat, jedenfalls keine richtige Freundin. Wir sind einfach davon ausgegangen, Süße.«

»Bring mich nach Hause.«

»Süße, bitte!«

»BRING MICH NACH HAUSE!«

Er wandte sich ab, trat heftig gegen einen Stein, sodass dieser mit einem Platschen in der heißen Quelle versank, und fuhr sich mit den Händen durchs Haar. Ich wünschte, er würde damit aufhören, denn so sah er noch sexyer aus und ich wollte jetzt nicht daran denken, wie begehrenswert er war.

Es war besser, daran zu denken, dass dieser Mann ein Schwein war.

»In Ordnung, ich bringe dich nach Hause«, knurrte er und wandte sich mir wieder zu. »Aber zuerst will ich dir noch etwas zeigen.«

»Bitte, tu das ruhig«, erklärte ich mit großer Geste und breitete die Arme aus. »Tu, was immer nötig ist, um mich von hier und von dir wegzubringen.«

Horse stakste zu der ledernen Satteltasche, die er mitgebracht hatte, und öffnete sie. Er stand da und starrte hinein. Es schien eine Ewigkeit zu dauern, bis er mich wieder ansah.

»Du musst wissen, dass ich dich nicht einfach nur hierher gebracht habe, um dich zu ficken, Marie.«

Ich schnaubte und verdrehte die Augen.

»Du brauchst gar nicht so zu gucken«, knurrte er. »Ich kriege Sex, wann immer mir danach ist. Ich muss nicht vierhundert Meilen hin und zurück fahren, nur um einen Orgasmus zu haben. Viele Frauen sehen das Bike, die Tattoos und die Lederweste und fliegen darauf. Eine Muschi ist wie die andere, aber du bist anders. Deswegen habe ich das hier für dich machen lassen – ich wollte dich fragen, ob du mit mir kommen und das Clubleben einmal ausprobieren willst.«

Er zog eine schwarze Lederweste hervor, viel kleiner als seine, und hielt sie hoch. Auf dem Rücken waren zwei bestickte Aufnäher, auf denen stand »Eigentum von Horse, Reapers MC«.

Heilige Scheiße.

»Willst du mich verarschen?«, fragte ich.

Sein Gesicht verspannte sich und seine Augen wurden kalt.

»Das habe ich noch nie jemandem angeboten, Süße. Ohne Scheiß.«

»Tja, mir brauchst du es nicht anzubieten«, zischte ich. »Ich kenne dich kaum, aber ich weiß, dass du ein sexistisches Schwein bist, und du kannst dich und deinen beschissenen Club ficken.«

»Beleidige den Club nicht, Marie.«

Etwas in seinem Tonfall ließ mich mitten im Schimpfen innehalten. Alle Spuren meines süßen Horse waren verschwunden, vor mir stand wieder der Furcht einflößende, distanzierte Biker. Meine Wut verrauchte, stattdessen fühlte ich mich unglaublich unwohl. Ich hatte vergessen, wie sehr er mich erschrecken konnte.

»Hören wir damit auf«, sagte ich nach einer kurzen Pause. »Das bringt nichts mehr. Hören wir einfach auf zu reden und gehen wir, ehe es noch schlimmer wird.«

»Von mir aus. Nimm deinen Scheiß.«

Komisch, die Wanderung zur Quelle hatte ungefähr eine halbe Stunde gedauert, aber der Rückweg fühlte sich an wie zehn Stunden. Die Fahrt nach Hause war noch schlimmer. Ich hatte die ganze Zeit Angst, vom Bike zu fallen, aber ich wollte auf keinen Fall die Arme um ihn schlingen und den Kopf auf seinen Rücken legen, wie ich es auf der Hinfahrt getan hatte. Ich hielt mich seitlich an seinen Hüften fest und versuchte, mit meinem Unterkörper seinen nicht zu berühren, was völlig unmöglich war.

Als wir zum Trailer kamen, machte er sich nicht einmal die Mühe abzusteigen, geschweige denn, darauf zu achten, ob ich gut ins Haus kam.

Horse donnerte einfach davon, ohne sich noch einmal umzuschauen.

KAPITEL ACHT

7. September

Ich: *Bist du da?*

9. September

Ich: *Horse, wir sollten uns unterhalten. Ich will nicht, dass wir uns hassen. Ich glaube, ich habe einen Fehler gemacht, bitte ruf mich an. Ich vermiss dich. Lass uns das in Ordnung bringen*

10. September

Ich: *Kriegst du meine SMS überhaupt? Bitte, auch wenn du mich hasst, ruf mich an. Ich muss dir was sagen*

13. September

Ich: *Okay, du hast gewonnen. Tschüs*

15. September

Nach unserem Ausflug zu der heißen Quelle wurde alles ein bisschen düster.

Meine Arbeit lief gut, aber das, was ich tat, liebte ich nicht gerade. Versteht mich nicht falsch, die Kinder waren großartig, aber es ist ermüdend, immer von kleinen Menschlein umgeben zu sein, die sich noch nicht einmal selbst den Hintern abwischen können. Manchmal platzen Windeln auch, und das bedeutet genau das, was ihr denkt.

Tolle Zeiten.

Das Zusammenleben mit Jeff wurde auch schwieriger. Es war nicht so, dass wir nicht miteinander zurechtkamen, wir verstanden uns immer noch gut. Wir hatten keinen Krach oder so. Aber er hatte aufgehört, mit mir zu reden, schien nicht besonders viel zu arbeiten und rauchte jeden Tag mehr Pot. Das erste Anzeichen von richtigem Ärger kriegte ich mit, als er mich fragte, wie viel ich eigentlich verdiente. Zu der Zeit bezahlte ich schon das ganze Essen und das machte mir auch nichts aus. Schließlich hatte er mir unter die Arme gegriffen, als ich von Gary abgehauen war, und auch als ich verletzt gewesen war. Aber es sah ihm gar nicht ähnlich rumzuschnorren, wirklich nicht. Er hatte seinen Anteil immer bezahlt und ich bin mir sicher, dass er auch Mom mehr als einmal was zugeschossen hatte.

Die Dinge spitzten sich zu, nachdem die Reapers wieder vorbeigekommen waren, diesmal ohne Horse. Jeff hatte mich nicht vorgewarnt und es war schwer zu sagen, ob es ein geplanter Besuch war oder eine spontane Aktion. Ich hatte meine Lektion gelernt: Stell keine Fragen, wenn du die Antwort nicht hören willst. Ich konnte mir nicht vorstellen, dass es auf die Fragen, die ich gern zu ihrer Geschäftsbeziehung gestellt hätte, überhaupt gute Antworten gab.

Ich kam von der Arbeit nach Hause und sah die Motorräder in der Einfahrt stehen. Das von Horse war nicht dabei. Wir hatten überhaupt nichts mehr zu essen da und auch kein Bier, weil ich meinen Lebensmitteleinkauf für diese Woche noch nicht gemacht hatte. Ich seufzte frustriert und beschloss, loszuziehen und Pizza zu holen, statt etwas zu kochen. Ich hatte noch ein bisschen Geld übrig und mir war jetzt einfach nicht danach, in der Küche irgendwas zu zaubern.

Ich ging hinein und sah Picnic, Bam Bam, Max und Jeff, die still um den Küchentisch versammelt standen. Es lag Spannung in der Luft.

»Ähm, hallo zusammen«, sagte ich fragend und stellte meine Tasche ab.

»Hallo, Marie«, sagte Picnic. Seine Stimme klang nicht freundlich, aber sie war auch nicht kalt. Ich vermutete, Horse hatte nicht allzu viel Scheiß über mich erzählt, nachdem er zu Hause angekommen war. »Wir reden gerade übers Geschäft.«

»Ja, das sehe ich«, antwortete ich. »Wie wär's, wenn ich losgehe und ein paar Pizzas besorge?«

»Klingt super, Marie«, sagte Bam Bam. Er griff zu seiner Brieftasche, holte ein paar Scheine heraus und hielt sie mir hin. Ich war baff.

»Das musst du aber nicht«, murmelte ich.

»Nimm das Geld und vergiss das Bier nicht«, sagte Picnic kurz angebunden. Es schien mir nicht klug, mich mit den Jungs zu streiten, also nahm ich das Geld und zog ab. Ich ließ mir ordentlich Zeit, um die Pizzas zu holen, denn ich wollte auf keinen Fall zu früh nach Hause zurückkommen. Nachdem ich eine Dreiviertelstunde beim Take-away gewartet hatte, kam eine SMS von Jeff, dass alles klar sei. Ich schnappte mir das Essen, fuhr nach Hause und hoffte, dass Jeffs merkwürdiges Verhalten in der letzten Zeit nichts mit den Reapers zu tun hatte. Ich hörte immer wieder die Stimme von Horse in meinem Kopf:

»Wer sich mit uns anlegt, bekommt Ärger. Verdammten Ärger. Und er zieht immer den Kürzeren.«

Jeff würde doch nicht etwa so blöd sein, oder?

Bei meiner Rückkehr erlebte ich noch einen dieser surrealen Momente, die sich im Zusammenhang mit den Reapers zu häufen schienen. Als ich gefahren war, hatte ich das sichere Gefühl gehabt, dass die Dinge zwischen ihnen und Jeff nicht gut standen. Jetzt waren sie alle freundlich – richtig heiter – und sie begrüßten mich (oder vielmehr die Pizzas, die ich mitbrachte) mit einer Art von Jubel, wie ihn sonst nur heimkehrende Kriegshelden zu hören bekommen. Ich versuchte Bam Bam das Wechselgeld zu geben, aber er nahm es nicht an, sondern sagte mir, ich solle es fürs Tanken verwenden.

Der Abend lief nach dem bekannten Muster ab. Wir aßen zusammen, dann setzten die Jungs sich hin und tranken ihr Bier, während ich aufräumte. Im Laufe des Abends wurden die Witze immer dreckiger. Ich trank ein paar Bier. Sie machten ein Lagerfeuer. Jemand schlug vor, Tequila zu trinken. Das mache ich normalerweise nicht, aber durch meine Bierbrille betrachtet, erschien mir das jetzt eine gute Idee. Da ich seit dem frühen Morgen auf den Beinen war und am nächsten Tag um sieben aufstehen musste, um mich für die Arbeit fertig zu machen, beschloss ich dann bald, in die Klappe zu gehen.

Ich konnte nicht schlafen. Die ganze Zeit musste ich an die Typen am Lagerfeuer denken und daran, dass Horse eigentlich mit dabei sein müsste. Dann erinnerte ich mich daran, wie es sich angefühlt hatte, als er mich in seinen starken Armen gehalten und wir zusammen in meinem Bett geschlafen hatten, ganz sicher und warm. Ich wurde traurig, und von da an ging es echt bergab.

Man sagt ja immer, dass man keine SMS schreiben sollte, wenn man getrunken hat. Wer auch immer dieser »man« ist, ich hätte auf ihn hören sollen. »Man« ist recht klug.

Ich: *Horse, vermis dich!*

Ich: *Warum antwortste nich?*

Ich: *Horse mir gefälllt dein name. Möchte das pferdchen reiten. Lol. Schläfst du? Oder bist beschäftigt mit jemand?*

Ich: *Ich weiß das du da bis. Wette du hast schon ne neue. Leck mich*

Ich: *Fick dich und deine Schlampe. Ich hasse dich. Schieb dir deinen Club in den asch für 10 mio würd ich nich deine alte lady*

Zu sagen, dass ich am nächsten Morgen einen Kater hatte, als der Wecker um sieben schepperte, wäre eine echte Untertreibung gewesen. Ich entdeckte die SMS, die ich zwischen dem zweiten und dem dritten Mal Kotzen abgeschickt hatte, und dann die ganz besonders hässliche nach dem dritten Kotzen. Ich wäre am liebsten unter den Trailer gekrochen und gestorben, so peinlich war mir das Ganze. Durch extreme Willenskraft schaffte ich es, rechtzeitig zur Arbeit zu kommen. Zum Glück waren an dem Tag nicht so viele Kinder da und es war nicht so laut und durcheinander. Ich musste immer wieder an die SMS denken und überlegte, wie ich mich am besten bei Horse entschuldigte: Sollte ich ihn anrufen? Oder ihm eine SMS schreiben? Gab es noch eine andere Möglichkeit?

Schließlich entschied ich mich, ihm zu schreiben. Er würde wahrscheinlich eh keinen Anruf von mir entgegennehmen, und das konnte ich ihm nicht übel nehmen. Aber so konnte ich das Ganze einfach nicht stehen lassen – so ein Mensch war ich nicht. Ich fuhr nach der Arbeit nach Hause, goss mir ein großes Glas Wasser ein und feilte sorgfältig an meiner SMS.

Ich: *Meine SMS von letzter Nacht tun mir wirklich sehr leid. Es ist keine Entschuldigung, aber ich war betrunken und habe nicht nachgedacht. Es tut mir leid, dass ich Dich belästigt habe, und es tut mir leid, was ich geschrieben habe. Ich war ein Miststück, es war nicht angebracht und ich fühle mich beschissen. Ich verspreche, dass ich Dich nicht mehr belästigen werde*

Ich saß da, hielt mein Handy umklammert und war mir nicht sicher, ob ich eine Antwort bekommen wollte oder lieber nicht. Verdammt, mein Kopf platzte gleich. Warum hatte ich auch den Tequila getrunken? Tequila ging gar nicht, das wusste ich eigentlich. Das letzte Mal, als ich Tequila Shots getrunken hatte, hatte ich mir den Pulli vom Leib gerissen und bei einer Party auf dem Tisch getanzt. Zum Glück waren auf der Party nicht besonders viele Leute gewesen. Gary hatte mir Dollarscheine in die Jeans gestopft und mir befohlen, noch mehr Tequila zu trinken. Seine Freunde hatten mir ebenfalls zugejubelt und mit Scheinen gewedelt. Gary fand das spitze.

Man konnte also nicht behaupten, es hätte keine Warnzeichen gegeben, dass dieser Mann ein Mistkerl war.

Die Tür flog auf und ich zuckte zusammen.

»Marie, ich muss mit dir reden«, sagte Jeff und ließ sich schwer auf den Hocker neben mir sinken.

»Ich habe einen ganz schönen Kater, ich will jetzt nicht mit dir reden«, murmelte ich und machte die Augen zu.

»Es ist wichtig. Ich brauche Geld.«

»Ich habe ein bisschen im Portemonnaie«, antwortete ich. »Wie viel willst du denn?«

»Viel«, antwortete er und sah mich dabei nicht an. »Ich stecke ein bisschen in der Klemme.«

Jetzt wurde ich aufmerksam und schaute ihn an. Ich betrachtete ihn genau, und was ich sah, schockierte mich. Er hatte in den letzten Wochen mindestens fünf Kilo abgenommen und sich seit Tagen die Haare nicht mehr gewaschen. Sein Gesicht war bleich und seine Augen waren trüb – aber nicht einfach nur vom Restalkohol.

»Jeff, bist du krank? Du siehst gar nicht gut aus. Ich messe dir mal Fieber.«

»Verdammt, Marie!«, brach es aus ihm hervor, und er schlug so hart auf die Theke, dass der ganze Trailer bebte. Ich sprang erschrocken auf. »Warum bist du so aufdringlich? Ich bin nicht dein Kind, ich bin ein erwachsener Mann.«

Ich erstarrte. Jeff hatte mich noch nie angeschrien. Jeff schrie überhaupt nie! Er war immer ein sanfter Mensch gewesen und die Potraucherei hatte nicht gerade dazu beigetragen, dass sich das geändert hätte.

»Tut mir leid«, sagte er und rieb sich die Schulter, als hätte er etwas Schweres getragen und als würde ihm der Rücken wehtun. »Ich sollte dich nicht anschreien. Aber ich brauche wirklich schnell etwas Geld, Marie.«

»Warum?«

»Kapital«, antwortete er und wandte erneut den Blick von mir ab. »Ich hab da einen Deal in der Mache, aber ich brauche Startkapital. Sogar ziemlich viel Startkapital. Eine Wahnsinnsgelegenheit, ich kann's mir nicht leisten, mir das durch die Lappen gehen zu lassen.«

Ich schüttelte den Kopf und fragte mich, ob er verrückt geworden war.

»Ernsthaft? Du weißt doch, dass ich nicht viel Geld habe«, sagte ich. »Du kannst alles haben, aber insgesamt sind das so um die zwölfhundert, mehr nicht.«

»Und was ist mit Gary?«

Ich stutzte.

»Gary?«

»In unserem Bundesstaat gilt doch Gütergemeinschaft, oder?«, fragte Jeff und rutschte nervös auf dem Hocker herum. »Du kannst ihn anrufen und er muss dir das Geld geben. Tu es für mich, Marie, ich brauch das Geld wirklich dringend.«

Ich schüttelte langsam den Kopf und war mir nicht sicher, ob ich ihn wirklich richtig verstanden hatte.

»Zum einen hat Gary nie Geld«, sagte ich langsam. »Er gibt es schneller aus, als er es verdient, und wir haben nie etwas Wertvolles besessen. Und zum anderen: Hast du vielleicht vergessen, dass er mich das letzte Mal, als ich ihn gesehen habe, grün und blau geschlagen hat?!«

Jeff beugte sich zu mir hinüber, legte mir die Hände auf die Schultern und sah mir ins Gesicht.

»Ich bin echt verzweifelt, Schwesterchen. Was ist mit eurem Haus? Kannst du einen Kredit auf euer Haus aufnehmen?«

Ich schüttelte wieder fassungslos den Kopf. Hatte Jeff den Verstand verloren?

»Das Haus ist total mit Hypotheken belastet. Es gehört uns wahrscheinlich schon gar nicht mehr. Was ist hier wirklich los?«, fragte ich. Ich kaufte ihm die Geschichte mit dem Startkapital nicht ab, nicht eine

Sekunde lang, und ich weigerte mich zu glauben, dass Jeff vergessen hatte, was Gary mir angetan hatte. Ich konnte nicht länger die Augen davor verschließen – etwas lief schief, übel schief. Es war so schlimm, dass mein kleiner Bruder verzweifelt war.

»Nichts«, sagte er, schüttelte den Kopf und wandte sich ab. »Ich wollte diesen Deal nur unbedingt machen und dachte, du könntest mir dabei helfen. Du hast recht, ich hätte dich nicht fragen sollen, tut mir leid.«

Er drehte er sich um und ging nach draußen. Sekunden später hörte ich, wie er mit seinem Auto davonfuhr. Für den Rest des Abends war er verschwunden. Im Nachhinein betrachtet, scheint alles ganz offensichtlich, aber ich hatte damals echt keine Ahnung, was als Nächstes passieren würde.

Nicht den Hauch einer Ahnung.

KAPITEL NEUN

Coeur d'Alene, Idaho

16. September

Horse

Horse lehnte sich im Bett zurück und schaute auf Serenas Arsch. Sie ritt ihn wie eine Rodeo-Queen.

Es war besser, als ihr ins Gesicht zu sehen. Nicht dass Serena nicht schön gewesen wäre, aber mit Marie konnte sie auf keinen Fall mithalten.

Marie dagegen … ihr Gesicht könnte er den ganzen Tag betrachten.

Die meisten seiner Brüder rieten ihm, diese Zicke zu vergessen: »Solche Frauen sind den Ärger nicht wert, schnapp dir doch einfach einen Süßarsch als Hausmaus, wenn es nicht dein Ding ist, ab und zu ein Mädel aufzureißen. Und wenn sie dir auf die Nerven geht, na, dann gibt es doch immer noch eine andere Tussi, die du stattdessen rannehmen kannst.«

Serena hörte kurz auf und drehte sich zu ihm um.

»Bist du auch bei der Sache?«

Er lachte und schüttelte den Kopf.

»Sorry, Baby, war in Gedanken. Aber jetzt geht's weiter, okay?«

Er klatschte ihr ermutigend auf den Hintern, und sie lächelte ihn mit ihren sorgfältig geschminkten Lippen an. Das Mädchen war zweifellos ein Profi. Eine Möse wie ein Schraubstock, ein Mund wie ein Staubsauger.

Eigentlich war es verrückt, auch nur eine Sekunde lang darüber nachzudenken, eine perfekte Muschi wie diese für eine Alte Lady aufzugeben, die bewiesen hatte, was sie für eine Zicke sein konnte.

Aber was für eine …

Mit Marie wurde es nie langweilig, das war verdammt noch mal die Wahrheit. Außerdem konnte er sich nicht vorstellen, dass er in Gedanken nicht bei der Sache wäre, wenn sie sich mit seinem Schwanz beschäftigte. Sie war vielleicht nicht so eine Expertin wie Serena, aber sie hatte die süßeste Muschi, die er je geschmeckt hatte. Verdammt, und er wollte sie wieder schmecken! Als er sich das vorstellte, wurde er noch härter.

Eine Stunde später war Serena weg und Horse war noch immer nicht vom Bett aufgestanden. Es wurde langsam Zeit, sich zum Clubhaus aufzumachen, aber er konnte einfach nicht aufhören, an Marie zu denken. Im Gottesdienst würden sie heute über Arschloch-Jeff sprechen und darüber, was er für eine Scheiße gebaut hatte.

Verdammt, Maries Bruder war ein Vollidiot.

Dabei hatten sie bereits jede Menge Geduld mit ihm gehabt.

Horse hatte schon vor knapp drei Monaten in seinen Überweisungen erste »Fehler« entdeckt. Zuerst nur kleine Ungereimtheiten, tausend Dollar hier, fünfhundert dort. Dann wurden sie größer. Jeff hatte alle möglichen Ausreden, von schlichten Tippfehlern bis hin zu der Aussage, dass er mit seinem Schriftkram hinterherhinkte. Letzten Endes wies aber alles in eine Richtung – Jeff versuchte sie zu verarschen. Der Möchtegernklugscheißer dachte, er könnte die Reapers beklauen und damit durchkommen.

Allein der Gedanke daran machte Horse müde.

Es war ja nicht so, dass Jeff nicht gewusst hätte, worauf er sich einließ. Verdammt, *er* war schließlich auf *sie* zugekommen! Der Club hatte ihm von Anfang an klargemacht, dass er keinen Scheiß erlauben und dass die Strafe gegebenenfalls sehr hoch sein würde. Das Schlimmste würde nun der Kollateralschaden sein. Marie. Sie liebte diesen Schwachkopf wirklich.

Horse konnte sich für die Angelegenheit einfach kein Happy End vorstellen.

Wenn Marie seine Alte Lady wäre, dann könnte er ihren Bruder ein bisschen besser in Schutz nehmen. Ihm eine Möglichkeit geben, seinen Arsch zu retten. Aber so wie die Dinge jetzt standen, war der Dreckskerl fällig und damit auch jede Chance, die Horse vielleicht mit Marie gehabt hätte, vergeben. Im besten Falle würde sie nie herausfinden, was mit Jeff passiert war, und ihr weiteres Leben lang nur vermuten, dass die Reapers ihn auf dem Gewissen hatten.

Das war im besten Fall.

Und schlimmstenfalls?

Die Polizei würde bei ihr auf der Schwelle stehen und ihr mitteilen, dass man Jeffs Leiche in einer flachen Grube entdeckt hatte, dass ihm Schwanz und Eier fehlten und ein »R« wie Reapers in seine Brust geritzt war. Marie hatte in der SMS geschrieben, sie wolle nicht, dass »wir uns hassen« für das, was an der heißen Quelle schiefgelaufen war. Das war jetzt wirklich sein kleinstes Problem.

So eine Scheiße.

Horse dachte daran, wie scharf sie auf dem Foto ausgesehen hatte, das sie ihm geschickt hatte, das, wo sie ganz aufgedonnert war, um abends auszugehen. Und wie auf Kommando stand sein Schwanz parat und bettelte um Sex, als hätte Serena ihn nicht gerade komplett leer gemacht.

Das Bild von Marie war süß und sexy, genau wie sie selbst. Sie hatte sich im Badezimmerspiegel fotografiert, bevor sie losziehen und mit ihrer Freundin Party machen wollte. Ein kurzes schwarzes Kleid mit einem viel zu tiefen Ausschnitt. Und die Beine … er konnte nicht die ganzen Beine sehen, aber jeder Dreckskerl, der neben ihr stand, würde sie sehen können – und wenn sie sich auch nur ein klein bisschen vorbeugte, würde man noch ganz andere Einblicke erhalten. Und diese Netzstrümpfe? Verdammt noch mal eins a.

Er griff nach seinem Schwanz und ließ die Hand grob die Länge auf und ab gleiten. Mit der anderen Hand tastete er nach seinem Handy und wollte sich das Bild ranholen, aber das Telefon lag gar nicht auf dem Nachttisch.

Verdammt, er hatte es gestern Abend im Clubhaus vergessen!

Egal, das Bild war sowieso in seinem Gedächtnis eingebrannt. Als sie es ihm geschickt hatte, wäre er fast durchgedreht. Sie sah fantastisch aus, keine Frage. Aber er wollte nicht, dass sein Mädchen so sexy gekleidet ausging, wenn er nicht dabei war, um sie zu beschützen. Jeder Mann im Lokal würde sich bei einem Blick auf ihre Beine vorstellen, wie er sie nach vorne über den Tisch beugte und ihr seinen Schwanz in den Arsch schob.

Bei dem Gedanken, wie sie sich über einen Tisch streckte und die Beine spreizte, schnappte Horse nach Luft. Die ersten Tropfen kamen schon aus seiner Erektion. Er verrieb die Flüssigkeit und wand sich. Er konnte es vor sich sehen: Er würde im Club auf sie zugehen und sich direkt hinter sie stellen, wo sie ihn nicht sehen konnte. Sie würde gerade mit ihrer Freundin reden, sie würden lachen und an irgendeinem pinken Weibergetränk nippen, denn Marie war ein Vollweib. Ihre Lippen würden sich um den Strohhalm schließen und sie würde den Alkohol in sich hineinsaugen, wie sie bei einem Blowjob seinen Samen in sich hineinsaugen würde.

Horse glitt wieder an sich hinauf, fing ein paar weitere Tropfen, die aus ihm heraussickerten, und umkreiste damit seine Spitze. Fuck, das fühlte sich so gut an! Was sagte es über einen Mann aus, wenn er sich zu einem Bild in seinem Kopf einen runterholte und sich das besser anfühlte, als wenn ein heißes Biest wie Serena ihn mit einem Rückwärts-Cowgirl befriedigte?

Horse fühlte, wie sich in seinen geschwollenen Eiern der Höhepunkt näherte, eine beschissene Ladung Samen nur für Marie. Sie hatte den heißesten Mund, die zartesten Hände und eine Muschi, für die er sterben würde. Er konnte es nicht erwarten, sich über ihre Titten zu ergießen und sie dazu zu bringen, ihn zu reiben, während sie sich selbst befingerte.

Warum zum Teufel hatte er es noch nicht geschafft, sie zu ficken?

Es war höchste Zeit, das zu ändern. Er würde hinter sie treten, um sie herumgreifen, ihr den Cocktail aus der Hand nehmen und ihn auf den Tisch stellen. Dann würde er sie um die Taille fassen und, ehe sie sich beschweren könnte, ihren kleinen Körper herumwirbeln, auf den Arm nehmen und sie geradewegs zu den Toiletten tragen.

Ein Arsch wie ihrer war zu heiß, um zu warten, bis man zu Hause war.

Sie würde wahrscheinlich ein bisschen rumzicken, während er sie vornüberbeugte, aber er würde sie zum Schweigen bringen und ihr sagen, sie solle sich auf dem Waschbecken abstützen. Verdammt, sein Mädchen durfte bei allem rumzicken. Bei dem Gedanken an Maries Gesicht, wenn sie stinksauer war, weil er sie Süßarsch nannte, zuckte sein Schwanz, und er musste einen Moment in seiner Bewegung innehalten.

Es wäre nicht gut, wenn er jetzt vorzeitig kam, wo das Beste doch noch vor ihm lag.

Nach etwa einer Minute hatte er sich genug abgekühlt, um mit seiner Fantasieszene weiterzumachen.

Er würde sie nach vorne beugen, mit seinen Händen unter ihr kurzes Kleid gleiten und es so weit nach oben schieben, bis er ihren Rücken sah. Die Netzstrümpfe wären an einen Strumpfgürtel eingehakt, und sie trüge einen passenden schwarzen Stringtanga. Er würde sich vorbeugen und den schmalen Streifen beiseiteschieben, mit dem Finger in ihre Möse gleiten und spüren, wie heiß und eng sie war.

Sie würde sich beschweren, aber Marie war für ihn immer bereit, das stand außer Frage. Horse überließ sich wieder voll und ganz seiner Fantasie. Fuck …

Im Kopf machte er den Reißverschluss seiner Jeans auf, schob die Hose nur so weit hinunter, dass er Schwanz und Eier hervorholen konnte, und rieb den Kopf seines Schwanzes an der Spalte ihres Hinterns. Ein Schauer überlief sie, und er schob ihr aufreizendes kleines Höschen hinunter und ließ es zu Boden fallen. Sie trat heraus, stellte ihre Füße in den High Heels weit auseinander, neigte ihren Arsch nach oben und lud ihn ein, in sie zu kommen.

Es wäre unhöflich, eine solche Einladung abzulehnen.

Er griff nach unten, nahm die Spitze seines Schwanzes und ließ sie ein paarmal am Schlitz ihrer Muschi entlanggleiten, ehe er sich in Position stellte. Dann ergriff er ihre Hüften und stieß in sie hinein. Sie schrie auf und ihre Muskeln spannten sich um seinen Schwanz. Er hätte es langsamer angehen sollen, sie hatte wahrscheinlich noch nie einen Mann gehabt, der einen so großen Schwanz hatte wie er.

»Tut mir leid, Süße«, murmelte er.

»Schon in Ordnung«, flüsterte sie und atmete tief durch. Er spürte, wie sie sich um ihn spannte und ihn härter zupfte und drückte als diese verdammte Masseurin im Bad in Spokane. Sie war so unglaublich heiß! Horse konnte nicht mehr länger warten.

Langsam zog er sich zurück, während sie ihn mit zuckenden Muskeln festhielt. Er zog ihn fast komplett aus ihr heraus und spürte, wie sich ihre Lippen um den Rand der Eichel zusammenzogen. Dann stieß er hart wieder in sie hinein.

Danach wurden die Dinge erst richtig wild.

Er brauchte seine ganze Kraft, um aufrecht stehen zu bleiben, während er Marie fickte. Sie schnappte jedes Mal nach Luft, wenn er unten aufsetzte, und ihre Möse krallte sich so hart um ihn, dass es fast wehtat. Fuck, sie fühlte sich so gut an! Immer wieder erzwang er sich seinen Weg zurück in ihren kleinen Körper, bis er spürte, dass seine Eier sich zusammenzogen und fertig waren, ihre ganze Ladung geradewegs in ihren Schoß zu spritzen.

Auch Marie war kurz vor dem Höhepunkt. Sie war so feucht geworden, dass jeder Stoß ein schmatzendes Geräusch machte. Sie begann um mehr zu betteln, darum, dass er sie härter fickte. Er beugte sich herab und bedeckte ihren Körper mit seinem. Mit einer Hand stützte er sich ab, während er mit der anderen nach ihrer Klit suchte.

Da war sie.

Horse stieß mit dem Finger dagegen. Er war schon darüber hinaus, noch aufmerksam oder sanft zu sein. Offenbar machte es ihr nichts aus, denn sobald er sie berührte, ging sie hoch wie eine Bombe und schrie auf. Es fühlte sich unglaublich an, wie ihr ganzer Körper sich auf ihn ausrichtete, ihn packte, um seinen Samen bettelte.

Er würde ihn liefern!

Horse ließ ihre Klit los, stützte sich jetzt mit beiden Armen auf und hämmerte mit aller Kraft in sie hinein. Das Stöhnen, das sie beide von sich gaben, wurde eins, während er sie nahm, sie für sich beanspruchte und sie so hart fickte, dass sie seinen Schwanz schon in der Kehle zu spüren meinte.

Marie.

Sein Mädchen.

Sein Eigentum.

Ganz allein seins.

Horse explodierte und kam so stark, dass er das Atmen vergaß. Er ließ seinen Schwanz los und glitt aus der Fantasieszene heraus. Dann musste er über sich selbst lachen, wie er hier in seinem Schlafzimmer lag. Aber sein Lachen klang alles andere als lustig, denn Marie im Kopf zu ficken war besser als Serena in echt.

Da konnte er sich doch gleich erschießen, dann hatte er wenigstens alles hinter sich.

Horse hielt unmittelbar vor dem Clubhaus an, er war viel zu knapp dran für den Gottesdienst.

Einer der Anwärter stand auf dem Parkplatz, bewachte die Motorräder und behielt das Tor im Auge. Die Reapers hatten vor fünfzehn Jahren das alte Arsenal der National Guard gekauft. Die Betonblockbauweise, der von Mauern umgebene Innenhof und die kleinen Fenster waren perfekt, sowohl für die Nutzung als Clubhaus als auch als eine Art eine Festung. Nicht dass sie schon einmal angegriffen worden wären – die Reapers waren die unumstrittenen Herrscher in diesem Bezirk. Alle anderen Clubs taten nichts ohne ihre Zustimmung. Darum würde es nun auch bei diesem Treffen gehen.

Die Vormachtstellung der Reapers zu bewahren.

Horse ging ins Clubhaus, das in erster Linie ein Ort zum Entspannen und Abhängen war. Im oberen Stockwerk waren einige Zimmer für Übernachtungen eingerichtet, und es gab auch Lagerräume, aber sie bewahrten hier nie irgendwelche heiklen Sachen auf. Zumindest nicht dort, wo die Gesetzeshüter sie finden konnten. Die Bullen tauchten selten auf, und jedes Mal, wenn sie mit einem Durchsuchungsbeschluss hier gewesen waren, hatten sie absolut gar nichts gefunden.

Die Mädels mussten wieder einmal durchputzen und aufräumen, fand Horse, als er sich missbilligend im Clubhaus umsah. Der ganze Dreck von der Party letzte Nacht lag noch herum, auf den Tischen, den Sofas und der langen Bar, die sich an einer Wand entlangzog. Die meisten schliefen wahrscheinlich noch oben ihren Rausch aus, nur eine Blondine in engem Jeansrock und Neckholdertop döste mit weit gespreizten Beinen auf einer Couch. Zum Glück wohnte er nicht mehr hier. Jetzt, wo er sein eigenes Haus hatte, ließ ihm der Gedanke, welche hygienischen Bedingungen er früher für normal gehalten hatte, einen Schauer den Rücken hinunterlaufen.

Jau, er wurde älter.

»Kommst du, Bruder?«, fragte Ruger, ein stark tätowierter und gepiercter Mann mit kurzem Irokesenschnitt. Er stand zusammen mit einem anderen Anwärter – Painter – an der Tür. »Bist der Letzte.«

»Tut mir leid«, antwortete Horse. Er überreichte Painter seine Pistole, die dieser sorgfältig zu den anderen auf die Theke legte, neben eine Kiste mit Handys.

»Ist meins auch da drin?«, fragte Horse. »Ich glaub, ich hab's letzte Nacht hier vergessen.«

»Ja.«

Horse nickte ein Dankeschön und ging in den Raum hinein zum Gottesdienst.

Fünfzehn Kerle, also fast alle der durch Aufnäher gekennzeichneten aktiven Mitglieder des Clubs, saßen schon an dem großen Holztisch versammelt, der irgendwann einmal in einem schicken Konferenzraum gestanden hatte. Jetzt hatte er jede Menge Kratzer, Botschaften waren eingeritzt, und in der Mitte waren die Buchstaben RFFR aufgemalt – Reapers Forever, Forever Reapers.

»Schön, dass du's auch noch geschafft hast«, sagte Picnic, der am Kopfende des Tisches saß. »Ich dachte schon, Serena hätte dich ganz in sich aufgesaugt. Bist wohl in ihrer Möse verschüttgegangen, was?«

»Es ist exakt fünf Uhr«, erwiderte Horse und zuckte mit den Achseln, während seine große Gestalt auf einen leeren Stuhl glitt. »Was soll ich sagen? Ich bin eine genau eingestellte Hochleistungsmaschine, anders als du und das beschissene Bike, das du fährst.«

»Halt die Schnauze«, sagte Picnic und grinste zurück. Dann wurde sein Gesichtsausdruck ernster. »Also, Jungs, wir haben heute etwas Wichtiges zu besprechen. Ihr wisst es wahrscheinlich schon alle: Es gibt einen Dieb, Jeff Jensen, den Computertyp draußen in Yakima Valley. Ich war heute Morgen bei ihm und bin gerade erst zurückgekommen – es gibt überhaupt keinen Fortschritt.«

»Das ist der Kerl, der sich um unsere Auslandsgeschäfte kümmert, oder?«, fragte Ruger.

»Ja«, antwortete Horse. »Ein Computergenie. Er kennt sich verdammt gut aus, unsere Transaktionen kann kein Mensch zurückverfolgen. Dafür zahlen wir ihm eigentlich genug, doch ihm reicht das nicht. Er betrügt uns seit Monaten. Ich habe die Sache jetzt schon eine Weile verfolgt und ihm mehrfach die Gelegenheit gegeben, das Ganze geradezubiegen. Es geht also nicht einfach darum, Jensen fertigzumachen. Er bescheißt uns, ganz klar. Wenn man sich unser Gesamtvermögen anschaut, handelt es sich zwar um relativ wenig Geld, aber wir können ihm das natürlich nicht durchgehen lassen. Schlecht fürs Geschäft.«

»Wenn wir das bei einem durchgehen lassen, dann werden es alle anderen auch versuchen«, sagte Picnic. »Wir würden erst an Respekt verlieren, und als Nächstes würden die Mädels im Line ihre Drinks und ihren Lapdance für einen anderen Club reservieren.«

»Wie hoch ist denn der Schaden?«, fragte Bam Bam.

»Wir liegen jetzt bei fünfzigtausend Dollar«, erklärte Horse. »Es geht hin und her, mal nimmt er ein paar Tausend, dann versucht er sie wieder zurückzuzahlen. Er spielt, vielleicht ist er süchtig. Der Gedanke, dass wir ihn verlieren, gefällt mir gar nicht, denn er ist wirklich ein Ass und wir haben niemanden in der Hinterhand, der ihn ersetzen könnte. Deswegen haben wir ihm auch so viele Chancen gegeben, die Dinge wieder in Ordnung zu bringen. Aber die Verluste werden immer höher – letzte Woche stand er noch mit rund zwanzigtausend in der Kreide, das Ganze läuft also sehr schnell aus dem Ruder. Wenn wir ihn weitermachen lassen, werden wir richtig große Verluste einfahren. Er könnte sogar versuchen abzuhauen.«

»Wir sollten ihn einfach umlegen«, sagte Max mit harter, kalter Stimme. Horse schaute ihn an und sah überrascht, dass sein Gesicht ganz rot war und seine Kiefermuskeln vor unterdrücktem Zorn zuckten. Max war noch immer Anwärter. Für jemanden in seiner Position war es ungewöhnlich, während eines Gottesdienstes viel zu sprechen. Aber Max neigte zur Heißblütigkeit. Er war einer der härtesten Männer, die Horse je begegnet waren, und das hatte einiges zu heißen. »Wir haben wirklich alles getan, um den Kerl zum Scheißhaus zu führen und ihm den Arsch abzuwischen. Er hat immer wieder Entschuldigungen parat und immer wieder Versprechungen gemacht, aber bisher hat sich an der Lage nichts geändert. Ihr hättet ihn gestern Abend sehen sollen. Er dreht ganz klar irgendein Ding. Es ist Zeit, dem Ganzen ein Ende zu setzen und unsere Verluste zu begrenzen.«

Die Worte hingen schwer in der Luft.

»Wie viel weiß er denn von den Clubgeschäften?«, fragte Duck, ein Vietnamveteran, der an den langen Fahrten nicht mehr teilnehmen konnte. Er verbrachte die meiste Zeit im Clubhaus, wo er Bier trank und den Mädels Geschichten von früher erzählte, als die Männer noch Männer waren und die Frauen wussten, wo ihr Platz war. Horse mochte Duck nicht besonders, und doch hätte er ihm sein Leben anvertraut.

Er hätte jedem seiner Brüder sein Leben anvertraut.

»Zu viel«, erwiderte Horse bedrückt. »Viel zu viel. Er ist ein echtes Risiko, wenn wir nicht irgendeine Sicherheit von ihm bekommen.«

»Was für eine Art von Sicherheit genügt denn bei einem Kerl wie diesem?«, fragte Max. Er war ganz klar auf Krawall aus, doch Horse verstand nicht, warum. »Er ist ein Lügner und ein Dieb. Das Geld, das wir ihm für seine Arbeit geben, sollte wirklich jedem reichen. Aber er wohnt lieber in einem Drecksloch, raucht Gras und wartet darauf, dass seine Schwester ihren nächsten kümmerlichen Gehaltsscheck nach Hause bringt. Welcher Mann lebt denn so? Auch wenn er jetzt anfangen würde, ehrlich zu uns zu sein, könnten wir ihm doch nie mehr ganz vertrauen. Wahrscheinlich hat er jede Menge verrückter Lügen in der Hinterhand.«

»Das ist richtig«, murmelte Picnic. Er schaute Horse mit ernster Miene an.

»Sind wir uns da einig?«

Horse ließ den Blick durchs Zimmer schweifen und sah, dass allen Anwesenden Jensens Tod ins Gesicht geschrieben stand. Da gab es nichts mehr zu diskutieren – Jeff Jensen wusste zu viel. Er musste beseitigt werden.

Fuck.

Er dachte an Marie, wie sie aussah, wenn sie sauer auf ihn war und Feuer spuckte wie ein kleiner Drache. Verdammt, er wollte diese Frau haben! Und nicht nur einmal! Wie üblich stand sein Schwanz sofort bereit, um diese Idee zu begrüßen. Was Horse allerdings verzweifelt machte, war der Gedanke daran, wie Marie um diesen dreckigen Mistkerl weinen würde.

Das konnte er nicht zulassen.

»Was ist mit der Schwester?«, fragte er.

»Was ist mit ihr?«, entgegnete Picnic mit bemüht neutraler Stimme.

»Sie wird meine Alte Lady. Das ist doch eine ganz nette Sicherheit«, sagte Horse und war sich der vielsagenden Blicke bewusst, die einige Brüder einander zuwarfen. »Und wenn es um Familienangehörige geht, handhaben wir die Dinge ganz anders, das wisst ihr genau.«

»Nach meinen letzten Informationen ist die Frau aber noch nicht an Bord«, antwortete Picnic langsam. »Das Mädel hat gestern Abend noch nicht einmal nach dir gefragt, Horse.«

»Das gab's früher auch schon. Nicht alle Alten Ladys kriegen auf Anhieb alles richtig sortiert. Das heißt aber nicht, dass ich sie nicht für mich reservieren kann, wenn der Präsident es befürwortet und die Mitglieder zustimmen. Solche Fälle hatten wir schon.«

»Klar, aber das ist dreißig Jahre her«, fuhr Bam Bam ihn an. »Damals haben sie allen möglichen Scheiß gemacht. Wir leben in einer modernen Welt, Bruder, du kannst nicht einfach irgendeine Schnecke kidnappen und sie mit nach Hause nehmen.«

Duck schnaubte und schlug mit der flachen Hand auf den Tisch, dass alle zusammenfuhren.

»Ihr Schlappschwänze redet von der modernen Welt – dabei scheißen wir auf ihre Regeln! Denkt daran, wer wir sind!«, dröhnte er. »Wir sind echte Männer – Einprozenter! Die verdammten Könige der Motorradclubs. Wir befolgen die Regeln nicht, wir machen unsere eigenen! Mein Bruder Horse will eine Frau. Er will sie so sehr, dass er zum Club kommt und um sie bittet. Hat er das vorher vielleicht schon mal getan?«

Er schaute sich im Raum um und starrte einen nach dem anderen an.

Horse musste sich ein Grinsen verkneifen. Duck voll in Fahrt, damit hatte er nicht gerechnet.

»Unser Bruder ist vor diesen Club getreten und hat uns seine Absicht mitgeteilt, eine Alte Lady zu nehmen«, fuhr Duck fort. »Die Lage ist kompliziert. Wir wissen alle, dass der Club für Horse immer an erster

Stelle steht, also lassen wir ihn ausreden und stärken ihm den Rücken. Er mag nicht immer recht haben, aber er ist immer unser Bruder. Darüber solltet ihr miesen Schwanzlutscher einmal nachdenken. Nicht dass ich eines Tages hierherkomme und sehe, dass euch Titten wachsen statt Eiern.«

Mit einem Knurren ließ er sich wieder auf seinen Platz fallen.

»Jetzt wissen wir Bescheid, was du von der Sache hältst, Duck«, sagte Ruger und sank lachend in seinem Stuhl zurück. »Du liebe Zeit!«

»Er hat recht«, sagte Horse mit todernster Stimme. »Ich habe vielleicht nicht immer recht, aber ich bin immer euer Bruder – zumindest dachte ich, es wäre so. Ein Reaper nimmt sich, was er will. Steht ihr hinter mir?«

Picnic seufzte.

»Du bist ein Idiot, das weißt du, oder?«, sagte er. »Sie gehört nicht zu unserer Welt, sie hat keine Ahnung, was sie erwartet, und sie will es noch nicht einmal ausprobieren. Das kann nicht gut enden.«

»Das ist ja wohl mein Problem, oder?«

»Es ist dein Problem, solange du es unter Kontrolle hast und es nicht die Angelegenheiten des Clubs betrifft«, antwortete Picnic. »Sie ist ein nettes Mädchen, ich mag sie. Eine prima Köchin, ich liebe verdammt nochmal diesen Kartoffelsalat, den sie macht. Sie tut Schinken rein. Es wäre schön, etwas von diesem Kartoffelsalat zu haben, wenn wir das nächste Mal Spanferkel machen. Trotzdem müssen uns mit ihrem Bruder beschäftigen. Das macht die Sache komplizierter.«

Horse lächelte. Er hatte gewonnen – jetzt ging es nur noch um Einzelheiten.

»Sie ist unsere Sicherheit«, sagte er. »Wir sagen Jeff, dass er sie nie wiedersehen wird, wenn er uns das Geld nicht zurückzahlt. Wir geben ihm ein paar Monate Zeit und schauen, wie sich das Ganze entwickelt.«

»Glaubst du, er findet eine Möglichkeit, uns das Geld zurückzugeben?«, fragte Picnic.

»Keine Ahnung«, gab Horse zu. »Der Kerl hat geradezu eine Lizenz zum Gelddrucken, wenn er sich konzentriert und nicht high ist. Wenn er die richtige Motivation hat, könnte er's schaffen.«

»Bisher hat er's aber nicht geschafft.«

»Er liebt seine Schwester«, sagte Bam Bam ruhig. »Er ist ein Betrüger und ein Dreckskerl, aber sie ist ihm wirklich wichtig, das hab ich mit eigenen Augen gesehen. Ich glaube nicht, dass er sie hängen lässt.«

»Wir werden ihm schon klarmachen, dass Marie verdammte Schwierigkeiten bekommt, wenn er nicht zahlt«, sagte Horse. »Begleicht er seine Schulden, ist alles in Ordnung. Hält er seinen Teil der Abmachung nicht ein, dann machen wir ihn fertig. So haben wir alle was davon.«

Abgesehen von Marie. Aber Jensen war ein erwachsener Mann und hatte sich entschlossen, mit den Reapers Geschäfte zu machen und den Club dann zu bescheißen. Wenn Marie nicht wäre, wäre er schon längst tot.

»Und was ist mit dem Respekt?«, fragte Ruger. »Wir müssen uns in dieser Hinsicht absichern. Schwäche können wir uns nicht leisten.«

»Das stimmt«, sagte Picnic. »Aber wenn wir die Schwester eines Mannes als Geisel nehmen, dann bezahlt er mit Blut. Das werden wir überall verbreiten, das müsste reichen.«

»Ihr vergesst eins«, sagte Max. Horse sah ihn an und versuchte, seine Gedanken zu lesen. Irgendetwas war mit Max los. Ihnen allen waren die Angelegenheiten des Clubs wichtig, aber das hier ging weiter. Es war beinahe persönlich.

»Das Geld«, fuhr Max fort. »Es ist eine Sache, Horse sein kleines Sexspielzeug zu beschaffen, das ist mir scheißegal. Aber es ist etwas ganz anderes, sich einfach zurückzulehnen und fünfzigtausend Dollar zu verlieren. Ihr habt vielleicht noch irgendwo Geld herumliegen, ich nicht. Sollen wir wirklich das Risiko eingehen und abwarten, ob dieser Dreckskerl uns diese große Summe wiederbeschaffen kann? Und dazu noch die Gefahr in Kauf nehmen, dass er die Behörden informiert?«

»Das ist ein gutes Argument«, sagte Bam Bam ruhig. »Aber wenn wir ihn jetzt ausschalten, sehen wir das Geld erst recht nie wieder, Max.«

»Vielleicht säßen wir ja gar nicht so in der Scheiße, wenn Horse besser aufgepasst hätte.«

Picnic richtete sich auf.

»Vorsicht, Bruder«, sagte er kalt. »Horse hat alles richtig gemacht. Ich habe ihn angewiesen, dieses Spielchen laufen zu lassen und es erst einmal nur zu beobachten. Ich hatte meine Gründe dafür. Dieser kleine Scheißer hat für unseren Club in den letzten zwei Jahren im Handumdrehen eine halbe Million Dollar eingefahren. So einen wirft man nicht einfach weg, wenn es nicht unbedingt sein muss. Dieser Arsch hat eine besondere Gabe, und wir können ihn nicht so leicht ersetzen. Deswegen gefällt mir der Gedanke, dass wir die Sache vielleicht noch immer zu einem guten Ende bringen können.«

»Ich bin dagegen«, sagte Max. »Wir müssen ihn erledigen, und Schluss.«

»Ich könnte Marie ja kaufen«, sagte Horse. Alle drehten sich verwundert zu ihm um. »Ich kaufe sie dem Club ab, und wir geben Jensen noch eine Chance. Fünfzigtausend aus meiner Tasche aufs Clubkonto. Wir warten ab und testen, ob sie Jensen etwas wert ist und ob er die Kohle aufbringt. Wenn er es schafft, bekomme ich mein Geld zurück. Wenn nicht, ist das mein Verlust.«

»Das ist doch völlig bescheuert«, murmelte Bam Bam. »Keine Fotze ist so viel wert.«

»Sie ist keine Fotze.«

»Das sind doch alles Fotzen«, fuhr Max auf. Horse starrte ihn an und zwang ihn zum Wegsehen.

»Immer mit der Ruhe, Jungs«, sagte Picnic. »Ich glaube zwar, dass du völlig verrückt bist, Horse, aber von mir aus geht die Sache in Ordnung. Reicht dir das, Max?«

Max nickte zustimmend.

»Ich sehe das genauso wie Picnic, du bist bekloppt«, sagte Bam Bam. »Das wird eine mordsmäßige Show. Sie hasst dich, Horse. Jensen hat's mir gesagt.«

»Ich bin auch ganz schön stinkig auf sie«, sagte Horse. »Aber das kriegen wir schon hin. Sie gehört mir, so ist es nun mal.«

Picnic verdrehte die Augen und Ruger schnaubte.

»Schön, dass sich die jungen Kerle wieder wie Männer benehmen und nicht wie Revuetänzerinnen«, brummte Duck und sah sich am Tisch nach Bestätigung um. »Stimmen wir ab? Ich will mein Bier.«

Horse verließ den Gottesdienst mit einem ziemlich guten Gefühl. Er würde das Geld schmerzlich vermissen, keine Frage. Da er jedoch mit dem Gedanken gespielt hatte, einen Laden zu eröffnen, hatte er die Summe zur Verfügung. Und es war ihm verdammt noch mal wichtiger, Marie zu haben als diesen Laden. Er konnte es kaum erwarten, nach einem harten Tag zu ihr nach Hause zu kommen, wenn der Duft ihres selbst gekochten Essens durch die Räume zog und sie dastand und eine Schürze trug – und ansonsten nichts anhatte.

Ein schöner Gedanke.

Horse nahm sein Handy aus der Kiste und dachte, dass er sie schon längst hätte anrufen sollen. Er hatte ihre süßen kleinen SMS bekommen und wusste, dass sie litt. Verdammt, er wollte auch, dass sie litt, das gab er ohne Weiteres zu. Sie hatte ihn verletzt, also hatte er sie ein paar Tage zappeln lassen …

Nun, da es klar war, dass sie beide ein Paar werden würden, war es jedoch an der Zeit, über den eigenen Schatten zu springen. Er trat aus dem Clubhaus hinaus in die Sonne und machte sein Handy an. Es piepte mehrmals, ein Zeichen, dass seit gestern Abend eine ganze Reihe SMS gekommen waren.

Marie: *Horse, vermis dich!*

Marie: *Warum antwortste nich?*

Marie: *Horse mir gefälllt dein name. Möchte das pferdchen reiten. Lol. Schläfst du? Oder bist beschäftigt mit jemand?*
Marie: *Ich weiß das du da bis. Wette du hast schon ne neue. Leck mich*
Marie: *Fick dich und deine Schlampe. Ich hasse dich. Schieb dir deinen Club in den asch für 10 mio würd ich nich deine alte lady*

Fuck.

Sie war betrunken gewesen, ganz klar. Betrunkene Leute redeten völligen Quatsch oder sie sagten die Wahrheit. Marie war vielleicht scharf auf seinen Körper, aber sie wollte ganz klar nicht seine Alte Lady werden, trotz der vielen süßen SMS, die sie vorher geschrieben hatte, um zu versuchen, die Wogen zu glätten.

»Verdammte Scheiße«, schrie Horse und schmiss das Handy gegen die Hauswand. Es traf hart auf und zersplitterte.

Gerade kam Ruger aus dem Clubhaus. »Hast du ein Problem?«, fragte er mit hochgezogenen Augenbrauen und schaute von den Überresten des Handys zu Horse.

Der schüttelte den Kopf.

»Nein«, sagte er und versuchte seine Wut im Zaum zu halten. Er hatte sich entschieden und war vor dem ganzen Club für seinen Entschluss eingestanden. Er würde weitermachen. Aber Marie würde ihm verdammt noch mal die fünfzigtausend auf die eine oder andere Art zurückzahlen. »Habe beschlossen, dass es Zeit für ein neues Handy ist, das ist alles.«

»Und was war mit dem alten los?«, fragte Ruger mit sanfter Stimme.

»Ist kaputtgegangen.«

17. September – heute

Horse sah völlig unbeteiligt auf Jeff hinab.

Der Mann kniete mitten im Zimmer auf dem Boden, die Hände auf dem Rücken gefesselt. Picnic stand mit einer Pistole neben ihm. Blut lief ihm übers Gesicht, denn sie hatten ihn ordentlich verprügelt – nicht so schlimm, dass er ins Krankenhaus musste, aber doch so hart, dass es ihm wirklich schlecht ging und dass Marie bei seinem Anblick hoffentlich zu Tode erschrecken würde.

Außerdem würden Jeff ein paar Narben zurückbleiben, die ihn immer daran erinnern würden, sich nicht mit den Reapers anzulegen.

»Ich frage mich, ob dein Schwesterchen dir aus der Klemme helfen kann«, sagte Picnic zu Jeff. »Diesmal hast du dich wirklich so richtig in die Scheiße geritten, mein Lieber. Kennst du denn unser Motto nicht? Wer sich mit uns anlegt, kriegt Ärger. Verdammten Ärger. Und er zieht immer den Kürzeren.«

»Es tut mir leid«, flüsterte Jeff mit wild blickenden Augen hinter geschwollenen Lidern. »Es tut mir so leid. Ich habe es nicht mit Absicht getan, ihr müsst mir noch eine Chance geben.«

»Wie viele Chancen brauchst du denn noch?«, fragte Horse. »Es ist echt schwierig, ernst zu bleiben, wenn man dir zuhört.«

Jeffs Handy, das auf der Anrichte lag, klingelte kurz. Ruger hob es hoch.

»SMS von Marie«, sagte er, »sie kommt in ein paar Minuten. Sie verlässt gerade den Laden.«

»Schreib ihr zurück«, sagte Jeff rasch. »Bitte, sie hat mit der ganzen Sache nichts zu tun. Lasst das nicht zu, sagt ihr nur, sie soll noch eine Stunde wegbleiben. Das hier soll nicht die letzte Erinnerung sein, die sie an mich hat.«

»Halt die Klappe.« Picnic klang verärgert.

Jeff schwieg.

»Ihr habt ja erzählt, dass es hier wie auf einer Müllkippe aussieht, aber so schlimm habe ich es mir nicht vorgestellt«, bemerkte Ruger. Er lehnte sich an die Wand, verschränkte die Arme vor der Brust und schaute sich im Zimmer um. »Ich fass es nicht, dass du deine Schwester so leben lässt, du Arsch, vor allem wenn man bedenkt, wie viel Geld wir dir gezahlt haben.«

»Ich bin ein ganz beschissener Bruder«, murmelte Jeff, »das weiß ich. Aber tut Marie nichts, sie ist ein Schatz. Bitte! Ihr tut doch keinem was an, wenn er es nicht verdient hat, oder?«

»Ich bin mir sicher, dass sie ganz *süß* ist«, antwortete Ruger grinsend. Horse warf ihm einen finsteren Blick zu, aber Ruger redete weiter. »Du kannst doch nicht ernsthaft erwarten, dass wir dich nicht verarschen, Horse.«

Horse zuckte mit den Achseln – es war ihm, ehrlich gesagt, egal. So eine Scheiße. Fünfzigtausend Dollar aus dem Fenster geworfen für eine Frau, die ihn gar nicht wollte. Er fuhr sich mit der Hand durchs Haar. Zumindest würde er sie endlich ficken.

Für fünfzigtausend müsste sie eigentlich eine Muschi mit Goldrand haben.

»Sie kommt«, sagte Painter von seinem Ausguck am Fenster. »Mit einem Haufen Lebensmittel. Soll ich ihr tragen helfen?«

Die anderen starrten ihn an, Picnic schüttelte amüsiert den Kopf.

»Du machst wohl Witze?«, fragte Ruger.

»Tut mir leid, Jungs, ich habe nicht nachgedacht«, sagte Painter. Horse hatte seine Zweifel, was diesen Anwärter anging – er war noch sehr jung und unerfahren. Wahrscheinlich würde es Jahre dauern, bis er sich zum echten Rocker entwickelte. Die Tür ging auf und Marie kam herein.

»Es tut mir so leid, Schwesterchen«, sagte Jeff mit gebrochener Stimme. Marie sah sich verzweifelt im Zimmer um, Ungläubigkeit und Schrecken standen ihr ins Gesicht geschrieben. Horse spürte, wie sein Schwanz hart wurde, und schimpfte sich selbst einen kranken Drecksack. Die Frau hatte entsetzliche Angst, sie wollte ihn nicht, und doch machte sie ihn an. Klar – mehr als alles andere machte sie ihn an.

Sie hatte sogar sein Angebot ausgeschlagen, sein Eigentum zu werden. Die verdammte Schlampe und ihre SMS. Kurz nachdem er fünfzigtausend für sie bezahlt hatte, hatte er lesen müssen, dass sie ihn auch für zehn Millionen nicht nehmen würde.

Sie sollte ihm dankbar sein, dass er ihren Bruder rettete.

Picnic schaute Marie an und blinzelte.

»Dein kleiner Bruder hat sich schlecht benommen«, sagte er. »Er hat uns beklaut. Weißt du irgendwas darüber?«

Sie schüttelte den Kopf. Eine Tüte fiel hinunter, Äpfel kullerten über den Boden. Einer rollte bis zum Fuß von Horse, der seine ganze Willenskraft aufbringen musste, um ihn Jensen nicht an den Kopf zu schießen.

»Ich versteh das nicht«, sagte sie und sah ihren Bruder flehend an.

»Er sollte eigentlich für uns arbeiten«, erklärte Picnic. »Er ist ziemlich gut mit seinem kleinen Laptop. Aber anstatt zu arbeiten, hat er mit unserem verdammten Geld im Casino gezockt. Und er hat den Nerv, mir zu sagen, dass er das Geld verloren hat und es *nicht zurückzahlen kann.*«

Er betonte die letzten drei Worte, indem er Jeff den dicken runden Lauf seiner Pistole in den Nacken stieß. Maries Blick war völlig fassungslos und sie zwinkerte mehrmals nervös. Horse konnte beinahe sehen, wie die Gedanken durch ihren schönen kleinen Kopf rasten.

»Du hast nicht zufällig fünfzig Riesen dabei?«, fragte er beiläufig.

»Jeff hat fünfzigtausend Dollar gestohlen?«

»Jau«, erwiderte Horse, »und wenn wir die nicht ganz schnell zurückkriegen, stehen seine Chancen schlecht.«

»Ich dachte, ihr wärt Freunde«, flüsterte sie. Sie sah zu Jeff, dann flogen ihre Blicke zwischen Horse, Jensen und Picnic hin und her.

»Du bist wirklich ein süßes Mädchen«, sagte Picnic. »Aber du kapierst nicht, wer wir sind. Es gibt den Club und den Rest der Welt. Dieser dumme Arsch ist *kein* Mitglied im Club. Wer sich mit uns anlegt, bekommt Ärger. Verdammten Ärger. Und er zieht immer den Kürzeren.«

Jeffs Lippen zitterten und ihm stiegen Tränen in die Augen. Horse war, ehrlich gesagt, überrascht, dass der Kerl noch nicht eher angefangen hatte zu heulen. Dann machte Jensen sich in die Hose.

»Scheiße«, sagte Ruger, »das hasse ich ja total, wenn die sich anpissen.« Er schaute an Jeff hinunter und schüttelte den Kopf.

»Deine Schwester pisst sich ja auch nicht an, oder? Was für ein elender Feigling«, sagte er angewidert.

»Bringt ihr uns jetzt um?«, fragte Marie und fing an zu zittern. Sie war leichenblass geworden. Horse sah Jensen voller Abscheu an. Was für ein Arschloch musste man sein, wenn man seine Schwester in so etwas hineinzog – nicht nur in die aktuelle Situation, sondern in ein Leben auf einer Müllkippe. Wenn man sie den ganzen Tag arbeiten und für den Mindestlohn Windeln wechseln ließ!

»Ich meine, würden Sie wirklich Leute ermorden, denen Sie Fotos von Ihren Töchtern gezeigt haben?«, wandte sich Marie an Picnic und sah ihn aufmerksam an. »Eine von ihnen ist ungefähr so alt wie ich, oder? Können wir uns nicht gemeinsam etwas überlegen? Vielleicht könnten wir das Geld ja in Raten zurückzahlen.«

Horse schnaubte und schüttelte den Kopf. Es war Zeit, die Sache voranzutreiben.

»Du kapierst es nicht, Süße. Hier geht's nicht nur um Geld. Die Kohle könnte uns auch gestohlen bleiben. Es geht um Respekt und darum, dass er den Club beklaut hat. Wenn wir diesen degenerierten Arsch damit davonkommen lassen, dann werden auch andere anfangen, uns zu bescheißen. Wir lassen so etwas nicht schleifen. Nie. Er wird mit Blut bezahlen müssen.«

Marie schloss einen Moment lang die Augen und Horse sah, wie ihre Wimpern feucht wurden. Verdammt, er hasste es, Frauen weinen zu sehen. Nein, korrigierte er sich, er hasste es, *Schlampen* weinen zu sehen, und Marie war nichts anderes als eine Schlampe. Er musste das im Kopf behalten.

»Jeff, was hast du bloß gemacht«, flüsterte sie. Der Schmerz und die Verzweiflung in ihrer Stimme ließen Painter zusammenzucken. Horse spürte, wie sich kalter, dunkler Zorn in ihm auftürmte. Wie konnte ihr kleiner Drecksack von Bruder es wagen, sie mit so einem flehenden Blick anzusehen? Was hatte er getan, um ihre Loyalität zu verdienen?

»Ich hatte nicht vor, das Geld zu verlieren«, antwortete Jeff mit bebender Stimme, die ohne jede Hoffnung war. »Ich dachte, ich gewinne es zurück und bügle das irgendwie aus. Oder ich verstecke es in den elektronischen Überweisungen …«

»Halt die Fresse«, drohte Picnic und schlug ihm mit der freien Hand heftig auf den Kopf. »Du sprichst nicht über die Geschäfte des Clubs. Selbst dann nicht, wenn du gleich stirbst.«

»Es gäbe da noch eine andere Möglichkeit«, sagte Horse scheinbar beiläufig. Er wollte ihr die Sache jetzt genau erklären. Besser kurz und schmerzlos, damit sie begriff, wo sie verdammt noch mal hingehörte. Er hatte ihr etwas Besseres angeboten, aber sie hatte es nicht angenommen. Jetzt würde sie nehmen müssen, was sie kriegte, und sich besser nicht darüber beschweren. »Mit Blut bezahlen kann Verschiedenes bedeuten.«

»Er muss doch nicht unbedingt sterben«, bat sie. »Vielleicht könntet ihr unseren Trailer abfackeln!«

Sie lächelte ihn an, als hätte sie in der Lotterie den ersten Preis gewonnen.

»Das machen wir sowieso«, sagte Horse gedehnt. »Aber das ist ja kein Blut. Ich wüsste da aber noch etwas anderes, und das wäre Blut.«

»Was?«, fragte Jeff mit verzweifelter Hoffnung. »Ich mache alles, das schwöre ich. Wenn ihr mir eine Chance gebt, knacke ich euch so viele Konten, dass ihr es gar nicht glauben könnt. Wir können alles schaffen! Ich höre mit dem Rauchen auf, dann kriege ich einen klareren Kopf und kann noch besser arbeiten …«

Er verstummte, als Horse lachte. Ruger schüttelte den Kopf und grinste Picnic an.

»Glaubst du diesem Arsch?«, fragte er. »Jetzt mal ehrlich, du Volltrottel, das macht sich hier nicht besonders gut, wenn du uns erzählst, wie nachlässig du gewesen bist.«

Jeff wimmerte und Horse sah, dass Marie unwillkürlich eine Bewegung machte, als wollte sie zu ihm hingehen. Das machte ihn noch wütender. Diese Art von Zuneigung wollte er von ihr, und sie verschwendete sie an ihren Bruder. Aber er regte sich zu viel und zu schnell auf, wo er die Sache doch ganz cool angehen musste. Er nahm sich eine Sekunde Zeit, um sich wieder zu beruhigen, dehnte seinen Hals, indem er den Kopf von einer Seite zur anderen neigte, und ließ seine Gelenke krachen. Jetzt konnte er wieder klar denken.

»Lass uns mal ein paar Dinge klarstellen«, sagte er. »Dir passiert nichts, Marie.«

»Nein?«, fragte sie, und die Überraschung in ihren Augen traf ihn ins Mark. Sie dachte, er würde sie verprügeln, so wie ihr Arschloch-Ex Gary es getan hatte. Man konnte ihn auch Monster nennen. Horse zwang sich wieder zurück in die Spur.

»Ne«, sagte Horse. »Du hast nichts Schlimmes gemacht und auf dich sind wir nicht sauer. Hier geht's nicht um dich. Du hältst den Mund, wenn du weiterleben willst, und du bist schlau genug, um das zu wissen. Das ist nicht der Grund, weshalb du hier bist.«

»Und warum bin ich hier?«

»Damit du sehen kannst, was für einen verdammten Ärger dein Bruder kriegt«, antwortete er. »Weil wir ihn kaltmachen, wenn er sich nichts überlegt, wie er uns das Geld zurückzahlen kann. Ich glaube, wenn er die richtige Motivation hat, dann könnte er's vielleicht hinkriegen.«

»Ich werd's hinkriegen«, stammelte Jeff. »Ich werde euch alles zurückzahlen, ich bin euch so dankbar …«

»Nein, du wirst uns das Doppelte zurückzahlen, du Idiot«, sagte Picnic und trat ihm mit seinem schweren Lederstiefel brutal in die Seite. Jeff stürzte zu Boden und stöhnte vor Schmerz. »Das heißt, falls wir dich am Leben lassen – was voll und ganz von deiner Schwester abhängt. Wenn sie nicht wäre, dann wärst du jetzt schon tot.«

Jetzt war der Moment gekommen. Horse fragte sich, ob er mit Marie streiten musste oder ob er sie einfach mit gefesselten Händen in den Laster werfen konnte.

»Ich mach's«, sagte sie.

Verdammt – das war ein bisschen zu leicht. Dachte sie denn überhaupt nicht an ihre eigene Sicherheit? Nein, sie dachte nur an dieses Arschloch Jeff. Horse schnaubte angewidert und sah an ihr hinunter. Verdammt, war sie scharf! Sogar jetzt, wo sie gerade von der Arbeit kam und zu Tode erschrocken war. Seine Marie war klein und kurvig, das Haar umschloss ihr Gesicht und ihre Titten hoben und senkten sich, während sie versuchte, die Angst in den Griff zu bekommen. Er hätte tausend Dollar gewettet, dass sie keine Ahnung hatte, dass die oberen vier Knöpfe ihrer Bluse aufgegangen waren und verdammt tief blicken ließen, bis zu ihrem schwarzen BH hinunter.

Sein Schwanz wusste diesen Anblick auch zu schätzen. Er wollte sich zwischen diese Brüste drängen und eine schöne Perlenkette für sie herausschießen. Später würde er ihre Titten tatsächlich ficken können. Horse setzte dieses Vorhaben ganz oben auf seine Liste.

»Willst du nicht erst einmal fragen, was du überhaupt tun sollst?«, erkundigte er sich.

»Ähm, klar«, sagte sie. »Was soll ich machen?«

»Scheint so, als ob unser Horse hier eine Hausmaus sucht«, sagte Picnic. Sie schaute ihn verständnislos an. Picnic seufzte und blickte zu Horse. »Sie schnallt's nicht. Bist du dir wirklich sicher? Scheint mir ein ganz schönes Stück Arbeit zu werden.«

Horse starrte ihn an und überlegte, wie er ihm eine verpassen könnte, ohne dadurch den ganzen Plan zu durchkreuzen. Das war wohl nicht möglich. Er wandte sich wieder Marie zu und zwang sich, ruhig und konzentriert zu bleiben.

»Du hast die Wahl«, sagte er knapp. »Wenn du willst, dass der Schwachkopf am Leben bleibt, dann packst du jetzt deinen Kram, steigst auf mein

Bike und wir hauen ab. Du machst, was ich dir sage, wann ich es dir sage. Keine Fragen und kein Rumgezicke.«

»Warum?«, fragte sie so süß und verwirrt, dass er erneut wütend wurde. Hatte sie denn überhaupt keine Überlebensinstinkte?

»Damit du mir Nachtisch machen kannst«, fuhr er sie an.

Ihr blieb der Mund offen stehen. Begriff sie denn wirklich nicht, worum es hier ging? Er schüttelte frustriert den Kopf.

»Was zum Teufel glaubst du denn?«, sagte er barsch. »Damit ich dich ficken kann.«

KAPITEL ZEHN

»Du drohst, meinen Bruder umzubringen, nur damit du mit mir schlafen kannst?«, fragte Marie völlig verwirrt.

Ruger ging zu Horse hinüber und legte ihm einen Arm um die Schultern.

»Sie ist süß, aber nicht besonders helle, Bruder. Soll ich sie auf einen Ritt mitnehmen und ein bisschen für dich trainieren?«

Er ließ anzüglich in Richtung Marie die Hüften kreisen. Horse fuhr herum und schlug dem Dreckskerl in den Magen. Er hatte sich schon zu viel von diesem Scheiß anhören müssen und es war Zeit, den nächsten Schritt zu tun. Er wollte Marie für sich allein haben, nackt. Und er wollte, dass sie ihn ritt. Schluss mit lustig.

Er packte sie am Arm, stieß sie aus dem Trailer und führte sie in den Obstgarten. Er stieß sie mit dem Rücken gegen einen Baum. Sie keuchte, und ihre Brüste hoben und senkten sich verführerisch. Er war stinksauer auf Jeff, auf Ruger und auch auf Marie, weil sie so verdammt perfekt war, dass sie ihn dazu gezwungen hatte, diese Aktion hier durchzuziehen, obwohl es eigentlich angebracht gewesen wäre, sie sich aus dem Kopf zu schlagen. Er hatte ihr alles angeboten – und sie hatte es ihm um die Ohren gehauen. Für dieses Oberarschloch von einem Bruder war sie jedoch ganz klar willens, alles zu tun.

»Ich will nicht mit dir *schlafen*«, sagte er grimmig. »Ich will dich *ficken*. Schlafen, kuscheln, dieser ganze andere Scheiß ist für Freundinnen und

Alte Ladys. Du hast ja verdammt klargemacht, dass du an so was kein Interesse hast«, sagte er und dachte an die Lederweste, die er extra für sie hatte anfertigen lassen. Was für ein schlechter Scherz. »Ich bedrohe deinen Bruder, weil er den Club bestohlen hat, und das hat nichts mit dir zu tun. Wer den Club beklaut, der bezahlt mit Blut. Du bist vom gleichen Blut wie dein Bruder, wenn wir dich nehmen, bezahlt er also dadurch. Dich zu ficken ist nur ein zusätzlicher Pluspunkt.«

»Ihr nehmt mich also mit, um zu zeigen, dass keiner den Club bestehlen sollte?«, fragte sie. Horse glaubte an einem Glitzern in ihren Augen zu erkennen, dass sie begriffen hatte. Na endlich!

»Es ist ein verdammtes Wunder, sie hat's kapiert«, murmelte Horse in sich hinein. »Dein Bruder hat Glück, weil ich lieber meinen Schwanz in dich stecke, als ihn umzubringen. Wenn das Arschloch es auf die Reihe kriegt und dem Club das Geld zurückzahlt, dann lasse ich dich vielleicht wieder gehen – aber erst *nachdem* ich mit dir fertig bin. Wenn er es nicht schafft, dann wird mir schon etwas anderes für dich einfallen. Klar?«

Sie gehen lassen? Das war alles andere als wahrscheinlich. Doch er musste das Spiel jetzt durchziehen. Irgendwann würde sie wieder mit ihrem Bruder reden, und wenn sie das tat, musste bei diesem Schwachkopf die richtige Botschaft ankommen.

»Keine Spielchen, keinen Mist bauen«, warnte er. Er trat einen Schritt zurück, versuchte sich zu beruhigen und wandte ihr den Rücken zu. Sie sah völlig verängstigt aus, ihre rechte Hand umklammerte die linke, Tränen liefen ihr über das Gesicht. Plötzlich fühlte er sich wie der letzte Arsch. »Es liegt ganz bei dir, ob du das hier machst. Ich vergewaltige dich nicht. Du entscheidest dich, den Fehler deines Bruders auf dem Rücken auszubügeln. Verstehst du das?«

Sie starrte ihn voller Verachtung an. Er begann sich zu schämen, und das behagte ihm gar nicht. Wut fühlte sich viel besser an.

»Das ist mein Ernst«, sagte Horse und starrte sie an. Ob sie es wagen würde, ihn herauszufordern? Sich mit ihr zu streiten wäre auf jeden Fall besser, als zusehen zu müssen, wie sie ihrem Bruder zuliebe alles schweigend hinnahm. Verdammt, er stritt sich *gerne* mit ihr! Dann wurde sein Schwanz aufmerksam und stand parat. »Du kannst jederzeit aussteigen. Ich werde dich nicht einsperren und dich die ganze Zeit bewachen. Wenn du diesen Deal abschließt, liegt es an dir, ihn auch einzuhalten. Und du musst diese beschissene Vereinbarung nicht treffen. Dein Bruder ist ein Idiot, er wusste genau, worauf er sich einlässt. Das ist nicht deine Scheiße und es ist nicht deine Aufgabe, ihm aus der Patsche zu helfen.«

»Willst du's mir ausreden?«, fragte sie mit stiller Würde. »Das kannst du nicht. Was ich gesagt habe, habe ich auch genau so gemeint. Ich würde alles für Jeff tun – wirklich alles.«

Horse biss die Zähne zusammen und drehte sich um. Er brauchte ganz schnell einen Blitzableiter für seine Wut und seinen Frust, ehe er etwas richtig Dummes tat. Er trat an einen Baum und der klopfende Schmerz in seinem Fuß half ihm, sich zu konzentrieren.

Was wollte er eigentlich genau von ihr? Er brauchte sie in seinem Bett und in seinem Haus. Sie hatte eindeutig klargestellt, dass sie nicht von selbst dort landen würde. War es vielleicht seine Schuld, dass ihr Bruder der größte Idiot der Welt war? Horse bot ihr einen Rettungsring an, doch sie verurteilte ihn dafür. Schon wieder. Genauso wie sie ihn dafür verurteilt hatte, dass er sie zu seiner Alten Lady machen wollte.

Diese dämliche Frau hatte nicht die leiseste Ahnung, was sie brauchte, aber er würde es ihr trotzdem geben.

Hoffentlich zehnmal am Tag.

Horse sah zu, wie Marie sich durch ihren Kleiderschrank wühlte. Der Raum erschien ihm so klein, dass er kaum Luft bekam. Es war auch nicht besonders hilfreich, dass jedes Mal, wenn Marie sich bückte, ihr T-Shirt hoch- und ihr Hosenbund runterrutschte. Dann wurde die schwarze Linie ihres Stringtangas sichtbar, den er ihr am liebsten mit den Zähnen vom Leib gerissen hätte.

Sein Schwanz war inzwischen nicht mehr nur hart, sondern schmerzhaft angeschwollen. Er schob ihn in der Hose zurecht und versuchte eine Position zu finden, die erträglich war. Doch sein bestes Stück wollte nur an einer einzigen Stelle sein: zwischen ihren Beinen. Ihr andauernd vor ihm hin und her schwingender Hintern machte ihn fast verrückt. Horse fragte sich ernsthaft, ob er in seiner Hose kommen würde. Marie holte einen Schuhkarton heraus und warf ihn aufs Bett. Er kippte um und Fotos fielen heraus. Verzweifelt auf der Suche nach Ablenkung, setzte Horse sich hin und schaute sich die Aufnahmen an. Er sah Schnappschüsse von Marie als Teenager, Jeff und Marie als Kinder in Badekleidung, Arm in Arm. Es gab ein Bild von Marie bei einem Schulball … und ihr Hochzeitsfoto.

Scheiße.

Er zog es heraus. Spuren von getrocknetem Blut verschmierten das Bild. Das war also Gary. Der Kerl sah aus wie jeder andere abgewrackte Highschoolsportler, der zum Schläger geworden war. Er war groß und bullig und setzte wahrscheinlich Fett an, nachdem er keinen Trainer mehr hatte, der ihn ständig in den Hintern trat. Er sah aus wie ein Arschloch und hielt die süße, zarte Marie im Arm wie den ersten Preis von einer Landwirtschaftsmesse. Marie sah umwerfend aus, aber viel zu jung. Sie trug ein einfaches weißes Kleid und hielt einen Strauß Narzissen in der Hand. Der Schwachkopf hatte noch nicht einmal einen Anzug an. Alles auf diesem Foto schrie: Das ist eine billige Hochzeit von zweien, die viel zu jung zum Heiraten sind. Trotzdem verspürte Horse eine kräftige Welle von Eifersucht.

Gary hatte das schöne Mädchen auf dem Foto mit nach Hause genommen, ihr das Kleid ausgezogen und sie gefickt.

Er hätte den Mann umbringen sollen, als er die Gelegenheit dazu gehabt hatte.

Horse schaute zu Marie hinüber, die sich noch durch ihren Kleiderschrank wühlte. Ihr Stringtanga reizte ihn, und ihm fiel ein, dass sie das verdammte Ding sicher für Gary gekauft hatte. Und sie hob ihr

Hochzeitsfoto auf. Die Welle der Eifersucht wurde zu einem Tsunami. Horse sah plötzlich ein Bild vor sich auftauchen, in dem Marie Gary traf und er sie dazu zu bewegen versuchte, zu ihm zurückzukehren. Die Frauen kamen doch immer wieder mit diesen Losern zusammen.

»Trägst du diesen Scheiß für ihn?«, fragte er und hielt das Hochzeitsfoto hoch. Marie sah ihn verständnislos an. »Was trag ich?«

»Die Zahnseide am Arsch«, fuhr er sie an. »Warum verdammt noch mal trägst du einen Stringtanga, wenn du zum Kinderhüten gehst? Triffst du dich wieder mit ihm?«

»Nein!«, rief sie mit weit aufgerissenen Augen. »Ich habe ihn nicht mehr gesehen, seit er mich verprügelt hat. Er hat mich auch nicht angerufen, gar nichts. Wenn ich die Papiere zusammenhabe, bringt der Mann von Denise sie für mich hin. Das hat er mir versprochen.«

Horse brummte und versuchte nicht auszuflippen. Natürlich hatte sie ihn nicht wiedergesehen, der Mann hatte sie schließlich nach Strich und Faden verprügelt. Marie war doch nicht dumm. *Und was ist mit dem Arschloch, das sie kidnappt?*, fragte er sich. *Was hält sie von mir?* Er schob den Gedanken beiseite und konzentrierte sich wieder auf den Stringtanga – wenn sie erst einmal zu Hause wären, würde er sie zu Victoria's Secret mitnehmen und ihr ganz neue Sachen kaufen. Garys billiges Zeug kam ihm nicht ins Haus.

»Und das hier behältst du?«, fragte er und betrachtete das Foto.

»Ja«, antwortete sie. »Das will ich nicht vergessen. Jedenfalls noch nicht.«

Horse ließ das Foto angewidert fallen und sah zu, wie Marie zur Kommode hinüberging. Jedes Mal, wenn sie etwas herausnahm, bemerkte er ein Aufblitzen ihrer schmalen Taille, die sich zu den Hüften hin erweiterte. Ihre Hüften waren wie dafür geschaffen, seine an sich zu drücken. Ihre Figur war die ideale Kombination aus klein und kurvenreich, jeder einzelne Körperteil trug zu ihrer Perfektion bei.

Horse wusste nicht, wie lange er das Ganze noch ertragen würde. Er musste sie einmal schmecken, nur einmal, ganz kurz, jetzt sofort. Er stand auf und trat hinter sie, legte ihr die Hände um die Hüften und zog sie an sich. Er rieb seinen Schwanz an ihrem Hintern. Er war so erregt, dass sein ganzer Körper schmerzte. Horse beugte sich über sie und roch an ihrem Haar. Auch wenn es eigentlich unmöglich war, wurde sein Schwanz noch härter.

Diese Frau würde ihn noch um den Verstand bringen.

»Ich liebe den Geruch deines Haares«, murmelte er und fragte sich, wie es sich anfühlen würde, wenn es über seine Brust glitt oder um seinen Schwanz gewickelt war. Das musste er unbedingt mit auf die Liste setzen.

Marie erstarrte.

»Ich hab nur noch zehn Minuten«, sagte sie angespannt, »bitte.«

Diese Zurückweisung machte ihn erneut wütend und er verlor die Kontrolle. Wie viel musste er denn noch ertragen? Sie gehörte jetzt ihm, er hatte *verdammte fünfzigtausend Dollar* für sie bezahlt. Mehr noch, er war für sie sogar in den Ring gestiegen, um ihren nichtsnutzigen Bruder vor dem Club zu retten. Er hatte ihr alles angeboten, was er besaß, und sie hatte unumwunden abgelehnt.

Horse ließ ihre Hüften los, griff ihr ins Haar und drehte ihren Kopf zur Seite. Er presste seine Lippen auf ihre und drang heftig mit der Zunge in ihren Mund ein, genau so, wie er mit seinem Schwanz gern in ihre Möse eingedrungen wäre – hart, schnell und rücksichtslos. Sie stöhnte und lehnte sich an ihn. Er glitt mit der anderen Hand über ihren Bauch zu ihrer Hose und riss sie auf. Dann tauchten seine Finger in ihre Muschi. Er zog sie zurück und wollte ihr Gesicht sehen, sie betrachten, während ihr Atem immer schneller wurde und sie vor Verlangen und Lust errötete. Dieser Anblick gab ihm eine wilde Befriedigung.

Marie war jetzt sein Eigentum.

»Diese Muschi«, sagte Horse und bewegte die Finger rau in ihr, »diese Muschi gehört mir. *Du* gehörst mir. Ich werde dich ficken, wann und wo ich will, und entweder bist du einverstanden oder du verpisst dich jetzt. Haben wir uns verstanden?«

»Ja«, flüsterte Marie zitternd, ihre Augen vor Lust geweitet. Er spürte, wie nahe sie dem Höhepunkt war, das Fleisch zwischen ihren Beinen zog sich zusammen. Er nahm erneut ihren Mund und bestrafte sie mit der Zunge und mit den Fingern, ließ sie auf der Grenze zur Befriedigung schwanken. Sie stieß mit den Hüften gegen ihn. Er zog seinen Mund von ihrem weg, ließ die Lippen zu ihrem Hals hinuntergleiten und leckte und saugte dort, um sie als sein Eigentum zu markieren, sodass alle es sehen konnten.

Er biss sie in den Hals und sie stöhnte auf. Und zwar laut.

Hämisch grinsend, zog er die Hand aus ihrem Höschen und trat einen Schritt zurück. Sein Schwanz war hart wie Granit und sein Herz schlug so schnell, dass er es bis in die Schläfen klopfen spürte, aber er hatte ihr zu verstehen gegeben, wer das Sagen hatte. Er hob die Finger und leckte ihren süßen Saft langsam ab.

»Ist mir egal, wie gut du schmeckst, du sagst hier nicht, wo's langgeht«, flüsterte er. »Kapiert?«

»Deine Regeln«, flüsterte sie zurück. »Oder ich verpisse mich. Und was passiert, wenn ich abhaue?«

Er zwang sich, Ruhe zu bewahren, damit sein Gesichtsausdruck nichts preisgab.

»Was dir passiert? Nichts«, sagte er, auch wenn es eine Lüge war. Wenn sie ihn verließ, würde er sie verfolgen und sie, wenn es sein musste, an den Haaren zurück nach Hause zerren. »Du kommst schließlich aus freiem Willen mit. Aber der Club muss mit Blut bezahlt werden, Marie, dagegen kann ich nichts tun. Vergiss das nicht.«

»Okay.«

Er schob sie sanft zur Seite, griff in die Schublade mit der Unterwäsche hinein und zog Höschen, BHs und einen Body heraus. Er stellte sich vor, wie Garys Hände über Marie glitten und diesen Hauch von Spitze von ihrem perfekten Körper zogen. Am liebsten hätte er die Wäsche mit bloßen Händen zerrissen. Stattdessen schmiss er sie auf den Boden.

»Die brauchst du nicht.«

Dann sah er etwas Zusammengeknülltes hinten in der Schublade liegen, schwarzer Stoff mit den Farben der Reapers. *Was zum Teufel war das?* Er griff hinein und zog es hervor. Er erkannte sein T-Shirt, das um irgendeinen Gegenstand herumgewickelt war. Sie hatte es behalten! Er wandte sich mit fragendem Blick an Marie.

Sie wurde rot und streckte die Hand aus.

Aber Horse schüttelte langsam den Kopf und rollte das Bündel auf. Fast hätte sein Schwanz die Jeans durchstoßen, als das versteckte Objekt zum Vorschein kam: ein Vibrator, ein richtig tolles Teil. Nicht allzu lang, doch er gabelte sich in zwei Teile, von denen einer ganz klar zum Eindringen und zur Stimulation des G-Punkts diente, der andere war für die Klit gedacht.

Marie bewahrte ihr Sexspielzeug *in seinem T-Shirt* auf.

Oh ja. Er besaß sie jetzt voll und ganz.

»Pack das T-Shirt und das Spielzeug ein«, sagte er und brachte die Worte kaum heraus. Wie sah sie wohl aus, wenn sie das Ding benutzte? Er konnte es kaum abwarten, es herauszufinden.

Sie stopfte alles in ihren Rucksack, machte ihn zu und warf ihn sich über die Schulter.

»Hast du alles?«, fragte er. »Willst du noch irgendwas aus dem Wohnzimmer oder aus der Küche? Das wird alles nicht mehr da sein, wenn du zurückkommst.« *Es wird dann alles zu Asche geworden sein, genau wie jeder Beweis, den dein Bruder möglicherweise versteckt hat.*

Marie schüttelte den Kopf. Sie war immer noch knallrot im Gesicht. Er beugte sich zu ihr und flüsterte ihr ins Ohr: »Das nächste Mal, wenn du mit deinem hübschen pinken Spielzeug spielst, dann tust du das, während ich zuschaue. Wenn du dich gut benimmst, darfst du dabei das T-Shirt anziehen. Verstanden?«

Marie nickte. Horse packte sie am Arm. Er zog sie durchs Wohnzimmer, vorbei an Jeff und den Reapers und nach draußen zu seinem Bike.

KAPITEL ELF

Marie

Die Fahrt nach Coeur d'Alene haute mich fast um.

Sie schien ewig zu dauern, denn auf dem Bike zu sitzen, war echt anstrengend. Ich musste mich festklammern und die ganze Strecke lang höllisch aufpassen, und das, obwohl ich nach allem, was ich an diesem Tag durchgemacht hatte, sowieso schon völlig erschöpft war.

Andererseits hatte die Fahrt den Vorteil, dass ich nicht mit Horse reden musste.

Wir hielten zweimal auf einem Rastplatz, damit ich pinkeln und Horse telefonieren konnte. Ich schaute ihm zu und fühlte mich ohne mein Handy nackt. Sie hatten es mir abgenommen, zusammen mit meinem Schlüsselbund, und ich hatte nicht den Eindruck, als würde ich die beiden Sachen jemals zurückbekommen. Horse erzählte mir nicht, worum es bei den Anrufen ging, und ich fragte auch nicht nach. Ich wusste nicht, wo die anderen Reapers waren oder wie es meinem Bruder ging. Meine Konzentration war allein darauf gerichtet, mich auf dem Sitz des Motorrads zu halten.

Als wir in Coeur d'Alene den Highway verließen, war es schon dunkel. Ich achtete nicht darauf, wo wir entlangfuhren, und merkte mir den Weg nicht. Mir fiel lediglich auf, dass wir durch einige Siedlungen kamen, die in der Nähe eines riesigen Sees lagen, und dann auf eine schmale Straße abbogen, die durch einen Wald führte. Häuser waren immer seltener zu sehen. Horse hielt vor einem alten Farmhaus, komplett mit idyllisch aussehenden Nebengebäuden und einer großen roten Scheune.

So etwas hatte ich bei einem Biker ja *überhaupt* nicht erwartet.

Horse machte den Motor aus. Ich stieg ganz steif vom Motorrad und streckte mich.

»Ist das dein Haus?«

»Hab's vor drei Jahren gekauft«, antwortete er und ging an mir vorbei auf die große überdachte Veranda zu, auf der – man glaubt es kaum – eine Hollywoodschaukel stand. Wie auf einer kitschigen Postkarte. Das Haus war weder schick noch protzig, aber sehr gut in Ordnung gehalten. Ich vermutete, dass es irgendwann im letzten Jahr einen frischen Anstrich verpasst bekommen hatte.

Ich nahm meinen Rucksack, folgte Horse durch die Eingangstür und fand mich in einem Wohnzimmer wieder, das so eingerichtet war, dass man es nur als »Männerhöhle« bezeichnen konnte: ein großer Flachbildschirm, eine riesige, bequeme Eckcouch, vier verschiedene Fernbedienungen auf dem Beistelltisch und an der Wand das Poster einer nackten Frau, die falsch herum auf einem Motorrad saß, so nach vorn gebeugt, dass sie flach auf dem Bauch lag und die Wange an den Sitz geschmiegt hatte.

Ich hatte nicht gewusst, dass Bikes und Menschenfrauen Sex miteinander haben können, aber es war ganz klar, dass dies die Botschaft des Bildes war. Na toll.

Hinten ging ein Flur ab, der vermutlich in die Küche führte. Links gab es eine Treppe zum oberen Stockwerk, und auf die steuerte Horse nun zu. Ich wäre ihm am liebsten nicht gefolgt.

»Beweg deinen Arsch hier rauf!«

Na dann …

Ich stieg hinter ihm die hölzernen Stufen hinauf, die in der Mitte von einem Läufer bedeckt waren, der so alt war, dass man das ursprüngliche Muster nicht mehr erkennen konnte. Horse machte das Licht an. Er stand auf einem riesigen Treppenabsatz, der die gesamte Breite des Hauses einnahm, und wartete auf mich. Hier hätten ein paar Stühle und ein kleiner Tisch hingepasst, aber Horse hatte auf dem Absatz nur ein paar Kisten stehen. Drei Türen führten in weitere Zimmer, zwei nach hinten hinaus und eine nach vorne. Er zeigte auf die Tür zum vorderen Zimmer.

»Das ist meins. Davon hältst du dich verdammt noch mal fern, es sei denn, ich lade dich ein.«

»In Ordnung.«

»Das ist das Bad, und hier ist dein Zimmer. Unten ist noch ein Bad, das du auch benutzen kannst, neben der Küche. Zieh aber nicht die Klospülung, während jemand duscht, es sind ganz alte Rohre. Und jetzt geh und räum deinen Scheiß weg. Ich bin dann unten und hab Hunger.«

Ich stellte mir vor, wie er duschte und ich absichtlich die Klospülung zog und er dann buchstäblich in der Scheiße stand. Vielleicht bin ich ja ein schlechter Mensch, aber bei diesem Gedanken musste ich grinsen. Horse kniff misstrauisch die Augen zusammen. Ich ignorierte ihn und ging in mein Zimmer. Es war klein und schmucklos, mit alten ausgetretenen Holzdielen, cremefarbenen Wänden mit altmodischen Zierleisten und zwei Schiebefenstern. Ein schmales Doppelbett nahm den größten Teil des Raumes ein. Darauf lag ganz modernes Bettzeug, noch in Plastikfolie eingeschweißt, mit einer dicken, flauschigen Steppdecke, wie man sie preiswert bei Walmart bekommt. An der gegenüberliegenden Wand stand eine Kommode mit Spiegel und auf der rechten Seite ein kleiner Schrank.

Das Zimmer war neutral und unpersönlich. Dafür war ich irgendwie dankbar. Es würde leicht werden, ihm meinen Stempel aufzudrücken, auch wenn ich so wenige Sachen besaß. Mir gefiel der Gedanke, meine eigene Umgebung zu haben, getrennt von Horse und den verwirrenden Gefühlen von Lust und Wut, die immer dann hochkamen, wenn ich ihn sah.

Ich packte schnell aus, denn ich hatte auch Hunger und wollte ganz bestimmt nicht, dass Horse in meinem Zimmer nach mir suchen kam. Ich war mir noch immer nicht sicher, was er heute Nacht von mir erwartete.

Es war wahrscheinlich nicht gut, ihn auf noch mehr Ideen zu bringen, als er ohnehin schon hatte.

Als ich nach unten ging, lief im Fernseher irgendein Sportsender, aber von Horse war weit und breit nichts zu sehen. Also spazierte ich zum hinteren Teil des Hauses Richtung Küche. Ganz klar, die Tür links führte zu dem kleinen Bad unter dem Treppenhaus. Doppelte Schiebetüren trennten das gegenüberliegende Esszimmer. In dem Raum stand anstelle eines Esstischs ein großer Poolbillardtisch, direkt darüber hing eine Leuchtreklame für Bier von der Decke herab. Eindeutig Männerhöhle.

Nach diesem Anblick war ich baff, als ich die Küche betrat.

Am Ende des Flurs befand sich die süßeste Küche, die ich je gesehen hatte – als wäre sie geradewegs einer Country-Style-Zeitschrift entsprungen. Offenbar ein typischer Fall von Realitätsverlust … Horse stand vor dem Kühlschrank, nahm Sachen raus und legte sie auf den großen Holzblock in der Mitte des Zimmers. Von einem schmiedeeisernen Gestell über dem Holzblock hingen Töpfe und Pfannen herab, drum herum standen Barhocker.

In einer normalen Küche hätte diese Möbelgruppe schon fast den ganzen Platz eingenommen, aber dieser Raum war so riesig, dass sie kaum ins Gewicht fiel. Horse hatte eine altmodische Farmhausküche, praktisch ein weiteres Wohnzimmer für sich. Hinten konnte ich eine Tür sehen, die in einen Vorraum führte. Die Wände waren hellgelb, und oben, wo die Wand in die Decke überging, war ein kitschiger Tapetenstreifen mit Hühnermotiven angebracht. Die Vorhänge waren freundlich, Bauernkaro und Rüschen mit Spitze.

»Wer hat dir denn geholfen, die Küche einzurichten?«

»Meine Mom«, antwortete er und sah mich dabei nicht an. »Sie wollte das ganze Haus einrichten, aber als ich das hier gesehen hatte, hab ich das unterbunden.«

»Warum denn? Es ist ein wunderschönes Zimmer, Horse«, sagte ich und unterdrückte heldenhaft ein Lachen. Es fühlte sich gut an, ihn zu foppen – es nahm ein bisschen die Spannung aus der Luft. Horse drehte sich um und sah mich an, ganz der dreckige Biker in Stiefeln, Jeans und lederner Reapers-Montur, das Gesicht voller schwarzer Bartstoppeln und das Haar windzerzaust.

»Ich habe sie davon abgebracht, weil ich keine Muschi habe und auch nicht wollte, dass mir eine wächst«, erwiderte er ungeduldig.

Na gut. Ich konnte trotzdem ein Grinsen nicht unterdrücken.

»Mach mir was zu essen, ich geh inzwischen duschen«, befahl er. Ich öffnete automatisch den Mund, um mich über seinen Tonfall zu beschweren, fing mich aber gerade noch rechtzeitig und klappte ihn wieder zu. Horse hatte in unserer Beziehung das Sagen, nicht ich. Ich lief Gefahr, das schnell zu vergessen, denn ich hatte schon angefangen, mich in seiner Gegenwart wohlzufühlen.

Ich wühlte mich durch den Kühlschrank und die Küchenschränke und fand genug, um Sandwiches zu machen. Demnächst würde ich Lebensmittel einkaufen müssen, wenn wir hier nicht verhungern wollten. Als Horse mit dem Duschen fertig war, hatte ich alles fertig und schon ein paar Minuten überlegt, ob ich mit ihm zusammen essen sollte oder nicht. Zum Glück war er wieder da, ehe ich eine Entscheidung getroffen hatte. Sein Haar war nass und glatt zurückgekämmt. Ohne den Pferdeschwanz reichte es ihm gerade bis auf die Schultern. Er trug eine ausgeblichene Jogginghose, die ihm tief auf den Hüften saß, sonst nichts.

Verdammt.

Ich weiß nicht, wie lange ich ihn anstarrte und einfach nur die tätowierte und muskulöse Herrlichkeit eines beinahe nackten Horse in mich aufnahm. Er durchbrach den Zauber.

»Freut mich, dass er dir gefällt.«

»Wer?«, fragte ich verwirrt.

»Mein Körper«, antwortete er grinsend. »Er ist der Einzige, den du angucken und ficken wirst, also ist es gut, dass dir das Gesamtpaket zusagt.«

Ich wurde knallrot, drehte mich weg, schnappte mir die Teller und stellte sie auf den Holzblock. Er setzte sich hin und biss in sein Sandwich. Ich tat das Gleiche und versuchte, ihn nicht anzuschauen. Das war schwieriger, als man meinen könnte, denn er saß mir direkt gegenüber. Er war groß und breit und ich hätte die Tattoos auf seiner nackten Brust wirklich sehr gerne genauer betrachtet. Ich hatte sie zwar schon einmal gesehen, aber meine Neugier war noch nicht befriedigt.

»Willst du ein Bier?«, fragte er, stand auf und ging zum Kühlschrank.

»Klingt gut«, antwortete ich und erlaubte mir, einen Blick auf seinen Arsch zu werfen. Ein schöner Hintern. Er erwischte mich dabei, als er sich wieder umdrehte, aber er gab mir einfach nur die Flasche und wir aßen in kameradschaftlicher Stille weiter. Ich trank noch ein zweites Bier und fühlte mich danach schon um einiges entspannter. Als wir mit dem Essen fertig waren, half er mir die Spülmaschine einzuräumen, ganz zivilisiert. Manchmal kam es mir so vor, als bestünde Horse aus zwei verschiedenen Personen – einem miesen Bikerarsch, der jede Menge Befehle schnauzte, und einem süßen, verführerischen Mann, der meinen Körper dazu brachte, Dinge zu empfinden, die Gary völlig unbekannt waren, geschweige denn, dass er sie hatte bei mir auslösen können.

Wer von den beiden Typen in Horse war der echte?

»Willst du duschen?«, fragte er.

»Ja, ich glaube schon«, antwortete ich. »War ein langer Tag.«

»Nimm das Bad oben, es ist schöner als das untere.«

Ich nickte und verließ die Küche, wo Horse den Tisch und die Theke abwischte wie ein ganz normaler Mensch. Es war wirklich eigenartig.

Mein Pech – die Badezimmertür konnte man nicht abschließen.

Angenehm war aber, dass das Bad irgendwann in der letzten Zeit eindeutig auf Vordermann gebracht worden war. Als ich mich umschaute, war ich mir ziemlich sicher, dass es früher einmal ein weiteres normales Zimmer gewesen war, so groß war es. Die Ausstattung passte perfekt zum

Haus – eine große Badewanne, die auf Klauenfüßen stand, und ein alter Toilettentisch, der umfunktioniert worden war, indem man eine Marmorplatte daraufgelegt und ein Waschbecken eingelassen hatte. An einer Seite des Raumes gab es ein Schiebefenster. Dass es keine richtigen Rollos gab, störte mich nur so lange, bis mir klar wurde, dass mich hier wirklich kein Mensch sehen konnte. Das Bad lag viel zu hoch und das Haus stand weitab vom Schuss.

Zusätzlich zur Badewanne gab es eine riesige moderne Duschkabine mit Düsen auf beiden Seiten und einer langen Bank. Sie hätte in dem Raum eigentlich total fehl am Platze wirken müssen, aber irgendwie passte alles zusammen. Das Beste war das große Dachfenster, das das Zimmer wunderschön hell machen würde, wenn die Sonne schien. Ich konnte mich nur wundern, wie ein solches Bad in ein altes Farmhaus geraten war.

Die dreckige Wäsche von Horse lag in einem Haufen auf dem Boden. Ich hob sie auf und warf sie in den Wäschekorb. Ich nahm mal an, ich würde mich sowieso um die Wäsche kümmern müssen, und fragte mich, ob er wohl eine Waschmaschine und einen Trockner hatte. Ich hatte bisher keine gesehen, aber ich war ja auch noch nicht in dem kleinen Vorraum gewesen. Das Haus war in mancher Hinsicht ein bisschen herb, aber alles in allem war es ganz klar gemütlich. Auf jeden Fall besser als der Trailer und mit wesentlich mehr Potenzial als das Haus, das ich mit Gary bewohnt hatte.

Sieh mal einer an …

Dass es kein Schloss an der Tür gab, war für mich ein Problem. So gerne ich in die Wanne gestiegen wäre, ich hätte mich dabei nicht wohlgefühlt. Also zog ich mich aus, sprang in die Dusche und machte die freudige Entdeckung, dass dort Haarwaschmittel, Haarspülung und Duschgel lagen. Es waren zwar nicht meine Marken, aber es würde gehen, bis ich das nächste Mal in einen Laden kam. Zum Glück lieferte die Dusche jede Menge heißes Wasser, obwohl es eine Weile dauerte, bis es im oberen Stock ankam. Ich wusch mir die Haare, dann nahm ich die Haarspülung.

Als ich anfing, mich einzuseifen, ging die Tür auf, und Horse kam rein. Ich hätte es wissen müssen, ich meine, hätte das noch vorhersehbarer sein können? Ich hatte mir Gedanken über die Wanne gemacht, aber das mit der Dusche hatte ich ganz ehrlich nicht kommen sehen. Ich schätze, ich bin einfach zu pragmatisch – Horse hatte ja schon geduscht, warum hätte er also noch einmal duschen sollen?

Ich bin ja manchmal so blöd!

Egal, jedenfalls schrie ich leise auf, als ich ihn sah, ein Schrei, den er ganz schnell erstickte, indem er mich packte und mich auf seinen Körper hob. Ich schlang instinktiv Arme und Beine um ihn, als er mich gegen die Wand der Dusche drückte. Dann nahm er meinen Mund in Besitz und ich hatte keine Zweifel mehr, wie dieser Abend enden würde.

Wie soll ich diesen Kuss beschreiben?

Er war rau und tief. Seine Zunge drang immer wieder in mich ein und ich spürte, wie sein Schwanz über meinen Schlitz glitt, während er seine Hüften unermüdlich im gleichen Rhythmus bewegte wie die Zunge. Ich würde gern sagen, dass es mir nicht gefiel und dass ich das arme unschuldige Opfer des großen bösen Bikers war, aber das wäre schlicht und ergreifend gelogen. Ich fing Feuer und hätte mich an ihm gerieben wie eine rollige Katze, wenn er mich nicht so fest umklammert gehalten hätte. Also vergrub ich meine Hände in seinem Haar und neigte den Kopf, um seine Zunge noch tiefer in mich aufzunehmen.

Seine Hand glitt an meinem Rücken hinunter und meine Pospalte entlang. Er strich mir über das Poloch und ich zuckte zusammen, aber er glitt weiter nach vorne und drang mit den Fingern in mich ein. Ich muss ganz ehrlich sagen, es war einfach geil. Sein Schwanz bewegte sich vorne an meinem Schlitz rauf und runter, seine Finger kamen von hinten und senkten sich tief in mich hinein. Sie steuerten direkt meinen G-Punkt an. Mich überliefen Schauer, ich zitterte und war kurz davor zu kommen. Dann gab er meinen Mund frei und starrte mich durchdringend an, während er weiter mit seinen Fingern spielte. Genau da begann die Folter.

Er brachte mich fast bis zum Orgasmus, ich wimmerte und stöhnte und wollte unbedingt mehr, aber er sah mich nur mit seinem kalten Gesichtsausdruck an. Diesen Blick konnte ich nicht ausstehen, aber irgendetwas daran machte mich auch wahnsinnig an. Horse kontrollierte jegliche Berührung, jede kleinste Stimulation meines Körpers, und er kannte keine Gnade. Schließlich zog er seine Finger aus mir heraus und hob mich hoch, bis meine Hüften fast auf halber Höhe seiner Brust waren. Sein Mund schloss sich um meine Brustwarze, er schob mir einen Finger in den Arsch. Als er so in mich eindrang, stöhnte ich auf und erstarrte.

Er achtete nicht darauf, sondern konzentrierte sich ganz auf meine Brustwarze, die er immer weiter einsaugte, während sein Finger sich in meinem Hintern bewegte, ein Gefühl, das völlig neu für mich war. Ich hatte immer gedacht, es würde wehtun, dort berührt zu werden, aber auch wenn er rau mit meiner Brust umging – er war rau, keine Frage, er saugte, leckte und biss immer wieder so fest wie möglich zu –, seinen Finger ließ er aber ganz zärtlich in mir hinten drin. Ich war jetzt so erregt, dass ich einzelne Gefühlsregungen nicht mehr unterscheiden konnte. Es baute sich ein Druck in mir auf, und ich spürte, dass ich ganz nah am Orgasmus war. Ich erstarrte, umschlang meine eigenen Arme und spannte mich um seinen Finger herum an.

Da zog er seinen Finger auf einmal aus mir heraus und stellte mich ohne jede Vorwarnung auf den Boden.

Ich schwankte, bis ich mein Gleichgewicht wiedergefunden hatte, und er stützte mich. Jeder Nerv meines Körpers war gespannt wie eine Saite und bis zum Übermaß stimuliert. Ich protestierte wimmernd, aber bei seinem Lächeln wäre glühende Lava zu Eis erstarrt.

»Rache ist grausam, stimmt's?«, flüsterte er, machte sich von mir los und setzte sich mit weit gespreizten Beinen auf die Bank. Dieser Mistkerl. Wenn ich auch nur im Geringsten daran gezweifelt hatte, ließ sein Anblick nun keine Spekulationen mehr zu. Sein Schwanz war lang und hart, seine

Eier waren fest zusammengezogen. Es war deutlich zu sehen, wie nahe er dem Orgasmus war.

»Auf die Knie!«, befahl er mit harter Stimme.

Ich kniete langsam vor ihm nieder und fühlte mich wie eine Hurensklavin, die ihrem Eroberer zu Diensten sein muss. Mit diesem Bild lag ich vermutlich gar nicht weit daneben. Ich nahm seinen Schwanz in beide Hände und ließ sie auf und ab gleiten, während ich zu ihm aufsah. Ich leckte die kleine Kerbe an der Unterseite der Spitze ab und ließ meine Zunge schnell darübergleiten.

»Fick mich …«, stöhnte er, und ich wusste nicht, ob das ein Befehl war oder einfach nur ein Ausruf, weil es sich so gut anfühlte. Er krallte die Finger in mein Haar und nötigte mich, seinen Schwanz in den Mund zu nehmen. Das war für mich in Ordnung. Ich machte den Mund auf und nahm ihn so tief in mich auf, wie ich konnte. Besonders tief war das nicht, weil er ja so groß war. Aber das, was ich erwischen konnte, bearbeitete ich mit der Zunge, wippte an ihm hinauf und hinunter und brachte meine Hände in Stellung. Mit der rechten wichste ich ihn ab, genau im gleichen Rhythmus wie mit dem Mund, mit der linken packte ich seine Eier, die ich abwechselnd rollte und drückte. Sein Schwanz wurde härter. Horse begann bei jedem Strich leicht mit den Hüften zu zucken und hielt mein Haar so fest in seiner Hand, dass es wehtat.

Horse lehnte sich zurück und drehte den Kopf zur Seite. Er hatte die Augen geschlossen, unendliche Begierde stand ihm ins Gesicht geschrieben – da begriff ich, welche Macht ich über ihn hatte. Die konnte er mir nicht nehmen. Solange er meinen Körper wollte, hatte ich meine Art von Kontrolle über ihn.

Verdammte Scheiße, das machte mich wirklich an.

Ich ließ seine Eier los und griff mir zwischen die Beine, um mich selbst zu bearbeiten. Ich wurde an ihm immer schneller. Ich hörte, wie er kleine zustimmende Grunzer von sich gab und spürte tief unten an der Wurzel seines Schwanzes kleine klopfende Zuckungen. Mir zitterten die Beine. Ich stand kurz vor meinem eigenen Orgasmus.

Dann kam Horse in meinem Mund. Davon hatte ich seit Monaten geträumt! Er machte keine halben Sachen, wie generell in seinem Leben. Ich hatte bisher nur bei einem einzigen anderen Mann Blowjobs gemacht. Bei Gary, und das war ganz anders gewesen. Nachdem Horse gekommen war, saugte ich noch immer sanft an ihm, während ich hart meine Klit rieb. Er wurde nicht ganz schlaff, obwohl das größte Verlangen weg war. Leider bemerkte Horse, was ich mit meiner anderen Hand trieb.

»Hör auf«, befahl er, packte meinen Arm und zog mich hoch, sodass ich vor ihm zu stehen kam.

»Horse, bitte!«, flehte ich.

»Weißt du eigentlich, wie viel Zeit ich damit verbracht habe, mir einen runterzuholen, während ich an dich gedacht hab?«, fragte er und saß noch immer in aller Ruhe auf der Bank. Völlig überrascht schüttelte ich den Kopf. »Hast du eine Ahnung, wie es sich angefühlt hat, als du dich von mir losgemacht hast? Dicke Eier kommen nicht einmal ansatzweise an das heran, was du mir angetan hast, Baby. Es gefällt mir, das jetzt zur Abwechslung bei dir sehen zu können.«

»Es tut mir leid«, sagte ich. »Aber ich konnte mit dir nicht Liebe machen, als wir Zuhörerschaft hatten. Das ging einfach nicht!«

»*Liebe machen?* Lüg dir nicht in die Tasche, hier geht es ums Ficken, Marie«, entgegnete Horse. Das verletzte mich, und zwar wesentlich mehr, als ich erwartet hätte. Dann machte er es noch schlimmer. »Gewöhne dich an den Gedanken, dass jemand zuhört, denn ich werd dich nicht vom Haken lassen, nur weil du empfindlich bist.«

»Wie meinst du das?«, fragte ich und erstarrte.

»In meiner Welt halten wir uns nicht an die Regeln, Baby«, sagte er. »Es gibt bei mir nichts, was meine Brüder nicht wissen. Erinnerst du dich, was ich dir gesagt habe, als du deinen Scheiß gepackt hast?«

»Ja«, flüsterte ich und war regelrecht fasziniert, als er sich vorbeugte, sich zwischen meine Beine schmiegte und die Zunge zweimal über meine Klit gleiten ließ. Das reichte fast, damit ich kam.

Aber eben doch nicht ganz.

Ich bewegte mich hin und her, voller Verlangen, die Beine zusammenzubringen und aneinanderzupressen, um die Sache endlich zu Ende zu bringen, aber das ließ Horse nicht zu.

»Das ist meine Muschi«, sagte er. Langsam schob er zwei Finger in mich hinein und ließ sie zielsicher an meiner Innenwand entlanggleiten. Mich überlief ein Schauer. »Ich ficke dich, wann ich will und wie ich will. Wenn wir im Club Party machen und ich scharf werde, dann machst du für mich die Beine breit und zickst nicht rum. An der Wand, auf dem Boden, mitten im Lebensmittelladen, du machst es mir, wann immer ich will, ansonsten kannst du den Deal vergessen. Hast du das kapiert?«

Ich nickte, hin und her gerissen zwischen dem Zorn über seine Worte und dem verzweifelten Bedürfnis, von ihm berührt zu werden. Zum Glück hörte er auf zu reden und saugte an meiner Klit. Es dauerte keine zehn Sekunden, bis ich explodierte. Mein Stöhnen hallte in der Dusche wider, als ich kam. Ich schaffte es so gerade eben, auf den Beinen zu bleiben, und umklammerte seine Schultern so fest, dass er davon blaue Flecken bekommen würde.

Er verschwand, damit ich mich zu Ende duschen konnte. Diese Prozedur bestand hauptsächlich darin, mir die Haarspülung auszuwaschen und meine Herzfrequenz wieder zu normalisieren. Ich schlang mir ein Handtuch ums Haar, zog eine Trainingshose und ein schäbiges T-Shirt an und ging in mein Zimmer. Die Zimmertür von Horse war zu, im ganzen Haus war es still. Das überraschte mich. Ich hatte erwartet, dass er mich gleich noch einmal sehen und mehr von mir bekommen wollte. Ich wusste, dass er gern mit mir in einem Bett schlief, das hatten wir schließlich schon zweimal gemacht, und beide Male hatte er mich die ganze Nacht im Arm gehalten. Nun begriff ich das Ganze erst richtig.

Horse wollte mich nicht in seinem Zimmer haben, weil ich nicht sein Mädchen war. Das hatte er mir angeboten und ich hatte Nein gesagt. Jetzt bestand meine Aufgabe darin, ihm zu dienen und ihm ansonsten aus dem Weg zu gehen. Plötzlich fand ich es gar nicht mehr so toll, dass ich ein eigenes Zimmer hatte. Ich fühlte mich tatsächlich einsam und vermisste dieses Arschloch! Ich wünschte mir, er würde die Nacht mit mir verbringen. Aber Horse hatte es mir klar und deutlich gesagt – Kuscheln war etwas für Freundinnen und Alte Ladys.

Ich war nur für einen schnellen Fick da, und das war meine eigene verdammte Schuld.

KAPITEL ZWÖLF

Irgendwann in dieser Nacht glitt eine Hand in meine Trainingshose. Sie fuhr mit den Fingerspitzen an meinem Körper entlang und legte sich um meine Brust. Ich stöhnte verschlafen und war mir nicht sicher, ob ich das Ganze nicht nur träumte. Dann verschwand die Hand und schob mir die Trainingshose hinunter. Ich machte die Augen auf und versuchte zu begreifen, was los war. Ein Mann lag auf mir. *Gary?* Ich öffnete den Mund und wollte schreien, aber eine Hand legte sich darüber, während ihr Besitzer zu sprechen begann.

»In so was schläfst du ab jetzt nicht mehr«, murmelte Horse und schob ein Bein zwischen meine. »Entweder bleibst du nackt oder ziehst dir irgendetwas an, was sexy ist. Keine Ausreden.« Dann küsste er mich zärtlich hinters linke Ohr und schmiegte sich an meinen Hals. Er nahm die Hand von meinem Mund und ich boxte ihn in die Schulter.

Er lachte.

»Halt mir nie mehr den Mund zu!«, zischte ich.

»Ich wollte nicht, dass du schreist und mir das Trommelfell platzt, Süße«, erwiderte er. Seine Stimme war tief und sexy. Er drückte seine Hüften gegen meine und ich schauderte. Wie konnte er mich so nerven und gleichzeitig so anmachen? Das war einfach nicht fair. »Benimmst du dich jetzt oder muss ich dich erst fesseln?«

»Ist das dein Ernst?«

»Fuck, das ist allerdings mein Ernst«, antwortete Horse und tastete schon wieder nach meiner Klit. Ich bäumte mich auf und stöhnte, denn wie wütend er mich auch machte, meine innere Hure begehrte ihn. Sie wollte ihn unbedingt. »Ich bin hier der Boss! Merk dir das, sonst verpass ich dir eine Lektion.«

Er packte meine Hände, zog sie grob über meinen Kopf und hielt sie dort mit einer Hand gefangen. Mit der anderen bearbeitete er mich genau so, wie er es im Badezimmer getan hatte. Mein Körper hungerte danach, da ich von dem Spielchen vorher noch völlig heiß war. Ich war zu nervös gewesen, um mich nach dem Duschen selbst zu berühren – ich hatte Angst gehabt, Horse würde in mein Zimmer kommen und mich dabei erwischen. Ich weiß nicht, warum es mir so wichtig war, jede Form der Selbstbefriedigung vor ihm zu verstecken, aber es war so.

Es dauerte keine Minute, da hatte er mich so weit, dass ich für ihn bereit war. Er zog die Hand weg und ich hörte, wie eine Kondompackung aufgerissen wurde. In der Dunkelheit fluchte Horse leise. Er kam wieder näher, packte meine Hände und hielt sie zu beiden Seiten meines Kopfes fest, während er seinen Schwanz vor meiner Öffnung in Stellung brachte.

Horse hatte einen großen Schwanz – das wusste ich. Was das bedeutete, begriff ich allerdings erst wirklich, als er ihn in mich hineinschob, langsam und gleichmäßig, ohne zu zögern und ohne Pause. Ich wand mich auf dem Bett, während er mich ausfüllte. Das befriedigende Gefühl wurde abgeschwächt durch kleine stechende Schmerzen, als er mich so weit dehnte. Im Mondlicht konnte ich seine Gesichtszüge erkennen – eine Maske von Entschlossenheit und Verlangen. Dieser Anblick überwältigte mich. Dann war Horse ganz in mir, bis zu den Eiern in meinem Körper. Meine Muskeln zuckten um ihn herum, kleine zitternde Bewegungen durchliefen mich, als ich darum kämpfte, ihn zu halten.

»Musst dich erst noch an mich gewöhnen, Baby«, murmelte er und bedeckte mein Gesicht mit Küssen, ehe er meinen Mund wieder in Besitz nahm, zum ersten Mal ohne Drängen und Fordern. »Ich lasse es ganz langsam angehen.«

Das tat er wirklich. Ich spürte, wie ich mich allmählich um ihn herum entspannte. Als er das erste Mal zustieß, rieb sich sein riesiger Schwanz in mir an Stellen, von denen ich gar nicht gewusst hatte, dass es sie gab. Er wurde schneller und ich hob die Hüften, um ihn entgegenzukommen, mein Körper verlangte nach mehr. Normalerweise komme ich nie allein von Vaginalsex – ich brauche mehr Stimulation für meine Klit. Bei Horse war das anders, denn sein Schwanz war so groß, dass er mich weit genug aufspreizte und mein Innerstes dem wunderbaren Gleiten seiner Erektion ausgesetzt war, während er in mich hineinstieß und sich wieder leicht zurückzog. Die Tatsache, dass meine Arme weit ausgebreitet waren und festgehalten wurden, steigerte das Erlebnis, denn ich konnte nichts tun, um ihn aufzuhalten. Ich musste das nehmen, was er mir gab, ohne Widerworte. Das war auf eine merkwürdige Art befreiend – völlig schuldfreier Sex.

Ich glaube, es dauerte nicht einmal eine Minute, bis ich kam. Mein Rücken hob sich in weitem Bogen vom Bett und jeder Muskel in meinem Körper zog sich so hart zusammen, dass es wehtat.

Er ließ mich los. Dann begann er, mich richtig zu ficken.

Horse verwandelte sich vom zärtlichen Liebhaber in den Bikerschlägertypen. Er ließ meine Arme los und kniete sich aufs Bett. Er packte meine Taille, hob mein Becken an und drehte es, um einen besseren Winkel zu erwischen. Er fickte sich praktisch selbst mit meinem Körper. Ich habe keine Ahnung, wie viel Zeit verging, aber ich weiß, dass ich irgendwann nach unten griff, meine Klit rieb und einem zweiten Orgasmus nachjagte. Als der zuschlug, krampfte ich mich wieder um ihn zusammen. Horse war hinüber und explodierte in mir. Er ließ mich aufs Bett fallen und legte sich auf mich, während sein Schwanz sich in mir aufbäumte und seine Erleichterung ausstieß.

Verdammt noch mal.

Wir kamen beide zur Ruhe und keuchten erschöpft. Dann rollte Horse von mir herab, zog das Kondom ab und warf es in den kleinen Papierkorb neben der Kommode. Wortlos verließ er das Zimmer und ließ mich im Dunkeln liegen.

Ich hatte mich in meinem ganzen Leben noch nie so einsam gefühlt.

Als ich aufwachte, strahlte die Sonne und es war ruhig im Haus.

Ich rollte mich aus dem Bett und zuckte zusammen – ich war wund zwischen meinen Beinen und spürte einen kurzen Schmerz. Trotzdem bereute ich nicht, was passiert war. Noch nie war ich so abgegangen, nicht einmal mit meinem Vibrator. Ich zog ein Tanktop mit eingenähtem BH an und meine Jeans, aber kein Höschen. Ich hatte gestern Abend nicht daran gedacht, meine Unterwäsche durchzuwaschen, und ich würde sie ganz bestimmt nicht dreckig anziehen. Wie es schien, hatte Horse meinen Intimbereich sowieso zur höschenfreien Zone erklärt, aber darüber mussten wir noch einmal reden. Auf keinen Fall würde ich dauerhaft ohne Unterwäsche herumlaufen.

Ich ging erst ins Bad, begann dann, die Treppe ins untere Stockwerk hinabzusteigen, und lauschte auf Lebenszeichen.

»Horse, bist du hier?«, rief ich. Er antwortete nicht, aber ich hörte die Pfoten eines Hundes über den Holzboden tappen. Ich stand mit Hunden nicht unbedingt auf gutem Fuße, und es klang so, als würde sich mir ein großes Exemplar nähern.

Horse würde mich doch nicht mit einem bissigen Hund allein lassen, sagte ich eisern zu mir. Er mochte ein Schwachkopf sein, aber er wollte ja sicher nicht, dass ich hier bei ihm draufging. Ich spähte über das Treppengeländer, jederzeit bereit, in mein Zimmer hinaufzurennen, falls ich ein Monster entdecken sollte. Stattdessen erblickte ich einen mittelgroßen Hund mit langem silberschwarzen Haar und weißen Strähnen, der mich erwartungsvoll ansah. Sein Maul stand offen und zeigte ein breites Welpengrinsen, die Zunge hing an der Seite heraus.

Das war nicht gerade ein Killerhund.

»Na du«, sagte ich sanft und stieg die restlichen Stufen hinab. Der Hund schaute mich gespannt an. Sein Maul ging zu, und er nahm den Blick eines Hütehundes bei der Arbeit an, der mit allem rechnete. Ich kam am Ende der Treppe an und streckte ihm vorsichtig die Hand entgegen. Der Hund kam herbei, schnüffelte an meiner Hand, stieß mit dem Kopf dagegen und wollte gekrault werden. Ich gehorchte, und der Hund ließ sich zu Boden sinken und rollte vor Freude auf dem Rücken herum.

»Du bist ja noch ganz jung«, murmelte ich. »Ich wette, du fliegst fast durch die Luft, wenn du hochspringst. Holst du gern Stöckchen?«

»Pass bloß auf, was du sagst«, hörte ich Horse. »Wenn du ihm was versprichst, wird er dich dran erinnern. Und er wird nicht so schnell müde.«

»Ich hab nicht gemerkt, dass du da bist«, murmelte ich.

»Wir machen ja nicht alle solchen Lärm«, sagte er. »Du hast dich da oben angehört wie eine Herde Elche.«

Ich warf ihm einen finsteren Blick zu.

»Ich hab mich nicht angehört wie ein Elch«, protestierte ich. »Außerdem ist es nicht meine Schuld, dass die Böden so alt sind und knarren.«

»Ich habe nicht gesagt, dass du dich anhörst wie ein Elch«, erwiderte er beinahe freundlich. »Ich habe gesagt, du hörst dich an wie *eine Herde* Elche. Das ist ein großer Unterschied.«

Ich schaute ihn genervt an.

»Ich hab Frühstück gemacht«, sagte er und wies mit dem Kinn Richtung Küche. »Viel ist nicht da. Ich will, dass du das Kochen übernimmst und den ganzen Scheiß, aber ich hatte Hunger und du hast dich ja nicht gerührt.«

Ich wurde rot, als ich daran dachte, warum ich so müde gewesen war, und er gluckste zufrieden mit tiefer Stimme.

»Das ist übrigens Ariel«, fügte er hinzu und wies auf den Hund. »Ich nenn ihn Ari.«

Ich starrte ihn an.

»Du hast einen jungen Hund namens Ariel?«, fragte ich. Ich war mir nicht sicher, ob ich ihn richtig verstanden hatte.

»Meine Nichte hat den Namen ausgesucht«, antwortete Horse und zuckte mit den Achseln. »Wahrscheinlich hat sie dabei an die Meerjungfrau gedacht. Klingt aber auch ein bisschen wie Waschmittel. Jedenfalls wollte ich ihr nicht das Herz brechen und den Hund umbenennen, und ich denke, dem Tier ist es sowieso egal. Mit Ari kann ich gut leben.«

Ich nickte und biss mir auf die Innenseiten meiner Wangen, um mir ein Lachen zu verkneifen. Wieder einmal war der Böse Biker ein Rätsel. Er stieß Drohungen aus, hatte eine Pistole dabei, mit der er, da war ich mir sicher, auch sehr gut umgehen konnte, und dann ließ er seine kleine Nichte dem Hund einen so merkwürdigen Namen geben.

Ein typischer Fall von Persönlichkeitsspaltung.

Das Frühstück war nichts Besonderes, aber es war überraschend gut. Er hatte Arme Ritter gemacht, die auf einer Seite mit Schinken belegt waren, und es gab Stücke einer reifen, saftigen Melone. Das Frühstück lief genauso ab wie das Abendessen am Vortag. Danach wies Horse mich an, eine Einkaufsliste zusammenzustellen. Er verschwand und nahm den Hund mit.

Ich verbrachte fast eine Stunde damit, die Küche zu durchforsten und alles aufzuschreiben, was er dahatte und was er brauchte. Ich war überrascht, als ich herausfand, dass er zwar keine Unmengen an tollen Apparaten besaß, die vorhandenen Geräte aber solide und von guter Qualität war. Mit den Töpfen und den anderen Küchenutensilien verhielt es sich genauso. Als Horse zurückkam, war die Liste schon zwei Seiten lang. Er schaute sie an und hob eine Augenbraue, aber er beschwerte sich nicht.

»Die Karre steht vorne«, sagte er und ging auf die Tür zu. Ich folgte ihm eilig und wünschte, ich hätte meine Handtasche dabei, aber ich war mir nicht sicher, ob er auf mich warten würde, wenn ich sie erst holte. Ari tanzte zwischen uns herum und versuchte in den dunkelgrünen Tahoe zu springen, der neben dem Haus parkte.

»Kommt nicht infrage«, sagte Horse zu Ari. Der Hund bellte ganz klar bittend.

»Nein«, wiederholte er streng.

Ari sah kläglich drein und schlich sich davon.

»Musst du ihn nicht festbinden oder so?«, fragte ich, als wir aus der Einfahrt rausfuhren.

»Nicht nötig«, sagte Horse. »Ich wohne weit genug draußen, da muss ich mir keine Sorgen machen, dass Kinder oder Fremde ihm was tun. Er weiß, wo er wohnt, und ich denk mir, wenn er weglaufen will, dann tut er's. Bisher scheint's ihm hier ganz gut zu gefallen, und er bleibt, wo er ist.«

So ähnlich wie ich, dachte ich. Ich könnte jederzeit abhauen, aber das würde ich nicht tun, und das wusste Horse ganz genau.

Ich war überrascht, dass wir hinter Coeur d'Alene auf den Highway fuhren und dann über die Staatengrenze hinüber nach Washington. Nach zwanzig Minuten bogen wir zu einer gigantischen Shoppingmall ab. Horse stellte den Wagen wortlos auf dem Parkplatz ab.

»Ich dachte, wir kaufen Lebensmittel ein?«, fragte ich verwirrt.

»Tun wir auch«, antwortete Horse. »Aber erst müssen wir noch was anderes besorgen.«

Ich folgte ihm ins Einkaufszentrum und mir fiel auf, wie viel Aufmerksamkeit er auf sich zog – überwiegend von Frauen. Das konnte ich nachvollziehen, denn Horse sah wirklich verdammt gut aus. Groß, tätowiert, das Haar zu einem Pferdeschwanz zusammengebunden und die Lederweste über einem Hemd, das so ausgeblichen war, dass man nicht mehr erkennen konnte, was es früher einmal für eine Farbe gehabt hatte. Die Jeans stellten seinen außergewöhnlich schönen Arsch zur Schau, eine Kette, die ihm an der Hüfte baumelte und an der seine Geldbörse befestigt war, vervollständigte das Bild. Auch den Männern fiel er auf. Die meisten gingen ihm aus dem Weg, sogar die jungen und coolen, die die Farben einer Gang trugen und einen auf böse machten. Ich war mir nicht ganz sicher, wie sich unser Ausflug für mich anfühlte: War ich mit einem Superhelden unterwegs oder mit einem Riesenbösewicht? Auf jeden Fall machten uns alle Leute ganz schnell Platz.

Ich folgte ihm, ohne irgendeine Frage zu stellen, bis wir vor einer Filiale von Victoria's Secret stehen blieben. Ich verschränkte die Arme vor der Brust und schüttelte den Kopf.

»Oh nein, da gehe ich nicht mit dir hinein. Wir können im Walmart etwas kaufen oder so.«

»Ich will nicht, dass du den Scheiß anhast, den du für Gary getragen hast«, sagte Horse, legte mir einen Arm um den Hals und zog mich an sich. Er beugte sich zu mir hinab und flüsterte mir heiser ins Ohr: »Es kommt mir entgegen, wenn du nie wieder Unterwäsche anziehst, aber ich weiß, dass Frauen da sehr eigen sind. Also ein Kompromiss: Ich kauf dir neue Sachen, aber nur solche, die mir gefallen. Du trägst sie, bis ich sie dir ausziehe, um dich zu ficken. So haben wir beide was davon.«

Ich öffnete den Mund und wollte widersprechen, aber dann schwieg ich doch lieber. Ich brauchte schließlich Unterhosen und BHs, und allein kam ich nirgendwo hin. Ich war an dem Abend im Trailer noch fit genug gewesen, mein Bargeld und meine Bankkarte einzustecken, aber das Geld musste reichen, bis ich einen neuen Job hatte.

Verdammt – meine Arbeit hatte ich ja vollkommen vergessen!

»Ich muss meine Chefin anrufen«, sagte ich.

»Musst du heute arbeiten?«, fragte er. Er glitt mit der Hand nach oben und hakte sie in mein Haar. Ich schüttelte den Kopf.

»Nein, erst morgen.«

»Dann rufst du sie an, wenn wir wieder zu Hause sind.«

»Was soll ich ihr denn erzählen?« Ich machte mir Gedanken. »Sie ist immer so gut zu mir gewesen, sie hat es echt nicht verdient, dass ich einfach so verschwinde, ohne irgendwas zu sagen ...«

»Sag ihr, du bist von einem Biker entführt worden und wirst jetzt in den Bergen gefangen gehalten«, meinte Horse, beugte sich zu mir hinab und gab mir einen langen, zärtlichen Kuss, sodass ich ganz zittrig wurde.

Ehe ich meine Sinne wieder beisammenhatte, packte er mich an der Hand und zog mich in den Laden. Ich widersetzte mich, denn ich war immer noch nicht besonders glücklich über seinen Plan. Er drehte sich zu mir um, legte mir die Hände auf die Schultern und beugte sich wieder zu mir hinab, sodass unsere Gesichter auf gleicher Höhe waren.

»Süße, ich kann's kaum erwarten, dich in irgendwelchen von diesen Fummeln hier zu sehen«, sagte er. »Dein alter Job ist mir im Moment nicht wichtig. Es ist mir scheißegal, was du der Frau sagst, solange sie keine Vermisstenanzeige aufgibt und mir das Leben schwer macht. Wenn sie das tut, dann läuft's für dich nicht mehr so gut. Kapiert?«

»Ja«, sagte ich und biss mir auf die Lippen. Sein Blick richtete sich auf meinen Mund und seine Augen wurden dunkler. Ich machte mich schnell los und marschierte auf einen Ständer mit Unterhosen zu, die hübsch waren, aber nicht nuttig, ganz einfache Hüfthöschen aus Baumwolle. Horse folgte mir, schaute mir zu, als ich ein paar aussuchte und schüttelte den Kopf.

»Nimm ein paar von denen, die kannst du anziehen, wenn du deine Tage hast«, murmelte er und befühlte angewidert den Stoff. »Aber sonst will ich dich in Sachen sehen, die sexyer sind.«

Sein Ton ließ keinen Widerspruch zu, also versuchte ich erst gar nicht, mit ihm zu diskutieren, als er mich herumdrehte und mich zu den Regalen schob, in denen die teureren Sachen lagen. Eine Angestellte kam auf uns zu, klimperte mit den Augenlidern und strahlte Horse. Ehe ich auch nur Piep sagen konnte, stand ich schon mit ihr in einer Umkleidekabine, sie nahm meine Maße und brachte mir einen Haufen Sachen zum Anprobieren. Horse wollte auch in die Kabine kommen, aber in diesem Punkt blieb ich eisern. Also wartete er draußen, und ich rief ihn immer wieder hinein, damit er sich jede Kombination von Höschen und BH anschauen konnte, die ich anprobierte. Ich weiß nicht, welche Regeln in diesem Laden galten und ob man Paare in den Kabinen allein ließ. Anscheinend wurden entsprechende

Vorschriften aber außer Kraft gesetzt, wenn ein riesiger Biker anwesend war.

Leider bedeutete das, dass er die Entscheidungen traf, sowohl was ich anprobierte als auch was er kaufte. Schließlich hatte ich sechs neue Kombinationen von sexy Unterhöschen und passenden BHs sowie die sechs einfachen Baumwollhöschen von vorhin. Ein paar der neuen Kombis waren Tangas, andere waren hoch bis über den Hintern hintern geschnitten, aber alle brachten meine Figur auf eine Art zur Geltung, dass sogar ich selbst zugeben musste, dass ich darin echt scharf aussah. Dann fing Horse an, Korsetts und Nachthemden auszusuchen. Einige davon sahen aus, als kämen sie direkt aus einem Bordell, mit schwarzer Spitze und riesigen Ausschnitten oder aus knallrotem Satin. Andere waren geschmackvoller, zum Beispiel ein langes filigranes Nachthemd mit einem passenden seidenen Morgenrock, das sah fast schon jungfräulich aus. Mein Lieblingsteil war ein elfenbeinfarbenes Korsett und Bustier mit Verzierungen in Form von winzigen Rosen, die ganz leicht pink getönt waren. Dazu gab es die passenden Höschen. Als ich den Ausdruck auf Horse' Gesicht sah, wurde ich feucht.

Zum Schluss hatten wir mehr als tausend Dollar ausgegeben. Ich bekam fast einen Herzinfarkt, aber Horse ignorierte mich einfach und bezahlte bar. Ich weiß nicht, wer von uns beiden die Augen weiter aufriss, als er das dicke Bündel Geldscheine aus der Tasche holte, das Mädchen an der Kasse oder ich. Horse drückte mir einen schwarzen Push-up-BH und den dazu passenden Tanga in die Hand und sagte: »Los, zieh das an.«

Ich gehorchte.

Ich ging davon aus, dass unsere Shoppingtour damit beendet wäre, aber nachdem wir ins Auto gestiegen waren, fuhr mich Horse zu einem Geschäft für Motorradbedarf. Er kaufte mir ein paar Tanktops von Harley-Davidson, die viel, viel enger waren als alles, was ich je in der Öffentlichkeit getragen hatte. Außerdem erstand er eine leichte Lederjacke. Als Nächstes hielten wir an einem Laden an, der The Line hieß – ein Stripclub mit einem angrenzenden Laden voller Damenkleidung. Offenbar gehörte er den Reapers. Obwohl der Club noch gar nicht geöffnet hatte, waren die Angestellten schon da und machten eifrig alles bereit.

»Hier gefällt's mir nicht«, sagte ich, während ich Horse durch den Stripclub folgte und wir auf eine Tür in der hinteren Wand zugingen. Überall, wo ich hinschaute, sah ich Mädels, die fast nichts trugen außer Stringtangas und High Heels. Andere hatten eine Art Hausmantel aus Seide an. Ein paar von ihnen nahmen Horse beim Arm und drückten sich gegen ihn, andere schauten mich prüfend an und versuchten mich einzuordnen. Eine strich mit der Hand über den Reißverschluss seiner Hose und drückte leicht zu, während sie ihn auf den Hals küsste.

»Hau ab«, sagte Horse verärgert. Sie verzog den Mund, wandte sich von ihm ab und starrte mich an. »Verdammte Weiber«, murmelte er und öffnete die Tür, die in den Laden führte.

Auch der Laden war noch nicht geöffnet, und dafür war ich echt dankbar. Im Vergleich zu diesem Shop war Victoria's Secret ein Burka-Geschäft. Es gab Höschen, die man essen konnte, Stripper Heels, Leder, Spitze und überall Sexspielzeug. Bei den Toys waren ein paar dabei, gegen die das beste Stück von Horse klein wirkte. Irgendwie erschreckte mich das. Ich konnte nirgendwo hinschauen, ohne dass es mir peinlich gewesen wäre, also sah ich Horse an, der mir ein Outfit aussuchte, das man als »postmodern-nuttig« bezeichnen könnte. Es bestand aus einem dunkelbraunen Lederkorsett, das nur den halben Bauch bedeckte und den Nabel und meine geschwungene Taille freiließ. Er fügte einen Rock hinzu, der so kurz war, dass ich mich fragte, ob ich nicht sofort verhaftet werden würde, wenn ich mich damit in der Öffentlichkeit zeigte.

»Das kann ich nicht anziehen«, sagte ich und schüttelte den Kopf, als ich in den Spiegel sah. Er ignorierte mich und ging zur Kasse. »Echt nicht, Horse, da sterbe ich.«

»Das wirst du aber anziehen«, antwortete er und war offenbar damit beschäftigt, etwas in ein Kassenbuch zu schreiben.

»Nein.«

Er schaute hoch und sah meine streitlustige Haltung. Er kniff die Augen zusammen und wir standen uns fast eine Minute lang so gegenüber. Keiner von uns blinzelte, keiner gab nach.

»Müssen wir das mit den Regeln schon wieder besprechen?«, fragte er schließlich. »Ich erinnere mich an Folgendes: Du hast darum gebettelt, alles tun zu dürfen, was nötig ist, um dein Weichei von einem Bruder zu retten, obwohl dieser Dummkopf auf uns zugegangen war, uns gebeten hat, mit ihm zusammenzuarbeiten, und uns dann beschissen hat. In meiner Welt ist das in etwa dasselbe wie eine im Voraus bezahlte Beerdigung. Hast du's dir mit unserem Deal anders überlegt? Da ist die Tür, Baby.«

»Ich versteh dich nicht«, sagte ich leise und unsicher. »Du kannst manchmal so nett sein. Warum tust du das?« Ich zeigte auf das schreckliche Outfit, das er für mich ausgesucht hatte. »Hasst du mich wirklich so sehr? Ich glaube, das hab ich nicht verdient, Horse.«

Er schüttelte den Kopf und rieb sich mit Daumen und Zeigefinger die Nasenwurzel.

»Ich hasse dich doch nicht, Süße«, sagte er. »Du machst mich wütend, aber damit kann ich leben. Zum Teufel, es macht mich sogar fast immer an. Aber du kapierst das hier nicht, und ich kann's dir nicht erklären, ohne dass ich alles kaputt mache. Wenn dich das quält, tut es mir leid, aber ich habe meine Gründe dafür. Du musst mir schon vertrauen.«

Er wandte sich wieder dem Kassenbuch zu und ignorierte mich eine Zeit lang. Ich sah ihm zu und dachte ernsthaft darüber nach, ob ich nicht doch aus unserem Deal aussteigen sollte, aber das konnte ich Jeff nicht antun. Er brauchte mich.

»Scheiße, das hab ich ganz vergessen«, sagte Horse auf einmal, »du brauchst ja auch Schuhe. Such dir was auch, egal, welche, sie sind alle okay.«

Ich war froh über die Ablenkung und spazierte zu den Schuhen hinüber, dankbar, dass ich mir auch einmal selbst etwas aussuchen konnte.

Dann begriff ich, warum er mir bei der Auswahl der Schuhe nichts vorschrieb. Alle waren ganz klar fürs Strippen gedacht, sie hatten keinen anderen Zweck. Ich entschied mich für ein Paar Spangenschuhe aus Lackleder, die beinahe gesittet ausgesehen hätten, wäre da nicht der Absatz von gut zehn Zentimetern gewesen.

Erstaunlicherweise hatten alle anderen Schuhe noch höhere Absätze, ein paar waren sogar so hoch, dass ich damit keinen einzigen Schritt hätte gehen können. Ich packte die Schuhe und gab sie Horse. Er sagte nichts, aber seine Augen wurden dunkler und er griff sich nach unten an die Hose und rückte sich zurecht. Ich spürte, wie ein Gefühl von Verlangen und Macht in mir hochkam. Das beunruhigte mich zutiefst. Warum konnte ich mich nicht entscheiden, ob ich ihn liebte oder hasste? Wie konnte ich von wütend so schnell auf geil umschalten? Es war einfach nicht fair. Ich zog mich wieder um, und Horse packte die Einkäufe ein, zusammen mit ein paar winzigen Tanktops und ein paar T-Shirts in Puppengröße, auf denen stand: »Support your local Reapers Motorcycle Club«.

Zumindest war der anschließende Einkauf im Supermarkt nicht schlecht. Wir brauchten fast eine Stunde, bis wir alles hatten, was auf der Liste stand. Und wieder achteten die Leute darauf, ihm aus dem Weg zu gehen, was ich völlig okay fand. Wir mussten an der Kasse nicht mal anstehen, alle ließen uns vor.

»Ist das immer so?«, fragte ich, als wir die Tüten in den Kofferraum luden.

»Normalerweise schon«, sagte er. »Wir sind nicht der größte Club, aber wir haben hier in der Gegend ganz klar das Sagen. Solange man uns Respekt entgegenbringt, ist alles in Ordnung. Es gibt nicht viele Leute, die sich mit einem Reaper anlegen wollen, so viel ist sicher.«

»Und was passiert, wenn sie's trotzdem tun?«, fragte ich. Er sah mich scharf an.

»Was glaubst du denn?«

Blöde Frage.

Als wir nach Hause kamen, bestand Horse darauf, die Einkäufe auszuladen, und sagte mir, ich solle nach oben gehen und meine neuen Klamotten aufräumen. Wenn ich nur an den Stripperrock dachte, kriegte ich schon die Krise, aber ich musste zugeben, dass ich mich in den Schuhen irgendwie sexy fühlte. Ich konnte nicht widerstehen und probierte das Bustier noch einmal an. Es sah zu meinen Jeans, die auf der Hüfte saßen, gar nicht mal schlecht aus. Ich konnte mich zwar nicht ganz im Spiegel sehen, aber mein Ebenbild war groß genug, um zu wissen, dass ich gut aussah.

Richtig gut.

Als ich alle Preisschilder abgemacht und die Sachen weggeräumt hatte, marschierte ich wieder nach unten. Horse war weg, aber auf dem Tisch lag ein Zettel.

Muss noch Kram erledigen – mach's dir bequem. Ich bin gegen sieben zurück. Mach etwas zu essen fertig. Heute Abend gehen wir aus.

Nicht gerade ein Meister der Kunst, anständige Informationen zu übermitteln.

Ich schnappte mir das schnurlose Telefon und ein Buch und setzte mich auf die Veranda, um Denise anzurufen und ihr zu sagen, dass ich nicht mehr zur Arbeit kommen würde. Ich fühlte mich wie der letzte Arsch, als ich ihr sagte, dass es mir nicht möglich gewesen war, rechtzeitig zu kündigen. Sie kaufte mir meine Erklärung nicht eine Sekunde lang ab.

»Was ist los?«, wollte sie wissen. »Erzähl mir keinen Scheiß, Marie. Euer Trailer ist letzte Nacht abgebrannt und jetzt sagst du, dass du mit einem Mann zusammenlebst, den du kaum kennst? Was ist denn nun wirklich passiert? Nenn mir einen Grund, warum ich nicht die Bullen rufen sollte.«

Das war keine leichte Aufgabe, aber ich versuchte, genau die richtige Menge an Besorgnis über den Trailerbrand in meine Stimme zu legen und gleichzeitig immer noch glücklich über meine neuen Lebensumstände zu klingen.

»Jeff hat mich schon angerufen und mir die Sache mit dem Trailer erzählt«, sagte ich und versuchte ernst und traurig zu klingen. »Er meint, er hätte den Brand verursachte. Ich schätze, er hat seine Pfeife auf dem Boden liegen lassen, als er los ist, um ein Bierchen zu zischen. Ich bin total fertig, dass alles abgebrannt ist, aber eigentlich hab ich ja Glück gehabt, weil ich meine ganzen Sachen gepackt hatte und schon ausgezogen war. Jeff hat mir erzählt, dass er bei einem Freund pennen wird. Er will nicht, dass ich wiederkomme, er sagt, es wäre sein Problem und dass er außerdem sowieso keinen Platz für mich hat.«

»Aha, alles klar«, sagte Denise, obwohl sie eindeutig überhaupt nichts verstand. »Ich glaube, dass noch mehr dahintersteckt, aber es stimmt mit dem überein, was in der Zeitung steht. Marie, es tut mir leid, dass ich das sagen muss, aber ich werde dir kein Arbeitszeugnis ausstellen können.«

»Das verstehe ich«, antwortete ich bedrückt. Sie seufzte schwer.

»Ruf mich an, wenn du mich brauchst. Ich respektiere deine Entscheidung, aber manchmal laufen die Dinge ganz schnell aus dem Ruder. Ich komme jederzeit zu dir und hole dich ab.«

»Danke schön, Denise«, sagte ich, und mir traten Tränen in die Augen. Ihre Freundlichkeit hatte ich nicht verdient, und sie bot sie mir an, ohne auch nur eine einzige Frage zu stellen. Als ich das Gespräch beendet hatte, begriff ich, dass Freundlichkeit manchmal mehr wehtut, als körperlich misshandelt zu werden.

Das muss man sich einmal vorstellen.

Genau wie er gesagt hatte, blieb Horse bis kurz vor sieben verschwunden. Ich las ein bisschen und erkundete das Grundstück. Es gab mehrere Nebengebäude, darunter die alte Scheune und eine Schlafbaracke. Die Scheune war ausgeräumt und in eine Werkstatt umgewandelt worden, in dem Horse offenbar verschiedene Bikes nachbaute. Ich entdeckte einen Kühlschrank, der ein paar Bier enthielt. Das erinnerte mich an Picnic, Max und Bam Bam, wie sie mich und Jeff damals besucht hatten. Hinter der Scheune befand sich eine große Feuerstelle, die von Baumstümpfen umringt war, die sowohl zum Sitzen als auch zum Holzhacken dienten. Außerdem gab es vier Picknicktische, offenbar von Hand angefertigt.

Ich schätzte, dass Horse mit den Händen richtig gut war, und zwar auf mehr als eine Art.

Zum Abendessen machte ich Hühnchen und Klöße, eines meiner Lieblingsessen, weil es im ganzen Haus einen willkommen heißenden, gemütlichen Geruch verbreitet, der für einen Tagesabschluss einfach perfekt ist. Draußen hörte ich die Harley knattern und Horse betrat das Haus durch den hinteren Wirtschaftsraum.

»Hier riecht es wunderbar«, sagte er und umarmte mich. Ich lehnte mich an ihn und genoss es, seinen Körper an meinem zu spüren. Offenbar würde heute der nette Horse zum Abendessen da sein und nicht sein bösartiger Zwillingsbruder. »Wenn wir mit dem Essen fertig sind, gehen wir aus. Ich will, dass du die Sachen trägst, die ich im Line für dich ausgesucht habe.«

Ich erstarrte und machte mich von ihm los. So viel zum netten Horse. Er seufzte, aber er zog mich nicht wieder an sich. Stattdessen ging er zum Herd und schaute in den Topf. Ich starrte ihn an und beschloss, dass er sich verdammt noch mal selbst auftun könnte. Er zuckte mit den Achseln, nahm sich eine Schüssel und machte sie voll, dann häufte er sich Salat auf einen Teller, trug alles zum Tisch, setzte sich hin und fing an zu futtern.

»Isst du nichts?«, fragte er nach ein paar Minuten.

Am liebsten hätte ich ihm gesagt, dass er sich mitsamt seinen Stripteasetänzerinnen und ihren schrecklichen, hässlichen Klamotten zur Hölle scheren könne, aber exakt in diesem Moment knurrte mein Magen und ruinierte meinen Plan. Ich nahm mir etwas zu essen und setzte mich ihm gegenüber.

»Wir gehen nachher in das Clubhaus von einem anderen Motorradclub«, sagte er, »von den Silver Bastards in der Nähe von Callup.«

»Wo liegt denn Callup?«

»Im Silver Valley, zwischen hier und Montana, irgendwo am Arsch der Welt. Da gibt's einen Unterstützerclub für die Reapers, und die Silver Bastards leiten die Sache für uns.«

Das warf ungefähr hundert neue Fragen auf, die meiner Einschätzung nach alle in die Kategorie »Clubangelegenheiten« fielen. Ich konzentrierte mich also stattdessen auf die Logistik.

»Wie komm ich dahin?«

»Hinten auf meinem Bike«, antwortete er, als wäre das selbstverständlich.

»Mit dem Rock und den hohen Schuhen? Das ist keine gute Idee, Horse.«

»Nicht gerade bequem«, stimmte er mir zu. »Aber das muss so sein.«

»Warum?«

»Wir müssen den richtigen Eindruck machen«, antwortete er. »Genug gefragt. Hör zu – sobald wir dort angekommen sind, bleibst du in meiner Nähe. Die ganze Zeit, bis ich dir etwas anderes sage. Du trägst keinen Aufnäher und du bist keine Alte Lady. Jeder Biker, der da ist, wird in den ersten fünf Minuten bei dir aufschlagen. Das heißt Jagdsaison, denn mit den Klamotten, die du trägst, wirst du ganz schön für Aufmerksamkeit sorgen.«

»Dann lass mich etwas anderes anziehen.«

»Tu, was ich dir gesagt habe. Trink nichts, wenn ich nicht mein Okay dazu gegeben habe. Tanz mit niemandem. Wenn du pinkeln musst, sagst du mir Bescheid, und ich bringe dich raus. Wenn dir auf dem Klo eine Zicke an die Kehle will, dann schreist du so laut, dass ich dich hören kann. Kapiert?«

Ich stimmte zu, aber mir gefiel überhaupt nichts von dem, was ich gehört hatte.

»Jetzt geh nach oben und mach dich fertig. Dein Haar wird vom Fahrtwind total zerstrubbelt werden, also mach dir damit keine Mühe. Aber ich will jede Menge Schminke sehen. Und nimm keine Handtasche mit, nur deinen Ausweis, den steck ich für dich ein.«

Ich verzog das Gesicht. Natürlich würde er den für mich einstecken. Die bescheuerten Stripklamotten hatten schließlich keine Taschen.

Dieser Abend würde echt beschissen werden.

KAPITEL DREIZEHN

Ich weiß nicht genau, was ich vom Clubhaus der Silver Bastards erwartete hatte. Eine dunkle Grube voller Biker und Schlampen vielleicht, die es auf den Tischen miteinander trieben, oder dass direkt vor dem Clubhaus auf der Straße Drogen vertickt wurden, während bewaffnete Wächter mit Maschinengewehren pausenlos auf Patrouille waren.

Das traf es nicht ganz.

Gegen zehn fuhren wir vor einem niedrigen Haus vor, das genauso aussah wie jede andere Kleinstadtbar auf der Welt. Es lag außerhalb der blühenden Metropole Callup in Idaho, irgendwo im Nirgendwo. Über der Tür hing ein verblasstes Schild mit der Aufschrift »Silver Bastards«, vor dem Haus parkten mindestens dreißig Bikes. Ein paar Typen hingen draußen herum und bewachten die Motorräder. Als Horse parkte, brachten sie ein paar freundliche Grunzer hervor.

»Alles Anwärter«, murmelte er. Er legte mir den Arm besitzergreifend um den Hals und zog mich eng an sich, als wir hineingingen. Sein warmer Körper tat mir gut. Trotz meiner neuen Jacke war es auf der Fahrt ganz schön frisch gewesen und die Jacke war jetzt natürlich draußen beim Motorrad geblieben – man durfte ja auf keinen Fall riskieren, dass das erstklassige Korsett verdeckt worden wäre! »Du siehst, dass sie einen niedrigeren Rang haben, weil sie keine drei Aufnäher tragen. Daran kannst du sie erkennen. Sie passen auf die Bikes auf, erledigen

Botendienste, Zeug in der Art. Sie werden auch mein Bike im Auge behalten, obwohl sie keine Reapers sind. Aber dieser Club unterstützt die Reapers.«

Ich verstand nicht genau, was das alles heißen sollte, aber ich erinnerte mich an seine Warnung wegen der Clubangelegenheiten und fragte nicht weiter nach. Auch die Innenräume sahen aus wie die einer typischen Kneipe in der Nähe der Berge: ein verkratzter Holzboden, eine lange Bar, die sich an einer Wand entlangzog, außerdem ein Flur, der vermutlich zu den Toiletten führte. In der Mitte standen lauter hohe Tische mit Barhockern drum herum, vor den Wänden waren Sofas so aufgestellt, dass sich Gruppen gut unterhalten konnten. Die Musik war laut, aber nicht zu laut, und mehrere Frauen, deren Kleidung meiner verflixt ähnlich war, tanzten hinten auf einer offenen Tanzfläche. Hinter der Bar stand ein Kerl – als er sich wegdrehte, sah ich, dass er auch ein Anwärter war.

Als wir hineinkamen, standen einige Männer auf. Sie sahen wild aus und trugen Motorradwesten. Ein Mädel in Bikinioberteil und Jeanshotpants fragte uns, ob wir etwas trinken wollten. Die Kerle unterhielten sich erst mit Horse, nachdem er sie angesprochen hatte. Das war echt merkwürdig, denn es war deutlich zu sehen, dass sie alle gern mit ihm reden wollten. Ich dachte mir, dass Horse so etwas wie ein königlicher Besuch sein musste. Er hatte gesagt, dass dieser Club hier seinen unterstützte, also mussten der gezeigte Respekt und die Ehrerbietung irgendwie zu dieser Konstallation gehören. Es war schon merkwürdig, dass es diese ganz eigene Bikerwelt, komplett mit eigenen Bars, eigenen Gesetzen und Anführern gab, ohne dass normale Leute wie ich etwas davon wussten – und nun waren wir hier, mittendrin in dieser Welt.

Ich hielt mich eng an Horse, während er einige der Kerle begrüßte. Sie schlugen einander auf den Rücken und umarmten sich wie harte Männer. Dann packte Horse mich an der Hand und zog mich hinter sich her zu einer Couch hinten an der Wand, die wie durch Zauberhand für uns frei wurde. Ich wäre fast hingefallen, während ich versuchte, in meinen lächerlich hohen Schuhen schnell genug mit ihm mitzulaufen. Er setzte sich auf einen Eckplatz des Sofas, machte es sich bequem und zog mich dann seitlich auf seinen Schoß, sodass ich mit dem Rücken zur Armlehne des Sofas saß und meine Beine quer über seine lagen. Er schlang den linken Arm um mich, die rechte Hand legte er auf mein Bein. Seine Finger glitten an der Innenseite meiner Schenkel entlang. Dabei rutschte mein Rock so weit hoch, dass der große, stämmige Mann am anderen Ende der Couch mein knallrotes Tangahöschen sehen musste. Das fand ich nicht so prickelnd.

Ich beugte mich vor und flüsterte Horse ins Ohr: »Warum pinkelst du mich nicht einfach an und dann war's das?«

»Jetzt mach dir mal nicht ins Hemd, Marie«, antwortete er leise. »Wenn du dich mit mir anlegen willst, dann mach das, wenn wir allein sind. Ich werde schon hart, wenn du den Mund aufmachst. Ich stelle mir gerade vor, wie dieser Mund sich an meinem Schwanz zu schaffen macht. Das ist eine Sache zwischen uns beiden. Aber heute Abend machst du hier in der Öffentlichkeit genau das, was ich dir sage, sonst wird es verdammt hässlich. Niemand beleidigt einen Reaper vor anderen, das hat Konsequenzen, sehr üble Konsequenzen.«

Um seinen Standpunkt klarzumachen, drückte er meinen Schenkel und strich mit der Fingerspitze vorn über mein Höschen. Unter meinem Hintern spürte ich, wie er hart wurde, und mich überlief ein Schauer. Wenn Horse so streng mit mir sprach, machte mich das auf eine Art und Weise an, die mein Gehirn völlig falsch fand. Aber mein Körper erinnerte sich einfach nur daran, wie es sich angefühlt hatte, als Horse in mir war, und gab mir das Signal, dass er erst wieder zufrieden sein würde, wenn er erneut in mir wäre. Wenigstens war ich nicht die Einzige, die hier litt. Ich wackelte ein bisschen mit dem Po, um mich an ihm zu rächen, und genoss es, wie er scharf Luft holte, als mein Hintern seinen Schwanz ärgerte.

»Kelly, beweg deinen Arsch hierher und bring dem Mann was zu trinken«, brüllte der Kerl, der neben uns saß. Er war vielleicht zehn Jahre älter als Horse und hatte eine Spur von grauem Haar. Viele Biker trugen Bärte, aber er war glatt rasiert und starrte mich ohne eine Spur von Verlegenheit prüfend an. Ich hatte aber nicht den Eindruck, dass seine Begutachtung persönlich gemeint war. Es schien vielmehr, als versuchte er mich einzuschätzen und mich auf einer Ebene zu beurteilen, die ich nicht verstand.

Das Bikini-Mädchen tauchte mit einem Tablett voller Bier und Schnäpse vor uns auf und lud sie auf dem kleinen Tisch vor uns ab. Der Typ neben uns gab Horse ein Bier. Horse griff um mich herum und nahm das Glas in die linke Hand. Dann bot der Mann mir ein Bier an. Da ich mir nicht sicher war, was ich machen sollte, schaute ich Horse an.

»Hau rein«, sagte er.

»Verdammt, das ging aber schnell«, sagte der andere Mann lachend. »Das Mäuschen weiß, wo's langgeht, was?«

Ich erstarrte, und die Hand von Horse drückte warnend meinen Schenkel.

»Sie lernt«, entgegnete er. »Wird interessant werden. Hast du schon davon gehört?«

»Ich hab was gehört. Das ist sie, nehm ich an?«, antwortete der Mann und sah mich an. Ich kippte fast mein halbes Bier in einem Zug hinunter, denn mir war auf einmal sehr nach ein bisschen flüssigem Mut.

»Als Sicherheit hinterlegt«, erklärte Horse, und sein Freund knurrte. Dann ließen sie mich links liegen und fingen an, über Leute zu sprechen, die ich nicht kannte, also ließ ich meine Blicke schweifen und fing mit dem Typen neben uns an. Er hatte zerzaustes, dunkelbraunes Haar und Augen, die ins Grünliche gingen. Auf seiner Weste stand »President«. Er trug das Einprozenter-Abzeichen und noch ein paar andere, die mir nichts sagten. Picnic hatte auch ein Präsidenten-Abzeichen, doch an Horse hatte ich noch nie einen Aufnäher gesehen, der darauf hinwies, dass er ein ein hohes Tier war. Die Reapers mussten ganz schön einflussreich sein, wenn einem normalen Typen wie Horse vom Präsidenten eines anderen Clubs so viel Respekt entgegengebracht wurde. Ich trank noch einen großen

Schluck Bier und war überrascht, dass mein Glas schon leer war. Ich fand das lustig und konnte gerade noch einen Rülpser unterdrücken.

Tja, was soll ich dazu sagen? Ich war halt schon immer ein Leichtgewicht.

Ich warf einen sehnsüchtigen Blick auf die Biere auf dem Tischchen und dachte, wie gut mir jetzt ein weiteres schmecken würde. Das Bikini-Mädchen tauchte wieder auf und bahnte sich den Weg zu unserer Couch. Sie beugte sich über den Tisch und nahm mir das leere Glas ab. Dabei hingen ihre Titten genau im Blickfeld von Horse, ihr Arsch war auf den anderen Mann gerichtet. Das machte mich ziemlich stinkig, doch als ich drauf und dran war, sie böse anzustarren, zwinkerte sie mir freundlich zu und drückte mir ein frisches Bier in die Hand.

Sie war doch gar nicht so übel, befand ich.

Ich schaute Horse an, um einen Blick von ihm aufzufangen, bevor ich zu trinken begann. Er nickte geistesabwesend und strich wieder mit den Fingern langsam an meinem Schenkel auf und ab, während er sich weiter unterhielt. Die Kerle ignorierten mich fast komplett, während sie über alles Mögliche quatschten, über Motorräder und Geschäfte. Dabei benutzten sie Wörter, die irgendein Code sein mussten, denn für mich ergab die ganze Unterhaltung überhaupt keinen Sinn. Ab und zu kamen andere Typen vorbei, setzten sich ein Weilchen auf einem Stuhl dazu und verschwanden wieder. Einige Aussagen und Sätze, die ich mithörte, schienen wirklich wichtig zu sein, aber ich konnte sie einfach nicht verstehen. Es ging um Respekt, um ein Wohltätigkeitsrennen für Kinderspielzeug (was ich mit der kriminellen Atmosphäre der Biker, die mich hier umgab, überhaupt nicht in Verbindung bringen konnte), um ein Treffen mit den Mexikanern (wer auch immer das sein mochte), um Grenzpatrouillen und den »gottverdammte Heimatschutz«.

Schließlich hörte ich nicht mehr hin, denn es gab wesentlich Interessanteres zu tun. Zum Beispiel ein drittes Bier zu trinken. Und mich weiter umzusehen. Es mussten ungefähr fünfzig, sechzig Leute in der Bar sein. Die meisten Männer trugen Westen der Silver Bastards mit einem großen

Abzeichen auf dem Rücken: einem stilisierten Bild von einem Mann mit einer Spitzhacke und Flammen drum herum. Außerdem waren jede Menge Frauen hier. Die meisten waren so angezogen wie ich – verdammt nuttig. Sie drängten sich durch das Gemenge, verteilten Getränke, sammelten leere Gläser ein und drückten sich ab und zu an einen der Silver Bastards, um mit ihm rumzumachen. Es wurde ganz schön viel gefummelt, und nicht nur zwischen Pärchen. Die Kerle schienen viel dafür übrigzuhaben, mit mehreren Mädchen gleichzeitig etwas laufen zu haben. Ein paar Mädchen sah ich kichernd im Flur verschwinden – sie wurden von einem Mann abgeschleppt.

Dann ging die Tür auf und eine große Blondine mit geschmackvollem Make-up und autoritärer Ausstrahlung trat ein. Sie schaute sich kurz um, entdeckte uns und kam quer durch die Menge auf uns zu. Sie war anders als die ganzen anderen Frauen, das sah man auf den ersten Blick. Sie trug Jeans, die eng genug waren, um ihre Figur zur Geltung zu bringen, aber sie klebten nicht an ihr. Sie hatte ein schwarzes Tanktop mit einem Emblem der Silver Bastards an, das ihren ziemlich gut gefüllten Ausschnitt ebenfalls perfekt betonte. In ihren Haaren waren Strähnchen, die einer gemacht hatte, der sich verdammt gut auskannte. Außerdem trug sie eine schwarze Lederweste.

Die meisten Frauen, die hier abhingen, schienen fast die ganze Zeit über angetatscht zu werden, doch an die Blonde wagte sich keiner ran. Die Männer machten ihr Platz, einige riefen ihr Begrüßungsworte zu, aber nicht ein Einziger warf einen anzüglichen Blick auf ihre Titten oder ihren Arsch.

Der Präsidenten-Typ neben uns stand auf, als die Blondine auf uns zukam. Er sah auf einmal sehr zufrieden aus, zog sie an sich heran, krallte eine Hand in ihr Haar und die andere in ihren Arsch und küsste sie so lange und intim, dass es mir echt peinlich war, dabei zuzuschauen. Dann umfasste er sie mit beiden Händen, zog sie näher an sich heran und hob sie hoch. Sie schlang ihre Beine um ihn, während er seine Nase zwischen ihre Brüste steckte. Sie lachte und scheuerte ihm eine. Als er sich umdrehte und die Blondine wieder auf den Boden setzte, sah ich den Aufnäher hinten auf ihrer Weste.

»Eigentum von Boonie, Silver Bastards MC«.

Die Hand von Horse griff wieder fester um meinen Schenkel, und ich wagte es nicht, ihn anzusehen. Zum ersten Mal verstand ich beinahe, was er mir zu erklären versucht hatte. Diese Frau gehörte als Eigentum von Boonie einer ganz anderen Kategorie an als die restlichen Mädels hier. Das war deutlich zu erkennen. Ihr Mann hielt sie ganz offensichtlich für den Hauptgewinn, und er wollte, dass das allen anderen auch klar war – sogar mir fiel die Aura von Unberührbarkeit auf, die sie umgab.

Das war es also, was Horse mir angeboten hatte …

Horse ließ mein Bein los und brachte mich dazu aufzustehen. Dann stand er ebenfalls auf und wartete, bis der Präsident und seine Blondine aufhörten rumzumachen und zu uns hinübersahen.

»Darcy, das ist Marie«, stellte er mich vor. Die Blonde musterte mich von oben bis unten mit fragendem Blick.

»Hallo, Marie«, sagte sie. »Ich glaube, du bist neu hier, oder?«

Ich schaute Horse an, weil ich mir nicht sicher war, ob ich mit ihr reden sollte oder nicht.

»Geh mit Darcy«, befahl er, »sie wird sich gut um dich kümmern. Boonie und ich müssen in Ruhe was besprechen.«

Ich muss ein bisschen panisch ausgesehen haben, denn er beugte sich zu mir hinab und flüsterte mir ins Ohr: »Sie ist Boonies Alte Lady, mit ihr passiert dir nichts. Halt dich einfach ganz eng an sie. Erklär ihr, warum du mit mir hier bist, erzähl ihr von deinem Bruder und von dem Geld. Alles klar?«

Ich nickte. Darcy lächelte mich freundlich an, küsste Boonie zum Abschied noch einmal und gab mir mit einem Winken zu verstehen, dass ich mit ihr mitkommen sollte. Horse klatschte mir auf den Hintern, als ich ging, und ich machte einen kleinen Hüpfer. Ich fühlte mich auf der Stelle völlig ausgeliefert. Die Augen der Männer hefteten sich auf mich, als Darcy mich in den Flur führte. Wir kamen an den Toiletten vorbei und ich merkte, wie voll meine Blase war.

»Können wir 'nen kurzen Boxenstopp machen?«, fragte ich.

»Klar«, antwortete sie und öffnete die Tür. Ich weiß nicht, was ich erwartet hatte, vermutlich die üblichen Kabinen und eine Reihe von Waschbecken. Das hier war jedoch nur ein einziger schäbiger Raum, in dem ein Klo und ein Waschbecken standen. Darcy folgte mir, und das überraschte mich echt. Ich muss ziemlich dumm geguckt haben, denn sie lachte leise. Natürlich war ich schon oft mit meinen Freundinnen zusammen aufs Klo gegangen, wenn wir abends unterwegs waren, aber diese Frau kannte ich ja gar nicht.

»Ach, Süße, wir haben hier keine Geheimnisse voreinander und Intimsphäre gibt's hier auch nicht wirklich. Was macht denn ein Mädchen wie du mit Horse?« Ich stand da und wusste nicht, ob ich erst pinkeln oder erst antworten sollte. Ich entschied mich, beides gleichzeitig zu tun, und zog mir die Hose runter.

»Ich bin mit ihm zusammen, weil mein Bruder dem Club eine Menge Geld schuldet«, erklärte ich und machte so schnell, wie ich konnte. Während ich meine Hose wieder hochzog, bemerkte ich, dass sie mich fassungslos anstarrte.

»Du bist mit ihm zusammen, weil dein Bruder ihnen Geld schuldet?«, wiederholte sie sachte und verschränkte die Arme vor der Brust. »Das musst du mir jetzt aber genauer erklären.«

»Also, ich glaube, mein Bruder hat mit den Reapers bei irgendeiner Sache zusammengearbeitet, ich weiß nicht genau, worum es da ging«, erzählte ich und fühlte mich dabei wahnsinnig unbehaglich. »Die Reapers haben herausgekriegt, dass er sie beschissen hat, und wollten ihn umbringen. Aber Horse wollte mich ficken und deshalb haben sie meinem Bruder noch eine Chance gegeben, das Geld zurückzuzahlen. Ich bin zur Sicherheit hinterlegt. Irgendwie geht es um das Bezahlen mit Blut.«

Darcy sah mich fast eine Minute lang mit hochgezogenen Augenbrauen an. Ich trat nervös von einem Fuß auf den anderen und fragte mich, ob ich zu viel verraten hatte. Dann wurde ihr Gesichtsausdruck weich.

»Du armes Schätzchen«, sagte sie und nahm mich in den Arm. Ich fing an, ihr alles über mich und Horse zu erzählen, und die Worte purzelten mir völlig unzusammenhängend aus dem Mund. Ich kannte die Frau zwar nicht, aber es tat einfach gut, darüber sprechen zu können. Irgendwann fing ich an zu weinen. Sie hielt mich weiter in den Armen, strich mir über den Rücken und gab tröstliche Geräusche von sich, bis ich nur noch schniefte und hickste. Eine Frauenstimme brüllte durch die Tür, dass wir unseren Arsch aus dem Klo hinausbewegen sollten, und zwar auf der Stelle. Darcy brüllte zurück: »Geh draußen pinkeln, du verdammte Schlampe!«

Das riss mich aus meinem tiefen Selbstmitleid. Ich machte mich von ihr los und wischte mir die Tränen aus den Augen. Meine Finger waren schwarz vor Wimperntusche, denn wie Horse mir befohlen hatte, hatte ich mich dick geschminkt. Es würde nicht leicht werden, das wieder hinzukriegen.

»Ähm, woher weißt du, dass das gerade eine Schlampe war?«, fragte ich mit zitternder Stimme. Darcy lächelte mich ermutigend an, fasste mich an den Schultern und grinste dann breit.

»Schätzchen, das sind hier alles Schlampen«, sagte sie. »Du und ich sind die Einzigen, die's nicht mit allen treiben. Alte Ladys gehen eigentlich gar nicht auf beschissene Partys wie diese. Und egal, was die Männer in der Öffentlichkeit behaupten, wenn einer von ihnen seine Alte Lady mit einem der Mädels hier betrügt, dann wird er merken, wie eiskalt die Dinge zu Hause werden können. Wir sagen ihnen nicht, was sie machen sollen. Wir sagen ihnen nur, was wir machen. Den Rest können sie dann selbst herausfinden. Das klappt immer.«

Ich kicherte. Zum ersten Mal, seit ich im Clubhaus angekommen war, ging es mir ein bisschen besser.

»Ich verstehe nicht, warum er dich hierher gebracht hat«, sagte Darcy. Sie schnappte sich ein Papierhandtuch und tupfte mir das Gesicht ab. Ich wandte mich zum Spiegel, aber sie hielt mich zurück. »Glaub mir, Süße, du möchtest lieber nicht wissen, wie du gerade aussiehst.«

»Danke«, sagte ich. »Ich weiß auch nicht, warum ich hier bin. Und ich versteh auch nicht, was mit mir und Horse eigentlich los ist. Eine Zeit lang lief's richtig gut. Na ja, wenigstens ab und zu.«

»Und warum läuft's im Moment nicht so gut?«, fragte sie und biss sich konzentriert auf die Lippe, während sie mir sorgfältig unter einem Auge entlangwischte.

»Ich glaube, ich habe ihn verletzt«, antwortete ich. Sie hielt inne und schaute mich ungläubig an.

»Du hast ihn verletzt?«

»Ich hab ihm gesagt, dass ich nicht mal für zehn Million Dollar seine Alte Lady werden würde. Per SMS.«

»Scheiße. Das ist wirklich 'ne große Sache, Kindchen.«

Ich nickte.

»Das hat er mir auch gesagt, aber ich habe gar nicht richtig zugehört, als er versucht hat, es mir zu erklären. Danach hat er nicht mehr mit mir geredet und ich hab mich betrunken und ihm einen Haufen SMS geschickt. Von da an ging es richtig bergab: Ich kam nach Hause und die Reapers hielten meinem Bruder eine Knarre an den Kopf. Horse sagte mir, dass sie Jeff noch eine Chance geben würden, wenn ich mit ihm mitkäme. Also hab ich das gemacht.«

Erstaunlicherweise unterstellte mir Darcy nicht, die ganze Geschichte erfunden zu haben. Sie zeigte auch sonst keine normale, vernünftige Reaktion auf meine völlig verrückte Erklärung.

»Okay, jetzt darfst du gucken«, sagte sie nur. Ich war beeindruckt, wie sie das hingekriegt hatte. Sie hatte die Wimperntusche um meine Augen so kunstvoll verwischt, dass es jetzt rauchig wirkte. Sie legte mir von hinten die Hände auf die Schultern und unsere Blicke trafen sich im Spiegel.

»Horse ist ein guter Kerl«, sagte sie und ich zweifelte keine Sekunde an ihrer Aufrichtigkeit. »Aber er ist ein bisschen bekloppt. Das ist nicht besonders gut.«

»Das brauchst du mir nicht zu sagen. Er hat mir erklärt, wenn ich nicht seine Alte Lady sein will, dann wird er mich auch nicht so behandeln. Ich hab mich für die SMS entschuldigt, die ich ihm geschickt hatte, aber ich glaube, da war's schon zu spät.«

Darcy lachte leise und schüttelte den Kopf.

»Klingt, als ob du recht hast. Du hast sein wertvolles kleines männliches Ego verletzt. Das kann er aber nicht einfach so zugeben, das können sie alle nicht.«

Ich lächelte zurück, aber ich wurde sofort wieder ernst, als ich an Jeff dachte.

»Was ist mit meinem Bruder?«, fragte ich. »Weißt du irgendwas von ihm?«

Auch Darcys Lächeln verschwand. Sie schüttelte den Kopf.

»Er steckt tief in der Scheiße. Ich würde dir gern was anderes sagen, aber wenn es um ihren Ruf geht, kennen die Reapers kein Erbarmen. Wenn sie den verlieren, dann gibt's hier Krieg. Eine Menge Clubs warten nur darauf, an ihre Stelle zu treten und ihr Gebiet zu übernehmen.«

»Das hat Horse auch gesagt.«

»Dann geb ich dir jetzt einen Rat, ob du willst oder nicht. Dein Bruder ist so gut wie tot, wenn er die Dinge mit dem Club nicht wieder in Ordnung bringt. Horse kann nichts daran ändern, und du kannst es auch nicht. Klingt so, als würdest du deinem Bruder eine Menge Zeit verschaffen, aber du kannst nicht eine Minute lang davon ausgehen, dass sie ihren Plan nicht durchziehen und ihn umbringen werden, wenn er das Geld nicht zurückzahlt. Also denk daran, dass es ist nicht deine Schuld ist, sollte die Sache für ihn nicht gut ausgehen.«

»Ich wäre aber daran schuld«, antwortete ich, »ich bin ja der einzige Grund, warum er noch am Leben ist. Horse hat mir gesagt, ich könnte jederzeit gehen, aber dann wär's mit Jeff vorbei.«

»Dann geh nicht«, sagte sie. »Aber mach dir auch nichts vor. Du stehst bei der Sache nicht im Mittelpunkt. Und jetzt gehen wir wieder raus, also setz dein Pokerface auf. Horse hat dich aus einem bestimmten Grund mitgebracht, wahrscheinlich damit sich jeder in die Hose macht, der eine Schwester hat. Wenn sie dich sehen, wissen sie, dass Jeff nicht so leicht davonkommt. Ich kenne Horse gut genug, um zu wissen, dass er so was normalerweise nicht macht. Ich glaub nicht, dass er dich noch einmal herumzerrt und dich in einen anderen Club schleift, es sei denn, dein Bruder benimmt sich daneben. Glaubst du, dass er Mist bauen wird?«

»Er ist ein kluges Kerlchen, aber er war nicht schlau genug, es sein zu lassen und die Reapers nicht zu beklauen«, erwiderte ich und zuckte mit den Achseln. »Ich glaube, es kann so oder so ausgehen. Irgendwas ist bei ihm total schiefgelaufen.«

Wieder hämmerte jemand an die Tür. Darcy machte auf. Draußen stand ein besoffenes Mädchen, beugte sich vor und kotzte auf den Boden.

»Ich kann diese Partys ums Verrecken nicht ausstehen«, murrte Darcy vor sich hin, packte mich am Arm und stieg vorsichtig über die Lache hinweg. Ich machte auch einen großen Schritt und sie zog mich quer durch den Raum in ein anderes Zimmer mit einem riesigen Tisch, an dem Horse und Boonie über einigen Papieren brüteten.

»Braucht ihr Jungs noch mehr Zeit?«

Horse lehnte sich zurück und sah mich an, während Boonie ein listiges Lächeln aufsetzte.

»Ne«, sagte Boonie, stand auf und ging auf Darcy zu. »Ich hab dich vermisst, Baby. Ich kann's nicht leiden, wenn du nicht da bist. Nächstes Mal schickst du deine Mom alleine los, klar?«

Darcy murmelte irgendeine Antwort, die ich nicht verstand, und die beiden fingen wieder an zu knutschen, sogar noch intensiver als vorher.

Boonie hob sie hoch und setzte sie auf den Tisch. Das schien das Zeichen für uns zu sein, dass wir gehen sollten, denn Horse nahm mich an der Hand und zog mich in den Flur hinaus.

KAPITEL VIERZEHN

Nachdem ich mit Darcy geredet hatte, ging es mir einerseits besser, andererseits schlechter. Was zwischen ihr und Boonie lief, sah ziemlich gut aus. Sie schienen sich aufeinander zu konzentrieren, während um sie herum das Chaos tobte. Horse hatte mir genau diese Verbindung angeboten, und ich hatte sie voller Vorurteile abgelehnt. Das war aber immer noch keine Entschuldigung dafür, dass er mich mehr oder weniger gekidnappt hatte. Als wir Darcy und Boonie verließen, stolperte eine Frau zu der gegenüberliegenden Wand hinüber und stützte sich daran ab, während sie lautstark loskotzte.

»Willst du rausgehen und ein bisschen frische Luft schnappen oder lieber zurück in die Bar?«, fragte Horse. Er hatte mir den Arm um den Hals gelegt und übte ganz beiläufig die Kontrolle über mich aus. Die Kotzerei schien er gar nicht wahrzunehmen.

»Frische Luft wär gut.«

Er führte mich den Flur entlang zu einer offen stehenden Tür. Davor lag ein leerer Hof, den ein etwa einen Meter achtzig hoher, aus Kettengliedern gefertigter Zaun umgab. Ein riesiges Lagerfeuer brannte. Ich sah eine Menge Leute rauchen und konnte riechen, dass es nicht nur Tabak war. Dabei musste ich voller Sehnsucht an Jeff denken. Er war so klug – wieso hatte er sich bloß in diese Sache hineingeritten? Er schaffte doch alles, was er sich in den Kopf gesetzt hatte.

Horse schob mich in den den hinteren Teil des umzäunten Bereichs, der ebenfalls als Partyzone genutzt wurde, aber außerhalb des Feuerscheins lag. Er setzte sich ins Gras, lehnte sich an den Zaun und zog mich nach unten, sodass ich zwischen seinen Beinen saß. Er schlang die Arme um mich und hielt mich an seine Brust gedrückt. Das fühlte sich gut an. Es fühlte sich immer gut an, wenn er mich umarmte, sogar wenn er ein völliges Arschloch war.

»Habt ihr nett gequatscht, du und Darcy?«

»Ja«, sagte ich, »sehr lehrreich.«

»Hast du ihr die ganze mitleiderregende Geschichte erzählt?«

»Hm.«

»Gut«, sagte er. »Sie wird's den richtigen Leuten weitererzählen. Dann macht es überall die Runde und kommt dort an, wo es hinsoll.«

Wir schwiegen ein Weilchen. Ich sah zu, wie ein paar Typen einen großen Lautsprecher nach draußen schleppten und mit Kabeln hantierten, bis Classic Rock kam, Led Zeppelin, diese Art von Musik. Ich musste an meine Mom denken. Es war nicht gerade meine Lieblingsband, aber irgendwie passte es zu diesem Abend. Um das Feuer herum fingen einige Mädels an zu tanzen. Sie taumelten besoffen in Männer hinein, die sie hochhoben, herumschwangen und dann mit ihnen im Dunkeln verschwanden. Horse ließ seine Hand zu meiner Brust gleiten, griff zu und hob sie über das Korsett rüber, sodass sie hinaushing. Es wäre mir unglaublich peinlich gewesen, wenn das jemand bemerkt hätte, aber ich ging davon aus, dass wir weit genug weg vom Feuer saßen, sodass uns niemand erkennen konnte. Außerdem hatte ich schon ganz schön einen sitzen. Ich wusste, dass um uns herum noch andere Paare waren, da ich diese aber selbst nicht sehen konnte, waren wir wohl vor Blicken geschützt.

Deshalb protestierte ich auch nicht, als Horse mit der anderen Hand meinen Rock hoch- und mein Höschen beiseiteschob und meine Klit reizte. Ich lehnte mich an ihn, schloss die Augen und konzentrierte mich auf meine Empfindungen, während er mich richtig auf Touren brachte. Dann hörte ich ein Kreischen und öffnete die Augen. Ein Paar kam vom Feuer so nah zu uns herüber, dass wir sie sehen und hören konnten, aber sie waren weit genug weg, um uns in der Dunkelheit nicht zu entdecken.

Die Frau kniete sich vor dem Mann hin, machte seine Hose auf und holte seinen Schwanz heraus. Er grunzte, als sie ihn in den Mund nahm und ihm gekonnt einen blies. Ihr Kopf bewegte sich auf und ab, während sie ihn gleichzeitig mit den Händen bearbeitete.

Liveporno, direkt vor meiner Nase.

Ich konnte den Blick nicht davon losreißen. Ich war in einer merkwürdigen und schrecklichen Welt gelandet, in der die Leute sich nicht an die Regeln hielten. Anstatt über das, was ich sah, erschreckt zu sein, spürte ich, wie ich unter dem Finger von Horse immer feuchter wurde. Auch ihn machte die Szene an – er war hinter mir so hart wie ein Spieß. Ich wusste, dass er mich wollte und nicht diese Mädchen am Feuer, denn es war klar, dass er jede von ihnen haben konnte, wann immer ihm danach war. Ein zweiter Mann kam zu dem Pärchen dazu und ich wurde immer munterer und faszinierter. Der erste Mann ging auf die Knie, während die Frau ihn immer noch bearbeitete, aber jetzt nur noch mit dem Mund, weil sie auf Händen und Knien stand. Der zweite Mann ließ sich hinter ihrem Arsch nieder, der jetzt in der Luft schwebte.

Sie bildeten den perfekten Schattenriss zum Thema Ausschweifung. Der hintere Mann schob den kurzen gerüschten Rock zur Seite und riss das Höschen runter. Ich erstarrte, während Horse den Finger in mir krumm machte und mir ins Ohr flüsterte:

»Gefällt dir das, Baby?«

Ich schüttelte den Kopf, denn ich konnte nicht antworten. Solange ich still blieb, konnte ich mir einreden, das alles hier wäre nur ein Traum, in dem ich keine Verantwortung für mein Handeln übernehmen müsste. Die Frau nahm den Schwanz des Mannes tiefer in den Mund, er nahm ihren Kopf zwischen die Hände und begann seine Hüften zu bewegen. Der andere Mann hatte inzwischen seinen Schwanz hervorgeholt. Obwohl er nicht so groß war wie der von Horse, war es doch ein ganz schönes Kaliber. Er packte die Frau an den Hüften, zielte auf ihre Öffnung und stieß mit einer einzigen mächtigen Bewegung in sie hinein. Ihr Körper wurde ganz steif, aber sie schrie nicht auf.

Wahrscheinlich weil sie gerade den Mund zu voll hatte.

Die Männer glitten rein und raus, in einem merkwürdigen Rhythmus, bei dem sie sie abwechselnd von beiden Seiten ausfüllten. Ich spürte, wie ich mich immer mehr anspannte und mir ein Kribbeln durch den Körper fuhr, als Horse auch meine andere Brust herausholte und anfing, die Brustwarze zu verdrehen und zu kneifen, während er mit der Fingerspitze immer wieder über meine Klit fuhr. Ich hob die Hüften und ermutigte ihn zu mehr. Er verstand sofort, was ich wollte, denn er erhöhte das Tempo und war jetzt genauso schnell wie das Trio, das uns seine Show zeigte. Die Biker fickten die Frau nun wirklich hart und ich fragte mich, wie sie das aushielt, ohne Schmerzen zu haben. Es machte ihr offenbar nichts aus, denn sie kämpfte überhaupt nicht gegen die Männer an – nicht einmal, als der Kerl hinter ihr seinen Schwanz aus ihr herauszog und ihn dann an ihr hinteres Loch hielt. Er rieb seine Spitze daran, um sie mit ihren eigenen Säften zu schmieren. Sie ließ den Mann vorne kurz los, senkte den Kopf und stöhnte.

»Scheiße«, murmelte ich. Horse lachte mir leise ins Ohr, als der Mann langsam in die Frau eindrang. Der andere Kerl packte ihre Schultern und stützte sie, während sein Kumpel Zentimeter für Zentimeter in ihren Arsch glitt. Horse fasste mit beiden Händen an die Innenseiten meiner Schenkel und zog mich auf seinen Schoß, sodass mein Arsch auf seinem jeansbedeckten Schwanz ruhte. Das Mädchen grunzte auf, als der Mann komplett in ihr drin war. Ich sah zu, wie sie sich wand, von seinem Schwanz festgehalten. Ihre Arme und Beine zitterten vor Anstrengung, aber sie protestierte nicht und wehrte sich auch nicht dagegen. Zu meiner Überraschung machte sie den Mund wieder auf und fing an, den anderen Mann erneut zu bearbeiten.

Als sie sich diesmal miteinander bewegten, sah ich, wie sie jedes Mal ein bisschen verkrampfte, wenn der Schwanz in ihrem Arsch auf Grund kam. Der Mann, der in sie hineinstieß, streichelte beinahe zärtlich ihren Rücken, während er sie ganz tief fickte. Der Typ vorne zuckte und kam schließlich mit stoßenden Hüftbewegungen. Als er sich zurückzog, fiel die Frau vornüber ins Gras, mit dem Gesicht nach unten, den Arsch noch immer in der Luft. Jetzt war ich so erregt, dass es keine Frage mehr war, ob ich kommen würde, sondern nur, wann – sofort oder erst wenn die kleine Vorführung vor uns zu Ende sein würde. Horse schien das Gleiche zu empfinden, denn er wurde langsamer und hörte ganz auf, als der hintere Mann die Frau abrupt flach auf den Rasen drückte und sich auf sie warf, während er sich in ihrem Arsch voll ins Zeug legte. Er stieß immer wieder so hart in sie hinein, dass ich befürchtete, er würde sie verletzen. Aber sie beschwerte sich immer noch nicht, obwohl das sicher möglich gewesen wäre, denn das hier war keine Vergewaltigung.

»Du wolltest doch wissen, was ein Süßarsch ist?«, flüsterte Horse mir ins Ohr. Er schwieg eine Sekunde lang und ließ seine Zunge an meiner Ohrmuschel entlanggleiten. Ich erzitterte und zuckte um seine Finger, die noch immer tief in mir vergraben waren. »Das da ist ein Süßarsch. Sie treibt's hier mit allen und räumt nach der Party auf. Jeder, der will, kann sie haben. Glaubst du auch nur eine einzige Minute lang, dass ich dich so sehe? Dass ich dich je so sehen könnte?«

Ich schüttelte den Kopf und hatte fast Angst, die Frage zu stellen, die in mir brannte.

»Was ist los?«, fragte er und fing wieder an, die Finger zu bewegen. Meine Muskeln zogen sich zusammen, während ich gewaltig in Richtung Orgasmus ging.

»Wirst du das auch mit mir machen?«

Er lachte tief in sich hinein.

»Da musst du schon ein bisschen genauer sein, Baby. Meinst du, ob ich dich in den Arsch ficken oder ob ich dich mit einem anderen Kerl teilen werde?«

»Beides«, flüsterte ich und wackelte mit den Hüften, sodass mein Arsch sich an seinem Penis rieb. Es waren viel zu viele Schichten Stoff zwischen unserer nackten Haut. »Ich will nicht, dass du mich mit jemandem teilst, Horse.«

Er antwortete nicht, sondern rieb meine Klit noch härter. Ich wand mich, als er meine Brustwarze ergriff und sie zwischen den Fingern rieb. Der Mann vor mir wurde starr und stieß ein letztes Mal zu. Er grunzte, als er kam, dann rollte er von der Frau hinunter. Sie fasste ihn am Arm und küsste ihn. Er stieß sie lachend weg und kam taumelnd auf die Füße.

»Das kann ich nicht, Horse«, sagte ich und zitterte in einer Mischung aus körperlicher Begierde und Angst. »Bitte übergib mich denen nicht, das könnte ich einfach nicht.«

»Ich teile dich mit niemandem, Marie«, flüsterte er. Er schob seine Finger noch tiefer in mich hinein und bearbeitete meine Klit hart mit der Handfläche. Die Lust pulsierte und mein Orgasmus war unmittelbar in Reichweite.

»Ich habe es dir schon einmal gesagt: Das ist *meine* Muschi«, fuhr er fort, sanft, aber auch ein bisschen bedrohlich. »Ich ficke dich und sonst keiner. Welches Loch ich mir aussuche, darüber reden wir noch.«

Seine Worte gaben mir den Rest. Ich stöhnte, als Sterne in mir explodierten, und ich bearbeitete seinen Schwanz hart mit meinem Arsch. Dann brach ich in seinen Armen zusammen und keuchte. Er hob mich hoch und legte mich auf dem Rücken ins Gras. Jetzt war es mein Höschen, das zerrissen wurde. Horse legte sich auf mich, holte seinen Schwanz heraus und stieß ihn wortlos in mein gut geschmiertes Loch. Ich stöhnte auf. Ich wusste nicht, ob mich irgendjemand hören konnte, und es war mir auch völlig egal. Ich schlang einfach nur meine Arme und Beine um ihn, während er zornig in meinen Körper stieß. Sein Schwanz war riesengroß, aber es fühlte sich gut an. Ich war schon um einiges lockerer, denn es tat überhaupt nicht mehr weh, ihn in mich aufzunehmen. Es war atemberauben. Ich liebte es, wie er mich mit seinem Umfang öffnete und meine Klit stimulierte. So etwas hatte ich noch nie gespürt. Es dauerte nicht lange, bis ich wieder kam, und er folgte mir direkt nach. Ich spürte, wie sein heißer Samen in mich hineinschoss, und stöhnte, während sich mein Körper langsam erholte.

Erst jetzt fiel mir auf, dass wir gar kein Kondom benutzt hatten.

Ich schubste Horse von mir weg, setzte mich auf und versuchte, meinen Rock hinunterzuziehen, damit ich nicht der kompletten Party meinen nackten Unterleib präsentierte. Horse stützte sich auf einem Arm auf und schaute mich misstrauisch an.

»Was gibt es denn jetzt schon wieder für ein Problem?«, fragte er. Ich kniff die Augen zusammen und dachte einen Moment lang darüber nach, ob er es nicht vielleicht absichtlich »vergessen« hatte. Offenbar ritt Horse gern ohne Sattel. »Ich weiß, dass dir etwas nicht passt, also spuck's aus.«

»Du hast kein Kondom übergezogen«, zischte ich. »Ich hab mich noch nicht untersuchen lassen, ich nehme noch nicht mal die Pille, was, wenn …«

Er streckte die Hand aus, legte sie mir an den Nacken, zog mich an sich und gab mir einen Kuss, der das Ende dieses Gesprächs bedeutete. Er küsste mich verdammt lange, dann ließ er mich los und lächelte.

»Jetzt komm mal wieder runter«, sagte er, »so was Großes ist das nicht. Wir gehen morgen zum Arzt, du lässt dich untersuchen und dann sehen wir, ob du sauber bist.«

»Ich habe nicht verhütet, Horse«, presste ich mit zusammengebissenen Zähnen hervor. »Was, wenn ich schwanger geworden bin? Ich treibe auf keinen Fall ab, dazu kannst du mich nicht zwingen, das mache ich nicht.«

Er sah mir direkt in die Augen.

»Baby, die Wahrscheinlichkeit, dass du von diesem einen Mal schwanger bist, ist verdammt gering. Aber wenn es so sein sollte, dann werden wir das schon schaffen, okay? Ich mag Kinder. Es könnte alles viel schlimmer sein. Morgen kümmern wir uns darum und dann machen wir weiter. Es hat keinen Sinn, jetzt auszuflippen, denn wir können schlecht die Zeit zurückdrehen und das Kondom überstreifen, oder?«

Ich betrachtete sein Gesicht genau, es war sanft und beruhigend und sah im Feuerschein unglaublich schön aus. Horse lächelte mich ermutigend an. Ich lächelte zurück und zwang mich, tief durchzuatmen.

»Okay«, sagte ich.

»Okay«, wiederholte er. »Marie, ich schwöre, du bist manchmal verrückt, aber sobald ich meinen Schwanz in dir habe, ist mir das völlig egal. Ganz ruhig jetzt und entspann dich, Schätzchen.«

Horse kniete sich auf den Boden, verstaute seinen Schwanz in der Jeans und machte den Reisverschluss zu, ich zog, so gut es ging, meinen Rock nach unten. Wir setzten uns hin, ich lehnte mich mit dem Rücken an ihn und hielt meine Beine sorgfältig geschlossen. Wir blieben ziemlich lange so sitzen, hörten der Musik zu und schauten ins Feuer. Paare verschwanden und tauchten wieder auf, ihr leises Lachen füllte die gelegentlichen Pausen zwischen den Liedern.

Offenbar waren wir doch nicht völlig außer Sichtweite, denn ab und zu kam einer der Anwärter vorbei, um zu fragen, ob wir noch etwas trinken wollten. Horse nuckelte an einem Bier, ich kippte mir noch zwei rein und erhöhte damit auf fünf. Als ich mir das sechste schnappte, hörte ich auf, mir Gedanken darüber zu machen, dass mir jemand unter den Rock schauen könnte. Beim siebten Bier beugte ich mich nach vorne, sang mit und bewegte mich im Takt der Musik. Horse lachte. Er stand auf und zog mich hoch, offenbar gefiel ihm die Show, als ich mich im Licht des Feuers drehte. Alles war großartig. Ich überlegte gerade, ob ich aufs Klo gehen sollte, als ich einen lauten Knall hörte und der Boden neben mir mit einem donnernden Krachen explodierte.

Schüsse!

Horse stieß mich zu Boden und rollte uns beide von der Stelle weg. Ein zweiter Schuss fiel, der offenbar den Lautsprecher traf, denn die Musik hörte auf. Dann wurde noch einmal geschossen. Männer brüllten, Frauen kreischten und ich war auf der Stelle nüchtern. Horse schob mich hinter einen großen Stein, dann rannte er los und warf einen Kerl zu Boden, der in der Nähe des Feuers stand. Dem Schützen flog die Knarre aus der Hand, ein anderer Mann packte sie, zog das Magazin heraus und sicherte den Schlitten mit einem lauten Klicken.

Ich spähte hinter dem Stein hervor und sah, dass Horse den Schützen an seinem Hemd hochriss und ihm hart ins Gesicht schlug. In meiner Nähe hörte ich ein Keuchen: Neben mir kauerte ein Mädchen, das ich bisher nicht bemerkt hatte. Es war Miss Doppelpenetration. Sie gab einen quiekenden Laut der Angst von sich, hatte Dreck auf der Wange und einen total schockierten Gesichtsausdruck.

Ich konnte mir vorstellen, dass ich ganz ähnlich aussah.

Ich griff nach ihrer Hand, und sie drückte sie fest. Horse fing an, den Schützen gründlich zu vermöbeln, und brüllte ihn zwischen den einzelnen Schlägen an.

»Du schießt verdammt noch mal nicht mit einer Knarre auf mein Mädchen!«, schrie er ihn an und trat ihm abschließend in die Eingeweide. Der Mann kippte um und fiel in den Dreck. Horse ragte neben ihm auf, keuchend, voller Wut, und ich gelangte zu einer weiteren fundamentalen Erkenntnis, wie ich sie in den letzten Tagen so häufig gehabt hatte.

Horse war fähig, Gewalt auszuüben, ganz üble Gewalt. Ich war mir nicht sicher, ob der Mann, den er niedergeschlagen hatte, überleben würde. Ich hatte das zwar vom Kopf her schon gewusst, denn ich hatte Horse bereits mit einer Pistole gesehen, aber das hier war etwas anderes. Es passierte direkt vor meiner Nase, real und echt, und es war furchteinflößender als alles, was ich je zuvor gesehen hatte. Das Mädchen neben mir begann schockiert zu weinen, und ich fühlte, wie auch mir Tränen die Wangen hinunterliefen. Der Mann, der geschossen hatte, war ganz klar am Ende, aber Horse drehte ihn herum und trat ihm noch einmal in die Eier, so hart, dass sein Tritt Metall hätte verbiegen können. Der Mann schrie so entsetzlich, dass es mir durch Mark und Bein ging.

Horse trat einen Schritt zurück. Er atmete heftig, seine Brust ging auf und nieder und er sah sich angewidert um. Alle standen wie angewurzelt da.

»Dieser Schwanzlutscher hat mein Mädchen nur um ein paar Zentimeter verfehlt«, brüllte er und schaute sich unter den Leuten um. »Ich sollte ihn fertigmachen, aber dazu ist mir meine verdammte Zeit zu schade. Nächstes Mal bin ich aber nicht so milde gestimmt, habt ihr das kapiert?«

Die Männer nickten und murmelten zustimmend. Ich hörte, wie sich rechts hinten in der Dunkelheit jemand übergab. Ich umarmte das Mädchen neben mir und sie drückte mich fest an sich. Alle Unterschiede zwischen uns waren vergessen. Horse trat aus dem Lichtschein des Feuers hinaus und nahm dem Mann, der die Waffe an sich genommen und gesichert hatte, die Pistole ab. Er griff sich auch das Magazin, schob es mit einem Knall in die Waffe zurück und lud sie wieder. Dann drehte er sich um und zielte sorgfältig auf den Kopf des Kerls, der am Boden lag.

»Das ist jetzt nicht mehr so lustig, was?«, knurrte er. Der Mann brabbelte irgendetwas, wimmerte und zitterte. Blitzschnell senkte Horse die Waffe, betätigte den Abzug und schoss dicht neben den Kopf des Mannes. Neben dessen Gesicht explodierte der Dreck.

»Marie, beweg deinen Arsch hierher.«

Ich hätte mich am liebsten nicht von der Stelle gerührt, aber ich wollte Horse keinesfalls noch wütender machen. Ich drückte das Mädchen rasch und stand zittrig auf. Eine Sekunde später merkte ich, dass ich auf meinen Stripperabsätzen auf keinen Fall laufen konnte. Ich streifte die Schuhe ab und trippelte zu Horse hinüber. Er steckte sich die Pistole hinten in den Hosenbund, packte mich bei der Hand und zerrte mich zurück durch das Clubhaus. Boonie holte uns ein, aber Horse knurrte ihn nur wütend an, als er etwas sagen wollte. Darcy stand hinter uns und schaute von einem zum anderen.

Horse zog die Knarre wieder hervor, als wir zu seinem Bike kamen, ließ das Magazin herausfallen und machte den Schlitten klar. Dann verschwand das ganze Zeug in einer seiner Satteltaschen. Wir kletterten auf die Harley und brausten los in die Nacht.

Ich merkte auf der ganzen Rückfahrt nicht einmal, wie kalt mir war, stellt euch das vor.

Wir kamen viel zu schnell zu Hause an. Ich war noch nicht in der Lage, mit Horse zu reden oder wegzustecken, was ich eben gesehen hatte. Der Typ war sicher verletzt, und zwar richtig schwer. Ich hoffte bloß, dass ihn jemand ins Krankenhaus bringen würde, obwohl das die Sache für uns nur noch schlimmer machen würde – die Bullen würden hinter Horse her sein. Und was würde dann aus mir?

Dann wärst du in Sicherheit, flüsterte eine leise Stimme tief in meinem Inneren.

Wir fuhren bis vors Haus und Horse machte den Motor aus. Stille senkte sich zwischen uns und ich hatte keinen Schimmer, was ich tun oder sagen sollte. Es war nicht das erste Mal, dass ich so verunsichert war. Es schien da ein Muster zu geben: umwerfender Sex. Gewalttätiger Ausbruch. Kalter Krieg.

Aber wenigstens war ich es dieses Mal nicht gewesen, die ihn so wütend gemacht hatte.

Horse sagte nichts, während wir ins Haus gingen. Als die Tür hinter uns ins Schloss gefallen war und er den Riegel vorgeschoben hatte, drehte er sich zu mir um, und ich sah, dass in seinen Augen etwas Dunkles und Schreckliches brannte. Ich erstarrte und fühlte mich von diesem Blick gefangen. Ich begriff, wie sich ein Reh fühlen musste, wenn es in den Flintenlauf des Jägers starrte, ehe der den Abzug drückte. Horse schüttelte den Kopf und nahm mich in den Arm.

»Ich fass es verdammt noch mal nicht, dass er dich fast getroffen hätte«, murmelte er und hielt mich so fest, dass es wehtat. Dann hob er mich hoch, trug mich zur Couch und ließ sich rückwärts darauf fallen, sodass mein Körper seinen bedeckte. Ich sank auf ihm zusammen und ein Tränenstrom brach aus mir heraus. Ich wusste nicht, woher er kam, vielleicht war es Erleichterung? Horse strich mir über den Rücken und gab leise tröstende Laute von sich. Schließlich hörte ich auf zu weinen. Ich merkte, dass mein Rock hochgerutscht war und ich mit nacktem Hintern dalag. Ich versuchte mich von Horse loszumachen, aber er hielt mich zurück. Er nahm mein Gesicht in die Hände und zwang mich, ihm in die Augen zu sehen.

»Es tut mir so leid, Baby«, sagte er. »Ich fasse es einfach nicht. So ein Idiot! Boonie sollte sich schämen, dass eine solche Scheiße in seinem Clubhaus passiert. Der Typ war noch nicht einmal ein Clubmitglied! Du bist fast von einem gottverdammten Kerl angeschossen worden, der da einfach nur rumhing!«

»Aber nur fast«, flüsterte ich. »Mir geht's gut, Horse, wirklich. Ich habe einen Schreck bekommen, aber es ist alles okay.«

Er schüttelte den Kopf.

»Ich hab dich auch erschreckt«, sagte er. »Es tut mir leid, Süße, aber das musste so sein. Ich konnte den Kerl damit genauso wenig davonkommen lassen, wie ich deinen Bruder vom Haken lassen kann. So ist meine Realität, und manchmal ist sie verdammt hässlich. Es sollte mir eigentlich leidtun, dass ich dich da hineinziehen muss. Aber es tut mir nicht leid. Ich lass dich nicht gehen, Marie, ich behalte dich, und es ist mir egal, wenn ich dafür in die Hölle komme. Mir ist nichts wichtig, außer dass ich dich ficken kann.«

Damit zog er meinen Mund an seinen heran und küsste mich, schob mir die Zunge hinein und übernahm die Führung. Er setzte sich langsam auf und schwang seine Beine nach vorne, sodass ich auf ihm kniete. Er bäumte sich mit dem Unterkörper auf, hielt mich an den Hüften gepackt und rieb die Beule seines jeansbedeckten Schwanzes gegen meine nackte Klit. In der ganzen Aufregung hatte ich vergessen, dass ich unter dem Rock nichts anhatte. Jetzt schob er die Finger zwischen uns, tauchte in meine feuchte Öffnung ein und glitt umher. Plötzlich schob er mich hoch und hob die Hüften. Ich packte seine Schultern, um nicht hinunterzufallen, während er sich von seiner Jeans befreite und seinen Schwanz freilegte. Er nahm ihn und rieb die Spitze an meiner Feuchtigkeit, dann brachte er ihn in Stellung.

»Ich mein das genau so, wie ich's gesagt hab«, verkündete er mit angespanntem, hartem Gesichtsausdruck. »Du gehörst mir. Kein anderer kommt an diese Muschi ran. Kapiert?«

Ich nickte schnell und biss mir auf die Lippen.

»Sag's mir!«

»Ich gehör dir«, flüsterte ich, während er meine Hüften fest umklammert hielt.

»Sag den ganzen Satz!«

»Kein anderer kommt an diese Muschi ran, nur du, Horse.«

Er sah mir in die Augen, während er meine Hüften nach unten drückte und seinen Schwanz so tief in mich hineinschob, dass ich aufschrie. Er hatte mich heute Nacht zwar schon einmal gefickt, aber in dieser Stellung ging er tiefer in mich hinein als je zuvor. Ich stöhnte, als die Spitze seines Schwanzes meinen Gebärmutterhals berührte, und zuckte um ihn herum auf. Ich weiß nicht, ob es Lust oder Schmerz war, aber er schob mich nach oben und zog mich dann wieder hart auf sich hinab, und ich explodierte mit einem Schrei.

»Leg mir die Hände auf die Schultern und reit mich«, grunzte er, während ich mich noch erholte. Ich tat, was er sagte, und gab den Rhythmus vor, während er seine Hände fest in meinen Arsch krallte. Bei jedem Stoß stieß meine Klit gegen seinen Beckenknochen, jeder Stoß traf meinen Gebärmutterhals, und fast sofort war ich wieder ganz oben und dem nächsten Orgasmus nahe. Seine Hand schob sich zwischen meine Arschbacken.

Dann drang er mit dem Finger hinten tief in mich ein und kontrollierte, wie ich ihn ritt und mich immer schneller bewegte. Plötzlich stöhnte er auf und hielt mich zurück. Er packte mich bei den Hüften, rappelte sich hoch, drehte mich in Richtung Couch, zog mich von seinem Schwanz und setzte mich ab.

»Knie dich hin, mit dem Gesicht von mir weg«, sagte er mit eisiger Stimme. Ich zitterte, aber sein Blick war so intensiv, wie ich es noch nie gesehen hatte. Langsam tat ich, was er verlangt hatte, kniete mich auf die Couch und beugte mich vor, sodass ich mich auf der Sofalehne abstützen konnte. Wieder kam sein Schwanz in mich hinein und er glitt langsam ein paarmal rein und raus. Dann zog er ihn ganz raus und presste ihn gegen meinen After.

Ich erstarrte, als er mich anstupste und versuchte, in meine Öffnung hineinzukommen. Ich zitterte, als er mit der Hand nach oben kam und mich unter dem Rock streichelte, als wollte er mich trösten. Er fing an, die Spitze seines Schwanzes in mein Poloch zu stecken, und es tat weh. Sehr weh. Ich zitterte und dachte an Jeff. Ich sagte mir, dass ich das hier ertragen musste, wenn ich wollte, dass mein Bruder am Leben blieb.

Alles, was Horse bisher getan hatte – das Sexuelle meine ich –, hatte ich auch gewollt. Aber das hier fühlte sich an wie eine Vergewaltigung.

»Bitte mach das nicht«, flüsterte ich, doch ich wusste, dass ich ihn nicht aufhalten konnte. »Ich glaube nicht, dass ich damit fertig werde, wenn du mir das antust. Bitte.«

Horse hörte auf sich zu bewegen und ich hielt den Atem an. Ich spürte, wie seine Schwanzspitze noch einmal an meine Öffnung stieß. Horse stöhnte. Dann glitt er wieder nach unten und schob seinen Schwanz in meine Muschi. Es war gut, dass er meine Hüften gepackt hatte und mich festhielt, während er erneut in mich stieß, denn ich glaube, ich wäre sonst vor Erleichterung zusammengebrochen. Dann fanden seine cleveren Finger meine Klit und ich vergaß, wütend auf ihn zu sein. Meine Erregung kehrte mit einem Mal zurück. Ich schnappte nach Luft und ließ den Kopf auf die Lehne des Sofas fallen, während die Lust schnell und heftig in mir emporstieg.

Ich kam mit einem verzweifelten Schrei, Horse folgte mir, und sein heißer Samen schoss tief in meinen Körper hinein. Wir blieben so vereint und keuchten. Schließlich zog er sich zurück, plumpste aufs Sofa und blieb neben mir liegen. Er fasste mich am Arm und zog mich über seinen Schoß, nahm mein Kinn in seine Hand und küsste mich ein letztes Mal. Als er fertig war, machte ich den Mund auf, doch ich merkte, dass ich nicht wusste, was ich sagen sollte. *Danke, dass du mich nicht vergewaltigt hast, weil mein Bruder euch Geld schuldet?* Nein, wohl eher nicht.

»Komm, wir schlafen«, sagte er und zog mich auf sich. Er griff nach der Decke, die auf der Rückenlehne lag, und schaffte es, uns beide damit zuzudecken. Dann legte er mir die Hand auf den Hintern, glitt zwischen meine Arschbacken und rieb geistesabwesend über meine hintere Öffnung.

»Irgendwann«, flüsterte er mir leise ins Ohr. »Ich will dir nicht wehtun. Erst wenn du dazu bereit bist … Aber irgendwann wirst du mir ganz und gar gehören, Marie. Du gehörst mir, Süße. Das wusste ich schon, als ich dich zum ersten Mal gesehen habe. Ich könnte dich nicht aufgeben, auch wenn ich's versuchen würde.«

Ich tat so, als würde ich ihn nicht hören. Und dann brauchte ich sehr, sehr lange, um einzuschlafen.

KAPITEL FÜNFZEHN

Ein lautes Hämmern weckte mich ganz plötzlich. Ich hatte keine Ahnung, wo ich war oder was los war. Horse stöhnte, und ich stöhnte auch. Mein Kopf tat höllisch weh. Zu viel Bier …

Oh verdammt. Die Party. Der Sex. Horse, der einen Mann fast zu Tode geprügelt hatte. Das konnte nichts Gutes bedeuten.

»Horse«, flüsterte ich. Es hämmerte wieder. Jemand stand draußen vor der Tür. Horse machte die Augen auf und sah mich an, ganz zerwühlt und verschlafen. Er lächelte, drückte meinen Arsch, und ich spürte den Beweis seiner Bewunderung für mich unter meinem Bauch anschwellen.

»Schnauze da draußen«, brüllte er in Richtung Tür, und ich zuckte zusammen. Das Klopfen wurde noch lauter. Horse rollte mich zur Seite, sodass er aufstehen konnte, und machte sich auf den Weg zur Tür. Seine Morgenlatte quetschte er mit einiger Anstrengung in die Hose. Er hatte ganz klar vor, den Lärm abzustellen.

»Horse!«, zischte ich. Er blickte fragend zu mir zurück. »Das sind wahrscheinlich die Bullen, die dich festnehmen wollen. Willst du einfach so die Tür aufmachen? Villeicht gehst du besser zur Hintertür hinaus oder so, während ich sie aufhalte?«

Er lächelte und schüttelte belustigt den Kopf.

»Marie, Süße, wir sind hier nicht im Fernsehen«, sagte er mit der Andeutung eines Lachens in der Stimme. »Was letzte Nacht passiert ist, war eine Clubangelegenheit. Kein Bulle wird je was davon erfahren.«

»Du hast den Mann fast umgebracht«, antwortete ich mit weit aufgerissenen Augen. »So was fällt normalerweise auf, Clubangelegenheit oder nicht.«

»Kein Problem«, sagte er und schüttelte wieder den Kopf. »Wir regeln die Dinge auf unsere Art. Wenn ich ihn wegen nichts und wieder nichts zusammengeschlagen hätte, gäbe es Riesenärger. Aber ein beschissener Typ, der auf einer Party rumhängt und auf die Frau eines Reapers schießt? Betrunken und außer Kontrolle? Er hat Glück gehabt, dass ich ihn erwischt habe, bevor Boonie ihn sich geschnappt hat. Es ist eine gottverdammte Beleidigung der Silver Bastards und auch meiner Person. Zum Teufel, nach allem, was ich weiß, hat Boonie ihm den Rest gegeben, nachdem ich weg war. Jetzt flitz nach oben und zieh dir was über. Ich liebe es, wie du aussiehst, aber deine Muschi blitzt mich an und die braucht sonst keiner zu sehen. Das haben wir ja wohl schon besprochen.«

Ich wurde rot und sprang auf. Ich hatte total vergessen, dass ich kein Höschen anhatte und nicht einmal einen anständigen Rock. Als ich die Treppe hinaufrannte, hörte ich Horse laut lachen, während er die Tür aufmachte. Dann hörte ich das Poltern von Stiefeln, als ein paar Leute hereinkamen. Ich zog Jeans an und eines von meinen neuen Harley-Davidson-Tanktops, das tatsächlich ziemlich süß aussah – längst nicht so nuttig, wie ich gedacht hatte. Dann putzte ich mir schnell die Zähne und wusch mir das Gesicht. Der Rest meines Körpers hätte auch gut ein bisschen Wasser vertragen können, aber ich wollte nichts verpassen, also drehte ich die Haare oben auf dem Kopf zusammen und ging wieder hinunter.

Im Wohnzimmer war niemand, aber ich hörte aus der Küche Stimmen und ging hinein. Horse schenkte gerade frisch gebrühten Kaffee für Max und Picnic ein. Alle drei Männer sahen auf, als ich die Küche betrat. Picnic grinste mich an, und Max warf mir einen intensiven Blick zu, als wäre ich ein Rätsel, das er nicht lösen konnte. Ich nickte zur Begrüßung. Ich war mir nicht sicher, welches Standing ich hier hatte, aber ich wollte alle Neuigkeiten hören, die sie mitbrachten.

»Ich hab gehört, ihr hattet letzte Nacht einigen Spaß«, sagte Picnic und lehnte sich gegen die Anrichte. Er trug ein graues T-Shirt, schwarze Lederstiefel und eine Freizeithose, aber wie immer haute es mich um, wie gut er aussah. Sein breites Grinsen schmälerte meine Faszination nicht. Ich konnte den Mann, der da vor mir stand und lässig seinen Kaffee schlürfte, kaum mit dem Biker in Einklang bringen, der noch vor zwei Tagen meinem Bruder eine Knarre an den Kopf gehalten hatte.

»Horse sagt mir, du machst dir Sorgen, er könnte Ärger bekommen«, sagte Picnic und schmunzelte. »Hast gedacht, wir wären die Bullen?«

Ich nickte und wusste nicht, was ich sagen sollte.

»Keine Sorge, Schätzchen. Horse hat genau das Richtige getan. Boonie hat schon angerufen und mir alles erklärt«, beruhigte mich Picnic. Dann verzog er das Gesicht. »Verdammt, dein Kaffee schmeckt echt beschissen, Horse. Also, Marie – Boonie fühlt sich richtig schlecht wegen dem, was passiert ist. Und wie ich Darcy kenne, wird er die nächste Zeit noch einiges mehr an Ärger kriegen. Offenbar hat sie dich ins Herz geschlossen. Sie wollte wissen, wie's dir geht, und lässt dir ausrichten, dass du sie jederzeit anrufen kannst. Die Schlampe hat mich deswegen heute Morgen extra schon um sieben Uhr aus dem Bett geklingelt.«

Er schüttelte den Kopf und wirkte schwer genervt. Offenbar brauchte Picnic seinen Schönheitsschlaf.

»Lass Boonie ja nicht hören, dass du seine Frau eine Schlampe nennst«, sagte Horse trocken. »Das könnte er sehr übel nehmen. Erinnerst du dich an das letzte Mal?«

Die Jungs lachten und ich kapierte überhaupt nichts.

»Ich hab ihre Nummer nicht«, sagte ich, entschlossen, mich auf Einzelheiten wie Darcys Telefonnummer zu konzentrieren, statt in aller Ruhe darüber zu reden, wie Horse letzte Nacht beinahe einen Mann getötet hatte.

»Sie ist in deinem neuen Handy gespeichert«, sagte Picnic, nahm einen wattierten Umschlag von der Anrichte und warf ihn mir zu. Ich fing ihn ungeschickt auf, öffnete ihn und fand darin meine Autoschlüssel, ein Handy und einen Zeitungsartikel mit Leuchtstiftmarkierungen. Den zog ich zuerst raus. In vier kurzen Sätzen wurde der Trailerbrand geschildert. Der Bewohner des Wohnwagens Jeff Jensen war unverletzt geblieben und betrunken im Freien aufgefunden worden. Es stand noch keine offizielle Ursache fest, aber das Feuer schien durch eine Pfeife entstanden zu sein, die angezündet auf dem Teppich gelegen hatte.

Mir zitterten die Hände, als ich den Artikel wieder in den Umschlag schob.

»Tut mir leid, Süße«, sagte Picnic, und es klang so, als meinte er es ernst. »Aber wir mussten alles an Beweisen vernichten. Das ist auch ein Teil der Botschaft an die anderen Clubs. Es musste entweder den Trailer treffen oder deinen Bruder.«

Ich stimmte zu und erinnerte mich daran, dass ich selbst vorgeschlagen hatte, den Trailer anzuzünden, um Jeff zu schützen. Der Trailer war einfach nur etwas, in dem man wohnen konnte, und ehrlich gesagt, war er kein besonders tolles Zuhause gewesen.

»Ich würde gern irgendwann mal meine Mom besuchen«, sagte ich zu Horse. »Kann ich das machen? Sie wird sich sicher ganz schön Sorgen machen und sie hat ja keine Möglichkeit, mich zu erreichen.«

»Du kannst ihr schreiben«, antwortete er. »Gib ihr deine neue Telefonnummer, wenn du willst, dann kann sie dich hier per R-Gespräch anrufen.«

Dann zog ich das Handy hervor. Es war nichts Besonderes, aber auch nicht schlecht. Ich machte es an und schaute mir das Adressbuch an, in dem schon ein paar Nummern gespeichert waren: Horse, Picnic, Darcy und »Arsenal«, was immer das war.

»Was ist mit meinem alten Telefon?«, fragte ich. »Warum bekomme ich ein neues?«

»Den neuen Anschluss brauchst du zu deinem eigenen Schutz«, erwiderte Picnic. »Wir sind nicht die Einzigen, die sauer auf deinen Bruder sind. Die ganze Zeit kommen neue Gerüchte ans Licht. Das hier ist sicherer. Du solltest eine Weile nicht auf der Bildfläche herumtanzen. Horse erklärt dir nachher alles, wenn wir ihm die Einzelheiten erzählt haben.«

»Darf ich jeden anrufen, den ich will?«

»Hängt davon ab, ob du willst, dass derjenige am Leben bleibt«, sagte Picnic achselzuckend. »Von mir aus kannst du ruhig als Erstes deinen Bruder anrufen. Wäre für euch beide eine lehrreiche Erfahrung.«

Ich schaltete das Handy aus und steckte es schnell in die Tasche.

»Das Auto steht draußen«, fügte Picnic hinzu, als ob dieses Treffen hier ein ganz normaler Freundschaftsbesuch wäre. »Painter hat es gebracht. Ein Scheißauto, ist ihm unterwegs zweimal zusammengebrochen, also hab ich dafür gesorgt, dass die Jungs im Laden es für dich repariert haben.«

Ich zog meine Autoschlüssel hervor und fühlte mich gleich besser. Jetzt konnte ich verschwinden. Diese Idee gefiel mir sehr gut.

»Danke schön.«

»Kein Problem«, sagte Picnic achselzuckend. »Aber mach nichts Dummes, Marie, klar?«

»In Ordnung.«

»Das Zeug für euch liegt in der Scheune«, sagte Horse zu Picnic und schaute mich ein wenig misstrauisch an. »Wir unterhalten uns, wenn ich zurück bin«, sagte er dann zu mir, »es dauert nicht lange.«

Ohne ein weiteres Wort gingen die drei Männer hinaus. Ich umklammerte die Autoschlüssel und ließ die Finger über die Konturen des Handys in meiner Hosentasche gleiten. Ich hatte mein Auto, ich hatte ein Telefon und ich hatte ein bisschen Geld auf der Bank. Ich konnte Jeff anrufen, wenn ich wollte, oder ihm einfach nur eine SMS schicken, um sicherzugehen, dass es ihm gut ging.

Ich konnte einfach wegfahren, ohne einen Blick zurückzuwerfen.

Stattdessen machte ich Frühstück und war gerade damit fertig, als Horse wiederkam. Ari lief hinter ihm her und schaute hoffnungsvoll auf die Anrichte, wo das Essen stand.

»Gut abgepasst«, sagte ich, »Frühstück ist fertig. Hast du Hunger?«

»Jau«, sagte er, aber er setzte sich nicht an den Tisch. Er kam zu mir, legte mir eine Hand um den Hals, zog mich an sich und gab mir einen langen, langsamen Kuss, der nach Kaffee und Sex schmeckte. Jedes Mal, wenn er mich berührte, schmolz ich nur so dahin, es war einfach nicht fair. Ich schlang die Arme um ihn, Horse hob mich am Hintern hoch und setzte mich auf die Theke. Ich machte die Beine breit, und er schob sich dazwischen.

Leider hörte er dann auf, mich zu küssen, machte sich los, nahm mein Gesicht zwischen seine Hände und schaute mich prüfend an.

»Geht's dir auch gut?«, fragte er.

Ich nickte. Er schloss die Augen und schüttelte den Kopf. Dann sah er mich wieder an.

»Das ist echt beschissen. Die letzte Nacht war völlig verrückt. Ich hab dir Angst eingejagt und jetzt muss ich dir auch noch was Schlimmes erzählen«, sagte er. Ich hielt den Atem an. Was konnte denn noch schiefgegangen sein? Ich war jetzt schon total überfordert.

»Dein Bruder ist dümmer, als wir dachten. Er hat noch mehr Scheiße am Laufen, Sachen, von denen wir bis heute Morgen nichts gewusst haben. Wenn du ihn anrufst, dann hilft ihm das wirklich nicht. Falls er klug ist, hat er sein Handy sowieso schon weggeschmissen und hat sich vom Acker gemacht, aber im Moment traue ich seinem Verstand nicht besonders.«

Ich machte den Mund auf, um zu protestieren und irgendetwas zu sagen, aber Horse legte mir einen Finger auf die Lippen.

»Ich bin noch nicht fertig, Süße. Glaub mir bitte, wenn ich dir sage, dass es keine gute Idee ist, für keinen von euch beiden, wenn du mit ihm Kontakt aufnimmst. Die Kerle, die er verärgert hat, werden ihm keine zweite Chance geben, wenn sie ihn erwischen, und die zweite Chance, die er von uns gekriegt hat, hat er verdammt noch mal verspielt. Das ganze Kartell ist hinter ihm her. Wenn du willst, dass er sicher ist, dann versuch auf keinen Fall, ihn zu erreichen.«

»Er hat Scheiße gebaut?«, flüsterte ich. Er nickte ernst. »Kartell – so wie Drogenkartell?«

»Ganz große Scheiße mit einem besonders üblen Drogenkartell. Eine Scheiße, die ihn ganz schnell ins Grab bringen kann, schlimmer als alles, was er mit uns laufen hat. Das überrascht mich wirklich, wenn man sich überlegt, wie übel er mit uns schon dran war. Diese Typen …« Er schüttelte langsam den Kopf und schluckte, ehe er fortfuhr. »Diese Typen gehören nicht zu den Guten. Du bist nicht sicher, wenn du auch nur ansatzweise in seiner Nähe bist, und du bist auch nicht sicher, wenn die denken, dass sie über dich an Jeff herankommen können. Wenn du dein Telefon benutzt, um ihn anzurufen, dann werden sie das Gespräch zurückverfolgen und … lass es mich so formulieren: Sie werden ihm dann keine Gelegenheit mehr geben, die Dinge wieder in Ordnung zu bringen.«

»Wenn ich Jeff nicht anrufen kann, warum hast du mir das Handy dann überhaupt gegeben?«

»Ob du's glaubst oder nicht – es gehört nicht zu meinem Plan, dich auf Dauer hier als Geisel zu halten und dich vom Kontakt mit dem Rest der Welt abzuschneiden«, antwortete er und strich mir das Haar hinter die Ohren. »Das funktioniert vielleicht ein Weilchen, aber früher oder später würde mir die Sache um die Ohren fliegen. Es fällt dir sicher schwer, mir das zu glauben, weil ich so ein Riesenarschloch bin, aber ich will nicht, dass du unglücklich bist. Es liegt also an dir, deinen Bruder zu beschützen, indem du ihn nicht aus der Reserve lockst. Meine Aufgabe ist es, dich zu beschützen. Dazu gehört auch, dir zu erklären, in was für einer schlechten Lage sich dein Bruder befindet. Ich muss dir leider sagen, dass er erledigt ist, wenn er Scheiße baut und dich dadurch mit hineinzieht. Dann liegt er demnächst irgendwo da oben in den Bergen, wo seine Leiche nie gefunden werden wird. Hast du das verstanden?«

»Hab ich da auch ein Wörtchen mitzureden?«

»Nein.«

»Du erwartest also, dass ich tue, was du sagst?«

»Ja.«

Ich wollte noch ein bisschen mit ihm streiten, aber mir fiel absolut nichts ein, was ich hätte sagen können. Es gefiel mir nicht, wenn er das Sagen hatte, aber so hatten wir es nun einmal vereinbart. Ich wusste nicht, ob ich ihm die Geschichte über Jeff glauben sollte oder nicht. Wenn er log, wäre das ein ganz beschissener Grund, keinen Kontakt mit meinem Bruder zu haben.

Sagte Horse aber die Wahrheit, dann würde Jeff sterben, wenn ich ihn anrief.

»Ich werde ihn nicht anrufen«, sagte ich. »Aber irgendwann möchte ich wirklich meine Mutter besuchen, das ist mir wichtig.«

»Schreib deiner Mutter einen Brief, ich seh zu, dass sie ihn bekommt. Erzähl aber nichts von deinem Bruder. Einverstanden?«

»Ja.« Er schaute auf meinen Mund, als wollte er mich küssen, aber ich drehte den Kopf weg.

»Frühstück ist fertig«, sagte ich erneut und schob ihn weg. Er trat einen Schritt zurück und ich sprang von der Anrichte hinunter und nahm die Teller. Wir setzten uns zusammen hin und aßen. Ich sagte nichts. Ich war zu sehr damit beschäftigt, die Situation im Kopf immer wieder durchzugehen und zu versuchen, sie zu verstehen. Als Picnic Jeff die Pistole an den Kopf gehalten hatte, war die Lösung ganz simpel gewesen:

den Deal machen, mit Horse mitgehen, Jeff retten.

Nun hatte Jeff noch viel größeren Ärger – falls Horse mir nicht die Hucke volllog. Ich war als Sicherheit hinterlegt, was zur Folge hatte, dass er mich manchmal wie eine Geisel behandelte und mir bei anderen Gelegenheiten fantastische Orgasmen verschaffte. Wir hatten getrennte Zimmer, aber wir schliefen zusammen auf der Couch. Ach ja, und er hatte beinahe einen Kerl umgebracht, der auf mich geschossen hatte, nachdem wir in aller Öffentlichkeit Sex auf einer Party gehabt hatten. Sex, der mir richtig gut gefallen hatte.

Nein – hier war überhaupt nichts Merkwürdiges am Laufen.

»Was hältst du davon, wenn ich heute ein bisschen allein in die Stadt fahre?«, fragte ich und zeichnete die Maserung im Holz mit dem Finger nach. Ich wollte dieses neue Arrangement ein bisschen austesten und gucken, ob ich tatsächlich die Wahl hatte, wie Horse es mir gesagt hatte. Ob ich wirklich abhauen könnte.

»Das hängt ein bisschen davon ab, was du vorhast«, antwortete er langsam. »Ich muss heute ins Arsenal. Du kannst bei mir mitfahren, wenn du willst.«

»Ich würde lieber alleine fahren«, sagte ich und warf ihm einen kurzen Blick zu. Er lehnte sich entspannt zurück und dachte nach. Die Stille schien zwischen uns zu stehen und ich konnte sie nicht länger ertragen. Zu viel Stille, zu viel Merkwürdiges. »Ich will mich so schnell wie möglich nach einem Job umsehen.«

»Wofür brauchst du einen Job?«

»Natürlich um Geld zu verdienen!«, sagte ich. Er starrte mich an. »Du weißt schon, diese grünen Scheine, für die man Dienstleistungen und Sachen bekommt!«

»Um dich herum passiert dieser ganze Scheiß und du konzentrierst dich darauf, einen neuen Job zu finden?«, fragte er mit hochgezogenen Augenbrauen.

»Besser, als rumzusitzen und darüber nachzudenken, dass um mich herum dieser ganze Scheiß passiert«, fuhr ich ihn an. Plötzlich sehnte ich mich nach einem Stück Normalität, nach irgendwas, das ich zur Abwechslung mal selbst kontrollieren konnte. Ich wollte allein sein, irgendwo nachdenken, wo ich nicht in seiner Nähe war, wo es nicht so sexy nach ihm oder seinen Sachen roch.

»Wenn du Geld brauchst, sag's mir, und ich geb dir welches«, antwortete er. »Du musst Zeug erledigen, dich um das Haus kümmern und kochen. Kein Job.«

»Ist das wegen meinem Bruder oder weil du nicht willst, dass ich arbeite?«, fragte ich. Die Worte purzelten mir so schnell aus dem Mund, dass er keine Gelegenheit hatte zu antworten, weil ich schon weiterredete. »Ich dachte, du hättest mir erklärt, dass das meine Entscheidung wäre. Wo sind denn die Grenzen dieser kleinen Abmachung? Du hast mir ein Handy und mein Auto gegeben, warum kann ich mir dann keinen Job suchen? Wie lange soll das so weitergehen? Was wird passieren, wenn das hier alles vorbei ist und ich dann kein Geld habe? Alles hängt in der Schwebe, Jeff kann ich nicht anrufen, meine Mutter weiß nicht, wo ich bin, und …«

Horse stand auf und zog mich über den Holzblock zu sich hinüber. Er küsste mich und brachte mich zum Schweigen. Eine Schüssel fiel hinunter und ging zu Bruch, aber er presste seine Lippen weiterhin fest auf meinen Mund, ließ sich auf seinen Stuhl zurückfallen, zog mich auf seinen Schoß und stellte meine Beine rechts und links neben sich. Er küsste mich weiter, streichelte mit den Händen meinen Rücken und tröstete mich. Endlich hörte er damit auf, und ich starrte ihm emotional völlig erschöpft in die Augen.

»Das darfst du echt nicht machen«, sagte er.

»Was?«, flüsterte ich.

»Dich über Sachen aufregen, die du nicht beeinflussen kannst.«

»Also soll ich einfach gar nichts tun und abwarten, dass diese miesen Kerle meinen Bruder töten? Immer vorausgesetzt, dass ihr ihn nicht als Erste umbringt, oder?«

»Nein, du sollst auf dich selbst Acht geben und in Sicherheit sein, damit dein Bruder, wenn er's auf die Reihe kriegt, immer noch eine lebendige Schwester hat, mit der er dann zusammen feiern kann«, antwortete er. Es klang so, als ob er es ehrlich meinte. »In der Zwischenzeit kannst du dich damit beschäftigen, dich um mich zu kümmern. Kochen, putzen, der ganze Kram. Und ich pass auf dich auf. Vielleicht stehen wir die ganze Geschichte ja durch, ohne dass uns alles um die Ohren fliegt, okay?«

»Kochen und putzen. Ist das dein Ernst?«

Er schüttelte seufzend den Kopf.

»Ich will verdammt sein, wenn ich weiß, was Frauen den ganzen Tag so treiben«, sagte er achselzuckend. »Dann beschäftige dich halt mit irgendwas anderem. Du kannst damit anfangen, heute in der Klinik vorbeizufahren, dir die Pille verschreiben und dich testen lassen. Bloß ein paar Regeln: Ruf deinen Bruder nicht an, verschwinde nicht und trag weiterhin solche Tanktops, denn die stehen dir bei deinem Busen einfach wahnsinnig gut.«

Er beugte sich vor und küsste mich auf den Hals. Dann glitt er mit der Nase vorne auf meinem Oberteil hinab und schmuste mich im Ausschnitt. Ich entspannte mich und hasste es, wie leicht er mich ablenken konnte, aber meinem Körper war das völlig egal. Dem gefiel die Idee, es noch einmal zu tun. Horse hatte recht, ich musste mich so schnell wie möglich um die Verhütung kümmern – ganz zu schweigen davon, dass ich mich dringend auf Geschlechtskrankheiten untersuchen lassen musste. *Danke noch mal, Gary.* Wenn ich irgendetwas hatte, dann würde es bei Horse mit seinem Glück auch vorbei sein, denn in den letzten achtundvierzig Stunden hatten wir verdammt viel an Körperflüssigkeiten ausgetauscht.

»Die meisten Frauen arbeiten den ganzen Tag lang, Horse«, murmelte ich, während seine Hand nach meinem Hintern griff und mein Becken gegen die wahnsinnig eindrucksvolle Erektion kippte, die er jetzt andauernd in seiner Jeans zu haben schien. War der Typ überhaupt ein Mensch? »Sie haben einen Beruf oder kümmern sich um die Kinder, was auch schon ein Job für sich ist. Ich würde die Wände hochgehen, wenn ich hier die ganze Zeit allein wäre, und ich habe den Eindruck, dass du auch früher oder später wieder etwas arbeiten musst.«

»Heute«, murmelte er, griff nach oben und zog mein Top und meinen BH weg, sodass meine Brüste freilagen. Sein warmer Atem reizte meine Brustwarze. Ich wand mich und versuchte nachzudenken.

»Wie bitte?«

»Heute. Ich muss heute wieder arbeiten«, teilte er mir noch eben mit, bevor er meine Brustwarze in den Mund nahm. Verdammt, fühlte sich das gut an! Jedes Mal, wenn er mit den Lippen daran zog, schoss mir Feuer durch den Leib und das Fleisch zwischen meinen Beinen zog sich zusammen. Ich spürte, wie meine Hüften anfingen, gegen seine zu schaukeln, und fand, dass wir viel zu viel Kleidung zwischen uns hatten. Ich wollte die ganze Situation vergessen, in der wir uns befanden – ein Orgasmus oder zwei würden dabei ungeheuer hilfreich sein. Die Welt taumelte, als Horse mich hochhob und mich ins Wohnzimmer trug, dann lag ich plötzlich auf der Couch und glitt aus meiner Hose. Keine zwei Sekunden später hatte er seinen Schwanz herausgeholt, meine Hüften gepackt und sich in Stellung gebracht. Dann schob er sich ohne ein weiteres Wort in mich hinein.

Verdammt noch mal, das brauchte ich, obwohl ich ganz wund und geschwollen war.

Das Gewicht seines Unterleibs drückte mich tief in die Couch, während er sich auf beiden Seiten abstützte. Er machte lange und langsame Stöße, regelmäßig und unablässig. Ich schlang meine Beine um seine Taille und fragte mich, ob ich verrückt geworden war. Es passierten so viele schreckliche Dinge, und doch reichte eine einzige Berührung von ihm aus, dass ich mich immer wieder in ihm verlor. Der Sex war nun anders als zuvor, er war weder schnell noch hart und auch nicht drängend. Dennoch war Horse unermüdlich. Jedes Mal, wenn er ganz unten war, wenn er mich aufdehnte, wenn sein Schwanz an meiner Klit entlangglitt, musste ich mir auf die Lippen beißen, um nicht zu schreien. Ich wollte, dass er schneller wurde, dass er so hart in mich stieß, dass ich ausflippte und die Erleichterung kriegte, die mein Körper wollte. Dass er meinen ganzen Frust aus mir rausfickte.

Ich griff nach unten und drängte ihn, schneller zu machen. Er ignorierte mich und behielt seine eigene Geschwindigkeit bei. Während ich ihn anstarrte, hob sich sein Mundwinkel ein bisschen.

»Bist du immer noch sauer auf mich wegen letzter Nacht, Baby?«, fragte Horse. »Willst du dich deswegen mit mir streiten? Jetzt ist genau die richtige Zeit dafür. Ich bin in verdammt guter Stimmung und widerspreche dir vermutlich in keinster Weise.«

»Du bist wahnsinnig«, murmelte ich und spannte mich an. Verdammt, ich musste unbedingt kommen! Und er auch. Wenn er noch härter würde, dann würden ihm ein paar Adern platzen, und doch grinste der Dreckskerl bloß und machte sogar noch langsamer.

»Kann sein«, antwortete er und grinste mich jetzt ganz offen an. »Aber ich bin der Mistkerl, der dich fickt, und damit bin ich deine einzige Hoffnung, dass du zum Orgasmus kommst. Also wär's besser für dich, damit aufzuhören, mich mit Blicken töten zu wollen.«

»Du Trottel!«

»Du heißer kleiner Arsch!«

»Nenn mich nicht so!«

»Ich hab mich selbst gemeint«, antwortete er und stieß tief in mich hinein. Dann hielt er inne. Er packte erst eine Hand von mir, dann die andere und drückte sie zu beiden Seiten meines Kopfes auf die Couch, während ich mich wand.

»Nun mach schon!«, verlangte ich. Er ließ den Mund auf meinen sinken und gab mir einen langen langsamen Kuss. Ich wollte meine Zunge in seinen Mund stoßen und wackelte unter ihm herum. Ich wollte mehr, und zwar sofort. Er zog sich zurück. Wieder lag ein breites Grinsen auf seinem Gesicht.

»Was soll ich machen?«

»Du weißt schon«, murmelte ich mit zusammengebissenen Zähnen.

»Ich bin ganz verwirrt«, sagte er. »Ich fürchte, du musst es mir erklären, sonst gebe ich vielleicht auf und geh ganz einfach weg.«

Ich machte den Mund zu und spannte meine innersten Muskeln um seinen Schwanz herum so stark an, wie ich nur konnte. Ich freute mich hämisch, als er erstarrte und stöhnte. Ich ließ los und fing wieder an, ihn in einem langsamen und regelmäßigen Rhythmus zu drücken. Dieses Spielchen konnte man auch zu zweit spielen!

»Fuck, Marie!«, stöhnte er, dann drückte er meine Hände tief in die Couch, hob seinen Unterleib an und stieß endlich so in mich hinein, wie ich es brauchte. Ich konnte mich noch immer nicht viel bewegen, aber das war egal, denn die Spielchen waren jetzt vorbei. Er traf mich mit tiefen Stößen und wurde immer heftiger. Ich spürte, wie meine Muskeln sich spannten, und hob meine Hüften gegen seine. Oh verdammt … ich war ganz nah dran – unglaublich nah dran. Er hielt jetzt meine Hände fest über meinem Kopf gefangen und machte die Sache klar. Ich schwebte am Rand, überschritt die Schwelle und schrie bei meinem Orgasmus laut auf.

Ich hab keine Ahnung, wie lange es dauerte, bis Horse kam, denn ich schwebte in meiner eigenen kleinen Welt. Er brach auf mir zusammen und schaffte es, sein Gewicht zur Seite zu verlagern, damit er mich nicht erdrückte. Unser Atem beruhigte sich allmählich. Dann rutschte er neben mich und stützte sich auf dem Ellbogen auf, sodass unsere Gesichter dicht beieinanderlagen.

Selbst wenn ich eine Million Jahre Zeit gehabt hätte, um zu erraten, was er als Nächstes sagen würde, wäre ich nicht darauf gekommen.

»Warum gehst du nicht beim Community College vorbei und nimmst dir ein paar Infos mit?«, meinte er. Diese Äußerung krachte direkt durch meinen postkoitalen Nebel hindurch.

»Wieso denn das?«

»Du bist jetzt hier, und so schnell wirst du auch nirgendwo anders hingehen. Und du brauchst etwas zu tun. Du hast mir erzählt, dass du gern eine bessere Ausbildung hättest. Also schau dir doch mal das College an.«

»So leicht ist das nicht«, sagte ich und schüttelte den Kopf. Die Welt von Horse und meine Realität unterschieden sich beträchtlich. Unterhielten wir uns wirklich gerade über meine beruflichen Perspektiven? In dieser Situation? »Ich kann nicht einfach so aufs College gehen.«

»Warum nicht?«

»Zunächst einmal kostet das eine ganze Menge Geld«, fuhr ich ihn an. »Und ich hab im Moment etwa elfhundert Dollar, wenn ich Glück hab.

Außerdem muss man Prüfungen machen, man muss sich bewerben und angenommen werden und selbst dann muss man … ich weiß nicht, man muss alles Mögliche machen. Und mein Bruder hat so großen Ärger. Ich hab keine Zeit, zur Schule zu gehen …« An diesem Punkt ging mir die Luft aus, also starrte ich ihn an. Horse gab mir immer wieder neue Rätsel auf, da kam ich einfach nicht mehr mit.

»An der Sache mit Jeff kannst du sowieso nichts ändern«, betonte er. »Aber der Rest? Wenn du diesen Scheiß machen musst, um da aufgenommen zu werden, dann fang damit an. Fahr zum College, erkundige dich, was nötig ist. Besorg dir die Formulare und füll sie aus. Von selbst passiert das nicht, wenn du nur rumsitzt und alle Gründe aufzählst, warum du das nicht machen kannst.«

»Ich hab kein Geld dafür – hast du das nicht kapiert?«

»Ich geb dir Geld, wenn du welches brauchst – hast du das nicht kapiert?«

»Horse, das ist völlig verrückt.«

Er seufzte und schüttelte den Kopf.

»Marie, du bist jetzt hier und ich weiß, dass du dein Geld gern selbst verdienst. Aber – und jetzt werd bitte nicht sauer, wenn ich das sage – du hast nicht die Voraussetzungen, um richtig viel zu verdienen. Jeder Job, den du kriegst, wird nur den Mindestlohn bringen, obwohl du klug bist, gute Arbeit leistest und mehr oder weniger alles machen könntest, wenn man dich ließe. Aber man lässt dich nicht, solange du nicht die richtige Ausbildung hast, also fängst du am besten gleich damit an.«

Während er sprach, ließ er seine Hand über meinen Körper gleiten, zog mit den Fingern meine Kurven nach und drückte meine Hüften enger an seine. Ich schüttelte den Kopf und fragte mich, ob er den Verstand verloren hatte. Jeff könnte jederzeit umgebracht werden, ich hatte gerade mit dem Mann, der sein Killer werden könnte, umwerfenden Sex auf der Couch gehabt, und jetzt sollte ich mich fürs College bewerben.

Einfach so.

»Meinst du das ernst? Du willst, dass ich wieder zur Schule gehe?«

»Warum nicht?«, forderte er mich heraus. »Solange du dich auch um den Kram hier im Haus kümmerst, bin ich einverstanden. Du könntest dich außerdem auch gleich um die Scheidungsgeschichte kümmern. Der Club hat einen Anwalt, ich werd dir einen Termin bei ihm machen. Und ich kann dir ziemlich sicher versprechen, dass dein Ex keinen Ärger machen wird.«

Während er den letzten Satz sagte, lächelte er – und es war kein nettes Lächeln.

»Okay, dann werd ich das alles mal herausfinden«, willigte ich langsam ein. »Aber die Situation ist wirklich schräg, das verstehst du schon, oder? Du entführst mich, nimmst mich als Geisel und dann schickst du mich zur Schule? So funktioniert das normalerweise nicht.«

Horse grinste mich an, er sah träge und zufrieden aus.

»Nimm's einfach, wie es kommt«, flüsterte er. »Und mach weiterhin diese Übungen, was auch immer das ist, dass du mit deiner Muschi so drücken kannst. Ob's dafür auch einen Abschluss gibt?«

»Du bist ein Schwein«, flüsterte ich zurück. »Das weißt du doch, oder?«

»Bisher fühle ich mich als Schwein sehr wohl, Süße«, sagte er. »Ich muss jetzt los. Guck dir das College an, fahr bei der Klinik vorbei und hol dir die Pille. Ruf deinen Bruder nicht an. Koch mir etwas verdammt Großartiges zu Abend und erwarte mich ohne Unterhöschen. Mehr verlange ich gar nicht.«

Damit stand er von der Couch auf. Ich sah verblüfft und leicht benebelt zu, wie er sich die Hose anzog. Dann verschwand er durch die Tür. Ich hörte, wie das Bike ansprang, und dann war ich allein.

Die Sache mit dem Abendessen ohne Höschen klappte allerdings nicht ganz.

Meine Fahrt nach Coeur d'Alene war grandios. Ich kannte mich zwar überhaupt nicht aus, aber es war nicht schwer, den Weg in die Innenstadt zu finden. Sie lag direkt neben dem großartigen riesigen See, von dem die Stadt ihren Namen hatte. Man musste bloß eine einzige Regel beachten: Wenn du im Wasser stehst, bist du zu weit gefahren. Ich hielt an und kaufte mir in einem kleinen Laden direkt an der Sherman Avenue, der Hauptstraße, einen Kaffee und einen Bagel. Die Kellnerin erklärte mir den Weg zum Campus, der überraschenderweise nur ein paar Blocks entfernt am Seeufer lag. Ich ging zu Fuß zum College, über einen breiten, befestigten Weg. Auf der einen Seite lag der Strand, auf der anderen ein richtig schöner Park. Überall, wo ich hinschaute, rannten Kinder herum und spielten, dazwischen entdeckte ich ein paar bemüht lässige Gruppen von Teenagern in winzigen Badeanzügen, die sich in der Sonne aalten. Ganz nah am Ufer hob ein Wasserflugzeug ab, weiter draußen sah ich jemanden, der Parasailing machte.

Der Weg führte mich in ein Wohnviertel, dann tauchten die Collegegebäude auf. Es war ganz leicht, das Studentenbüro zu finden. Ich sprach fast eine Stunde lang mit einer Dame und nahm eine Handvoll Unterlagen mit.

Auf dem Rückweg entdeckte ich eine Bank. Ich ging hin und schaute nach meinem Kontostand: Es waren genau 1.146,24 Dollar. Es tat mir gut, das zu sehen, und ich hob zweihundert Dollar ab, nur so, für alle Fälle. Horse hatte gesagt, er würde mir Geld geben, aber ich plante immer noch, einen Weg zu finden, mein eigenes Geld zu verdienen. Es war vielleicht ganz in Ordnung, eine Weile bei ihm das Hausmütterchen zu spielen, aber ich war nicht so dumm zu denken, dass ich mich auf ihn verlassen konnte. Schließlich konnte ich weder die Beziehung, die wir zueinander hatten, genau definieren, noch konnte ich es mir leisten, vor meiner Situation die Augen zu verschließen. Ich war eine immer noch verheiratete Frau, die als Sicherheit in der Hand eines Motorradclubs war, bei dem ihr Bruder in der Kreide stand.

Vielleicht würde ich irgendwann die Stadt in aller Eile verlassen müssen.

Zuletzt ging ich in der Frauenklinik vorbei und holte mir ein Rezept. Mir war wieder eingefallen, dass ich viel zu früh in meinem Zyklus war, um mir ernsthaft Sorgen über eine Schwangerschaft zu machen. Das schien mir dann für einen Tag genug an Unternehmungen, also fuhr ich nach Hause, um mich ums Abendessen zu kümmern. Horse hatte nicht gesagt, wann er zurück sein würde, und ich wollte ihn nicht anrufen und fragen. Das wäre mir dann doch ein bisschen zu konkret und real gewesen. Dass ich das Hausmütterchen spielen sollte, machte mir ein bisschen Angst.

Als ich die Einfahrt hinauffuhr, sah ich, dass zwei Autos vor dem Haus standen, ein kleines rotes Cabrio und ein klassischer, wunderbar restaurierter Mustang. Ich parkte meinen Wagen daneben und fragte mich, mit wem ich es diesmal zu tun bekommen würde. Das Motorrad von Horse war weit und breit nicht zu sehen und er hatte auch nicht erwähnt, dass wir Besuch bekommen würden. Ich ging ins Haus und sah im Wohnzimmer vier fremde Frauen sitzen, die lachten und Bier tranken. Alle hatten etwas von Bikermädels an sich – nicht nuttig, aber ganz offensichtlich auch nicht zurückhaltend, wenn es darum ging, nackte Haut zu zeigen. Sie lächelten und kamen auf mich zu. Zum Glück erschien in dem Moment Darcy hinten aus dem Flur, in der Hand ein Tablett mit einer Schüssel Chips und ein paar Dips.

»Marie! Ich bin froh, dass du kommst, wir wussten ja nicht, wie lange du weg sein würdest!«, rief sie, stellte das Tablett auf den Beistelltisch und umarmte mich. Sie erdrückte mich fast, aber es fühlte sich auch gut an. Dann ließ sie mich los und drehte mich zu den anderen Frauen um, die sich um uns versammelt hatten.

»Mädels, das ist Marie«, sagte Darcy und legte mir den Arm um die Schultern. »Sie ist jetzt Eigentum von Horse, ich glaube, das habe ich euch schon erklärt. Marie, das hier sind Cookie, Maggs, Dancer und Em.«

Ich lächelte die Frauen unsicher an. Sie umarmten mich und küssten mich auf die Wange. Ihr Alter war ganz unterschiedlich. Em, ein junges

Mädchen, das mir irgendwie bekannt vorkam, war vielleicht Anfang zwanzig, und Darcy und Maggs mussten so um die vierzig sein.

»Komm«, sagte Cookie, nahm mich am Arm und zog mich zur Couch. Dancer schnappte sich meine Handtasche und hängte sie an die Garderobe neben der Tür. Maggs gab mir ein Bier. Sie alle setzten sich hin wie ein Schwarm Vögel und schauten mich an. Ganz schön peinlich … ich konnte mich nicht einmal mehr an alle Namen erinnern, und mir fiel auch nichts ein, was ich hätte sagen können.

»Ich bin Dancer«, sagte eine große schwarzhaarige Frau mit schokoladenbrauner Haut. Sie hatte scharf geschnittene Gesichtszüge und trug ihr Haar lang und offen, sodass es ihr über den Rücken fiel. Sie sah irgendwie indianisch aus, und ich fragte mich, ob sie zum Stamm der Coeur d'Alene gehörte. In der Stadt hatte ich mehrere Tafeln zur Stadtgeschichte gesehen und einige davon schienen von dem örtlichen Stammescasino aufgestellt worden zu sein. »Ich bin die Alte Lady von Bam Bam.«

Das ließ mich hochschrecken – Horse war viel zu blass, als dass er ihr Bruder hätte sein können, aber er hatte mir erzählt, dass seine Schwester mit Bam Bam verheiratet war.

»Du bist die Schwester von Horse?«, fragte ich. Dann wurde ich rot, als ich merkte, wie unhöflich das klingen musste, aber sie lachte nur.

»Halbschwester«, erklärte sie. »Ich bin Coeur d'Alene, er nicht, aber wir verstehen uns trotzdem prima. Bam und ich sind schon ewig zusammen und haben drei schöne kleine Babys als Beweis. Ich freue mich wirklich sehr, dich kennenzulernen, meine Süße.«

Ich lächelte ein bisschen unsicher.

»Ich weiß nicht, wie viel ihr wisst«, begann ich, weil ich dachte, es wär am besten, die Dinge schnell aufzuklären, ehe ein falscher Eindruck entstand.

»Wir wissen alles«, sagte Maggs. Sie war zierlich, hatte zerzaustes blondes Haar, helle Augen und ein breites schönes Lächeln. Sie erinnerte mich an Goldie Hawn. »Es macht dir hoffentlich nichts aus, aber Darcy hat uns davon erzählt. Ich meine, zum Teil sind es Clubangelegenheiten, darüber wissen wir natürlich nichts Genaues, aber sie hat uns alles gesagt, was du ihr erzählt hast.«

Ich runzelte die Stirn. Ich hatte Darcy natürlich nicht zur Geheimhaltung verpflichtet, aber ich hatte auch nicht erwartet, dass sie alle Details publik machte. Maggs beugte sich vor, ergriff meine Hand und streichelte sie besorgt.

»Süße, mach dir keine Gedanken«, sagte sie rasch. »Wir gehören alle zur Familie. Wenn du mit Horse zusammen bist, dann gehörst du auch dazu, und glaub mir, diese Kerle machen genug Ärger. Wir müssen zusammenhalten, damit sie auf dem richtigen Weg bleiben. Da hilft die ganze Gruppe mit.«

Die anderen murmelten zustimmend.

»Alte Ladys müssen zusammenhalten«, bestätigte Darcy. »Manchmal wird es ganz schön ungemütlich, aber was auch immer passiert, wir haben einander. Wir sind jetzt deine Familie, und wir sind hier, um dich willkommen zu heißen.«

Ich schüttelte den Kopf.

»Ich bin aber nicht die Alte Lady von Horse«, sagte ich. »Ich weiß nicht, was ich bin, aber wir sind ja auch erst ein paar Tage zusammen.«

»Bam sagt, Horse ist verrückt nach dir«, sagte Dancer. Jetzt war ich wirklich platt. »So hat er ihn noch nie gesehen. Vielleicht ist es dir nicht bewusst, aber mein Bruder hat nicht gerade Probleme, eine Frau zu finden. Er muss nicht durch den ganzen Bundesstaat fahren, um Sex zu haben, Marie. Und was soll dieser Quatsch mit ›als Sicherheit hinterlegt‹? So etwas macht der Club normalerweise nicht, das hier ist eine ganz besondere Situation. Horse hatte auch noch nie eine Frau, die bei ihm gewohnt hat. Noch überhaupt nie.«

»Wirklich?«, fragte ich, noch immer verunsichert.

»Nie«, bekräftigte sie. »Das ist eine seiner Grundregeln: ›Keine Schlampen im Haus.‹ Es macht mich wahnsinnig, dass er in dieser Hinsicht so ein bescheuertes, sexistisches Schwein ist. Aber so war er immer schon, schon in der Highschool.«

»Wow.«

»Wow trifft's genau«, stimmte Em zu, ein großes, schlankes Mädchen mit schüchternem Lächeln. »Ich hätte nie gedacht, dass Horse sich einmal so auf eine Frau einlassen würde. Wir sind ganz aufgeregt, dass du jetzt hier bist. Ich bin die Tochter von Picnic.«

»Ich hab dich schon auf seinen Fotos gesehen!«, rief ich und konnte sie jetzt endlich einordnen. Ich erkannte Picnics Gesichtszüge wieder, aber ihre waren weicher und weiblicher. »Er hat sie mir einmal gezeigt, als die Jungs bei uns zu Besuch waren. Er ist wirklich stolz auf dich.«

»Danke«, erwiderte sie und wurde rot. »Es ist schön, dass du jetzt hier bist. Dancer hat recht, der Club ist wie eine Familie. Allerdings fühlt es sich manchmal so an, als hätten wir wesentlich mehr Brüder als Schwestern. Wir sind wirklich ganz begeistert, dich kennenzulernen.«

»Kein Scheiß!«, schaltete sich Cookie ein, eine lebhafte kleine Frau mit leuchtend roten Locken, grünen Augen und jeder Menge Sommersprossen. »Ich bin Baggers Alte Lady. Du hast ihn noch nicht kennengelernt, er ist zurzeit in Afghanistan. Wir Frauen müssen zusammenhalten, so viel ist klar. Ich weiß nicht, was ich machen würde, wenn ich Maggs, Dancer und die anderen nicht hätten, ich glaube, ich wäre schon längst durchgedreht.«

»Dann bin ich jetzt dran«, sagte Maggs. »Ich bin mit Bolt zusammen, den kennst du auch noch nicht. Er ist unten in Kuna und sitzt im Knast.«

Das machte mich hellhörig. Warum war ihr Mann in Haft? Ich hatte Mitgefühl mit ihr und dachte an meine Besuche bei Mom im Bezirksgefängnis. Eine Strafanstalt musste um einiges schlimmer sein und die verhängte Strafe deutlich länger. Ich wusste selbst, dass anständige Leute manchmal verdammt dumme Dinge anstellen konnten.

»Meine Mutter ist gerade im Gefängnis«, sagte ich und ergriff ihre Hand. »Sie kommt aber in ein paar Monaten wieder raus. Bist du schon lange alleine?«

»Ungefähr zwei Jahre«, sagte sie und sah einen Augenblick lang sehr müde aus. »Aber wir sind an der Berufung dran. Ich weiß, das sagen alle, aber Bolt sitzt unschuldig im Knast, und das können wir auch beweisen. Es ist wirklich eine ganz schön große Sache. Jedes Mal, wenn eine Anhörung stattfindet, ist ein ganzer Haufen Reporter dabei – beschissene Aasgeier. Es gibt einen großen Skandal wegen Fehlverhaltens der Anklage und falscher Handhabung von DNA-Beweisen. Immerhin muss ich mit dem Ganzen nicht allein fertig werden.«

»Ganz genau«, sagte Darcy. »Keine von uns ist allein. Und wir vier hier sind noch längst nicht alle, wir sind nur die paar, die ich so kurzfristig auftreiben konnte. Bei den Reapers und den Silver Bastards gibt's ungefähr fünfzehn Alte Ladys, und wir halten alle zusammen.«

»Und was ist mit den Mädchen, die gestern Abend auf der Party waren?«

Em gab ein Würgen von sich.

»Die gehören ganz klar *nicht* zur Familie«, erklärte sie und verdrehte die Augen. »Alles Schlampen und Loser.«

»Ein paar von ihnen sind ganz in Ordnung«, protestierte Cookie. »Ich hab Bagger auch auf einer Clubparty kennengelernt.«

»Was immer sie auch sein mögen, sie sind ganz sicher keine Alten Ladys«, sagte Dancer streng. »Sie sind nicht wie wir, und du bist nicht wie sie«, fügte sie hinzu und sah mir in die Augen.

»Und deswegen sind wir hier«, sagte Cookie. »Wir haben gedacht, dass du wahrscheinlich einmal eine Pause brauchst, also ist heute Mädelsabend. Wir gehen aus und nehmen dich mit. Wir zeigen dir, dass du mit deinen neuen Schwestern ordentlich Spaß haben kannst.«

Ich setzte mich aufrecht hin, schüttelte den Kopf und stellte mein unberührtes Bier ab. Sie begriffen meine Lage vielleicht nicht, aber ich schon. Ausgehen und Feiern standen nicht auf dem Programm. Horse hatte mir Anweisungen gegeben und ich hatte vor, sie zu befolgen.

»Ich glaube nicht, dass Horse das gefallen würde«, widersprach ich. »Er hat mir gesagt, dass ich ihm Abendessen machen muss, und ich glaube, er hat irgendwas vor …«

Ich verstummte, als Dancer zu meiner Handtasche ging, mein Handy herausholte und die Nummern durchging. Sie wählte eine aus und stellte auf Lauthören. Es klingelte, dann hörte ich die Stimme von Horse.

»Süße, was gibt's?«

»Hier ist deine Schwester«, sagte Dancer mit boshaftem Grinsen. »Wir entführen Marie und gehen heute Abend mit ihr aus. Wenn du scharf bist, musst du dir einen runterholen, denn sie hat was anderes zu tun.«

Keine Antwort.

»Gib mir Marie«, sagte er, »ich muss mit ihr reden.«

Ich griff nach dem Handy, aber Dancer warf es Cookie zu, die auf die Couch sprang und es hoch außer Reichweite hielt. »Zu dumm! Ich habe hier eine Kühltasche voller Jello Shots, und zum Wackelpudding aus Wodka gibt es auch noch einen Flachmann. Wir werden also heute Abend jede Menge Spaß haben. Du kannst genauso gut draußen beim Arsenal zelten, mein schöner Hengst.«

Die Frauen lachten alle, aber mir war ein bisschen flau im Magen. Ich konnte es mir nicht leisten, dass Horse sauer auf mich war. Sie dachten vielleicht, dass ich jetzt zur »Familie« gehörte, aber das stimmte doch gar nicht.

»Hol Marie an das verdammte Telefon«, sagte Horse wieder. Er klang kein bisschen amüsiert.

»Hier ist wieder Dancer«, sagte seine Schwester, nachdem sie sich das Telefon von Cookie geschnappt hatte, und stellte den Lautsprecher aus. »Gib schon auf, Horse. Wir nehmen sie mit, sie kann eine Pause gebrauchen und du bist ein Arsch, wenn du ihr keine gönnst. Ich habe gehört, was du letzte Nacht getan hast. Das arme Mädchen braucht jetzt wahrscheinlich eine Therapie. Ich verspreche dir, dass ich mich gut um sie kümmern werde und nicht trinke, wenn ich fahre. Such dir eine andere Beschäftigung, bei der du auf niemanden schießen musst, okay?«

Damit beendete sie das Gespräch.

Ich starrte sie fassungslos an.

»Kannst du das einfach so machen?«, fragte ich.

»Was denn?«

»Wenn Horse dran ist, einfach so auflegen.«

Dancer brach in Gelächter aus.

»Na ja, er wird schon ganz schön sauer sein. Er und Bam werden wahrscheinlich die ganze Nacht zusammen rummeckern. Aber wir gehen doch nur aus und wollen ein bisschen Spaß haben. Wenn er so ein Gewese darum macht, wird er ziemlich dumm dabei aussehen. Unsere Jungs stehen eigentlich mächtig unter dem Pantoffel, aber nach außen soll es natürlich so aussehen, als wäre das nicht der Fall. Es ist alles in Ordnung.«

Ich war mir da nicht so sicher.

»Zeit für die Kurzen«, sagte Cookie, sprang von der Couch auf und ging in die Küche. Die anderen zogen mich hoch und schoben mich durch den Flur. Mein Handy blieb liegen. Dann ging die Musik an, und es wurde allmählich richtig verrückt.

KAPITEL SECHZEHN

»Ehrlich, ihr könnt euch gar nicht vorstellen, wie groß er ist«, lallte ich, beugte mich vor und zeigte die Länge mit den Händen an.

»Das ist ja ekelhaft«, kreischte Dancer und versetzte mir einen kleinen Stoß. Ich kicherte los und fiel fast vom Stuhl. »Du redest hier über meinen Bruder. Hör sofort auf, sonst muss ich kotzen!«

Ich hielt die Hände noch weiter auseinander, riss den Mund auf und fuhr mit der Zunge hin und her wie eine Schlange. Wir brachen alle erneut in Gelächter aus und ich machte mir fast in die Hose. Zeit für eine Pinkelpause.

»Ich muss mal pinkeln, sonst noch jemand?«

Em stand auf und wir taumelten zusammen Richtung Toiletten. Ehrlich, ich liebte schon jetzt jede Einzelne dieser Frauen und konnte mir gar nicht mehr vorstellen, warum ich mir wegen Horse Sorgen gemacht hatte. Horse war einfach spitze. Wenn ich ihn heute Abned sah, würde ich ihm die Kleider vom Leib reißen und ihm den besten Blowjob verpassen, den er je bekommen hatte. Und auch mit Jeff würde alles gut gehen, denn egal, was die anderen von ihm dachten, er war wirklich nicht völlig blöd. Das wusste ich ganz genau, genauso wie ich ganz sicher wusste, dass ich nur noch einen einzigen weiteren Kurzen brauchte, damit der Abend perfekt war.

Alte Ladys waren einfach klasse.

Ein paar Typen kamen uns auf dem Weg zur Toilette entgegen, einer von ihnen streckte den Arm aus und stützte mich, als ich in ihn hineintaumelte.

»Dürfen wir euch Mädels einen ausgeben?«, fragte er und lächelte mich an. Ich lächelte zurück. Er war irgendwie süß, vielleicht ein Student ganz frisch im ersten Jahr. Horse würde ihn vermutlich zum Frühstück verputzen, dachte ich mir.

»Keine Chance«, sagte eine tiefe Stimme hinter uns. Ich drehte mich um und sah Painter, einen der Anwärter der Reapers, hinter uns stehen und böse gucken. Mit seinen gestählten Muskeln, seinem höhnischen Grinsen und seinem weißblonden Igelhaar sah er richtig scharf aus. Zum Anbeißen. Hoppla, ich hatte wohl zu viel getrunken. Ich konnte Painter doch nicht so abchecken, das war völlig schräg. »Ihr Kerle müsst jetzt verdammt noch mal weg von den Mädels.«

Painter hatte vielleicht noch nicht den Status eines Top-Rockers, aber er war ein Furcht einflößender Biker. Er war bei Horse aufgetaucht, ungefähr zwanzig Minuten nachdem Dancer ihren Bruder mitten im Telefonat abgehängt hatte, und war uns seitdem gefolgt. Die Jungs wichen auf der Stelle zurück und murmelten eine Entschuldigung. Em drehte sich um und versetzte Painter einen kleinen Schlag vor die Brust. Er grunzte und kniff die Augen zusammen, aber er sagte nichts. Ich beobachtete die Szene mit weit aufgerissenen Augen. Em packte mich am Arm und zog mich weiter in Richtung Toiletten. Sie öffnete die Tür so schwungvoll, dass sie gegen die Wand knallte, und zog mich hinein.

»Ich fass es einfach nicht«, murmelte sie und ging zu der Kabine hinüber. Es gab nur eine Toilette, die lediglich durch eine hölzerne Trennwand vom Rest des Raumes abgetrennt war. »Wie soll ich denn so jemals einen Mann kennenlernen? Ich werd nie einen Freund finden, niemals!«

Ich schwankte leicht hin und her und konnte ihr nicht ganz folgen.

»Das kapier ich nicht.«

»Stell dir mal vor, du wärst die älteste Tochter vom Präsidenten des Motorradclubs der Reapers«, sagte sie. »Was glaubst du, wie viele Jungs mich in der Highschool gefragt haben, ob ich mit ihnen ausgehen will?

Aber ich musste sogar zu meinem *Abschlussball* einen Anwärter als Begleiter nehmen. *Einen Anwärter, der nicht einmal mit mir tanzen durfte!*«

Oh – jetzt hatte ich verstanden.

»Das ist echt beschissen«, sagte ich und fühlte mich sehr weise. »Aber es ist wahrscheinlich besser, als wenn du von irgendeinem Typen ausgenutzt wirst.«

Mein eigener Abschlussball war dafür ein wunderbares Beispiel – Gary hatte sich benommen wie ein Oktopus auf Viagra, und ich war dumm genug gewesen, mich davon geschmeichelt zu fühlen.

»Ich will aber einen Typen, der mich ausnutzt!«, fuhr Em mich an und zog die Jeans wieder hoch. »Du hast ja keine Ahnung, wie viele Kerle mich schon fallen gelassen haben wie eine heiße Kartoffel, nachdem sie das mit meinem Dad herausgefunden hatten. Ich hab versucht, mich auszuklinken, ich bin sogar extra in Seattle aufs College gegangen. Aber Picnic hat dafür gesorgt, dass seine Freunde dort ein Auge auf mich hatten. Ungefähr drei Monate lang lief alles super, dann ging es los mit den Gerüchten, dass sie jeden umbringen würden, der mich auch nur anfasste. Die Männer hielten sich so weit von mir entfernt, dass man hätte meinen können, ich wäre ein Monster mit zwei Köpfen oder so. Ich bin immer noch Jungfrau, obwohl ich mich wirklich angestrengt habe, das zu ändern. Wenn das so weitergeht, dann sterbe ich, ehe ich einen Penis finde, den ich in meine Vagina stecken kann!«

Wir tauschten die Plätze, ich zog mir die Jeans runter und pinkelte. Em hatte wirklich recht. Ich entschloss mich, ihr das zu sagen.

»Da hast du wirklich recht«, bestätigte ich und stand auf. Ich schwankte schon wieder, Em lachte und stützte mich.

»Wow, ich glaube, du hast zu viele Jellos gehabt.«

Sie half mir zum Waschbecken hinüber. Ich wusch mir die Hände und wir verbrachten ein paar Minuten damit, unser Haar und unser Make-up zu richten. Ich fand, wir sahen echt super aus – kein Wunder, dass diese Jungs uns einen ausgeben wollten. Ich hätte uns auch einen Drink spendiert, wenn ich ein Typ gewesen wäre.

»Und mit *wem* würde dein Vater dich auf ein Date lassen?«

»Ich weiß es nicht«, sagte sie kopfschüttelnd. »Ich glaube, es gibt niemanden, den er gut genug finden würde. Aber er hätte gern, dass ich mit jemandem aus dem Club zusammen bin. So würde ich nämlich niemals von ihm wegziehen.«

»Ach, das ist aber irgendwie süß«, sagte ich. »Ich meine, wenigstens kümmert dein Dad sich um dich. Ich kann mich an meinen kaum erinnern.«

Sie zuckte mit den Achseln.

»Ja, wahrscheinlich hast du recht«, meinte sie. »Ich schätze, ich würde ihn nicht gegen einen anderen Vater eintauschen wollen. Mom war auch eine großartige Frau. Sie fehlt mir.«

»Was ist denn passiert?«, fragte ich und biss mir sofort auf die Lippen. Anscheinend war ich schon so betrunken, dass der Anstandsfilter zwischen meinem Hirn und meinem Mund nicht mehr funktionierte.

»Brustkrebs«, sagte sie und wollte eindeutig nicht weiter darüber sprechen. »Schon lange her. Lass uns weitertrinken.«

»Klingt gut«, sagte ich und folgte ihr aus der Tür. Vor der Toilette stand Painter mit verschränkten Armen an die Wand gelehnt. Er sah gelangweilt aus. Ich packte Em am Arm und zog sie zu mir heran.

»Warum muss er denn hier sein?«, flüsterte ich so laut, dass er es hören musste. »Haben die Angst, dass ich abhaue oder so?«

»Ach, das ist nichts Persönliches. Sie schicken immer jemanden mit uns mit, wenn wir ausgehen«, sagte sie und zuckte mit den Achseln. »Normalerweise einen Anwärter, manchmal aber auch Ruger, der ist echt lustig. Sie wollen nicht, dass uns jemand blöd anmacht. So können wir feiern, und sie wissen, dass alles in Ordnung ist. Es ist kein großer Act, zumindest für dich nicht, denn du hast ja schon einen Mann. Für mich dagegen ist es beschissen.«

»Dann werden also alle Alten Ladys die ganze Zeit bewacht?«, fragte ich. »Ist das nicht irgendwie unheimlich?«

Sie lachte und zuckte erneut mit den Achseln.

»Eigentlich nur, wenn wir abends weggehen«, antwortete sie. »Es ist so eine Sicherheitssache. Es gibt jede Menge Clubs und nicht alle sind mit den Reapers befreundet. Das ist ihre Art, darauf zu achten, dass wir keinen Ärger kriegen. Sie wissen, dass wir gut wieder nach Hause kommen. Es ist großartig – es sei denn, du versuchst, deine Jungfräulichkeit zu verlieren.«

Ich kicherte. Em starrte mich an, sodass ich noch mehr kichern musste, während wir zurück in die Bar gingen. Dann blieb ich stehen, denn ein großer Mann, der die Montur der Reapers trug, stand plötzlich im Weg. Ich schaute hoch und versuchte mich zu konzentrieren. Max.

»Hallo, Max«, sagte Em. »Was machst du denn hier?«

»Mir war danach, etwas trinken zu gehen«, erklärte er und betrachtete uns mit einem Schimmer der Anerkennung in den Augen. Wir sahen gut aus, und Max fiel das auf. *Prima.* »Ich hab mit Painter gesprochen und gehört, dass ihr Ladys hier seid. Ich dachte, ich könnte euch eine Runde ausgeben. Ihr seht heute Abend wirklich umwerfend aus.«

»Das ist aber nett von dir«, antwortete Em und lächelte ihn flirtend an. Er lächelte zurück. Ich fragte mich, ob zwischen den beiden mehr lief, als für mich in dieser Situation zu erkennen war. Painter kam zu uns und ragte groß neben uns auf, während er mit Max einen Blick wechselte. Dann schüttelte Painter den Kopf und zog sich zurück. Er sah dabei nicht gerade glücklich aus.

Das war interessant.

Max folgte uns zu unserem Tisch, wo Maggs ihm einen Platz zuwies. Sie forderte ihn auf, uns etwas zu trinken auszugeben und uns ansonsten in Ruhe zu lassen, »denn es ist Laaaadys Niiiiight!« Wir anderen Mädels gaben laut unsere Zustimmung. Max grinste, nahm unsere Bestellung entgegen und brachte eine Runde Schnäpse an den Tisch. War ich vorher noch der Überzeugung gewesen, unbedingt noch einen Kurzen trinken zu wollen, wurde mir nun beim Anblick des kleinen Glases Wodka fast schlecht. Ich zog mein Handy hervor und schaute nach, ob ich Nachrichten hatte.

Es war schon fast zwei Uhr morgens. Vor vier Stunden hatte Horse mir eine SMS geschrieben.

Gehe mit den Jungs zum Line Club. Brauchst nicht aufbleiben

Der Line Club. Warum kam mir das so bekannt vor? Irgendwie hatte ich nur noch Nebel im Hirn.

»Was ist der Line Club?«, fragte ich Cookie, die neben mir saß. Sie hatte eine Lederweste angezogen, ehe wir in die Bar gegangen waren. Auf ihrem Aufnäher stand: »Eigentum von Bagger, Reapers MC«. Die Sache mit dem Eigentum löste bei mir immer noch ein unbehagliches Gefühl aus, aber Cookie schien sehr zufrieden damit zu sein, diese Weste zu tragen. Sie vermittelte auch nicht gerade den Eindruck, unterdrückt zu werden. Das hatte ich festgestellt, als ich zwischen den ganzen Jello Shots, mit denen sie mich fütterte, mit ihr gequatscht hatte. Eine Frau, die so sehr damit beschäftigt war, ihren Coffeeshop am Laufen zu halten und sich um ihre und Baggers dreijährige Tochter zu kümmern, führte ganz offensichtlich kein fremdbestimmtes Leben.

»Ach, das ist die Busenbar«, antwortete Cookie. »Bringt ein Vermögen ein, obwohl die Stripperinnen ganz schöne Schlampen sein können. Aber ein paar von ihnen sind ganz in Ordnung. Ich sage Bagger immer, dass ich da arbeiten werde, wenn er mal keinen Job mehr hat, und dann wird er richtig sauer. Das gefällt mir wahnsinnig gut«, lachte sie.

»Wovon redet ihr?«, brüllte Darcy an der anderen Seite des Tisches.

»Der Line Club!«, schrie Cookie zurück. Über Darcys Gesicht zog ein breites Grinsen.

»Da sollten wir hin!«

»Was?«, fragte ich erschrocken. Cookie klatschte in die Hände.

»Eine wunderbare Idee!«, rief sie. »Wir können an einer der Stangen tanzen. Ich brauche Fotos für Bagger!«

»Ist das dein Ernst? Warum sollten wir dorthin gehen?«, fragte ich verwirrt.

»Zum einen ist es lustig, dort ohne Vorwarnung aufzutauchen, wenn die Jungs da sind«, sagte Darcy und zwinkerte mir zu. »Sie einmal so richtig erschrecken, weißt du? Außerdem ist es irgendwie interessant, den Tänzerinnen zuzuschauen. Einige sind richtig gut, ich habe ein paar sehr schöne Tricks von ihnen gelernt. Boonie kann das bezeugen.«

Sie beugte sich vor, um Maggs ein High Five zu geben.

»Es gibt noch einen weiteren guten Grund, immer mal wieder im Line Club vorbeizugehen«, fügte Maggs hinzu. »Falls dein Mann dort den Abend mit nackten Schlampen verbringt, ist es nicht schlecht sicherzustellen, dass er seinen Steifen mit zurück nach Hause bringt, weißt du?« Das war ein gutes Argument. Mir gefiel die Vorstellung nicht, dass Horse mit einer anderen Frau zusammen war, sie gefiel mir ganz und gar nicht. Ich blickte finster auf mein Telefon und die kränkende SMS.

»Und der Laden hat super Klamotten«, ergänzte sie abschließend. »Ich muss mir ein neues Tanktop kaufen. Diese Woche will ich Bolt besuchen, und ich muss was haben, auf das er sich freuen kann.«

»Ich kann den Club nicht leiden«, jammerte Em. »Und wenn Dad da ist, muss ich zugucken, wie sich eine Stripperin an ihm reibt. Das ist echt ekelhaft. Keine Tochter sollte beobachten müssen, wie ihr Vater es mit so vielen verschiedenen Frauen treibt, besonders da er mich nicht zu einem einzigen Date gehen lässt! Ich will lieber nach Hause.«

»Painter könnte dich heimbringen«, sagte Max, der hinter mich getreten war und sich auf die Rückenlehne meines Stuhles stützte. Er rückte mir damit ein bisschen nah auf die Pelle, da das aber keiner zu bemerken schien, rutschte ich nur auf meinem Stuhl nach vorne und runzelte die Stirn. »Hier wird sowieso bald die letzte Runde ausgerufen. Ich bring euch zum Line Club, dann können die hier Schluss machen.«

Dancer lächelte ihn an.

»Das ist lieb von dir, Max«, sagte sie. »So machen wir das.«

Zehn Minuten später saß ich mit den anderen zusammengequetscht auf der Rückbank ihres Autos. Max folgte uns mit dem Motorrad. Ich hatte vermutet, Em würde sich dagegen sträuben, von Painter nach Hause gefahren zu werden, aber sie hatte den Plan offensichtlich ganz in Ordnung gefunden. Das überraschte mich, denn ich meinte, zwischen ihr und Max etwas gespürt zu haben. Da hatte ich mich wohl getäuscht.

Es war schon fast halb drei, als wir beim Stripclub vorfuhren. Wir taumelten und kicherten auf dem Weg über den Parkplatz, der fast leer war. Dann flimmerte plötzlich das Neonschild an dem Club und ging aus.

»Jetzt ist zu«, sagte ich und blieb stehen. »Wir kommen nicht mehr rein.«

»Ach was – das Beste kommt erst noch«, sagte Darcy und grinste mich an. »Es ist für die Allgemeinheit zu, aber wir sind nicht die Allgemeinheit, Baby. Wir können feiern, so lange wir wollen.«

»Und was ist mit den Tänzerinnen?«, fragte ich etwas dämlich. Max lachte hinter mir, legte mir die Hand auf den Rücken und schob mich weiter.

»Mach dir um die keine Sorgen«, sagte er. »Das sind keine Alten Ladys, die kommen dir nicht in die Quere.«

»Als wir das letzte Mal hier waren, ist Dancer auf die Bühne geklettert und hat uns gezeigt, wie sie tanzen kann«, erzählte Cookie kichernd. »Das war echt super. Das heißt, es war super für alle außer Horse. Er sah aus, als ob ihm kotzübel wäre.«

»Diesmal bin ich aber nüchtern«, antwortete Dancer. »Heute bist du dran!«

»Wisst ihr, ich glaube, das mach ich wirklich«, sagte Cookie grinsend. »Ich könnte in einem der Privatzimmer eine kleine Extrashow hinlegen. Du filmst mich und ich schicke die Aufnahme Bagger, der kann sie dann am Computer ansehen. Er fragt mich immer nach Bildern. Da werden ihm die Augen übergehen!«

»Da wird ihm noch etwas ganz anderes übergehen«, meinte Maggs kichernd.

Ein großer schwarzer Kerl stand als Türsteher vor dem Eingang der Bar und ließ uns wortlos ein. Ich war gestern mit Horse zusammen in dem Club gewesen, aber heute Nacht sah alles ganz anders aus. Die schummerige Beleuchtung schuf eine ganz andere Atmosphäre. Der Club wirkte irgendwie trübe und dreckig. Ein paar Kellnerinnen räumten die Tische ab, zwei Barmänner machten sauber und füllten die Vorräte auf. Ein Kerl in Reapers-Montur saß in einer Nische und zählte Geld. Es lief Musik, und auf der Bühne tanzte eine Frau an einer Stange. Direkt davor saßen ein paar Männer und tranken Bier. Ich erkannte Picnic, Ruger, Bam Bam und Boonie, aber Horse sah ich nicht.

»Hallo, Baby«, kreischte Darcy und schlenderte zu den Jungs hinüber. Genau wie gestern Abend ging ein Strahlen über Boonies Gesicht, sobald er sie sah. Er stand auf und wandte der nackten Tänzertussi, die hinter ihm an der Stange entlangglitt, den Rücken zu. Er schlang die Arme um Darcy, die beiden verfielen wieder in einen dieser völlig verzehrenden Küsse und hatten den Rest der Welt vergessen. Dancer und Bam Bam waren mit ihrer Begrüßung ein bisschen dezenter, aber sie verschwanden dann in einer dunklen Nische, ohne sich auch nur umzusehen.

»Verdammt, das fehlt mir so«, murmelte Cookie. Ich schaute sie an und sah, dass sie Tränen in den Augen hatte.

»Kopf hoch!«, sagte Maggs und gab ihr einen ermutigenden Klaps auf die Schulter. »Wenn du einen Porno für deinen Mann drehen willst, darfst du nicht weinen. Darauf fährt er nicht ab – es sei denn, du hast uns etwas verschwiegen?«

Cookie lachte und schüttelte mit großer Willensanstrengung ihre melancholische Haltung ab. Das hier waren starke Frauen, begriff ich. *Wirklich* starke Frauen. Von denen konnte ich etwas lernen.

»Du weißt doch, dass ich bei Softcore die Grenze ziehe, kein Fetischzeug«, antwortete Cookie und hob anzüglich die Augenbrauen. »Ich hole uns was zu trinken. Maggs, zeig doch mal unserer Neuen, wo die VIP-Räume sind, ja? Und achte darauf, ob es da wirklich sauber ist, ehe ich zeige, was ich draufhab. Mein Mann mag es stramm und ordentlich, nicht schmuddelig!«

Sie machte ein paar Shimmy-Bewegungen und wir feuerten sie an und klatschten. Maggs zeigte mit dem Finger auf einen langen, dunklen Flur am anderen Ende des Raumes.

»Die Zimmer sind da hinten, Schätzchen«, sagte sie. »Ich hab mein Handy im Auto gelassen, und ich brauche unbedingt meine eigene persönliche Kopie von Cookies Tanz zu Erpressungszwecken. Bin gleich wieder da.«

Sie schob mich in Richtung der Zimmer. Ich ging durch den Flur und fühlte mich etwas unbehaglich, weil alle anderen weg waren. Die dunklen Türen an beiden Seiten des Flurs waren alle zu. Ich hatte keine Ahnung, was ich in den Zimmern finden würde, und wollte nicht allein auf Erkundungstour gehen. Ich beschloss, auf Maggs zu warten, aber Max kam zu mir und lächelte mich genauso freundlich an wie vorher in der Bar.

»Hast du dich verlaufen?«, fragte er. Ich schüttelte den Kopf.

»Nein, ich bin eher ein bisschen ratlos«, gab ich zu. »Ich glaube, Cookie will, dass wir sie filmen, wie sie für Bagger tanzt. Sie wollte in einem dieser Zimmer ihren Auftritt geben, aber ich hab Angst, einfach irgendwelche Türen aufzumachen.«

»Kein Problem«, sagte Max. Er zuckte gleichgültig mit den Achseln, aber seine Augen leuchteten erfreut auf. »Komm mit.«

Irgendetwas war hier komisch. Mein Instinkt sagte mir, es wäre besser, Max nicht zu folgen, aber ich konnte keinen vernünftigen Grund nennen, warum ich es nicht tun sollte. Außerdem war ich immer noch ganz schön betrunken, und in diesem Zustand war mein Instinkt nicht gerade zuverlässig – ich hatte Garys Heiratsantrag angenommen, nachdem ich ein Sixpack leer gemacht hatte.

Als Max auf die letzte Tür auf der rechten Seite zeigte, über der eine kleine grüne Lampe leuchtete, ging ich zögernd hin und machte die Tür auf. Es dauerte eine Sekunde, bis sich meine Augen an die Dunkelheit und das matte rote Licht gewöhnt hatten. Dann sah ich Horse auf einer schwarzen Ledercouch sitzen, die Arme auf der Rückenlehne ausgestreckt.

Er hatte kein Hemd an, und auf seinem Schoß saß rittlings eine fast nackte wasserstoffblonde Frau. Sie räkelte sich auf ihm und schob ihre Hüften an seine. Als sie sich umdrehte und Max und mich anschaute, sah ich, dass sie riesige, ganz offensichtlich operierte Brüste hatte. Sie trug einen blauen glitzernden Stringtanga, sonst nichts.

Horse blickte in meine weit aufgerissenen Augen und starrte mich an.

»Was zum Teufel machst du denn hier? Ich denke, es ist Mädelsabend!«

»Gar nichts«, flüsterte ich, zog mich aus dem Zimmer zurück und machte sorgfältig die Tür hinter mir zu. Mir war schwindelig und ich fühlte mich ganz schwach, als würde ich gleich in tausend Stücke zerspringen. Ich wusste nicht, warum. Es war ja nicht so, dass Horse und ich eine echte Beziehung hatten. Er gehörte mir nicht. Trotzdem tat es ganz schön weh, ihn mit einer anderen zu sehen. Ich rannte in Max hinein, der mich an den Armen packte und mich stützte. Ich schaute verzweifelt zu ihm auf. Max hatte einen Gesichtsausdruck, den ich nicht einmal ansatzweise interpretieren konnte.

»Hast du gewusst, dass Horse in dem Zimmer ist?«, fragte ich.

»Ja«, sagte Max. Diese einfache, völlig teilnahmslose Antwort warf mich um.

»Du hast mich reingelegt«, flüsterte ich. »Warum hast du das getan?«

»Weil du in einer verdammten Traumwelt lebst und die Mädels dir den Kopf mit Mist vollstopfen. Ich kann ein Arsch sein, aber nicht so ein Riesenarsch wie er. Ich dachte, du hättest ein Recht zu erfahren, was er treibt.«

Ich versuchte nachzudenken, doch mir schwirrte der Kopf.

»Ich habe das nicht gemacht, um dir wehzutun, Marie«, sagte Max und umarmte mich ruppig. Ich erstarrte, aber dann entspannte ich mich in seiner Umarmung, denn ich brauchte seinen Trost. Er strich mir übers Haar und kämmte es mit seinen Fingern durch.

»Du bist ein süßes Mädchen und du steckst in einer absolut beschissenen Situation«, sagte er nicht unfreundlich. »Du musst einen klaren Kopf bewahren. Horse ist nicht dein Alter Mann, du wirst nicht glücklich mit ihm bis an euer seliges Ende leben und dein Bruder wird nicht auftauchen und dir helfen. Je schneller dir das klar wird, desto besser wird dein Leben laufen. Das ist schlicht und einfach die Wahrheit.«

Ich machte mich von Max los und schaute zurück zur Tür. Ich hoffte, Horse würde sie öffnen, in den Flur kommen und mir erklären, dass das alles ein Irrtum war. Aber er kam nicht. Das grüne Licht verspottete mich.

»Soll ich dich nach Hause bringen?«, fragte Max.

»Ja«, sagte ich.

»In Ordnung.«

Er nahm mich beim Arm, führte mich zum Notausgang und gab rasch einen Code in die Tastatur neben dem Türstock ein. Ein winziges rotes Licht blinkte grün, und er stieß die Türe auf. Ich folgte ihm über den Parkplatz zu seinem Motorrad. Mein Telefon summte und ich sah den Namen von Horse auf dem Display.

Ich machte das Telefon aus.

Die Fahrt schien ewig zu dauern. Als wir endlich ankamen, war ich fast wieder nüchtern. Ariel rannte auf uns zu, um uns zu begrüßen, und sah mich mit seinem breiten Welpengrinsen an. Da ich ihn aber nicht streichelte, verkroch er sich jaulend unter der Veranda. Ich war überrascht, als Max sein Bike parkte und mir ins Haus folgte. Ich war davon ausgegangen, dass er mich einfach nur absetzen würde. Es fühlte sich merkwürdig an, zusammen mit ihm hier zu sein, und ich wäre wirklich gern allein gewesen.

»Willst du was trinken?«, fragte ich und hoffte, er würde ablehnen.

»Ja, hol mir ein Bier«, antwortete er und zog sein Handy hervor. Ich ließ ihn damit herumspielen, während ich ein Bier für ihn holte und ein Glas Wasser für mich. Als ich zurück in den Flur trat, kam er mir schon entgegen, nahm mir die Getränke ab und brachte sie ins Esszimmer. Er stellte sie auf den Billardtisch, neigte den Kopf und betrachtete mich erneut ganz genau.

»Warum machst du das?«, fragte ich.

»Was denn?«

»Mich so anstarren.«

»Ich überlege mir gerade, was zum Teufel Horse sich dabei denkt«, antwortete er. »Du musst nicht mit ihm zusammen sein, Marie. Das ist völlig bescheuert. Ich könnte dir helfen.«

»Wie denn?«

Statt zu antworten hob er mich hoch und warf mich über die Schulter. Ich kreischte, schlug ihm auf den Rücken und trat um mich. Max ignorierte das, trug mich ins Wohnzimmer zurück und warf mich auf die Couch. Ich kam so hart auf, dass mir die Luft wegblieb. Ehe ich mich erholen konnte, lag er auf mir, schob mir ein Knie zwischen die Beine und drückte seinen Mund auf meinen. Ich kämpfte gegen ihn, aber das hätte ich mir sparen können. Er hielt mich mit den Beinen fest und seine Hüfte presste sich gegen meine, während er meine Arme in die Couch drückte. Sein Kuss war alles andere als sinnlich, er war ein brutaler Angriff. Keine Zunge, keine Verführung. Einfach nur die Lippen, die sich auf meine pressten. Ich konnte kaum noch atmen und es wurde dunkel um mich herum.

»Auf keinen Fall. Sonst bist du tot.«

Ich hörte die wütende Stimme von Horse und spürte eine Welle der Hoffnung. Dann wurde Max so abrupt von mir weggerissen, dass ich beinahe von der Couch fiel. Horse schleuderte ihn quer durch das Zimmer an die Wand, wobei Max nur knapp den Fernseher verfehlte. Ich schrie auf, als Horse hinter ihm hersprang und mit den Fäusten auf ihn einschlug. Max wand sich unter dem Angriff, aber er fing an zu lachen. Sein Lachen klang schrecklich dunkel und merkwürdig abgehackt durch die Schläge, die auf seinen Körper niederfielen. Ein lautes klickendes Geräusch drang durch sein Gelächter. Ich schaute hoch und sah Picnic mit einem Revolver auf die beiden Männer zielen.

Horse hielt nicht inne.

»Horse!«, rief Picnic. »Lass ihn los, oder ich schieße.«

Horse versetzte Max einen letzten brutalen Schlag in die Eingeweide, dann trat er schwer atmend zurück. Max stand mit wackeligen Beinen auf und grinste Horse auf eine Art und Weise an, die völlig verrückt aussah. Jetzt verstand ich den Vergleich mit Mad Max …

»Hast du ein Problem, *Bruder*?«, fragte er und wischte sich mit dem Handrücken das Blut ab, das ihm aus der Nase lief. »Deine Schlampe hier hat nämlich kein Problem. Sie ist mir im Line mehr oder weniger in die Arme gesprungen. Ich geb zu, dass sie eine süße Fotze ist, aber ist sie es wirklich wert, dass du so ein Getue um sie machst?«

»Halt den Mund«, sagte Picnic und ging auf ihn zu. »So redest du nicht mit einem Bruder. Und du machst nicht mit der Frau eines anderen Reapers herum. Wir werden uns morgen im Arsenal drüber unterhalten. Kapiert?«

Max lachte erneut. Dann wandte er sich zu mir, hob zwei Finger, zu einem V geformt, vor den Mund und ließ seine Zunge durchzucken.

»Du Arschloch!«, brüllte ich, plötzlich voller Wut. »Du *verdammtes Arschloch*, hau ab! Verschwinde verdammt noch mal und komm bloß nicht wieder, sonst *knall ich dich verdammt noch mal selbst ab*!«

Alle drei standen da wie erstarrt und schauten mich überrascht an.

Ich warf ihnen ein verächtliches, höhnisches Grinsen zu.

»Was denn, seid ihr überrascht, dass der Knochen, um den ihr euch streitet, reden kann? Fickt euch doch alle ins Knie!«

Ich drehte mich um, stapfte die Treppe hinauf in mein Zimmer und schmiss die Tür hinter mir zu. Draußen hörte ich Motorräder röhren. Voller Wut lief ich eine Minute lang in meinem Zimmer auf und ab, dann riss ich die Tür auf und rannte zurück nach unten.

Ein paar Dinge musste ich noch loswerden.

Horse stand mitten im Wohnzimmer und fuhr sich mit der Hand durchs Haar. Er warf einen finsteren Blick auf die Blutspritzer auf dem Boden, dann drehte er sich zu mir um, und wir starrten uns quer durch das Zimmer an. Keiner von uns gab nach. Ich war immer noch ein kleines bisschen betrunken, aber ich hatte jetzt einfach genug. Es war höchste Zeit, ein paar Dinge klarzustellen. Ich machte den Mund auf, um loszulegen, aber Horse kam mir zuvor.

»Wer zum Teufel glaubst du, dass du bist, einfach so im Line aufzutauchen?«, wollte er wissen. »Und warum hat Max dir die Zunge in den Hals gesteckt?«

Das machte mich jetzt *wirklich* stinksauer.

»Du musst gerade über Zungen reden, Arschloch«, zischte ich. »Nur zu deiner Information: Ich war im Line, weil *deine Schwester* mich dorthin gebracht hat. Ich schätze mal, sie hatte keine Ahnung, dass du da irgendwo im Hinterzimmer eine Schlampe fickst!«

»Ich habe niemanden gefickt. Es war ein Privatstriptease, sonst nichts«, sagte er und kniff die Augen zusammen.

»Es tut mir ja so leid, dass ich euch unterbrochen habe, bevor es zum Happy End kam!«, schrie ich. Ich glaube, ich war in meinem ganzen Leben noch nie so wütend. Ich sah buchstäblich rot. Mit dem Impuls, irgendetwas nach Horse zu werfen, sah ich mich im Zimmer um und suchte nach einem Gegenstand, der das passende Gewicht hatte. Horse sprang zu mir herüber und beugte sich über mich, während er mir direkt ins Gesicht schrie und mich an die Wand schob.

»Warum zum Henker sollte ich *nicht* zum Happy End kommen? Es ist ja nicht so, als hätte ich eine Alte Lady!«, brüllte er und breitete die Arme aus, als würde er sich an das ganze Zimmer wenden. »Ich habe ja schließlich keine Alte Lady, oder? Nein, denn du bist dir verdammt noch mal zu gut dazu, meinen Aufnäher zu tragen, oder? Was hab ich nicht alles für dich getan, Marie! Ich hab dafür gesorgt, dass dein Bruder am Leben bleibt. Du bist mich teuer zu stehen gekommen, Baby, du hast ja keine Ahnung, was mich dein Arsch gekostet hat. Und heute Abend? Du bist nicht hier gewesen, um dich um mich zu kümmern, oder? Wir hatten eine Verabredung und du hast mich abserviert. Du kannst nicht alles haben, Marie. Entweder sind wir zusammen oder nicht, aber wenn wir es nicht sind, dann kannst du von mir auch nicht erwarten, dass ich mir den Daumen in den Arsch stecke, während du unterwegs bist und Party machst. Und diese Scheiße mit Max? In meinem eigenen Haus? Ich sollte dich an die Luft setzen und deinen Bruder eigenhändig zur Hölle schicken. Fick dich doch ins Knie, Marie. Ehrlich, ich bin fertig mit dir.«

Ich knurrte ihn wütend an. Wie konnte er sich nur als Opfer aufspielen?

»Max hat versucht mich zu vergewaltigen«, sagte ich kalt und hart. »Ich bin nur mit ihm nach Hause gefahren, weil du zu beschäftigt damit warst, dir von einer Hure ihren schmuddeligen Unterleib an die Hüften reiben zu lassen, und gar nichts mehr mitbekommen hast. Ich gehe einen einzigen Abend ohne dich aus und du kannst ihn nicht einmal in der Hose lassen?«

»Warum sollte ich?«, schrie er zurück. Er verlagerte sein Gewicht, schnappte sich meine Hände, drehte sie mir hinter den Rücken und presste mich an sich. Mich durchlief eine sexuelle Erregung, die zusammen mit meiner Wut und dem verrückten Adrenalinstoß mein Herz rasen ließ. Ich spürte seinen Schwanz, hart und bereit, und roch die Mischung aus Schweiß und Motoröl, die er immer um sich zu haben schien. Meine Muschi war ein geschwollenes heißes Loch des Verlangens und aus meinem Höschen tropfte es schon fast. Ich wollte ihn beißen und lecken und ihm in die Eier treten, alles auf einmal.

»Cookie hat ihren Mann seit Monaten nicht gesehen, aber wenn sie ausgeht, trägt sie seine Weste«, knurrte Horse. »Sie ist *stolz* darauf, seine Alte Lady zu sein. Wenn du willst, dass ich ihn in der Hose lasse, dann trag meine Weste.«

Zur Betonung drängte er seine Hüften an mich, doch ich lachte ihn aus. Dann hob ich den Kopf und fing seine Lippe mit meinen Zähnen. Es war ein harter Biss, kein kleines Liebesknabbern. Er ließ mich mit einem Schrei los. Ich rannte aus dem Zimmer und lief die Treppe hinauf. Er setzte mir nach und erwischte den Kragen meines T-Shirts, als ich schon fast den Treppenabsatz erreicht hatte. Er zog mich drei Stufen hinab und setzte sich rittlings auf mich, sodass ich auf dem Bauch lag und gefangen war. Mit einer Hand griff er mir ins Haar und hielt meinen Kopf fest, mit der anderen riss er meinen Reißverschluss auf und zerrte meine Jeans bis zu den Knien hinab, die er zusammendrückte. Ich stöhnte, während er an sich herumfummelte und seinen Schwanz freilegte. Ich schob ihm meinen Arsch hin und spürte, wie meine Säfte an meinem Bein hinunterliefen, da ich ihn so verdammt dringend in mir haben wollte.

Sein Schwanz schoss heftig in mich hinein und ich schrie auf.

Was dann passierte, war nicht sanft und schön und auch nicht zärtlich und romantisch. Horse preschte in mich und fickte mich so hart, dass ich überrascht war, dass keiner von uns sich nicht sofort eine Verletzung zuzog. Die Hand in meinem Haar tat weh, aber sein Schwanz füllte mich genau so aus, wie ich es brauchte. Ich weiß nicht, wie lange es dauerte. Ich bin mir nicht einmal sicher, wie oft ich kam. Ich weiß nur, dass jeder Orgasmus sich anfühlte wie ein Sieg über ihn. Als Horse endlich in mir kam – heißer Samen, der mir tief in den Leib schoss –, schrie er und riss an meinem Haar und das machte mich mehr an als alles, was ich je zuvor erlebt hatte.

Scheiße …

Ich brach auf den Stufen zusammen und verbarg mein Gesicht in den Armen, während sein Schwanz allmählich in mir weich wurde. Sein brutaler keuchender Atem klang mir noch in den Ohren. Dann zog er ihn heraus und setzte sich neben mich auf die Treppe Ich drehte mich um und blickte zur Decke.

»Das ist wirklich völlig abgefuckt«, sagte er und klang überwältigt. Das Gefühl kannte ich. »Hab ich dir wehgetan?«

»Nein«, antwortete ich und fuhr mir mit der Hand durchs Haar. Ich wollte mir die Hose hochziehen, aber ich brauchte meine ganze Energie, um nicht in einer erschöpften Pfütze wegzuschmelzen. »Mir geht's gut. Ich weiß, das hier ist irgendwie krank, aber es war einfach unglaublich. So was habe ich noch nie gespürt.«

»Das geht mir genauso.«

Wir blieben lange auf der Treppe sitzen. Mein Herzschlag wurde langsamer und ich nahm meine Umgebung wieder wahr, zum Beispiel den rauen Teppich unter meinem Arsch und die Stufe, die mir in den Hintern schnitt. Und ich bemerkte, dass ich extrem feucht war. Igitt …

»Ich glaube, ich tropfe auf den Teppich«, murmelte ich. Horse lachte kurz und bellend auf. Ich schaute ihn an und die ganze bekloppte, absurde Situation wurde mir auf einmal klar. Ich konnte nicht anders: Ein kleines hysterisches Kichern bildete sich weit unten in meiner Brust. Ich verzog den Mund und versuchte, es nicht hochkommen zu lassen, aber es rutschte irgendwie durch. Ich lachte immer lauter, mein ganzer Körper schüttelte sich vor Lachen. Horse sah mich an, als hätte ich den Verstand verloren. Vielleicht hatte ich das ja auch.

»Es tut mir wirklich leid«, sagte ich und hatte auf einmal Tränen in den Augen. »Aber das hier ist einfach völlig verrückt. Was stimmt bloß nicht mit uns? Und wie geht es jetzt weiter?«

Horse schüttelte den Kopf und zuckte mit den Achseln.

»Ich will verdammt sein, wenn ich das weiß«, gab er zu und machte sich dieses eine Mal nicht die Mühe, eine Fassade aufzubauen. »Für mich ist das eine völlig neue Stufe des Nichtfunktionierens, und das heißt schon eine ganze Menge. Ich will heute Nacht nicht mehr darüber nachdenken. Ich will einfach nur noch ins Bett gehen und ich will dich bei mir haben. Ist das in Ordnung? Nur heute Nacht? Einfach nur zusammen daliegen?«

Ich nickte.

»Ja. Lass uns morgen zu Ende streiten, ich bin auch völlig fertig.«

Wir taumelten die Treppe hinauf. Horse nahm mich an der Hand und zog mich zum ersten Mal in sein Zimmer. Ich war zu müde, um mich umzuschauen, ich entledigte mich nur meiner Klammotten und fiel ins Bett. Horse zog sich nackt aus, legte sich neben mich und zog mich an sich. Wie immer fühlte ich mich bei ihm sicher.

Wie abgefuckt war das bloß?

Als ich am nächsten Morgen aufwachte, lag Horse neben mir und schaute mich an, während er mit den Fingern über mein Gesicht fuhr. Er sah nachdenklich und müde aus.

»Ich bin mir nicht mehr so sicher, ob der Mädelsabend so eine gute Idee war«, flüsterte ich.

»Ich bin ein Mistkerl«, antwortete er und schloss mit gequältem Gesicht die Augen. »Ich bin ein Arschloch und ein Mistkerl und wäre besser nicht in diesem Zimmer im Line gewesen. Ich hab's gemacht, weil ich sauer war, dass du ausgehst, und ich wollte es dir heimzahlen. Das war Schwachsinn. Es tut mir leid.«

Ich schaute zur Seite und versuchte nicht daran zu denken, wie er halb nackt mit der Frau zusammen gewesen war, die ihre großen Titten an ihm gerieben hatte. Ich hasste dieses Bild, aber ich musste auch ehrlich mit mir selbst sein. Ich hatte eine exklusive Beziehung mit ihm zurückgewiesen, als er sie mir angeboten hatte, und ich hatte ihn obendrein noch beleidigt. Nun gut, er hatte mich im Gegenzug gekidnappt … und mir angeboten, meine Ausbildung zu finanzieren.

Machte uns das ebenbürtig oder einfach nur außergewöhnlich abgefuckt?

Ich hätte den Einführungskurs in Bikerfrauenkunde doch nicht schwänzen sollen, dachte ich mir. Beim nächsten Mal würde ich auf alle Fälle teilnehmen. Mir entfuhr ein kleines Lachen. Horse ließ sich in die Kissen plumpsen und stöhnte.

»Ich bin völlig am Ende«, sagte er.

»Lass uns über die Sache reden«, sagte ich und drehte mich um. Jetzt war ich an der Reihe damit, mich aufzustützen und zu ihm hinunterzuschauen. »Wir haben keine feste Beziehung, zumindest nicht in einer Form, auf die wir uns geeinigt hätten. Ich bin noch nicht einmal sicher, ob wir überhaupt eine Beziehung führen. Ich weiß nicht, ob ich das Recht habe, sauer auf dich zu sein, aber ich fand es schrecklich, dich mit diesem Miststück zusammen zu sehen. Du hast keine Ahnung, wie sehr mich das verletzt hat. Ich hatte dieses Gefühl auch gar nicht erwartet. Aber ich bin ganz klar sauer deswegen. Und ich bin wütend auf Max.«

»Willst du das Recht haben, auf mich sauer zu sein, wenn du sowieso schon so gut darin bist?«, fragte er und seine Mundwinkel zuckten. Das Lächeln reichte aber nicht bis zu seinen Augen. Er holte tief Luft, als würde er sich für etwas rüsten. »Was, wenn wir noch mal von vorne anfangen? Meinst du, du könntest mir noch mal eine Chance geben?«

»Glaubst du wirklich, das wäre möglich?«, erwiderte ich. Es standen so viele Dinge zwischen uns, so viele komplizierte Gefühle, dass ich nicht einmal wusste, wo ich anfangen sollte. »Oder ist es dafür zu spät? Wir haben jetzt schon so viele Altlasten. Ich meine, selbst wenn wir die Beziehung zwischen uns neu aufbauen, ist da immer noch Jeff.«

»Ich will nicht dein Feind sein«, sagte er fest. »Ich will dein Mann sein. Bei dir fühle ich verrückte Sachen, Marie, und ich will dich nicht verlieren. Ich will auch für Jeff keinen Ärger, aber ich habe alles getan, was ich konnte, um ihm zu helfen. Mehr kann ich nicht tun, es liegt jetzt an ihm. Ich hoffe, du glaubst mir.«

Er ließ seine Hand an meinem Körper hinabgleiten, ergriff mein Bein und zog es über seine Hüfte. Ich spürte seinen Schwanz an meiner Körpermitte und erzitterte, wie immer. Er sah mir tief in die Augen. »Ich will, dass du meine Alte Lady wirst, Süße. Mehr kann ich dir nicht anbieten. Ich bin ein Reaper, das ist meine Welt. Du trägst meinen Aufnäher, du bist meine Frau und ich bin dein Mann. Wir werden gute Zeiten zusammen haben und uns auch durch die schwierigen Zeiten kämpfen. Keine Spielchen. Das ist alles, was ich habe, und wenn du willst, dann gehört es dir.«

Ich seufzte und versuchte nachzudenken. Ich wollte es – ich wollte ihn. Die Sache mit dem Eigentum widerstrebte mir zwar noch immer, aber ich hatte gesehen, was sie für Darcy, Dancer und Cookie bedeutete. Diese Frauen waren keine hilflosen Opfer und die Beziehung, die sie mit ihren Männern hatten, war vielleicht merkwürdig, aber sie war gut. Viel besser als das, was ich mit Gary gehabt hatte. Gary war eine weitere Last. Horse würde sich mit einer Frau einlassen, die noch mit einem anderen Mann verheiratet war, eine Frau ohne Vermögen und ohne Qualifikationen.

Das alles würde nur mit einem gehörigen Vertrauensvorschuss funktionieren.

»Ich würde es gern probieren«, sagte ich langsam. »Aber wir müssen dabei wirklich ganz von vorne anfangen. Wir dürfen uns nur um die Zukunft kümmern und müssen alles zurücklassen, was in der Vergangenheit zwischen uns passiert ist. Die gesamte Wut verfliegen lassen. Sonst werden wir das ganze nächste Jahr damit zubringen, uns über Sachen zu streiten, die wir sowieso nicht ändern können.«

»Das klingt gut«, sagte Horse. Sein Gesichtsausdruck war immer noch ernst. »Aber ich muss eines wissen: Bist du bereit, meinen Aufnäher zu tragen? Denn so funktioniert das im Club, Süße, und den Club werde ich nie verlassen. Wenn du damit nicht leben kannst, werde ich einen anderen Ort finden, an dem du bleiben kannst, bis die ganze Scheiße mit deinem Bruder geklärt ist. Es würde mich umbringen, aber ich bin bereit, dich gehen zu lassen, wenn es das ist, was du brauchst. Ich will dir keine Fesseln anlegen.«

»Ich will mit dir zusammen sein«, erwiderte ich und ließ meine Finger über seinen rasch härter werdenden Schwanz gleiten. Ich bewegte meinen Mund auf seinen zu und ließ meine Lippen über seinen schweben. »Ich werde deine Alte Lady sein und deinen Aufnäher tragen. Aber wenn dir je wieder eine Schlampe ihre Titten ins Gesicht hält, dann erschieße ich dich eigenhändig.«

Damit schlossen sich meine Finger um seinen Schwanz und drückten ein bisschen fester zu, als es für ihn angenehm war.

»Kapiert«, sagte Horse und lächelte an meinem Mund. »Hast du denn auch eine Waffe?«

Ich lachte, schüttelte den Kopf und strich mit den Lippen über seine.

»Okay, darum werden wir uns heute kümmern«, sagte er und glitt über meinen Mund. »Aber erst will ich dich ficken. Ehrlich, du hast keine

Ahnung, was für eine Checkliste ich im Kopf habe, die wir abarbeiten müssen.«

Das mit der Checkliste war kein Scherz. Wir legten einen guten Start hin, aber nach ein paar Stunden brauchte ich eine Pause. Ich hatte Hunger. Wir frühstückten zusammen, räumten auf und wärmten uns an der Anwesenheit des anderen.

Dann führte mich Horse hinaus zur Scheune und ich begriff, dass der Plan mit der Waffe auch kein Scherz gewesen war.

»In Ordnung, und jetzt halt sie so, wie ich es dir gezeigt habe. Die linke Hand nach unten, um die rechte abzustützen. Den Finger weg vom Abzug, bis du das Ziel im Visier hast. Gut. Jetzt den Finger auf den Abzug, zieh ihn so weit durch, bis er arretiert. Dann noch einmal das Ziel kontrollieren und feuern.«

Ich schoss mit der kleinen Halbautomatik Kaliber .22 dreimal auf die Zielscheibe, die gegen einen Heuballen gelehnt stand, dann nahm ich den Finger vom Abzug, wie er es mir gezeigt hatte, und richtete die Pistole auf den Boden.

»Gefällt's dir?«, fragte Horse und sah sehr zufrieden mit sich aus. Er hatte mir die Pistole überreicht, als wäre sie ein Diamantring oder etwas Ähnliches. Wahrscheinlich war es am besten, nicht weiter darüber nachzudenken.

»Es ist irre«, sagte ich, denn das war es wirklich. Zu schießen gab mir das Gefühl, ungeheuer mächtig und tough zu sein. »Aber bist du auch sicher, dass die Pistole groß genug ist? Das sind winzig kleine Kugeln, Horse. Wenn ich die Frau eines richtig miesen Bikers bin, sollte ich da nicht eine größere Waffe haben?«

»Eine .22er hat ausgereicht, um Bobby Kennedy zu töten«, antwortete er. Ich hörte auf zu lächeln und hob die Augenbrauen.

»Verdammt.«

»Ohne Scheiß. Ehrlich, hier geht's um Genauigkeit und nicht um Größe, Süße.«

»Habe ich dich, Marcus ›Horse‹ McDonnell, wirklich gerade sagen hören, dass es nicht um Größe geht?«

»Ja«, sagte er und ging nicht auf meine Stichelei ein. »Es stimmt zwar, dass sie nicht die Durchschlagkraft einer größeren Pistole hat, aber ich hätte mehr Angst vor einer Frau mit einer .22er, die sie gut zu benutzen weiß, als vor einem Mann mit einer .45er, die er sich gekauft hat, weil sein Schwanz zu klein ist. Es ist nicht wie im Fernsehen, Marie. Eine Handfeuerwaffe hält niemanden mitten im Lauf auf, wenn man ihn nicht an einer lebenswichtigen Stelle trifft, das kann nicht einmal eine große Handfeuerwaffe. Dafür braucht man schon eine Flinte. Das ist pure Physik.«

»Also könnte sogar dieses kleine Ding hier einen tödlichen Schuss abgeben?«, fragte ich und sah die Pistole mit neu gewonnenem Respekt an. Ich gab sie ihm ganz vorsichtig zurück. »Sie sieht aus wie eine Requisite aus einem Film oder so, weißt du?«

»Sag bloß. Ich will, dass du mit ihr übst und dich wirklich an sie gewöhnst. Das machen wir jetzt jeden Tag. Denk aber daran: Wenn du sie je auf eine Person richtest, dann musst du genau aufs Herz zielen, dann ist der Schuss tödlich. Bedrohe nie jemanden mit einer Waffe, wenn du nicht ernsthaft bereit bist, ihm das Leben zu nehmen. Und rede dir nicht ein, du könntest ihm in den Fuß schießen oder so. Wenn du mit einer Pistole schießen kannst, dann kannst du mit ihr auch töten.«

»Wie war das neulich nachts auf der Party?«, fragte ich mit sanfter Stimme.

»Was war da?«, sagte er, während er eine andere, größere Pistole aus seiner Tasche holte und das Magazin mit einem Klicken einrasten ließ.

»Du hast mit einer Waffe auf einen Mann gezielt. Du hast ihn nicht umgebracht, du hast danebengeschossen, ganz dicht neben ihn. Aber du hättest ihn umbringen können.«

»Ja, das hätte ich«, sagte er. »Ich habe in der Nacht wirklich Glück gehabt, denn als er auf dich geschossen hat, hat er dich nicht getroffen. Dann hat er Glück gehabt, weil ich ihn in die gleiche Situation gebracht habe und er auch nichts abgekriegt hat. Der Unterschied ist, dass er seine Waffe gezogen hat, um auf einen Haufen unschuldiger Frauen auf einer Party zu schießen. Er hat sich entschieden, dreimal den Abzug zu drücken, und dafür gibt es keine Entschuldigung. Er hätte eine härtere Strafe verdient, als er bekommen hat.«

»Manchmal bist du ganz schön furcht einflößend, das weißt du schon, oder?«

Horse grinste mich an, beugte sich vor und küsste mich auf die Nase.

»Probier mal die .38er aus, kleine Miss Ich-weiß-nicht-ob-meine-Pistole-groß-genug-ist. Die habe ich gern dabei, denn sie ist groß genug, um einigen Schaden anzurichten, aber klein genug, um nicht aufzufallen.«

Ich nahm die Waffe. Sie war schwerer, sodass mir beim Zielen ein wenig die Hand zitterte. Ich schaute an der Sichtlinie entlang, stützte meinen Körper ab, indem ich einen Fuß nach hinten stellte, und drückte den Abzug. Die Pistole widersetzte sich, und ich verlor zwar nicht die Kontrolle, aber es fühlte sich auch nicht besonders gut an. Die Waffe schien irgendwie wild zu sein und ich kam zu dem Schluss, dass ich mich bei einer noch größeren vermutlich auf den Hintern setzen würde.

»Jetzt versteh ich, was du meinst«, sagte ich. »Die hier ist viel schwieriger zu handhaben.«

»Genau«, sagte er. »Und es wird immer schwieriger, je größer sie sind. Ich würde dich lieber mit einer Pistole sehen, mit der du gut klarkommst. Sonst würdest du vielleicht zögern, sie zu benutzen, wenn du sie brauchst. Es ist deine Entscheidung, und wenn ich keine habe, die zu dir passt, dann werden wir eine besorgen.«

»Ich möchte die .38er noch einmal ausprobieren«, sagte ich. Er nickte und ich nahm wieder die Grundhaltung ein. Als ich diesmal schoss, flog die Patronenhülse zurück, traf mich im Gesicht, sprang mir über den Hals und flog mir in den Ausschnitt.

»Verdammt noch mal!«, schrie ich, ließ die Waffe fallen, machte einen Satz und versuchte, mir das heiße Metall aus der Kleidung zu schütteln. Es glitt hinab und verbrannte mich, bis ich es schaffte, meinen BH vom Körper wegzuziehen, und die Hülse auf den Boden fiel.

»Du lieber Himmel, Marie«, sagte Horse und hob die Waffe auf. »Wenn du eine Waffe einfach so fallen lässt, kann sie losgehen. Du hättest dich damit umbringen können!«

Ich stand da, schaute ihn an und keuchte.

»Ich hab mich an der Patronenhülse verbrannt«, sagte ich mit schwacher Stimme.

»Liebling, das ist wirklich beschissen, aber es tut noch um einiges mehr weh, wenn du angeschossen wirst. Oder wenn du mich anschießt. Wenn du schon auf mich schießt, will ich erst etwas Schlimmes gemacht haben, damit ich deinen Angriff auch verdient habe. Das ist ja wohl nur gerecht.«

»Ich glaub, ich bleibe bei der .22er«, sagte ich und biss mir auf die Lippe. Er legte die Pistole weg, schüttelte den Kopf und lächelte mich an.

»Mit dir wird es nie langweilig, weißt du das?«

»Aber das magst du doch an mir, oder?«, fragte ich hoffnungsvoll.

»Ja, das mag ich«, antwortete er, beugte sich zu mir hinab und küsste mich. »Und jetzt übst du, deine Pistole zu laden, damit du noch ein paarmal schießen kannst. Wenn du sie je brauchst, solltest du sie vorher nicht nur als Briefbeschwerer benutzt haben.«

»Glaubst du wirklich, dass ich eine Pistole brauchen werde? Ist das Leben als Alte Lady wirklich so krass?«

Er schüttelte den Kopf.

»Wahrscheinlich nicht«, antwortete er. »Für eine Alte Lady ist das Leben nicht härter als für jede andere Frau, je nachdem, unter welchen Bedingungen sie lebt. Wir alle leben in einer hässlichen Welt. Aber wenn du weißt, wie man eine Waffe benutzt, und du die Sache ernst nimmst, dann ist das kein Nachteil. Wenn du dich nicht darum kümmerst und eigentlich eine Waffe bräuchtest – damit könnte ich nicht leben, Marie. Verdammt noch mal, letzte Nacht hättest du eine brauchen können.«

Das ernüchterte mich plötzlich.

»Was ist denn mit Max?«, fragte ich. »Was passiert jetzt mit ihm?«

»Das ist eine Clubangelegenheit«, antwortete er. »Frag nicht danach – vertrau mir einfach, dass ich mich um die Sache kümmern werde. Er wird seine Strafe bekommen und wird dich ganz sicher nie wieder belästigen. Wenn er das tut, dann bring ich ihn um.«

»Das meinst du wirklich ernst, oder?«, flüsterte ich. »Du würdest ihn tatsächlich töten?«

»Wenn er dir blöd kommt, ist er tot. So läuft es nun einmal. Genug gefragt – jetzt zeig mir mal, wie du deine Waffe lädst, Süße. Wir üben jeden Tag, bis du dich sicher fühlst und sie bedienen kannst, ohne nachdenken zu müssen. Diese Pistole ist jetzt ein Teil von dir. Hast du verstanden?«

»Ich hab's verstanden.«

»Ach, Süße, du hast ja keine Ahnung«, sagte er kleinlaut, fuhr mir übers Haar und strich es mir hinter die Ohren. »Nicht die leiseste Ahnung. Jetzt zeig mir mal, wie du schießt. Miezen mit Waffen sind heiß.«

KAPITEL SIEBZEHN

10. Dezember – drei Monate später

Ich würde gerne erzählen, dass danach alles ganz leicht war. Dass jeder neue Tag ein wunderbares Abenteuer war und das Leben mit Horse sich anfühlte wie ein Disney-Film mit Motorrädern anstelle der Kutschen.

Aber das wäre eine miese Lüge.

Horse hatte lange Zeit allein gelebt und brauchte ab und zu eine kleine Zurechtweisung, was sein Verhalten anging. Ich hatte bereits mit einem Arschloch das Haus geteilt und wollte das auf keinen Fall noch einmal erleben. Horse behauptete, ich könnte ein ganz schön wütendes Biest sein, und ich kann nicht sagen, dass er da unrecht hatte.

Aber langweilig war es nie.

Für jeden schlechten Moment, den wir hatten, hatten wir zehn gute, und sie waren wirklich sehr, sehr gut. Horse und ich hatten seine Liste von Sexfantasien abgearbeitet, und ich konnte nun bestätigen, dass es wesentlich mehr Spaß machte, den pinken Vibrator mit ihm zusammen zu benutzen als alleine. Gary war ein Danke-das-war's-Hauptsache-ich-hatte-meinen-Spaß-Typ gewesen. Horse war einfallsreich und das Einzige, was er noch lieber tat, als mich zu ficken, war, mich zum Höhepunkt zu bringen.

Das gefiel mir – und wie!

Ich erfuhr nicht, was mit Max passiert war. Ich wusste nur, dass er den ganzen Oktober und den größten Teil des Novembers nicht da gewesen war. Zur Thanksgivingparty tauchte er wieder auf, schlich im Arsenal herum wie eine halb ertrunkene Katze, ganz mürrisch und abwehrend. Der Rest des Clubs schien ihn zu ignorieren, also tat ich das auch. Es war in Ordnung. Es wäre mir zwar lieber gewesen, ihn mit einem stumpfen Löffel zu kastrieren, aber das Leben besteht schließlich aus Kompromissen, oder?

Besonders das Leben beim Motorradclub Reapers.

Das war auch etwas, woran ich mich erst gewöhnen musste. Ich war nicht nur bei Horse eingezogen, ich war auch Teil des Clubs geworden. Wie Horse es beschrieben hatte, war der Club eine Familie, allerdings eine echt schräge Familie. Das Herzstück war das Arsenal, ein Ort, über den ich viel gehört hatte, den ich mir aber nicht richtig vorstellen konnte, bis ich ihn zum ersten Mal sah. Maggs rief mich eines Morgens an, um mir zu sagen, dass ganz spontan ein Grillfest auf den Plan gesetzt worden war. Ich sollte eine »beschissene Wagenladung von dem verdammt guten Kartoffelsalat«, Zitat Picnic, machen und um vier Uhr fertig sein, dann würde sie vorbeikommen und mich abholen.

Das Arsenal, das erkannte ich, als wir ankamen, war tatsächlich ein altes Waffenlager der Nationalgarde. Es lag gleich draußen vor der Stadt, hatte drei Etagen und war aus nachvollziehbaren Gründen wie eine Festung gebaut. Im hinteren Bereich gab es einen großen Hof, der von Wällen umschlossen war. Der Hof war wirklich riesig, sodass jede Menge Autos, Laster und Bikes dort parken konnten. Außerdem standen auf dem Gelände einige Schuppen und Nebengebäude. Der Großteil des Hofes war befestigt, aber es gab auch einen grünen Bereich mit Gras und Picknicktischen, einer riesigen Feuerstelle und ein paar Schaukeln, komplett mit Kindern, die kreischend und lachend herumliefen.

Das war nicht gerade das, was ich erwartet hatte. Auch die Party, die im Hof stattfand, gestaltete sich anders, als ich vermutet hatte. Sie war wild und verrückt, aber nicht widerlich und brutal wie die der Silver Bastards.

Es war ein Familientreffen, und ich sah zum ersten Mal, wie eng die Leute miteinander verbunden waren. Wir lachten und tanzten, machten ulkige Fotos und aßen viel zu viel. In dieser Nacht nahm Horse mich mit aufs Dach, breitete eine Decke aus und zeigte mir, wie schön betrunkener Reaper-Sex sein konnte, wenn er nicht in einer Schießerei endete. Die Kinder lagen zu der Zeit schon lange im Bett und ich konnte in der Dunkelheit andere Paare hören. Ich hätte mich unbehaglich fühlen müssen, aber es war stattdessen wirklich geil. Hätte ich nicht gedacht.

Inzwischen waren drei Monate vergangen, und zwischen mir und Horse lief es wirklich gut. Mein Kurs am College würde im Januar anfangen. Meine Scheidung wurde gerade in den Mühlen der Verwaltung bearbeitet, doch Gary machte, ganz wie Horse es vorhergesagt hatte, keinerlei Schwierigkeiten. Ich hatte meine Mom ein paarmal besucht, und sie schien sich sehr für mich zu freuen, obwohl sie natürlich angekündigt hatte, nach ihrer Entlassung aus dem Knast vorbeizuschauen, um sich selbst ein Bild von Horse und dem Club zu machen.

Das Einzige, was mir in meinem Leben fehlte, war Jeff. Offenbar hatte er ab und zu Kontakt mit den Reapers und hatte ihnen sogar einen Teil der Summe zurückgezahlt, die er ihnen schuldete. Aber noch nicht besonders viel. Ich hatte noch immer nicht mit ihm gesprochen, aber ich hatte ein paar E-Mails von einem anonymen Absender bekommen, in denen stand, ich sollt mich bedeckt halten und und mich nicht unterkriegen lassen, denn er würde sich bald um alles kümmern. Ich antwortete und schrieb ihm, dass es mir gut ging und er sich lieber um sich selbst kümmern sollte. Ich richtete mir auch einen anonymen E-Mail-Account ein und gab Jeff die Adresse. Ich vertraute Horse, aber das Leben meines Bruders stand auf dem Spiel, und es wäre eine echte Untertreibung gewesen zu sagen, dass Horse diesbezüglich in einem Interessenkonflikt steckte. Ich musste im Geheimen mit Jeff kommunizieren können. Er schickte mir danach noch ein paar Nachrichten, aber die waren nicht besonders aussagekräftig.

Auf der Habenseite bereiteten Horse und ich uns auf unser erstes gemeinsames Weihnachten vor, und das war ganz schön aufregend. Ich hatte mit den Mädels ausgemacht, in der Spokane Valley Mall einkaufen zu gehen. Cookie und Maggs waren die Anführerinnen unserer kleinen Truppe, wahrscheinlich weil unsere Unterstützung für sie von noch größerer Bedeutung war als für alle anderen. Die Reapers kümmerten sich natürlich um sie, aber es musste trotzdem schrecklich für sie sein, so lange von ihren Männern getrennt zu sein – vor allem für Cookie, denn ihre kleine Tochter Silvie rief fast jede Nacht nach ihrem Vater Bagger.

Das würde bald ein Ende haben. Wir hatten gerade erfahren, dass Bagger gleich nach Neujahr nach Hause kommen würde. Da Bagger in letzter Zeit nur wenig von sich hatte hören lassen, war Cookie mit den Nerven ziemlich am Ende gewesen, als wir die gute Nachricht erhielten. Darum fuhren wir auch in die Mall – wir wollten bei Victoria's Secret das perfekte Willkommen-daheim-Ensemble finden.

»Ich will scharf aussehen, aber nicht nuttig«, sagte Cookie und wühlte sich durch die Nachthemden. »Wisst ihr, was ich meine?«

Maggs lachte.

»Süße, es wird ihm völlig egal sein, was du anhast. Erinnerst du dich noch, was er gesagt hat, als du ihm das Video geschickt hast?«

Cookie wurde rot und ich fing an zu lachen. Bagger hatte der Striptease verdammt gut gefallen … nachdem er sich versichert hatte, dass im Line Club keiner der Männer zugeschaut hatte. Ich hatte Bagger schon ein paarmal auf Skype »getroffen«, und es war ganz klar, dass der Mann Cookie und seine Tochter anbetete und dass ihm die Idee, sie mit anderen zu teilen, ganz und gar nicht gefiel.

»Ich kann immer noch nicht fassen, dass du mich dazu überredet hast«, sagte Cookie schließlich und wischte sich die Lachtränen ab. »Ich sehe es schon vor mir: Silvie ist fünfzehn und findet den Film auf meinem Computer. Wie soll ich sie davon überzeugen, mit dem Sex zu warten, wenn sie sieht, was ich da treibe?«

»Silvie und Em, die ewigen Jungfrauen!«, sagte ich und schüttelte den Kopf. »Ach, was für ein Unglück, als Tochter eines Reapers aufzuwachsen. Die armen Schätzchen sind echt am Arsch, keine Frage.«

Wieder mussten wir lachen.

»Ich hab solche Sehnsucht nach ihm«, sagte Cookie seufzend. »Gefickt, befriedigt und aufgerieben will ich werden oder wie auch immer ihr es nennen wollt. Ich habe drei Vibratoren verbraucht, seit er bei diesem Auslandseinsatz ist, ich schwör's euch. Ich kann es kaum erwarten, meinen Mann endlich wiederzusehen.«

Nach einer Stunde hatten wir endlich das perfekte Willkomen-daheim-Outfit beisammen. Mehrere, um genau zu sein. Maggs kaufte auch ein paar Dinge, aber ich gab das Geld von Horse nicht gern für so etwas aus. Er sagte zwar immer wieder, ich solle mir keine Gedanken machen, aber es fühlte sich komisch an, Sachen für mich selbst zu kaufen. Wir stritten immer noch ab und zu über die Frage, ob ich wieder arbeiten gehen sollte, aber um ehrlich zu sein, hatte ich auch so ganz schön viel zu tun. Ich half Cookie im Laden, und über diese Beschäftigung kam ich auch dazu, drei Tage in der Woche auf Silvie aufzupassen. Cookie sagte mir, sie könne jedem beibringen, die Kaffeemaschinen zu bedienen, aber einen Babysitter zu finden, dem sie vertraute, sei viel schwieriger. Es war also perfekt, denn ich konnte ihr helfen und außerdem ein paar Extradollar die Woche verdienen. Ich hätte es auch umsonst gemacht, aber Cookie bestand darauf, mich zu bezahlen. Ich machte auch Botengänge für die Jungs und fing an, in der Pfandleihe zu putzen, nachdem die Putzfrau sie sitzen gelassen hatte. Die Reapers hatten wirklich einiges am Laufen, und Horse wusste es zu schätzen, wie bereitwillig ich einsprang, wann immer sie Hilfe brauchten. Die anderen Jungs merkten das auch, und es schien ihnen zu gefallen, dass ich zum Club gehörte.

Mein Handy summte. Ich angelte es hervor und sah eine SMS von Horse.

Kannst du zum Arsenal kommen? Muss mit dir reden.

Das klang unheilverkündend.

Alles in Ordnung?

Kompliziert. Ich erklär's dir, wenn du hier bist. Bitte ohne Umwege.

Da Maggs und Cookie ihre Shoppingtour fortsetzen wollten, verabschiedete ich mich und verschwand. Zum Glück war ich mit meinem eigenen Auto gekommen, also fuhr ich geradewegs zum Arsenal und hielt auf dem vorderen Parkplatz. Painter erwartete mich draußen. Er packte mich am Arm und führte mich durch das Tor und über den Hof zum Hintereingang. Das fand ich merkwürdig. Er sagte, Horse würde gleich kommen, also standen wir beide da und warteten.

Das war echt beschissen, denn obwohl Coeur d'Alene gerade einmal dreihundert Kilometer von meiner Heimatstadt entfernt lag, war es hier im Winter um einiges kälter. Ich zitterte und rieb mir die Oberarme. Mir fiel auf, dass wesentlich mehr Motorräder auf dem Parkplatz standen als üblich. Außerdem sah ich ein paar große Laster und Geländewagen, die ich nicht kannte. Dann kam Horse durch die Hintertür nach draußen und hielt sie für Painter auf, der sich ins Haus zurückzog. Ich brauchte Horse nur anzusehen und schon wurde mir ein bisschen wärmer. Er trug eine schwarze Jacke über seiner Ledermontur und eine dunkle Strickmütze. Bei dem kalten Wetter hatte er seinen Bart ein bisschen wachsen lassen. Das sah echt heiß aus. Sein Gesichtsausdruck dagegen war weniger heiß, er war sogar so kalt, dass ich mich fragte, ob ich etwas Wichtiges vergessen hatte.

»Wir haben ein Problem, Süße«, sagte er ohne Einleitung.

»Und was ist das Problem?«

»Dein Bruder hat einen Deal mit einem anderen Motorradclub gemacht. Irgendwie ist er an Informationen über unsere Geschäfte gekommen und gibt ihnen Tipps. Im Gegenzug sollen sie versuchen, dich zu schnappen und dich Jeff auszuhändigen. Es sind üble Kerle und die Sache wird ihm um die Ohren fliegen. Das ist zwar beschissen für ihn, aber ich lasse auf keinen Fall zu, dass du da hineingezogen wirst. Wir behalten dich eine Weile hier, das ist die einzige Möglichkeit, dich in Sicherheit zu bringen, bis die Sache geklärt ist.«

Ich starrte ihn mit offenem Mund an.

»Er versucht dich zu retten«, sagte Horse kopfschüttelnd. »Entweder ist er der dümmste Schwachkopf, den die Welt je gesehen hat, oder er hat das größte Pech, das je ein Mensch gehabt hat. Er hat sich an die Devil's Jacks gewandt, die nicht nur Feinde von uns sind, sondern auch so ziemlich die am wenigsten vertrauenswürdige Gruppe von Dreckskerlen, die es je gab. Sie warten schon lange auf eine Gelegenheit, uns in die Quere zu kommen, und jetzt haben sie sie gefunden. Es könnte einen Bandenkrieg geben, wenn wir die Sache nicht unter Kontrolle kriegen. Der erste Schritt ist, dich mit deinem Kram hier einzuschließen, bis wir Jeff finden.«

»Das kapier ich nicht«, sagte ich. »Was kann er ihnen denn erzählen? Erst hält er den Ball immer schön flach – und dann plant er auf einmal einen Krieg, um mich zurückzukriegen? Wie ist er dann darauf gekommen? Du hast gesagt, er steht mit dem Rücken zur Wand – wie kann er denn da Druck ausüben?«

»Ich hab keinen verdammten Schimmer, wie er das angestellt hat«, sagte Horse mit grimmigem Gesicht. »Ich schwöre dir, hätte er nur halb so viel Energie in seine Arbeit investiert, dann wären wir jetzt allesamt Millionäre. Stattdessen geht er mit uns um, als wären wir sein persönliches Schachspiel, und das wäre sogar ganz schön beeindruckend, wenn nicht alle Schachfiguren Waffen tragen würden. Die Jungs sind zu allem bereit und ganz schön sauer, und es ist verdammt gut, dass sie dich so gern mögen, denn das hier ist eine ganz heikle Situation. Du ziehst für eine Weile im Arsenal ein, in eine der Wohnungen da oben.«

»Und wie lange soll das so gehen?«, fragte ich mit einem Anflug von Panik. Horse zuckte mit den Achseln.

»Solange es nötig ist, Süße. Wenn die Jacks es schaffen, dich zu erwischen, dann gibt es Krieg«, antwortete Horse. »Jeff hat sie auf dich angesetzt, und fürs Erste hat er ihnen genügend Informationen geliefert, sodass sie sich ordentlich anstrengen. Du kriechst hier unter und bleibst da. Heute solltest du nicht einmal mehr das Apartment verlassen. Es kommen Typen von anderen Chartern, viele von ihnen sind schon da, und das Ganze könnte ein bisschen heftig werden. Du bleibst auf deinem Zimmer, hältst den Mund und tust oder sagst nichts, damit du keine Aufmerksamkeit auf dich ziehst.«

Er gab ein kurzes, abruptes Lachen von sich, das alles andere als lustig klang.

»Nein«, sagte er und rieb sich das Kinn. »Programmänderung: Es ist an der Zeit für dich, mit deinem Bruder zu reden. Schreib ihm eine Mail, ruf ihn an, ruf alle an, die ihn kennen. Wir müssen dafür sorgen, dass er diese Sache beendet, um deiner Sicherheit willen und für den Club. Dann muss er verschwinden. Und zwar dauerhaft. Er kann es selbst machen, oder wir werden es für ihn erledigen. Ich sage dir das alles, weil ich dich liebe, meine Süße. Wenn du willst, dass dein Bruder am Leben bleibt, dann bring ihn dazu, mit uns zusammenzuarbeiten. Das ist seine einzige Chance.«

Ich wurde ganz still.

»Wollt ihr ihn für das, was er jetzt getan hat, töten? Dann hättet ihr nun schon zum zweiten Mal diese Absicht«, sagte ich, und mir wurde schwindelig. »Ihr habt bereits gedroht, ihn wegen des Geldes umzubringen. Und jetzt hat er wieder Mist gebaut. Ich werde ihn nicht hierher locken, damit ihr ihn töten könnt!«

»Ich werd dich nicht anlügen, Baby«, sagte Horse und sah mir direkt in die Augen. »Er hat eine Chance. Wenn er einen Bandenkrieg verursacht, dann kommt er aus der Nummer nicht mehr raus. Er hat unsere Feinde angeheuert, um eine unserer Frauen zu entführen. Das lassen wir ihm nicht durchgehen. Er muss die Dinge in Ordnung bringen, ohne dich da hineinzuziehen. Hast du mich verstanden?«

Ich nickte und mir war kotzübel. Warum machte Jeff immer wieder so etwas Bescheuertes? Ich hätte nicht auf Horse hören sollen, ich hätte Jeff schon vor langer Zeit anrufen sollen, um mit ihm zusammenzuarbeiten.

Dann hätten wir uns gemeinsam irgendwas überlegt – oder zumindest wären wir dann in so engem Kontakt geblieben, dass er kapiert hätte, dass ich nicht in Gefahr schwebte. Ich hatte die Anweisungen von Horse befolgt, weil ich gedacht hatte, so wäre es für Jeff am sichersten. Zumindest war das die Ausrede, die ich benutzt hatte, um meinen Bruder zu ignorieren, während ich mir ein neues Leben aufgebaut hatte.

Hatte ich mich die ganze Zeit selbst belogen?

»Lass uns in die Wohnung hinaufgehen«, sagte Horse. »Und denk immer daran, unauffällig zu bleiben. Wenn du was brauchst, rufst du mich auf dem Handy an. Komm nicht raus und such mich oder irgendjemand anderen. Ich hab schon mit Em gesprochen, sie packt ein paar Klamotten für dich zusammen.«

Er fasste mich am Arm, machte die Hintertür auf und führte mich durch den Flur zur Treppe. Ich sah ein paar neue Gesichter, Männer und Frauen, und mir wurde übel, als ich die Spannung spürte, die in der Luft lag. Niemand grüßte mich oder sah mich auch nur an. Wir gingen in den dritten Stock hinauf, wo die früheren Büroräume in kleine Apartments umgewandelt worden waren. Ich bekam das kleinste, ganz hinten am Ende des Flurs. Vor den Fenstern waren Gitterstäbe, und Horse wies mich an, die Rollos geschlossen zu halten.

Ich setzte mich allein auf das schmale Doppelbett.

Dann holte ich mein Handy hervor, schickte eine Mail an Jeffs anonymen Account und fing an, alle Freunde von ihm anzurufen, deren Nummern ich hatte. Ich musste Jeff erreichen, aber ich wusste nicht, was ich ihm sagen würde. Konnte ich den Reapers wirklich vertrauen, wenn er hierherkam?

Ich war mir da nicht so sicher.

Horse

Beim Gottesdienst konnte man nur stehen. Picnic saß der Versammlung vor, und die Präsidenten der Clubs von Portland und LeGrande, die zu

Besuch waren, hatten die Plätze rechts und links von ihm. Horse lehnte an der Wand und blickte quer durch den Raum zu Max. Er hatte nicht vergessen, was Max getan hatte, aber der Mann hatte seinen Preis bezahlt und war wieder zurück. Er konnte den Kerl zwar nicht gerade gut leiden, aber er war noch immer ein Bruder – und wenn es zum Krieg kommen würde, dann brauchten sie jeden einzelnen Mann.

»Bisher haben wir drei Ladungen verloren«, sagte Deke, der Präsident von Portland. Horse hatte einige Zeit in diesem Ortsverband verbracht, und er wusste, dass Deke keine Kompromisse machte, wenn es um Sicherheit ging. Wenn jemand ihr Produkt kaperte, sah es wirklich schlecht aus. »Ich konnte mir erst gar nicht vorstellen, wie die an ihre Informationen gekommen sind. Die Devil's Jacks sind nicht gerade dafür bekannt, dass sie die Schlausten sind, aber jetzt ist es, als könnten sie Gedanken lesen oder so was. Und beim letzten Mal haben wir einen geschnappt. Er hat nicht viel geredet, aber wir haben sein Mobiltelefon untersucht und ein paar Kontakte gefunden. Und so haben wir von eurem Jüngelchen erfahren.«

»Was habt ihr mit dem Kerl gemacht, den ihr erwischt habt?«, fragte Picnic.

»Wir haben ihn an einem sicheren Ort«, antwortete Deke mit einem brutalen Grinsen. »Erst einmal halten wir ihn fest. Ich denke, es könnte nützlich sein, ihn zu haben, die verdammten Dreckskerle sind immerhin loyal, auch wenn sie sonst nichts sind. Das ist immerhin mehr, als ich von diesem Jensen behaupten kann. Die Sache ist aus dem Ruder gelaufen, Picnic. Warum habt ihr ihn nicht ausgeschaltet?«

»Das ist meine Schuld«, sagte Horse. »Seine Schwester ist meine Alte Lady. Der Mann hat unglaubliche Fähigkeiten, und ich habe wirklich geglaubt, wir könnten das Blatt noch wenden und ihn wieder für uns arbeiten lassen. Offenbar habe ich da einen schweren Fehler gemacht.«

»Der ganze Club hat diese Entscheidung getroffen«, schaltete sich Duck ein. »Ein Fehler? Vielleicht. Aber wenn man andauernd Leute mit Talent ausschaltet, hat man irgendwann nur noch Stümper. Hier haben wir danebengehauen. Es hätte aber genauso gut auch anders laufen können. Und wir wissen alle, dass die Jacks seit Jahren einen Weg suchen, uns in die Suppe zu spucken. Das wäre also früher oder später sowieso auf uns zugekommen.«

Überall am Tisch wurde zustimmend gegrunzt.

»Wie kommt er also an seine Informationen?«, fragte Deke. »Das ist die Frage, auf die's ankommt. Ihr kennt ihn. Was übersehen wir da?«

»Ich habe keine Ahnung«, sagte Horse und schüttelte den Kopf. »Ob er sich einhackt? Das ist die einzige Erklärung, die ich dafür hab, aber es ist reine Spekulation. Wir sind ja nicht blöd, es ist nicht so, als würden wir ihm die Sachen fein säuberlich in einer Tabelle auflisten oder so. Die andere Erklärung wäre ein Spitzel.«

Es wurde still im Raum. Dann sprach Deke wieder.

»Wir wickeln die ganze Zeit Geschäfte online ab, Internetbanking, Transfers, was auch immer. Das Geld muss irgendwie bewegt werden, es kann schließlich nicht alles bar ablaufen. Das ist die Realität. Irgendjemand könnte Informationen verbreiten, ohne dass ihm bewusst ist, dass er etwas verrät.«

»Vielleicht über SMS oder über private Mails«, meinte Ruger. »Die geschäftlichen Kommunikationswege sind gut abgesichert, aber wir haben auch private Handys und E-Mail und den ganzen Scheiß. Man kommt heute nicht mehr ohne aus und es wäre ja möglich, dass irgendjemand nachlässig geworden ist. Es könnte sogar ein Kind oder eine Frau sein, keine Ahnung, was die so treiben. Wir müssen unsere Informationen besser schützen und abwarten, was dann passiert.«

»Marie ist oben und versucht, mit Jeff Kontakt aufzunehmen«, sagte Horse. »Ich hab ihr alles genau erklärt, sie weiß, wie ernst die Lage ist. Wenn sie ihn findet, gibt sie mir Bescheid.«

»Können wir ihr vertrauen?«, fragte Picnic und kratzte sich am Kinn. Er sah müde aus. »Du weißt, wie gern ich sie hab, aber diese beschissene Situation bringt uns alle in Gefahr. Sie ist neu im Club. Sie könnte ihm vielleicht was gesteckt haben.«

»Selbst wenn sie Jeff Informationen liefert, ist die Idee von Horse immer noch besser, als die Sache einfach laufen zu lassen«, sagte Max, und das überraschte Horse. »Wenn sie ihrem Bruder mitteilt, dass er sie in Gefahr bringt, dann gibt er seinen Plan vielleicht auf. Es arbeitet mit den Devil's Jacks zusammen, weil er Angst hat und weil er Marie helfen will. Wahrscheinlich hat er's nicht geschafft, das Geld aufzutreiben, und jetzt versucht er, sie auf andere Art hier herauszuholen. Ich wette, er hat keine Ahnung, welche Welle er damit in Gang tritt.«

»Ich lasse Marie hier, bis die Sache ausgestanden ist«, sagte Horse. »Sie ist oben im hintersten Apartment. Hat irgendjemand ein Problem damit?«

Picnic verdrehte die Augen, und Ruger schüttelte den Kopf. Deke lachte, zog ein Messer hervor und fing an, sich damit die Fingernägel zu säubern.

»Ich hab kein Problem damit, Bruder«, sagte er. »Sie ist Eigentum des Clubs. Wir teilen unsere Frauen mit niemandem, egal, warum oder auf welche Weise die anderen sie wollen. Es geht jetzt nur noch um uns.«

Horse spürte, wie die Spannung in seiner Brust nachließ. Er wusste, dass Jeff Marie nichts antun würde, aber was war mit den Jacks? Er hatte gesehen, wie sie eine Frau behandeln konnten.

»Wir sind diesen dreckigen Schwanzlutschern noch etwas schuldig für Gracie«, sagte Deke mit finsterem Gesichtsausdruck. »Wir haben zwar schon etwas unternommen, aber ich bin immer noch der Meinung, dass das bei Weitem nicht genug war. Wir müssen diesen Kerlen zeigen, wer hier das Sagen hat. Wir müssen ihnen mit solcher Wucht in den Arsch treten, dass sie in hohem Bogen aus unserem Gebiet rausfliegen und tot sind, wenn sie wieder auf dem Boden landen. Wenn wir Jensen stoppen können, ist das gut. Aber ich finde, wir sollten auch darüber nachdenken, ob wir nicht vielleicht gegen die Jacks kämpfen wollen, um das zu Ende zu bringen, was wir vor zehn Jahren angefangen haben. Dieser Jensen ist mir völlig egal, ich will einfach nur die Jacks fertigmachen.«

»Oh ja, verdammt noch mal«, murmelte einer der Typen aus Portland, und Horse nickte verständnisvoll. Das Charter in Oregon hatte über Jahre hinweg gelitten, aufgrund ihres eigenen Erlebnisses machte die Bedrohung der Alten Lady eines Bikers sie besonders wütend. Horse wollte keinen Krieg, aber wenn er kam, dann würde er nicht zögern. Die Jacks waren ihnen noch so einiges schuldig.

»Also, ich sehe das folgendermaßen«, sagte Picnic. »Wir verständigen all unsere Charter, und zwar persönlich. Sie sollen sich bereitmachen. Wir überprüfen, ob ihre Informationen ohne Zugriffsmöglichkeit von außen gespeichert sind. Wir legen uns neue Telefone und neue Codes zu. Frauen und Kinder treffen Sicherheitsvorkehrungen. Es mag Marie sein, um deren Kopf es geht, aber gefährdet sind sie alle. Es wäre auch eine Möglichkeit, sie eine Zeit lang ebenfalls hier unterzubringen, vor allem während ihre Männer Richtung Süden unterwegs sind. Glaubst du, dass Marie mit Jensen Kontakt bekommen kann?«

»Ja«, sagte Horse. »Sie hat eine E-Mail-Adresse. Er ist ein schlaues kleines Arschloch, er wird abwarten, bis sie sich mit ihm in Verbindung setzt. Wir könnten ihn benutzen, um die Jacks mit Informationen zu versorgen, und ihm so einen Ausweg anbieten. Haben wir eine Lieferung, mit der wir sie reinlegen könnten?«

»Da hätten wir schon etwas, aber die kommt erst in ein paar Wochen«, sagte Grenade, der Vizepräsident des Charters von LeGrande. »Wenn ihr etwas durchsickern lasst, können wir die Sache vorbereiten. Wäre nicht das Schlechteste, bei der Gelegenheit gleich zurückzuschlagen. Wir könnten ein paar Jungs nach Kalifornien schicken und die Jacks überfallen, während wir gleichzeitig hier auf der Lauer liegen.«

»Keine schlechte Idee«, überlegte Picnic. »Das könnten die Jungs aus Rosenberg übernehmen. Irgendwelche Meinungen dazu?«

»Mir gefällt die Idee, Jeff auszunutzen und die Sache so anzugehen«, antwortete Deke. »Ich würde ungern Männer losschicken, wenn wir nicht ganz sicher sind, dass wir die Jacks völlig unvorbereitet erwischen. Könnte sonst ein Blutbad geben.«

»Damit wäre die Sache klar«, sagte Picnic. »Sollen wir abstimmen? Irgendwelche Gegenstimmen?«

Niemand antwortete.

»Also sind alle dafür.«

Mehrere »Jau« erklangen im Raum.

»Dann wäre das geklärt«, sagte Picnic. »Bleibt ihr Jungs über Nacht? Die Mädels kümmern sich schon ums Essen und um den ganzen Kram.«

»Klingt gut«, sagte Deke grinsend. »Esst und trinkt, solange ihr könnt, Jungs. Morgen gibt es wieder Arbeit. Wer sich mit uns anlegt, kriegt verdammten Ärger.«

»Ja, verdammt noch mal!«, schrie jemand.

Der Gottesdienst war vorbei, es war Zeit zum Feiern.

Horse hatte nicht geplant, sich zu betrinken, aber es fühlte sich gut an, mit seinen Brüdern auszuspannen. Em hatte Maries Sachen geholt, und er hatte sie nach dem Gottesdienst zu ihr nach oben gebracht. Er hatte sie auch mit Pizza und ein paar Flaschen Bier versorgt und eine halbe Stunde lang mit ihr zusammengesessen. Aber sie hatte ihn gar nicht angesehen und ihn nicht einmal geküsst, als er versucht hatte, ihr auf die Pelle zu rücken. Deshalb ging er davon aus, sie könnte ein bisschen Abstand vertragen. Er konnte nachvollziehen, dass sie einiges zu verdauen hatte.

Unten ging es allmählich verrückt zu – so war es immer, wenn sich die Charter trafen, insbesondere wenn Blut in der Luft lag. Und blutiger als mit den Devil's Jacks konnte es gar nicht werden. Die Veranstaltung heute Abend war auch keine Familienparty, das hatte Picnic deutlich gemacht, als er Em weggeschickt hatte, nachdem sie Maries Sachen vorbeigebracht hatte. Horse dachte an Em und grinste. Die Arme, wenn sie so weitermachen musste, würde sie fünfzig Jahre alt sein, bis sie einen Mann gefunden hatte.

Als er in den Hauptraum schlenderte, bekam er ein Bier von einem Mädchen im Minirock mit schenkellangen Fischnetzstrümpfen und einem Bikinioberteil, das so klein war, dass es den Gesetzen der Physik trotzte. Sie legte ihm einen Arm um die Hüften und rieb ihren Busen an ihm. Irgendein Mädel aus dem Line, er erinnerte sich nicht an ihren Namen. Er gab ihr einen Klaps auf den Arsch und schickte sie weg. Es wimmelte auf der Party nur so von Süßärschen und Stripperinnen, ein Zeichen der Gastfreundschaft für die Brüder, die zu Besuch waren. Horse leerte sein Bier auf Ex und gab das Glas einem anderen Mädchen, das vorbeikam. Er wollte ein Wort mit Ruger wechseln, bevor hier alles aus dem Ruder lief.

Ruger war aber weder im Hauptraum noch im Besprechungszimmer, also machte Horse sich auf den Weg ins Büro. Dort bewahrten sie ihre Aufzeichnungen auf, zumindest die offiziellen, und Horse hatte dort auch die legalen Abrechnungen abgeheftet. Es war praktisch und würde die Dinge vereinfachen, sollte im Arsenal jemals eine Hausdurchsuchung stattfinden. Einfach aus Jux hatte er als Köder ein paar Mappen mit dubiosen Papieren und Kontonummern aus Übersee vollgestopft – ihm gefiel der Gedanke, dass irgendein Bulle einen Steifen kriegen würde vor Freude, wenn er diese Unterlagen fand, und dann Monate damit verbringen würde, sie durchzugehen und zu sichten. Horse öffnete die Tür und sah sich Picnic gegenüber, die Hosen um die Fußknöchel, wie er in eine Frau hineinstieß, die mit dem Gesicht nach unten über dem Tisch lag, und ihre Haare hielt, als wären es Zügel.

»Du fängst heute aber früh an«, sagte Horse grinsend. »Kein Wunder, dass du Em so schnell wie möglich nach Hause geschickt hast. Du bist total pervers, weißt du das?«

»Beweg deinen Arsch auf der Stelle hier raus, es sei denn, jemand greift uns an«, murrte Picnic. Horse lachte, machte die Tür wieder zu und ging weiter nach hinten Richtung Werkstatt. Ruger war ein verdammt guter Waffenschmied. Heikle Arbeiten erledigte er gern in dem Raum im Arsenal, weit weg von allen neugierigen Augen, die ihm im Waffengeschäft möglicherweise über die Schulter schauten. Wenn die Jungs, die zu Besuch waren, Hardware brauchten, dann würden sie sie hier finden. Horse riss die Tür auf und sah Ruger an seiner Bank stehen, ein vollautomatisches Sturmgewehr in der Hand, eine seiner Spezialitäten. Mehrere Brüder standen um ihn herum und unterhielten sich, während einer der Männer aus Portland nach der Waffe griff.

»Es ist wunderschön, aber nicht besonders praktisch«, sagte er lachend, während er es in der Hand wog. »Ich kann mir nicht vorstellen, dass es in meine Satteltaschen passt. Es sieht aus, als käme es aus dem Mad-Max-Film ›Jenseits der Donnerkuppel.‹«

»Ja, ich weiß«, antwortete Ruger. »Aber diese idiotischen Militär-Fuzzis können gar nicht genug davon kriegen. Sie glauben alle, sie wären Rambo oder so. Herrenrasse, ach du Scheiße! An diesen Schwachköpfen verdiene ich ein Vermögen.«

»Ruger, hast du mal ’ne Minute?«, fragte Horse. Ruger kam herbeigeschlendert.

»Was ist denn los?«

»Marie ist oben, und ich mach mir Gedanken über die Sicherheitsvorkehrungen für die nächsten Tage«, sagte Horse. »Hast du irgendeine Idee? Ich weiß, dass wir hier nicht genügend Leute für die Bewachung haben, und dachte, wir könnten vielleicht ein bisschen improvisieren?«

»Ich bin dir schon einen Schritt voraus«, lächelte Ruger. Er spielte mit seiner Zunge an seinem Lippenpiercing herum, griff sich seinen Laptop von der Arbeitsplatte und klappte ihn auf. Der Mann sah absolut zum Fürchten aus mit seinen Tattoos, seinem Irokesenschnitt, seinen Ketten und seinen Piercings, aber wenn es um Technologie ging, wirkte er wie ein Kind unter dem Weihnachtsbaum. Ruger öffnete auf dem Laptop die Kontrolltafel mit den Sicherheitsvorkehrungen im Clubhaus. Er klickte auf einen mehrfarbigen Grundrissplan des Arsenals und seiner Umgebung. »Siehst du das hier? Wir haben natürlich die Kameras und die normalen Bewegungsmelder, aber ich habe vor, noch ein paar neue aufzustellen, direkt hier. Wir müssen das ganze Gelände erfassen. Es beunruhigt mich auch, dass wir so wenige Leute haben. Ich will ein paar Fallen aufstellen, die wir per Computer oder Telefon zuschnappen lassen können, wenn es sein muss. Ich weiß, dass wir uns nicht hundertprozentig auf die Elektronik verlassen können, aber in diesem Fall bleibt uns nichts anderes übrig, denn nur so haben wir bessere Möglichkeiten.«

»Können wir irgendetwas vor Maries Zimmer aufbauen?«, fragte Horse. »Ich weiß, das hat nicht gerade oberste Priorität, aber ich würde sie gern im Auge behalten. Nur für den Fall, dass die Jacks eines der Mädels bestechen oder so. Es wird wahrscheinlich nicht zu einem offenen Angriff kommen.«

Ruger kratzte sich am Kopf und dachte nach.

»Ich könnte was für dich installieren«, sagte er. »Aber erst morgen. Wenn ich die Jungs da hinten abgefertigt habe, brauche ich erst mal eine Muschi. Weil wir gerade davon sprechen, bist du dir sicher mit deiner?«

»Du sagst, ich hätte eine Muschi?«, fragte Horse, verschränkte die Arme und hob eine Augenbraue.

»Sei kein Arsch, du weißt, dass ich dein Mädchen da oben meine. Ich hab kapiert, dass du auf sie stehst. Aber sie weiß, dass das Leben ihres Bruders auf dem Spiel steht und dass wir möglicherweise diejenigen sind, die ihn umbringen. Du solltest vielleicht einmal in Betracht ziehen, dass sie bei dieser Sache doch mit Jensen zusammenarbeitet. Sie ist auch nur ein Mensch, Horse.«

Horse schüttelte den Kopf.

»Marie kann ums Verrecken nicht lügen«, antwortete er. »Und selbst wenn sie mir nicht die Wahrheit sagen würde, sie weiß ja gar nichts. Es kann nicht sein, dass er seine Informationen von ihr bekommt.«

»Wenn sie mit ihm redet, dann muss sie ja nicht Jeffs einzige Informationsquelle sein«, erklärte Ruger in ganz vernünftigem Tonfall. »Er könnte sie ausnutzen. Ich glaube nicht, dass sie dich mit Absicht aufs Kreuz legt …«

»Oh doch, sie legt mich mit voller Absicht aufs Kreuz«, sagte Horse.

»Fick dich«, antwortete Ruger grinsend. »Du weißt genau, was ich meine. Sie ist in diesem Moment das Opfer, und sie glaubt an ihren Bruder. Sie erzählt ihm von ihrem Alltag, er hört noch Sachen aus ein paar anderen Quellen, und dann fügt er alles zusammen. Du erzählst ihr nichts über die Geschäfte des Clubs, aber sie weiß natürlich ganz genau, wann wir wegen einer längeren Unternehmung weg sind. Das wissen alle Alten Ladys. Verdammt, er könnte auch auf Facebook mit den Frauen befreundet sein. Vielleicht hat er da ein Profil, wo er sich als ein Mädel ausgibt, das sie kennen. Wenn da genügend Alte Ladys was darüber verlauten lassen, dass ihre Männer unterwegs sind, dann reicht das schon.«

»Verdammt«, murmelte Horse und schüttelte den Kopf. »Darüber hab ich mir noch nie Gedanken gemacht. Das ist ja mehr als beschissen, das ist dir doch klar?«

»Allerdings«, sagte Ruger und fuhr sich mit der Hand über seinen tätowierten Schädel und die kurzen Stoppeln seines Irokesenschnitts. »Du möchtest also Überwachungskameras für sie. Aber im Zimmer willst du doch sicher nichts, oder?«

»Nein, ich will nicht, dass du kranker Arsch zuguckst, wie wir ficken«, antwortete Horse. »Aber ich will sie im Blick haben und sichergehen, dass niemand hier herumlungert und versucht, sie zu erwischen. Weißt du, was ich meine? Ach ja, und ein GPS an ihrem Auto. Ich muss in der Lage sein, sie zu finden. Du musst darauf achten, dass sie dich nicht sieht, ich will sie in Sicherheit wissen und nicht noch mehr erschrecken.«

»Das mach ich morgen. Jetzt brauche ich erst mal jemanden, der meinen Schwanz lutscht, und wenn du deine Alte Lady nicht teilen willst, habe ich höhere Prioritäten als dieses Gespräch.«

Ruger grinste. Horse lachte, legte Ruger die Hand auf die Schulter und drückte so fest zu, dass es blaue Flecken hinterlassen würde.

»Wenn du Marie auch nur anfasst, reiß ich dir die Eier ab.«

»Ja, schon klar«, antwortete Ruger. »So viel zu dem Thema, wie sehr du dich um deine Brüder sorgst, du Dreckskerl. Sprich mich morgen noch einmal darauf an. Ich stell dann die Kameras auf und sorg dafür, dass die Daten nicht nur auf den Computer, sondern auch direkt auf dein Handy übertragen werden.«

»Vielen Dank, Mann«, sagte Horse.

In der großen Halle tobte die Party. Zwei Mädchen standen auf der Bartheke und führten einen Tanz auf, bei dem sie sich anstupsten und sich aneinanderrieben, eine Dritte balancierte liegend Schnäpse auf ihrem Körper, an denen sich jedermann bedienen konnte. Duck, der dreckige alte Perverse, saß auf einer Couch mit einer kaum volljährigen Rothaarigen, und knutschte mit ihr, während ihre Hand zwischen ihnen beiden schwer in Aktion war. Picnic schaute Horse quer durch das Zimmer hinweg an, er war ganz offensichtlich fertig mit seiner wichtigen Angelegenheit im Büro. Er gab Horse ein Zeichen mit dem Kinn und lud ihn ein, sich zu ihm an den Tisch zu setzen, wo auch die Anführer aus Portland und LeGrande saßen.

»Es sind interessante Zeiten«, sagte Picnic, als Horse hinzukam. »Deke sagt mir, dass die Jungs aus Portland schon ganz scharf auf Action sind.«

»Wir sind richtig dankbar für die Ausrede«, sagte Deke. »Die Jacks haben immer schon Ärger gemacht, das wissen wir alle, aber jetzt nerven sie seit einer ganzen Weile wirklich herum. Nicht zu offensichtlich, immer so, dass es gerade noch akzeptabel ist. Sie tragen auf unserem Territorium ihre Jacken, legen sich mit den Unterstützerclubs an, Aktionen dieser Art. Eine Gruppe von ihnen sitzt in der Nähe von Brooklyn Park. Sie hausen da in ein paar beschissenen Mietskasernen und tun so, als ob sie normale Bürger wären. Ich weiß, dass zwei von ihnen die Portland State University besuchen, ist das zu fassen? Die Jacks treiben es aber immer nur so schlimm, dass sie uns keinen Anlass geben einzugreifen. Es sei denn, uns würde die Tatsache reichen, dass es sie gibt und dass sie generell Arschlöcher sind. Keinerlei Respekt haben sie!«

»Sie haben irgendwas vor«, erwiderte Horse, während ein weiteres halb nacktes Mädchen ihm ein Bier hinstellte. »Das haben sie immer. Scheiße, wenn wenn sie uns im Visier haben, dann haben wir jetzt auch was vor.«

Sie lachten alle, denn sie wussten, dass er recht hatte.

»Genau das denk ich auch«, sagte Deke. »Da wir diejenigen sind, bei denen immer wieder was mit den Lieferungen schiefgeht, glaube ich, die Chancen stehen gut, dass die undichte Stelle ganz in unserer Nähe ist. Aber egal, wie gut wir die Jungs kontrollieren, wir haben keinen von ihnen erwischt, wie er Mist baut. Ich wollte dich nach diesem Kerl fragen, diesem Jensen. Wie gut ist er mit Computern? Glaubst du wirklich, er könnte sich einhacken und Sachen von unseren PCs zu Hause runterziehen, so was in der Art?«

»Ja, er ist richtig gut«, antwortete Horse. »Typen wie er sind der Grund, warum ich die Buchhaltung an meinem Laptop ohne WLAN-Zugang abwickle. Ich bewahr den Rechner in einem Safe auf, mach einmal pro Woche ein Back-up und lagere diese Daten in einem zweiten Safe. Das ist die einzige Form von Computersicherheit, auf die wir uns wirklich verlassen können.«

»Das dacht ich mir schon«, sagte Deke. Er zupfte an seinem kurzen schwarzen Kinnbart herum und schüttelte den Kopf. Der President der Portlands war groß, sein langes, schwarzes Harr trug er in einem Pferdeschwanz. Seine Arme waren vollständig mit Tattoos bedeckt. Gerüchten zufolge arbeitete er als Auftragskiller für Regierungskreise. Horse zweifelte keinen Moment daran. »Wir werden diesen Jensen finden«, fuhr Deke fort. »Wir müssen ihn loswerden, es sei denn, er liefert die Jacks an uns aus. Aber selbst dann werden wir ihn unter Umständen töten müssen.«

Horse nickte. Verdammt, das würde Marie umbringen.

»Wenn es darauf hinausläuft, könnt ihr es dann aussehen lassen wie einen Unfall? Vielleicht in ein paar Monaten oder so?«

»Kann ich machen«, antwortete Deke und warf Picnic einen Blick zu, aber der zuckte nur mit den Achseln. »Ich muss dir sagen, ich mach mir ein bisschen Sorgen darüber, wie sehr du dich in der Sache engagierst, Horse. Du scheinst dir mehr Gedanken über die Gefühle deines Mädchens zu machen als darüber, dass jemand den Club bescheißt. Haben wir da ein Problem?«

Horse schüttelte den Kopf.

»Es gibt kein Problem«, antwortete er. »Das hier ist mein Leben, das weiß ich, und sie weiß es auch. Ich hoffe nur, dass ich lebend aus der Sache rauskomme und dabei meine Alte Lady behalte. Wir bringen alle Opfer. Es wäre nur schön, wenn meines nicht größer wäre als nötig.«

»Das hör ich gern«, sagte Deke. »Ich werd's mir merken. Es würde die Sache natürlich vereinfachen, wenn die Jacks Jensen um die Ecke brächten.«

»Das stimmt«, sagte Picnic. »Aber verlass dich lieber nicht darauf – sie haben noch nie was getan, das uns geholfen hätte, und ich glaube nicht, dass sie jetzt damit anfangen. Ich wünschte, wir hätten bessere Kontrolle über den Ablauf, aber es wird wunderbar werden, ihnen eins zu verpassen, besonders wenn man eure Situation bedenkt, Deke. Aber genug jetzt vom Geschäftlichen. Ich weiß, dass ihr Jungs eine lange Fahrt hinter euch habt. Zeit für ein bisschen Gastfreundschaft!«

Picnic schaute sich um und sah ein paar Mädchen in der Nähe stehen. Er pfiff und winkte sie zu sich heran.

»Kümmert euch um Deke und Grenade, ja?«

Sie lächelten und machten sich gehorsam auf den Weg zu den beiden Clubpräsidenten. Picnic sah Horse an und hob eine Augenbraue.

»Hast du vor, heute Abend mitzumachen?«

Horse schüttelte den Kopf.

»Mich erwartet da oben was Besseres«, sagte er. »Ich will ihr nur ein bisschen Zeit geben, sich an das, was hier abläuft, zu gewöhnen, das ist alles.«

»Manche Männer sagen, ein Bruder, der Angst hat, auf einer Party eine Muschi zu genießen, ist selbst eine«, antwortete Picnic. »Wer hat bei euch das Sagen, du oder deine Alte Lady?«

Horse lachte.

»Du laberst vielleicht einen Scheiß«, sagte er. »Als deine Alte Lady noch lebte, warst du ein Mönch, ich hab's doch erlebt.«

Picnic sah nachdenklich aus und nahm einen tiefen Schluck Bier. Dann schaute er auf und sah Horse mir festem Blick an.

»Dafür hab ich mir ganz schön viel Scheiß anhören müssen«, erwiderte er. »Aber ich sag dir, ich würde jeden einzelnen Fick meines Lebens dafür geben, wenn ich nur einen weiteren Tag mit dieser Frau verbringen könnte. Das hier …«, fuhr er fort und wies mit einer Geste auf die Party, » … ist ein großer Spaß, aber es ist nicht das, was wirklich zählt. Wir werden unser Bestes geben, um dein Mädchen zu beschützen. Und wenn wir Jensen ausschalten, dann machen wir es ganz unauffällig, da kannst du dir sicher sein.«

»Danke«, sagte Horse. »Du bist ein guter Bruder.«

»Darauf kommt's schließlich an«, antwortete Picnic und lächelte. »Zurück zu dem, was ich gerade gesagt habe: Meine Alte Lady ist vielleicht nicht hier, aber wenn ich bloß an sie denke, werde ich schon geil. Das Mädel im Büro hat nur die allergröbste Lust gelindert, und ich werde mir jetzt noch weitere Erleichterung suchen.«

Picnic stand auf und ging auf eine Gruppe kichernder Frauen zu. Plötzlich legte sich von hinten eine Hand auf die Augen von Horse, und ein warmer Körper presste sich an ihn.

»Hallo, mein sexy Mann«, sagte eine Frauenstimme. Er erkannte sie auf der Stelle, grinste breit, zog ihre Hände von seinem Gesicht, stand auf und umarmte sie.

»Lange nicht gesehen«, sagte er, trat einen Schritt zurück und betrachtete sie. »Du siehst fantastisch aus, wie immer. Bist gar nicht mehr hier gewesen, was war los?«

Sie lächelte ihn wissend an.

»Ich glaube, ich habe einen neuen Kerl, einen aus Kalifornien, der immer mit seinem Privatjet hierher fliegt. Ich bin schon eine ganze Weile mit ihm zusammen, aber jetzt ist seine Scheidung durch und er hat ein bisschen mehr Freiheit. Wir haben viel Zeit miteinander verbracht. Ich denke darüber nach, mit ihm nach Süden zu gehen, es sei denn, ich finde noch einen guten Grund hierzubleiben …«

Horse verstand die unausgesprochene Frage und schüttelte bedauernd den Kopf.

»Ich bin vergeben, Baby.«

Sie nickte und sah ein bisschen wehmütig aus, aber nicht unglücklich oder überrascht. So war Serena – immer realistisch und außerdem eine gute Freundin. Er war seit der Highschool immer mal wieder mit ihr zusammen gewesen, und unter den Frauen, mit denen er Sex gehabt hatte, war sie eine der wenigen, die er wirklich mochte und denen er vertraute.

»Ich hab schon Gerüchte gehört«, sagte sie, »ziemlich unheimliche Gerüchte, um ehrlich zu sein. Beantworte mir eine Frage, dann lass ich dich in Ruhe. Ist sie deine Gefangene?«

Horse zuckte mit den Achseln.

»Ich hab ihr gesagt, sie kann gehen, dass sie nicht bei mir bleiben muss, aber ihrem Bruder droht eine Strafe. Die Sache ist aber inzwischen völlig aus dem Ruder gelaufen. Jetzt steht ihr Bruder alleine da.«

Serena schaute ihn genau an und schüttelte dann den Kopf.

»Du bist ganz schön hinterhältig«, sagte sie. »Du hast ihr gesagt, dass sie gehen kann? Weiß sie, dass du gelogen hast?«

»Darüber unterhalten wir uns besser nicht«, sagte Horse streng. Serena lachte.

»Okay, mein Großer, ich frag ja nur. Ich hab immer gedacht, wir beide könnten ein tolles Team sein und echt was reißen. Aber ich freu mich für dich, Horse, wirklich. Du bist einer von den guten Kerlen. Gibst du einer Lady einen Drink aus, um der alten Zeiten willen?«

Er hielt ihr den Arm hin, und sie gingen zusammen zur Bar. Jetzt tanzte auf der Theke nur noch ein Mädchen, und sie hatte gar nichts mehr an. Die andere war unten auf einer Couch gelandet und einer der Brüder aus

LeGrande leckte sie, während sie einem anderen einen blies. Bei Horse erweckte dieser Anblick kaum Interesse, er fühlte sich irgendwie alt und erschöpft. Er war zwar vergeben, aber er hätte ja einmal hinschauen können. Aber ganz ehrlich, es erschien ihm einfach langweilig.

Er schnappte sich ein paar Biere von der Bar und sah sich nach einem ruhigen Plätzchen zum Unterhalten um, aber das schien es hier nicht zu geben.

»Lass uns in den Spielsaal hinaufgehen.«

Fast der halbe zweite Stock des Arsenals bestand aus einem großen, offenen Raum, in dem Poolbillardtische, ein Airhockeytisch und einige alte Sofas aufgestellt waren. An einer Wand hing ein riesiger Fernsehbildschirm, der an die Satellitenschüssel angeschlossen war, und es gab sechs verschiedene Arten von Videokonsolen. Später würden hier auch Leute übernachten, aber jetzt war es noch ruhig. Den Flur hinab gab es ein paar Zimmer, die für alle möglichen Zwecke benutzt wurden, von der Abstellkammer für Extrawaren bis hin zu einem Raum zum ungestörten Beisammensein für eine schnelle Nummer. Horse führte Serena zu der Couch vor dem Fernseher. Sie schaute sich um, und ihr Blick fiel auf den Flur.

»Wird das hier heute Abend benutzt?«

Horse grinste und zuckte die Schultern.

»Wer weiß«, sagte er. »Es wird niemand dazu gezwungen. Fängst du jetzt an, über andere zu urteilen?«

Sie schüttelte den Kopf, lachte, beugte sich zu ihm und strich mit der Hand über seine Lederjacke.

»Süßer, ich hab da selbst schon die eine oder andere Nacht verbracht«, sagte sie augenzwinkernd. »Ich glaube, da warst du gerade bei den Marines oder so.«

»Du meinst, du warst mit anderen zusammen, als ich weg war?«, fragte er und drückte sich eine Hand aufs Herz, als wäre er schwer getroffen. Sie brach in Gelächter aus.

»Du kennst mich doch. Ich stehe so lange hinter meinem Mann, wie er da ist und jede Menge Kohle hat.«

Horse lachte mit ihr, er liebte es, dass sie so ehrlich war. Wenn er mit Serena zusammen war, fühlte er sich immer wohl, keine Frage. Ein Teil von ihm wünschte, dass ihm so viel an ihr liegen würde wie an Marie. Sie würden ein gutes Paar abgeben, und sie kannte sich aus im Club, das konnte man mit Fug und Recht behaupten. Sie war ein absoluter Insider. Nein, sagte er sich, das würde nie etwas werden. Sie war zu eng mit dem Club verbunden. Wenn einer von den Jungs sie für sich beanspruchen würde, würden die anderen Alten Ladys sie vermutlich umbringen.

Oder Serena würde die Alten Ladys umbringen, dachte er und warf einen Blick auf ihre langen roten Krallen, die sie Fingernägel nannte.

»Was schaust du so?«, fragte sie und zog eine Augenbraue hoch.

»Ich frage mich nur gerade, wer gewinnen würde, wenn du dich mit den Alten Ladys anlegen würdest«, antwortete er. »Ich bin mir da nicht so sicher.«

Sie brach in so großes Gelächter aus, dass ihr ein bisschen Bier in die Nase stieg, und darüber musste sie noch mehr lachen. Das liebte er an Serena – was immer sie tat, sie tat es ganz offen und ohne jede Heuchelei. Er nahm ihr das Glas aus der Hand und schaute sich nach etwas um, womit er ihr das Bier abwischen konnte. Am anderen Ende der Couch war ein altes Sweatshirt in die Sofaritze gestopft. Er schnappte es sich, beugte sich über sie und machte ihr die Brust und den Schoß sauber. Serena half ihm nicht dabei, sie kicherte noch immer und versetzte ihm einen kleinen Schlag.

»Du versuchst doch bloß, mich zu begrabschen, du alter Lustmolch«, rief sie aus. Er grinste sie an.

»Tja, du kennst mich doch – immer auf der Suche nach dem nächsten Fick.«

Eine Stimme drang durch ihr gemeinsames Gelächter, und jetzt war es Horse, der fast erstickt wäre.

»Jetzt verstehe ich, w-w-w-warum du mir gesagt hast, ich s-s-s-soll oben warten.«

Horse drehte sich um und sah Marie hinter der Couch stehen, eingewickelt in eine Decke, ganz blass und mit klappernden Zähnen.

»Verdammt noch mal«, murmelte er. Serena schaute mit weit aufgerissenen Augen von einem zum anderen.

»Ich nehme mal an, das ist deine Alte Lady?«

KAPITEL ACHTZEHN

Marie

Ich kriegte das Fenster nicht zu.

Es war idiotisch gewesen, es zu öffnen, aber ich leide ein bisschen unter Klaustrophobie. Außerdem war ich ganz allein in diesem Zimmer eingesperrt, und es war nicht besonders groß. Ich hörte den Partylärm von unten und wusste, dass Horse früher oder später nach oben würde. Die Gitterstäbe vor dem Fenster und die Tatsache, dass ich Jeff nicht ans Telefon kriegte und hier auch nicht wegkonnte, ließen mich jedoch ein wenig panisch werden.

Also beschloss ich, das Fenster zu öffnen und ein bisschen frische Luft zu schnappen.

Es klemmte, also rappelte ich an dem alten hölzernen Schieberahmen hin und her, bis ich die Finger dazwischenbekam. Dann stemmte ich mich gegen den Boden und schob mit aller Kraft. Weil ich bei solchen Unternehmungen immer Pech habe, dauerte es keine Sekunde, bis das Fenster reagierte und ganz nach oben schoss. Dort blieb es wieder stecken, es ließ sich nun nicht mehr schließen. Ich brauchte zehn Minuten, um zu begreifen, dass das ein ernsthaftes Problem werden könnte. Das Zimmer war mit einem dieser alten frei stehenden Heizkörper ausgestattet, die man nur über die zentrale Anlage vernünftig regulieren kann. Ich konnte die Heizung also nicht höher drehen und es war hier von vornherein nicht besonders warm gewesen. Die Nacht war kalt, klar und wunderschön, die immergrünen Bäume auf den umliegenden Hügeln waren mit einem Hauch von Raureif bedeckt, wie ein Bild auf einer Weihnachtskarte.

Jetzt wurde es im Zimmer auch kalt und klar, aber nicht ganz so wunderbar.

Natürlich versuchte ich, das Fenster wieder zu schließen. Außerdem zog ich mir eine Jacke über, aber ich hatte nur meine Lederjacke hier, und die wärmte nicht besonders. Ich hatte mich nach einer Winterjacke umgesehen, aber die waren alle so teuer gewesen, und ich gab nicht gerne Geld aus, also hatte ich mich auf Kommissionsläden konzentriert, war aber noch nicht fündig geworden. Ich rannte im Zimmer hin und her und versuchte zu entscheiden, was ich als Nächstes tun würde. Ich kramte in meiner Handtasche und schob die Pistole zur Seite, um an mein Handy zu kommen. Ich hatte die Waffe nicht immer dabei, aber Horse hatte mir aufgetragen, sie bei mir zu tragen, bis sie mit den Jacks abgerechnet hatten.

Ich hatte weder einen Anruf auf der Mailbox noch hatte ich eine SMS bekommen, aber ich hatte meine E-Mails noch nicht gecheckt. Tatsächlich fand ich auf meinen anonymen Account eine neue Nachricht von Jeff. Ich fing an zu lesen und mir sank der Mut.

Schwesterherz, ich bin sehr froh, dass sie Dir nichts getan haben. Du musst das Spiel mitspielen und alles tun, was sie sagen – gib ihnen keinerlei Grund, Dich nicht gut zu behandeln. Ich schicke eine Nachricht als Köder an Deinen normalen Account, in der steht, dass ich drüber nachdenke, mit ihnen Kontakt aufzunehmen. Aber Du musst wissen, dass die Reapers miese Kerle sind und dass sie nicht zögern werden, Dich umzubringen. Die Devil's Jacks auch nicht, aber mit denen habe ich eine Abmachung, sodass Du und ich da mit heiler Haut herauskommen sollten.

Ein paar Dinge solltest Du wissen. Du sagst, mit Dir und Horse läuft es gut, und das macht mir Angst. Er hält Dich hin. Du darfst diesem Mann nicht vertrauen! Ich habe so einiges über ihn erfahren. Hast Du gewusst, dass er in einer Spezialeinheit in Afghanistan gedient hat? Sein Spezialgebiet war

Aufklärung, das heißt, er wurde vorgeschickt, um Informationen zu sammeln und die Drecksarbeit zu machen. Er hat eine Menge Leute umgebracht, und es hat eine Untersuchung darüber gegeben, dass er Zivilisten ermordet hat. Frauen und Kinder, Schwester! Sie wollten ihn vor ein Militärgericht stellen, aber dann haben die Zeugen entweder nicht ausgesagt oder sie sind verschwunden. Die Sache ist vertuscht worden, das ist die einzige Erklärung. Sie konnten ihn noch nicht einmal unehrenhaft entlassen, so raffiniert war er. Hier sind ein paar Links zu Artikeln über das Massaker. Ich habe auch andere Unterlagen gefunden, aber die kann ich Dir jetzt nicht schicken, das ist zu gefährlich.

Dein Freund ist ein Mörder, und wenn er herausfindet, dass Du die Wahrheit kennst, dann wird er Dich wahrscheinlich auch noch töten. Tu alles, was er sagt, und spiel das gehorsame Mädchen. Schreib mir auf dem anderen Mail-Account, und ich tue so, als wäre ich bereit zu kooperieren. Stell Dich dumm und halte dich bereit. Ich werde mich später diese Woche wieder melden, wenn ich ein paar Dinge vorbereitet habe. Denke daran, es reicht nicht, wenn Du einfach in Dein Auto springst und wegfährst. Diese Typen sehen vielleicht aus wie ein Club, aber sie sind wie die Mafia. Wir brauchen einen Fluchtplan für uns alle, für Dich, für mich und für Mom, und ich arbeite daran. Halte nur noch ein bisschen aus!

Ich liebe Dich und es tut mir leid, dass ich Dich in diese Sache hineingezogen habe. Du kannst Dir gar nicht vorstellen, wie leid es mir tut.

Jeff

Ich klickte auf den Link und kam zu einem acht Jahre alten Artikel. Mehrere afghanische Familien waren in ihren Häusern ermordet worden, in einer Gegend, die unter der Kontrolle der US-Alliierten stand, aber auch stark von Kräften der Taliban infiltriert war. Es wurde gegen einen Aufklärungstrupp der Marines wegen Kriegsverbrechen ermittelt. Ein viel jüngerer Horse war abgebildet, eines dieser üblichen Militärverbrecherfotos, die man immer sieht.

Ich schaffte es gerade noch ins Bad, dann übergab ich mich.

Danach lag ich auf dem Bett, zog die Decken um mich herum und lauschte auf den Partylärm. Es verging eine ganze Stunde, ehe ich begriff, dass ich nicht einfach liegen bleiben konnte, egal, wie deprimiert ich war. Es war inzwischen saukalt im Zimmer, und die Decken reichten bei Weitem nicht aus, um mich warm zu halten. Meine Finger waren schon ganz steif. Ich schrieb Picnic eine SMS. Keine Antwort. Ich dachte daran, eine der Frauen anzurufen, aber weil unten die Party lief, wusste ich, dass das keine gute Idee war. Jeff hatte gesagt, ich sollte die Reapers bei Laune halten. Ich ließ mir ungefähr hundert Ideen durch den Kopf gehen und schrieb dann Horse eine SMS. Nichts. Ich rief ihn an. Wieder nichts.

Dann wagte ich mich aus meinem Zimmer heraus in den Flur. Ich wusste, dass es noch andere Zimmer gab, in denen man Gäste unterbringen konnte oder Mitglieder, die zwischendurch Unterschlupf brauchten. Ich wollte in eines dieser Zimmer gehen und mich aufwärmen, während ich wartete. Die Türen waren aber alle abgeschlossen. Jetzt klapperten mir schon die Zähne, und ich hatte Mühe, die Decke um mich festzuhalten. Es führte kein Weg daran vorbei – ich musste nach unten und Horse suchen.

Der dritte Stock des Gebäudes war nur ungefähr halb so breit wie die anderen beiden, nur ein langer Flur, der über die ganze Länge des Gebäudes ging und von dem rechts und links die Zimmer abgingen. An beiden Enden des Flurs war ein Treppenhaus. Die Haupttreppe, über die ich mit Horse hinaufgekommen war, führte über den Spielsaal in den Hauptraum hinab. Aber die hintere Treppe ging am Spielsaal vorbei und man kam unten bei den Büros raus. Da ich davon ausging, auf diesem Weg weniger Aufmerksamkeit zu erregen, stieg ich die hintere Treppe hinunter. Leider war jedoch die Tür vom Treppenhaus zum Erdgeschoss verschlossen. Mir blieben nur zwei Möglichkeiten: wieder hinaufzugehen oder hinaus auf den Hof in die eisige Kälte. Die Wahl fiel mir nicht schwer. Ich stieg wieder hinauf in den zweiten Stock und schob die Tür vom Treppenhaus so leise auf, wie ich nur konnte. Links hörte ich durch eine offene Tür

Stimmen, ein Grunzen und Rufe. Ich ging langsam auf den Raum zu und hoffte, ich würde Horse dort finden.

Was ich sah, schockierte mich gewaltig.

Fünf Männer standen im Zimmer. Ich kannte keinen von ihnen, aber sie trugen alle die Westen der Reapers. Sie standen um ein Bett herum, auf dem eine Frau lag. Die Frau wurde gefickt, und zwar richtig hart gefickt, von einem Mann, der am Rand des Bettes stand und die Hose einfach nur hinuntergeschoben hatte. Er hielt die Frau an den Hüften umklammert.

»Härter, Baby!«, schrie sie auf, stieß einen kleinen Schrei aus und bog den Rücken durch.

»Jesses, diese Schlampe, ich glaub's einfach nicht«, murmelte einer der Männer, und ich erkannte die Stimme: Es war Max. Jetzt sah ich ihn auch, vorher hatte er von mir abgewandt gestanden. Ich blieb wie angewurzelt stehen und konnte mich nicht rühren, ich sah einfach nur zu, als der Mann am Fußende mit einem Grunzen kam. Dann glitt er aus der Frau und ging zur Seite, Max trat vor und nahm seinen Platz ein.

Mein Gott – sie trieb es mit allen! Ich schaute mir ihr Gesicht an und fragte mich, warum sie nicht schrie, damit sie von ihr abließen, aber sie sah eigentlich ganz zufrieden aus. Nicht unbedingt sexuell befriedigt, sondern eher triumphierend. Ich schüttelte den Kopf, wich zurück und schlurfte den Flur entlang. Ich war angeekelt, mir war richtig schlecht. Horse war zwar nicht dabei gewesen, aber das hier waren sein Clubhaus und seine Clubmitglieder. Wusste er über diese Dinge Bescheid? Passierte so etwas hier öfter? Ich kam einfach nicht damit klar und wollte auch gar nicht damit klarkommen. Ich wollte nur noch zu meinem Auto rennen, einsteigen und so schnell und so weit wie möglich von hier wegfahren.

Aber ich dachte an die Mail von Jeff. Das konnte ich nicht machen. Sie könnten mich finden, oder sie könnten ihn finden. Sie könnten es sogar an Mom auslassen. Sie saß zwar im Knast, aber wer weiß, welche Art von Verbindungen solche Kerle hatten. Ich hatte im letzten Winter auf Netflix *Oz – Hölle hinter Gittern* gesehen, deswegen wusste ich, wie es in einer

Strafanstalt zuging. War es in einem Bezirksgefängnis genauso? Ich konnte es mir nicht vorstellen, wollte aber auch nicht das Leben meiner Mutter darauf verwetten. *Du schaffst das*, sagte ich leise zu mir selbst, *du schaffst das, du bist stark und klug, du wirst alles herausfinden. Benimm dich einfach wie eine erwachsene Frau und mach weiter hier.*

Ich ging den Flur entlang, atmete ganz tief ein und aus und zwang mich, ruhig zu bleiben. Im zweiten Stock war es um einiges wärmer, und das war unglaublich angenehm. Ich fror und zitterte immer noch in meiner Jacke und unter der Decke, aber ich würde die Sache überstehen. Ich hatte schließlich schon ganz andere Dinge überstanden, dass mein Dad weggegangen war, von Gary ganz zu schweigen. Ich betrat den Spielsaal und sah ein Pärchen ganz eng zusammen auf der Couch sitzen. Ihre Körperhaltung zeugte von Vertrautheit, sie wirkten wie Leute, die einander seit Jahren kennen und sich miteinander wohlfühlen. Die Frau lachte.

Es waren Horse und eine, die ich nicht erkannte.

»Ich frage mich nur gerade, wer gewinnen würde, wenn du dich mit den Alten Ladys anlegen würdest«, sagte Horse zu ihr. »Ich bin mir da nicht so sicher.«

Das Gelächter der Frau wurde lauter, sie prustete und spuckte ihr Bier aus. Horse schmunzelte, nahm ihr die Flasche ab und fummelte an der Couch herum. Ich sah, wie er sich über die Frau beugte und ihre Brust abrieb, dann verschwanden seine Hände weiter unten. Die Frau kicherte und versetzte ihm einen kleinen Schlag.

»Du versuchst doch bloß, mich zu begrabschen, du alter Lustmolch«, rief sie aus. Er grinste sie an.

»Tja, du kennst mich doch – immer auf der Suche nach dem nächsten Fick.«

Wow. Die Kälte in meinem Körper war nichts im Vergleich zu meinem vereisten Herz. Jeff hatte recht. Ich kannte diesen Menschen nicht, und es war wirklich besser, ihm nicht zu vertrauen. Horse hatte mir etwas versprochen. Ich war eine Idiotin gewesen, ihm zu glauben, und jetzt musste ich bei ihm bleiben und ihm in allem gehorchen. Vor allem aber musste ich so tun, als wüsste ich nicht, dass er aller Wahrscheinlichkeit nach in einem abgelegenen Dorf in Afghanistan Frauen und Kinder ermordet hatte. Ich spürte, wie ich in Panik geriet, also versuchte ich, meine Gefühle zu unterdrücken und sie tief in meinem Inneren zu verbergen. Das würde mir Sicherheit geben. Ich konnte noch nicht einmal wegrennen und mich verstecken – ich konnte schließlich nirgendwo hin. Dann sagte ich etwas.

»Jetzt verstehe ich, w-w-w-warum du mir gesagt hast, ich s-s-s-soll oben warten«, stotterte ich und war selbst alarmiert, wie sehr meine Zähne dabei klapperten. Horse drehte sich um und schaute mich an, sein Gesicht wurde hart und er sah ganz schuldbewusst aus. Ich fragte mich, warum es ihm überhaupt noch peinlich war.

»Verdammt noch mal«, murmelte er Die Frau neben ihm sah mit hochgezogenen Augenbrauen von einem zum anderen.

»Ich nehme mal an, das ist deine Alte Lady?«

»Fuck«, sagte Horse. Er schoss so schnell vom Sofa hoch, dass es gut dreißig Zentimeter über den alten Holzboden rutschte, und kam auf mich zu. Mein Instinkt riet mir, jetzt lieber wegzulaufen, aber ich konnte mich nicht rühren. Er packte mich an den Schultern und schüttelte mich, um seine Worte zu unterstreichen. »Ich hab dir gesagt, du sollst in deinem Zimmer bleiben. Was machst du denn hier unten? Kapierst du nicht, was dir auf einer Party wie dieser zustoßen könnte? Mein Gott!«

Ich antwortete nicht, ich ließ einfach zu, dass er mich schüttelte, und dachte darüber nach, wie absolut irrsinnig mein Leben geworden war.

»Was hast du denn?«, sagte er schließlich, und seine Wut verrauchte, als er die Hand ausstreckte und mein Gesicht berührte. »Verdammt, du bist ja eiskalt! Was zum Teufel ist passiert? Marie, sag's mir!«

»M-m-mein F-F-Fenster hat sich verk-k-klemmt«, brachte ich heraus. »Ich hab v-v-versucht, dich anzurufen.«

Er kramte in seiner Hosentasche, holte sein Handy heraus, machte es an und fand die Benachrichtigungen. Er wand sich regelrecht.

»Scheiße«, sagte er, zog mich in seine Arme und rieb mir den Rücken. »Ich hab's nicht gehört. Es tut mir so leid, ich fass es gar nicht, wie ausgekühlt du bist. Du musst dich aufwärmen. Serena, lauf ins Büro und hol die Schlüssel zum Apartment. Wir treffen uns oben.«

Er nahm mich schwungvoll auf die Arme und trug mich in den dritten Stock hinauf. Zum Glück gingen wir nicht durch den langen Flur und vorbei an der verrückten Frau und der Gruppe von Männern, die sie abwechselnd fickten. Ich glaube, das hätte ich nicht ertragen. Die Frau – Serena – war schnell, denn sie kam mit den Schlüsseln direkt hinter uns hergerannt. Horse hielt vor einem Zimmer am anderen Ende des Gangs und wartete ungeduldig, während sie die Tür aufschloss. Er legte mich aufs Bett, zog mich aus und kümmerte sich nicht um meinen Protest. Dann lag ich ganz nackt unter der Decke.

»Geh rüber in das Zimmer am anderen Ende des Flurs und hol ihre Sachen«, sagte Horse zu Serena. »Und zwar alle. Bring sie hierher und dann schließ das Zimmer ab. Um das Fenster kümmern wir uns morgen.«

Serena verschwand. Ich wollte widersprechen. Es war mir nicht recht, dass die Hure von Horse meine Sachen berührte. Ich biss mir auf die Lippe und dachte an die E-Mail von Jeff. Horse tötete Menschen. Vielleicht Frauen wie mich. Und Kinder. Ich dachte an seine Waffen, mit welcher Leichtigkeit er sie handhabte, wie er mich stundenlang mit meiner kleinen .22er hatte üben lassen. Ich dachte an unseren ersten gemeinsamen Abend, als wir den Streifen mit Johnny Depp geguckt hatten und er davon gesprochen hatte, dass die Nahkampfszenen nicht korrekt dargestellt würden.

Er musste es ja wissen.

Horse krabbelte splitternackt neben mir ins Bett, kuschelte sich an mich und legte sich wie eine große, warme Decke um mich. Mein Körper sehnte sich nach seiner Hitze und nahm sie in sich auf, obwohl ich irgendwie unbeteiligt und gleichgültig blieb. Je wärmer mir wurde, desto mehr zitterte ich, bis mir schließlich von dem ganzen Zähneklappern der Kiefer wehtat und mein ganzer Körper schmerzte. Serena kam irgendwann mit meinen Sachen ins Zimmer, dann machte sie die Tür wieder zu und verschwand. Die ganze Zeit über gab Horse beruhigende Geräusche von sich und streichelte mich sanft, und dieses eine Mal versuchte er nicht, meine Brüste zu berühren oder mir zwischen die Beine zu greifen. Endlich hörte ich auf zu zittern und döste weg.

»Baby«, flüsterte Horse und küsste mich sanft auf den Scheitel und flüsterte noch einmal: »Baby.« Er schüttelte mich ganz sanft. Ich bewegte mich sachte, Horse drehte mich auf den Rücken und stützte sich auf seinem Ellenbogen ab, sodass er auf mich hinabsehen konnte. »Warum war das Fenster offen? Was ist passiert?«

Er klang so besorgt, so liebend. Würde ein Mörder in der Lage sein, solche Gefühle vorzutäuschen? Aber wie oft hatte ich Horse schon angesehen und den Eindruck gehabt, dass in ihm zwei völlig unterschiedliche Menschen steckten – ein guter und ein schlechter, im gleichen Körper gefangen? Ich konnte darüber jetzt nicht weiter nachdenken, er durfte nicht wissen, was ich herausgefunden hatte.

»Ich brauchte ein bisschen frische Luft«, sagte ich und achtete darauf, dass meine Stimme schwach und matt klang. Das fiel mir nicht besonders schwer. »Das Fenster ist stecken geblieben und ich habe es nicht mehr zugekriegt. Es wurde immer kälter im Zimmer, und ich hab zu lange gewartet, ehe ich los bin, um Hilfe zu holen. Es ist alles in Ordnung, mir geht es gut, Horse, ehrlich.«

»Warum sagst du das immer zu mir?«, fragte er, obwohl es schien, als spräche er mit sich selbst. »Du bist stark, immer bist du so stark. Das solltest du nicht sein müssen. Ich hätte für dich da sein sollen. Es tut mir so leid, Baby.«

Ich schüttelte den Kopf, schloss die Augen und drehte mich von ihm weg. Sein Körper an meinem fühlte sich gut an, stark und sicher, so wie immer. Ich spürte, wie sein Schwanz hart wurde und seine Hüften unwillkürlich zuckten. Die schmerzhaft vertraute Chemie zwischen uns kam in Gang, und meine Brustwarzen wurden hart, während meine Beine sich unruhig bewegten. Er begann mich hinter dem Ohr zu küssen, saugte und küsste sich dann einen Weg am Hals entlang bis zu meiner Brust, und es durchfuhr mich heiß. Als er meine Brustwarze in den Mund nahm, schrie ich auf, dann packte ich ihn am Haar und zog ihn weg.

»Ich kann das jetzt nicht«, flüsterte ich. Er seufzte und rollte sich herum, sodass er neben mir auf dem Rücken lag.

»Es ist nicht so, wie du denkst«, sagte er mit harter Stimme. Ich schaute fast panisch zu ihm hinüber. Konnte er nun auch noch Gedanken lesen? Woher wusste er, was ich herausgefunden hatte? Überwachte er etwa mein Handy?

»Serena ist eine alte Freundin«, fuhr er fort. »Wir kennen uns seit Jahren. Wir haben auch miteinander geschlafen, ich will dich nicht anlügen, aber heute Abend war nichts zwischen uns. Wir haben nur Blödsinn gemacht.«

Ich riss die Augen auf, als ich begriff, was er sagte. Serena. Die Frau auf der Couch. Ich spürte, wie hysterisches Gelächter in mir aufkam, und ich schluckte es schmerzhaft hinunter. Das war gut, begriff ich. Das konnte ich als Ausrede benutzen, warum ich sauer auf ihn war. Er nahm an, dass ich deswegen auf ihn wütend war, und er hatte meinen Zorn auch verdient. Er würde gar nicht erfahren müssen, dass mein Kopf voller Bilder war, in denen er afghanische Kinder tötete. Und er würde auch nicht erfahren, dass mir die Sache mit ihm und Serena scheißegal war.

»Du hast es mir versprochen«, sagte ich und ließ die Tränen, die ich bisher unterdrückt hatte, aufsteigen. Da ich nun eine Ausrede dafür hatte, machte es nichts, wenn ich weinte. Die Tränen rannen mir übers Gesicht, und ich schluckte. »Du hast mir versprochen, dass du dich nicht mit anderen Frauen abgibst. An dem Tag, als wir beschlossen haben, es miteinander zu versuchen. Du hast mich angelogen.«

»Ich bin mit keiner anderen Frau zusammen gewesen«, sagte Horse. Seine Stimme klang teils frustiert, teils nach einem Gefühl, das ich nicht benennen konnte. »Ich habe mit einer alten Freundin gesprochen. Sie hat einen anderen in ihrem Leben, und ich habe dich. Ich habe nur ein bisschen die Zeit totgeschlagen und gewartet, bis es spät genug war, um abhauen und zu dir hinaufgehen zu können.«

»Können wir bitte aufhören davon zu sprechen?«, fragte ich und versuchte, weiter von ihm wegzurücken. Aber er hielt mich fest und fasste mich am Kinn, sodass ich ihn anschauen musste.

»Bekämpf mich, wie du willst«, sagte er. »Aber wende dich nicht von mir ab. Lass uns über die Sache reden.«

»Ich will jetzt nicht reden«, flüsterte ich und spürte, wie wieder Panik in mir aufstieg. Er schaute mir forschend ins Gesicht, und sein Mund wurde hart.

»Ist da noch etwas anderes?«, fragte er. »Hast du von deinem Bruder gehört? Sag es mir. Ich bin für dich da, Marie.«

Scheiße.

»Ich seh mal nach meinen E-Mails«, sagte ich schnell und machte mich von ihm los. Ich wollte aufstehen, aber er hielt mich zurück, stand auf und holte selbst mein Handy aus meiner Tasche.

»Hier«, sagte er und reichte es mir. Ich machte es an und klickte auf die E-Mail-App – diejenige, die mit meinem Haupt-Account verknüpft war. Da war sie, die falsche Nachricht, die Jeff angekündigt hatte.

»Er hat geschrieben«, sagte ich.

»Lies mir vor.«

»Da steht: *Es tut mir alles so leid, Schwesterherz. Ich habe Deine Nachricht erhalten, dass ich kommen und mit den Reapers reden soll. Ich glaube, das kann ich nicht. Nichts für ungut, aber ich bin mir ziemlich sicher, dass sie mich umbringen wollen. Sprich Du mit ihnen und finde raus, ob sie einen Deal mit mir machen wollen, und dann sag mir Bescheid. Ich liebe Dich. Jeff.* Das ist alles.«

»So ungefähr hab ich mir das vorgestellt«, sagte Horse langsam und kletterte zurück ins Bett. »Es überrascht mich nicht, dass er mir nicht vertraut. Er hat Angst, und das ist verständlich. Es könnte tatsächlich sein, dass er die Sache nicht überlebt. Aber es macht einen riesigen Unterschied, ob er zu den Jacks hält oder ob er versucht, mit uns Frieden zu schließen. Das muss er kapieren.«

»Worin besteht denn der Unterschied?«, fragte ich, obwohl ich Angst vor der Antwort hatte.

Horse drehte sich auf die Seite, stützte wieder einen Ellbogen auf und legte den Kopf auf die Hand, dann schaute er zu mir herab.

»Du bist der Unterschied«, sagte er.

»Ich?«

»Wir werden dir nichts tun«, sagte Horse, streckte die Hand aus und fuhr die Kurve meiner Wange entlang. »Die Jacks schon, keine Frage. Das müsste er eigentlich wissen.«

»Du hast gesagt, sie würden versuchen, mich zu ihm zurückzubringen«, sagte ich leise. »Er versucht mich zu retten.«

»Die Jacks werden dich schnappen, wenn sie es schaffen, aber sie gehen mit Frauen grausam um. Vor drei Jahren hat die Nichte von Deke, Gracie, Ärger mit ihnen bekommen. Sie ist eine Tochter der Schwester seiner Alten Lady, ansonsten hatte sie keinerlei Verbindung zum Club. Sie entschied sich für ein College in Kalifornien, und es stellte sich heraus, dass ganz in der Nähe ein Charter der Jacks war. Sie ging mit einem Kerl aus, der sehr nett schien, aber er hing immer bei den Jacks herum. Offenbar hatte sie ihm irgendwann mal erzählt, dass ihr Onkel bei den Reapers ist. Sie ist mit dem Typen auf eine Party der Jacks gegangen, und sie haben sie vergewaltigt. Alle nacheinander. Und sie dabei fast umgebracht. Zum Schluss haben sie ihr die Buchstaben ›DJ‹ auf die Stirn geritzt und sie am Straßenrand liegen lassen. Sie haben Deke ein Bild geschickt, das sie mit Gracies eigenem Handy aufgenommen hatten.«

Ich schluckte, und mir wurde schlecht. Dann dachte ich an die Frau im zweiten Stock und fragte mich, ob sie inzwischen mit den Männern fertig war. Was, wenn sie mittendrin aufhören wollte? Würden die Kerle das erlauben?

»Und was ist mit der Sache da unten?«, fragte ich. Mein Mund hatte sich schon über meinen Verstand hinweggesetzt. »Wo ist da der Unterschied?«

Horse neigte den Kopf.

»Was meinst du?«

»Unten ist eine Frau. Ich hab sie in einem der Zimmer gesehen, im zweiten Stock. Ein Haufen Kerle stand um sie herum. Sie haben sie abwechselnd …«

»Fuck …«, murmelte Horse, ließ sich auf den Rücken fallen und fuhr sich mit den Händen durchs Haar. »Was geht denn heute Abend noch alles schief? Es tut mir leid, dass du das gesehen hast, Baby. Ich habe überhaupt nicht daran gedacht. Scheiße.«

»Du hast meine Frage nicht beantwortet. Tun sie ihr weh?«

»Nein!«, sagte er, setzte sich auf und schaute zu mir hinab. »Scheiße, nein. Ich kann kaum glauben, dass du das noch fragen musst! Wir sind doch kein Verein von Vergewaltigern, Marie, verdammt! Wenn sie da drin ist, dann hat sie sich selbst dazu entschieden. Ich will verdammt sein, wenn ich weiß, warum, aber es gibt Frauen, die solche Sachen andauernd machen. Ein paar von den Süßärschen sind einfach so gestrickt, es ist, als würden sie bis an die äußerste Grenze gehen wollen. Ich kann das nicht gerade als vorbildhaftes Verhalten bezeichnen, aber das, was du in dem Zimmer gesehen hast, lässt sich in keinster Weise mit dem vergleichen, was Gracie angetan wurde. Die Jacks haben ihr schwere innere Verletzungen zugefügt, die ich dir nicht einmal beschreiben kann. Sie wird niemals Kinder bekommen können. Sie hat zweimal versucht, sich das Leben zu nehmen, ehe man sie in einer psychiatrischen Klinik untergebracht hat. Verdammt.«

Er sah so aufrichtig verzweifelt aus, dass ich ihm glaubte.

»Wie oft passiert so etwas?«, fragte ich sanft. »Was geht sonst noch so ab auf eueren Partys?«

»Auf den Partys passiert jede Art von Scheiße«, sagte Horse und seufzte schwer. »Aber das betrifft dich wirklich nicht. Heute Abend ist es wüster als sonst, weil Blut in der Luft liegt, das ist alles. Es wird niemand verletzt, und niemand ist gegen seinen Willen hier. Mehr brauchst du nicht zu wissen.«

»Hast du das auch schon einmal gemacht?«

Er schüttelte den Kopf, aber ich wusste nicht, ob er die Frage verneinte oder einfach nur signalisierte, dass ich keine Antwort erhalten würde.

»Muss das wirklich sein?«, fragte er.

»Was denn?«

»Alles aufrühren, was wir beide irgendwann mal getan haben. Ich dachte, das hätten wir hinter uns. Ich bin kein Heiliger, Süße, und das hab ich auch nie behauptet. Aber ich hab dir versprochen, dass ich dich nicht betrüge, und das hab ich auch nicht getan. Und ich werd es auch nicht tun. Ich vertraue darauf, dass es bei dir genauso ist. Ist das nicht genug?«

Ich nickte und fragte mich, ob das Töten von Kindern in die Kategorie »kein Heiliger sein« fiel.

»Du musst Jeff antworten«, sagte er plötzlich. »Je schneller wir das Ganze hinter uns haben, desto besser.«

Ich nickte und griff nach meinem Telefon. Ich brauchte ungefähr drei Minuten, um eine Nachricht zu schreiben. Horse las sie durch, ehe ich sie abschickte. Es war ganz einfach – ich bat Jeff, mich anzurufen, und versicherte ihm, dass ich bei den Reapers in Sicherheit war. Außerdem sagte ihm, dass ich die Jacks für gefährlich hielt und Angst vor ihnen hatte.

Ich legte das Telefon auf den kleinen Nachttisch. Horse streckte die Hand aus, zog mich an sich heran, küsste mich und glitt mir mit den Fingern zwischen die Beine. Ich wehrte mich zunächst, drehte den Kopf weg und machte mich steif. Er streichelte nur auf und ab, langsam und gleichmäßig, dann beugte er sich über mich und liebkoste meine Brüste. Er leckte sie, saugte an meinen Brustwarzen und zuckte mit seiner Zunge darüber, bis ich mich gegen ihn drängte und mehr wollte, obwohl ich mich dafür verachtete.

Jeff behauptete, dieser Mann wäre ein Mörder. Aber als Horse zwei Finger tief in mich einhakte, verfiel ich ihm, ich spreizte die Beine, wimmerte nach mehr und bewegte mich gegen seine Finger. Er glitt auf dem Bett nach unten, ergriff meine Knie, hob sie hoch und legte sie sich über die Schultern, während sein Mund meine Klit bedeckte. Horse besaß eine teuflische Zunge und ließ sie um meinen kleinen Knubbel herumgleiten. Einmal reizte er ihn, dann wieder saugte er so stark, dass ich ein kleines Zwicken verspürte, es aber nicht wirklich wehtat. Diesen Wechsel hielt er eine ganze Zeit lang durch, ich wand mich, stöhnte und schwebte am Rand eines Orgasmus.

In diesem Augenblick schob er mir einen Finger in den Arsch.

Das hatte er immer mal wieder getan, und während ich es einerseits erschreckend fand, genoss ich es auf der anderen Seite. Er hatte auch schon zwei und sogar drei Finger in mich geschoben und mich gedehnt, während er mit meiner Klit spielte. Ein andermal hatte er mich auf alle viere gestellt, von hinten in meine Muschi gestoßen und mir die Finger in den Po gesteckt. Ich wusste, dass er sich Analsex wünschte. Manchmal rieb er den Kopf seines Penis gegen meine hintere Öffnung und drückte ganz leicht. Er war immer unglaublich vorsichtig gewesen, aber ich hatte nicht zugelassen, dass er ihn in mich hineinsteckte. Um ehrlich zu sein, war unser Sexleben so grandios, dass ich diese Abwechslung nicht für nötig hielt. Außerdem hatte ich ein bisschen Angst, weil sein Schwanz so groß war.

Aber heute Abend war irgendetwas anders. Wenn ich daran zurückdenke, frage ich mich, ob er spürte, dass ein Geheimnis zwischen uns stand, obwohl ich versucht hatte, ihn zu beruhigen. Er bearbeitete mich hart mit der Zunge, und ich kam dreimal. Danach war ich nur noch schlapp und zittrig, jeder Muskel meines Körpers war locker und weich. Ich dachte nicht mehr an Jeff oder an die Party oder an irgendwelche anderen Dinge, sondern nur noch an die absolute Erfüllung und die sinnliche Befriedigung, die ich bekam. Dann drehte Horse mich auf den Bauch, hob meine Hüften an und schob ein Kissen darunter. Ich blieb schlapp, als seine Hände meine Pobacken auseinanderschoben, und er mit dem Finger leicht gegen meine Öffnung drückte. Sein Finger glitt sachte hinein.

»Ich wünsche mir das«, sagte er sanft, beugte sich über mich und küsste mich zwischen die Schulterblätter. »Ich muss dich besitzen, ganz und gar. Ich will, dass du vor Lust schreist und begreifst, dass du zu mir gehörst und dass ich zu dir gehöre und dass alles andere egal ist. Ich kann nicht zulassen, dass du mir entgleitest, Baby.«

Ein zweiter Finger kam zum ersten dazu, und ich wackelte ein bisschen mit den Hüften, als ich die Spannung und den Druck spürte. Er führte seinen Penis in meine Vagina ein, glitt rein und raus, eine perfekte Stellung, um den einen Punkt in mir zu erreichen. Seine Finger folgten den Bewegungen seines Schwanzes, sie rieben mich und dehnten mich hinten. Dann zog er seine Finger heraus, und etwas Kühles und Feuchtes tropfte in meine Öffnung. Seine Finger rieben das Gleitmittel tief hinein und wärmten es auf. Dann zog er seinen Schwanz aus meiner Muschi. Er fummelte irgendwo herum, und ich hörte, wie eine Kondompackung aufgerissen wurde.

Ich erstarrte, als er die Spitze seines Schwanzes gegen mein hinteres Loch drückte. Ich hatte Angst, dass es wehtun würde, aber er beruhigte mich und streichelte sanft meinen Rücken, sodass ich mich wieder entspannte. Dann drang er ganz, ganz langsam in mich ein. Es dehnte sich und drückte, aber längst nicht so stark, wie ich es mir vorgestellt hatte. Ich empfand lediglich eine merkwürdige Art des Ausgefülltseins, von dem ich schon durch seine Finger einen ersten Eindruck bekommen hatte. Alle paar Sekunden hielt er inne und ließ mir Zeit, mich an das Gefühl zu gewöhnen, dass er nun in mir war. Dann schob er ihn ein bisschen weiter in mich hinein.

Sein Schwanz muss ungefähr zur Hälfte in mir gewesen sein, als Horse seine Hand unter mich schob und nach meiner Klit tastete. Nach allem, was er bisher mit mir angestellt hatte, war ich unglaublich empfindlich. Er schien das zu wissen, denn er berührte meine Klit nur ganz leicht und strich in kleinen Kreisen über sie, während er sich gleichzeitig immer tiefer in meinen Arsch schob, bis ich seine Bauchmuskulatur am Hintern spürte. Ich bewegte die Muskeln, um mich an den Eindringling zu gewöhnen, und er stöhnte heftig. Ich merkte, wie er in mir zuckte, und ich drückte noch einmal zu.

»Verdammt noch mal«, murmelte Horse und rieb meine Klit schneller. »Du bringst noch irgendwann mal um, Baby.«

Ich seufzte und stöhnte dann, als er anfing, ihn herauszuziehen, da das eine ganz neue Welle an Gefühlen mit sich brachte. Er fing an, seinen Schwanz ganz langsam raus- und reinzuschieben. Das tat zuerst ein bisschen weh, doch der Schmerz mischte sich mit den unglaublichen Gefühlen, die sich in meiner unteren Körperhälfte aufbauten. Er war in mir steinhart, und jedes Mal, wenn ich die Muskeln spielen ließ, rächte er sich, indem er seinen rauen Finger über die geschwollene Spitze meiner Klit gleiten ließ.

Wir folterten uns gegenseitig.

Nachdem er eine Ewigkeit lang alles gelockert hatte, begann er, sich schneller in mir zu bewegen. Er passte dabei immer noch gut auf, aber es war nun schon ein Pumpen und kein langsames Gleiten mehr. Ich merkte, wie ich mich unter ihm wand und mich nach meiner Erleichterung sehnte, während seine Finger versiert mit mir spielten. Mein Verlangen wurde immer stärker, und ich stieß ihm meinen Hintern entgegen, bereit, ein letztes Mal zu kommen. Er spürte das, drückte hart gegen meine Klit und blieb tief in mir. Das brachte mich zur Ekstase. Ein Zittern überlief mich, zusammen mit süßer, bebender Erleichterung. Er stöhnte auf , beugte sich über mich und biss mir in die Schulter, während sein Schwanz tief in mir anschwoll, gefangen gehalten von den Muskeln meines Pos. Dann ging er los, schnappte nach Luft und keuchte gegen meinen Rücken.

Ein paar Minuten lang lag er auf mir, während sein Schwanz allmählich kleiner wurde. Auch das gab mir ein ganz merkwürdiges Gefühl. Er zog seinen Penis aus mir heraus und ging ins Bad. Ich hörte Wasser laufen und die Toilettenspülung gehen, ehe er zurückkam und wieder ins Bett kletterte. Er zog mich in seine Arme und ich lag wie eine schlaffe Puppe an ihn gelehnt, völlig fertig, wund und vollkommen befriedigt.

»Das war unglaublich, Marie«, flüsterte er und küsste mich innig. Ich hatte kaum noch die Energie, ihn zurückzuküssen, und er machte sich los und lachte leise. »Schlaf, Baby.«

Ich kuschelte mich an ihn, mein Körper war vollkommen erschöpft, und ich hatte schon lange aufgehört nachzudenken. Ich schlief sofort ein und träumte nichts.

In der Dunkelheit am frühen Morgen klingelte ein Telefon. Ich grunzte und stupste Horse an. Es läutete immer weiter. Schließlich rührte sich Horse, griff nach seinem Handy und schnappte es sich vom Nachttisch. Ich quengelte, denn er hatte mir dabei die Decke weggezogen und die verhasste Kälte erwischte mich wieder.

»Ja?«, sagte er mit rauer, harscher Stimme. Er hörte einen Augenblick zu, dann spürte ich, wie sich die Atmosphäre im Zimmer veränderte.

»Bist du dir sicher?«, fragte er, auf einmal hellwach und ohne jede Emotion in der Stimme. »Nein, ich habe schon verstanden. Ist jemand bei Cookie?«

Das klang nicht gut – das klang gar nicht gut. Ich setzte mich auf und zog mir die Decke über die Brust. Horse beachtete mich nicht, er war völlig auf den Anruf konzentriert. Ich spürte ein Stechen im Arsch, aber ich achtete nicht darauf. Die vergangene Nacht fühlte sich an wie ein surrealer Traum – ein Traum, an den ich mich noch nicht erinnern wollte.

»Danke«, sagte Horse schließlich. Er ließ das Telefon fallen, rollte von mir weg, stand auf und griff nach seiner Hose. Anspannung und Wellen von Wut gingen von ihm aus und sie waren so heftig, dass ich Angst bekam.

Der Liebhaber von gestern Abend war verschwunden.

»Was ist passiert?«, frage ich ruhig und leise. Er schaute mich nicht an, als er sprach.

»Bagger ist tot«, sagte er und griff nach seinem langärmligen Thermoshirt. Dann schnappte er sich seine Weste. »Er ist vor zwei Tagen gefallen, aber sie haben eine Zeit lang gebraucht, um seine Leiche zu finden, damit sie die Sache offiziell bestätigen konnten. Cookie ist im Krankenhaus, sie ist zusammengebrochen, als sie es ihr gestern Nacht mitgeteilt haben. Ich muss los. Du kannst die anderen Frauen alle anrufen, aber verlass nicht das Arsenal. Wir müssen immer noch aufpassen wegen der Jacks, okay?«

Er sah mich an und wartete auf meine Bestätigung, dass ich seine Anweisungen zur Kenntnis genommen hatte. Ich nickte und er ging ohne ein weiteres Wort.

KAPITEL NEUNZEHN

Ich hatte mich in meinem ganzen Leben noch nie so hilflos gefühlt.

Ich kannte Bagger nicht einmal, abgesehen davon, dass ich ihm ein paarmal über Skye Hallo gesagt hatte. Ich hatte kein Recht, um ihn zu trauern, nicht wie die anderen hier. Aber ich trauerte mit Cookie und Silvie, seiner kleinen Tochter, die nachts nach ihrem Vater weinte und unbedingt mit ihrem kleinen Stoffhund vor die Webcam wollte. Ich wollte irgendwas tun, um zu helfen, selbst wenn ich nur Kleinigkeiten übernehmen würde, wie bei Cookie zu putzen oder für sie zu kochen. Doch ich saß allein in meinem Zimmer und schaute mir einen umwerfend schönen Sonnenaufgang an, während alle anderen, die ich in Coeur d'Alene kennen- und lieben gelernt hatte, trauerten.

Gegen neun rief Horse mich an und sagte mir, ich sollte nach unten gehen und mir etwas zu essen holen. Er warnte mich, dass ein ziemliches Durcheinander herrschte, und ermutigte mich für den Fall, dass irgendwelche von den Frauen mir blöd kämen, sie einfach vor die Tür zu setzen. So, so. Ich musste also weiterhin im Gebäude bleiben, ansonsten war alles in Ordnung. Ich stieg vorsichtig die Treppen hinunter und erwartete die Überreste einer gigantischen Orgie zu sehen. Stattdessen fand ich ein paar erschöpfte Männer vor, die Kaffee tranken, und einen Haufen müder Frauen, die aussahen, als hätten sie einen Kater. Ein paar von ihnen drängten sich in einer Ecke zusammen und weinten. Eine davon war Serena, die Frau, die ich letzte Nacht neben Horse erwischt hatte. Sie kam zögerlich auf mich zu, als erwartete sie, dass ich bei ihrem Anblick ausflippen würde. Ich hatte aber keine Energie dazu, und es schien auch überhaupt nicht mehr wichtig zu sein.

»Hast du Hunger?«, fragte sie. Sie legte mir die Hände auf die Schultern und sah mich an, als würde sie nach irgendwelchen Anzeichen suchen. Ich hatte keine Ahnung, was sie zu entdecken vermutete. Verletzungen, die der riesige Penis von Horse verursacht hatte? Sie weiß doch Bescheid, dachte ich schlecht gelaunt.

»Eigentlich nicht«, beantwortete ich ihre Frage, »aber ich sollte wahrscheinlich eine Kleinigkeit essen.«

»Ich weiß, was du meinst. Komm, wir haben hier drüben Donuts.« Sie führte mich zu einem Tisch auf der anderen Seite des Raumes, auf dem Donuts und ein paar Schachteln mit Kaffeebechern zum Mitnehmen von Starbucks standen.

»Ernsthaft? Starbucks?«, fragte ich. Sie schüttelte den Kopf und zog eine Grimasse.

»Ich wusste, dass die Jungs irgendwas brauchen würden«, sagte sie und zuckte mit den Achseln. »Das war am einfachsten zu besorgen. Iss etwas, meine Liebe. Es wird ein langer Tag.«

»Kennst du Cookie?«, erkundigte ich mich. Ich hatte vor einer Weile versucht, Em anzurufen, aber sie war nicht ans Telefon gegangen, und ich wollte niemandem auf den Wecker fallen. Das Letzte, was sie jetzt brauchten, war, dass sie sich auch noch um mich Sorgen machen mussten. Aber ich wollte wirklich wissen, wie es Cookie ging. Ich konnte mir nicht einmal ansatzweise vorstellen, was sie jetzt durchmachte. Serena zuckte wieder mit den Achseln.

»Ja, aber nicht besonders gut«, sagte sie. »Ich bin nicht gerade die Sorte Frau, die man in der Öffentlichkeit zur Schau stellt, weißt du?«

»Macht dir das was aus?«, fragte ich. Dann biss ich mir auf die Zunge, weil die Frage so unsensibel war. »Tut mir leid, das hätte ich nicht sagen sollen. Entschuldige bitte.«

»Keine Sorge«, antwortete sie mit einem schwachen Lächeln. »Ich will keine Alte Lady sein. Auch wenn du es vielleicht anders einschätzt – ich hätte dazu mehr als einmal die Gelegenheit gehabt. Mir gefällt meine Freiheit. Ich habe meinen Platz hier, und das läuft gut. Außerdem fängt jetzt für mich sowieso etwas Neues an. Aber das hier … das haut mich um. Die Männer wirken immer so stark und man glaubt, dass nichts sie umhauen könnte, verstehst du?«

Ich nickte und wusste ganz genau, was sie meinte. Als ich Horse zum ersten Mal begegnet war, hatte ich ja auch den Eindruck gehabt, dass er so etwas wie ein Terminator war.

»Hast du Bagger gekannt?«, fragte ich. Sie nickte und schenkte sich einen Kaffee ein.

»Ja«, sagte sie, ohne das näher auszuführen. »Er war verrückt nach Cookie, weißt du. Er hat sie nie betrogen. Horse ist auch keiner, der fremdgeht. Gestern Abend lief überhaupt nichts, als du uns gesehen hast. Wir haben uns bloß unerhalten. Ich hoffe, du glaubst uns das.«

Ich zuckte mit den Achseln und wusste nicht, was ich davon halten sollte. Das Leben von Cookie lag in Trümmern, und ich sollte bald einmal meine E-Mails checken und nachschauen, was Jeff so an Spielchen trieb. Die Ereignisse überschlugen sich, ich kam kaum noch mit.

»Hey«, sagte sie und schüttelte mich leicht an der Schulter. »Wach auf, schau mich an. Es ist wichtig.«

»Was?«, fragte ich und versuchte mich zu konzentrieren.

»Er liebt dich«, sagte sie und schaute mir fest in die Augen. »Ich weiß über alles Bescheid, was passiert ist. Alle hier wissen das. Sie erzählen es weiter, weil sie sichergehen wollen, dass überall bekannt ist, dass die Reapers deinem Bruder nichts durchgehen lassen und du als Sicherheit festgehalten wirst. Aber der Grund, warum du in Wirklichkeit hier bist, ist der, dass Horse dich liebt. Hast du das verstanden?«

»Ich weiß wirklich nicht, was ich von der ganzen Sache halten soll«, antwortete ich. »Alles, was ich weiß, ist, dass Cookie jetzt die Hölle durchmacht und ich nichts für sie tun kann.«

»Du kannst mir helfen, dieses Drecksloch in Ordnung zu bringen«, antwortete Serena in scharfem Tonfall. »Es wird eine Trauerfeier geben, und es werden Scharen von Leuten aus der Stadt kommen. Biker aus drei Bundesstaaten werden da sein und Bagger die letzte Ehre erweisen. Wir müssen uns vorbereiten. Das kannst du für Cookie tun. Sie weiß, dass Bagger sich einen riesigen Leichenschmaus wünschen würde. Und der wird hier stattfinden. Wir müssen aufräumen und alles in Schuss bringen. Bist du bereit dazu?«

Ich sah mich um. Serena hatte recht, hier war wirklich ein Generalputz fällig. Wir brauchten auch etwas zu essen, richtig viel sogar. Ich wusste, dass es im Erdgeschoss irgendwo eine Küche gab, aber ich hatte keine Ahnung, wie gut sie ausgestattet war. Konnte man da für so viele Leute etwas zubereiten?

»So ist's schon besser«, sagte Serena und lächelte mich an. »Schön, dass du mitmachst. Ich wusste doch, dass es einen Grund gibt, dass Horse so viel für dich geblecht hat.«

»Was soll das heißen?«, fragte ich überrascht.

Sie neigte den Kopf und sah mich prüfend an.

»Horse hat eine Scheißmenge Geld für dich bezahlt, Mädel«, sagte sie sanft. »Hast du das nicht gewusst? Vielleicht nicht, das gehört nicht zur Geschichte für die Öffentlichkeit dazu …«

»Ich hab keinen Schimmer, wovon du redest«, sagte ich und sah sie misstrauisch an. Ich war mir nicht sicher, ob ich einen weiteren Schock ertragen würde, aber ich musste unbedingt wissen, was sie mit ihrer Bemerkung gemeint hatte.

»Horse hat dem Club fünfzigtausend Dollar aus eigener Tasche gezahlt, damit sie deinem Bruder noch eine Chance geben«, sagte sie unverblümt. »Sie wollten deinen Bruder auf der Stelle töten, aber Horse wollte dich als seine Alte Lady, und er wusste, wie viel dein Bruder dir bedeutet. Er hat den Club ausgezahlt, damit sie deinem Bruder noch eine Chance geben. Wieso weißt du das denn nicht?«

Ich schüttelte den Kopf, mir war ganz schwindelig.

Horse hatte den Club bezahlt, um meinen Bruder zu retten. Horse war ein Mörder, der Frauen und Kinder auf dem Gewissen hatte. Horse bot mir an, mich aufs College zu schicken. Er hatte Nahkampferfahrung und brachte mir das Schießen bei. Eine multiple Persönlichkeit? Zwei Charaktere reichten gar nicht mehr aus ... Aber ich bin ein praktisch denkender Mensch. Ich hatte einen Großteil des vergangenen Tages damit verbracht, benommen und verwirrt zu sein, aber jetzt hatte ich eine Aufgabe.

»In Ordnung«, sagte ich und schob alle Gedanken an dieses Rätsel zur Seite. Ich würde später darüber nachdenken, wie über all die anderen Dinge, die sich inzwischen auftürmten. »Wie wollen wir die Sache angehen?«

»Wir treffen uns mit den ganzen Frauen im Spielsaal«, sagte sie. »Wir kriegen raus, wer einfach nur von der Party übrig geblieben ist und wer wirklich anpackt und hilft.«

Schließlich hatten wir etwa zwanzig mehr oder minder vollständig bekleidete Frauen zusammengetrommelt. Einige der Männer sahen uns interessiert zu, ohne einzugreifen. Serena stand auf und stellte mich als die Alte Lady von Horse vor. Sofort saßen alle ein bisschen aufrechter auf ihren Stühlen. Dann schaute Serena zu mir herüber und wartete offenbar darauf, dass ich das Wort ergriff. Das überraschte mich, denn ich war davon ausgegangen, dass sie das Kommando übernehmen würde, doch sie hielt sich zurück. Ich war die einzige Alte Lady hier und sollte offenbar die Leitung übernehmen.

»Es sieht so aus, als hätten die meisten von euch die Neuigkeiten schon gehört«, sagte ich. »Bagger ist tot, er ist in Afghanistan gefallen. Ich habe Bagger nicht gekannt, aber ich kenne seine Frau und seine Tochter. Das hier ist ganz klar eine wichtige Sache, und wenn ihr was tun wollt und helfen wollt: Das Clubhaus muss sauber gemacht werden, damit wir Leute empfangen können. Ich weiß nicht, wie viel Zeit ihr habt oder wie viel ihr tun könnt, aber wir können jede Unterstützung brauchen. Wer kann dableiben und putzen helfen?«

Ein paar hoben die Hand, aber die meisten schauten weg und wollten mir nicht in die Augen sehen. Eine, ganz klar kein Mädchen, sondern eine Frau, kam auf mich zu.

»Ich kümmere mich um die Gästezimmer und die Apartments im oberen Stock«, bot sie an. Sie war eine große Brünette um die dreißig mit engen Jeans. Sie wirkte auf mich ein bisschen angeberisch. Im Gegensatz zu den andern sah sie sexy aus, aber nicht nuttig, was eindrucksvoll war, wenn man bedachte, wie viele von den anderen Mädchen verkatert waren und Augen hatten wie Waschbären. »Eine Menge Zimmer sind jetzt belegt, aber wir kümmern uns darum, dass draußen auch noch Leute übernachten können. Ein paar müssen wir sicher im Hotel unterbringen, aber viele werden hierbleiben. Wie heißt du? Abgesehen von ›Alte Lady von Horse‹?«

Sie lächelte mich aufrichtig, wenn auch traurig an, und ich beschloss, sie zu mögen. Diese Sache mit den Süßärschen war komplizierter, als ich gedacht hatte, denn offenbar waren das nicht alles hirnlose Schlampen.

»Ich bin Marie. Und wie heißt du?«

»Ich bin Claire«, antwortete sie und streckte mir ihre Hand entgegen. Ich schüttelte sie, ihr Griff war fest und beruhigend. »Ich bin eine Freundin vom Club, seit ich auf der Highschool war, aber ich bin mit keinem der Typen zusammen. Ich bin gestern Abend nur vorbeigekommen, um ein paar Freunde zu treffen, die von außerhalb kamen, du weißt schon.«

Ich zuckte mit den Achseln, weil mir nicht ganz klar war, was sie meinte, aber ich machte mir deshalb keinen Kopf. Es überraschte mich, dass sie mir so großen Respekt entgegenbrachte. Allmählich begriff ich aber auch, dass es gar nicht so erstaunlich war. Es schien bei den Frauen der Reapers eine Hierarchie zu geben, mit den Alten Ladys an der Spitze. Im Moment war es mir jedoch egal, welchen Status die Frauen hatten, wenn sie mir nur helfen würden, das Arsenal für die Bestattungsfeier von Bagger fertig zu machen.

»Freut mich, dich kennenzulernen«, sagte sie mit ehrlicher Freundlichkeit in den Augen, die nur durch eine Form von Müdigkeit beeinträchtigt wurde, die nichts mit einem Kater zu tun hatte. »Wir kriegen das schon hin, mach dir keine Sorgen. Lass dich von niemandem blöd anreden, klar? Du bist eine Alte Lady und von den Mädels hier hat keine das Recht, dir auch nur das Geringste zu befehlen. Nicht einmal ich«, fügte sie bedauernd hinzu. »Aber wenn es dir nichts ausmacht: Ich glaube, ein paar Leute könnten es vertragen, einmal ordentlich in den Arsch getreten zu werden, und das mache ich verdammt gern – falls es dir recht ist?«

Ich warf Serena einen Blick zu.

»Von mir aus ist das okay«, sagte sie. »Sie übernimmt den oberen Stock, ich das Erdgeschoss und du kannst dich um die Koordination fürs Essen kümmern. Ist das in Ordnung?«

»Das klingt prima«, sagte ich dankbar.

Claire drehte sich zu der Gruppe um und klatschte in die Hände, um die Aufmerksamkeit auf sich zu lenken.

»Ihr habt gehört, was Marie gesagt hat«, rief sie laut. »Sie ist freundlich und höflich, aber ich bin es nicht. Bewegt euren Arsch und macht euch an die Arbeit oder macht euch verdammt flott hier vom Acker!«

Etwa eine Minute lang rührte sich niemand. Claire stemmte die Hände in die Seiten und schaute sich im Zimmer um.

»Ich mein's ernst, ihr Miststücke!«, schrie sie, und ich glaubte ihr aufs Wort. »Wenn ihr Freunde des Clubs seid, dann könnt ihr das jetzt beweisen. Ansonsten bewegt euch verdammt noch mal hier raus und ihr braucht nie mehr wiederzukommen, denn dann will euch keiner mehr hier haben. Kapiert?« Vier Mädchen standen auf und verdrückten sich schnell, aber der Rest schien aus seiner Benommenheit zu erwachen. Die Frauen bildeten Grüppchen und fanden sich in Teams zusammen. Innerhalb von wenigen Minuten war die Hälfte von ihnen mit Claire nach oben gegangen, die anderen folgten Serena nach unten. Ich blieb zurück – mit einer Frau, die ich mit Schrecken wiedererkannte: Sie war diejenige aus dem zweiten Stock, die ein ganzes Zimmer voller Männer gefickt hatte.

»Hallo, ich bin Candace«, sagte sie leise. »Ich arbeite bei einem Partyservice. Soll ich dir helfen und mich mit um das Essen kümmern? Ich kenne mich in der Küche aus und ich hab eine ganz gute Vorstellung von dem, was uns erwartet.«

Sie lächelte mich an wie ein ganz normaler Mensch und nicht wie eine Frau, die in der Nacht zuvor mit fünf Männern hintereinander Sex gehabt hatte. Wie konnte sie überhaupt noch laufen? Ich schüttelte den Kopf, und sie sah mich fragend an. Natürlich wusste sie nicht, dass ich sie gesehen hatte.

»Ja, das klingt gut«, sagte ich, und wir gingen zusammen nach unten. Sie führte mich durch die Lounge ans andere Ende des Gebäudes, wo eine Doppeltür zu einem Esszimmer führte, das durch eine Serviertheke von der Küche getrennt war – keine moderne gewerbliche Küche, sondern eher ein Raum, wie er in einem Gemeindezentrum zu finden war. Es gab ein paar große Kühlschränke, einen großen Geschirrspüler und ähnliche Geräte. Leere Servierplatten und Chipstüten lagen überall auf der Theke verstreut, Müll von der vergangenen Nacht, nahm ich an.

»Ich hab schon einige Partys für die Reapers vorbereitet«, erzählte Candace, machte die Lichter an, ging zu den Kühlschränken, öffnete sie und schaute nach, was darin war. »Ich mach ihnen einen guten Preis, und sie passen auf mich auf. Vor ein paar Jahren hat mich mein Ex als Sandsack benutzt. Ich kannte eines der Mädchen, die hier gern auf die Partys ging, und sie hat Ruger Bescheid gesagt. Er und ein paar andere haben angeboten, sich um das Problem zu kümmern, wenn ich ihnen dafür in der Küche des Arsenals helfen würde. Von da an haben sich die Dinge dann weiterentwickelt.«

»Horse hat auch meinen Ex zusammengeschlagen«, sagte ich und fühlte mich plötzlich irgendwie mit ihr verbunden.

»Es ist eine Wahnsinnserleichterung, wenn es zu Ende ist, findest du nicht?«, fragte sie mit einem traurigen kleinen Lächeln. Sie fing an, leere Tüten einzusammeln, und warf sie in einen großen Mülleimer aus Plastik. »Horse ist wirklich ein prima Kerl. Du hast Glück, dass du ihn hast.«

Ich nickte und war mir nicht sicher, ob ich mit ihr über ihn reden wollte. Jeder hier schien zu glauben, dass Horse absolut großartig war – aber kannten sie auch den echten Mann? Kannte ich ihn? Ich spürte, wie mein Telefon vibrierte, zog es hervor und fand eine SMS von Em: *Cookie ist wieder zu Hause. Sie haben ihr Medikamente gegeben, damit sie schlafen kann. Maggs hat gefragt, ob Du Dich um das Arsenal kümmern könntest, einige von uns kommen in ein paar Stunden rüber und helfen. Umarmung!*

Bin schon dabei, schrieb ich zurück, erleichtert, dass ich ihr etwas Positives mitteilen konnte, wie unbedeutend es auch war. Candace und ich räumten zu Ende auf, dann setzten wir uns hin und planten das Essen für den Tag. Ich schickte sie mit meiner Bankomatkarte los, um Lebensmittel zu besorgen. Es waren noch ungefähr fünfhundert Dollar auf meinem Konto und ich hatte noch hundert in bar. Ich war hin und her gerissen – wenn ich fliehen musste, würde ich das Geld brauchen. Aber ich wollte helfen. Die Erkenntnis, dass Horse ganze fünfzigtausend Dollar für mich ausgegeben hatte, ging mir noch immer im Kopf herum und wartete darauf, dass ich mich damit beschäftigte.

Angesichts der aktuellen Situation kam ich zu der Überzeugung, dass ein bisschen Geld auszugeben das Mindeste war, was ich tun konnte.

Als Horse mich an diesem Abend an der Hand nahm und mich nach oben ins Bett brachte, war ich völlig erschöpft. Das Tag war endlos lang gewesen, eine unscharfe Masse an Menschen, die weinten, schrien und, am schlimmsten, einfach nur ruhig dasaßen und ins Nichts starrten.

Candace war fantastisch gewesen. Sie hatte sich in null Komma nichts von der Gruppensexschlampe in eine Küchengöttin verwandelt. Gegen Mittag kam sie mit ungefähr einer Tonne Lebensmittel zurück, so viel, dass ich mir nicht vorstellen konnte, dass wir es je verbrauchen würden, doch als der Tag zu Ende ging, war fast alles weg. Die Partymädchen hatten schwer geschuftet, um das Arsenal sauber zu kriegen, und sie verschwanden, als die Alten Ladys nach und nach erschienen – eine Clubdynamik, die ich immer noch nicht verstand. Überraschenderweise blieben Serena und Candace. Sie hielten sich in der Küche im Hintergrund, aber immer wenn ich mich umdrehte, bedienten sie still die Gäste, brachten ihnen Essen oder Getränke und halfen den paar Gästen, die über Nacht blieben, einen Schlafplatz zu finden.

Die meisten der Besucher waren Mitglieder von verschiedenen Chartern. Sie verließen das Arsenal nach der Trauerfeier, aber ich hatte den Eindruck, sie würden zur Beerdigung wiederkommen. Irgendwann nahm Horse mich zur Seite und sagte mir, dass die Lage mit den Jacks unter Kontrolle sei, ich aber immer noch im Arsenal bleiben müsse.

Alle hatten auf die Nachricht gewartet, wann Baggers Leichnam eintreffen würde, während wir zusammengesessen.

Cookie war zu Hause geblieben, aber Maggs hatte Silvie vorbeigebracht, als die Kleine von ihrem Mittagsschlaf aufgewacht war. Ich hatte sie mit in den Spielsaal genommen und mich ein paar Stunden lang mit ihr beschäftigt, dann hatten wir gemeinsam Abendbrot gegessen. Ich hatte sie in meinem Zimmer gebadet und ihr ihren Schlafanzug angezogen, und Maggs hatte sie wieder nach Hause gebracht. Das arme Kind hatte keine Ahnung, was passiert war, aber es spürte ganz sicher die Spannung, die in der Luft lag.

Jetzt waren Horse und ich endlich allein in unserem Zimmer, und ich wusste nicht, was ich sagen sollte. Ein paar der Jungs waren sichtlich erschüttert gewesen, während andere stoische Ruhe bewahrt hatten. Horse war völlig ausdruckslos, er zeigte nichts – keine Anteilnahme, keinen Schmerz, absolut gar nichts. Er war über den Tag verteilt ein paarmal zu mir gekommen und hatte gefragt, ob ich etwas von Jeff gehört hätte. Das hatte ich nicht, auf keinem der beiden E-Mail-Accounts. Das machte es für mich leichter, denn ich glaubte kaum, dass ich heute Nacht würde lügen können. Ich sah zu, wie Horse sich mechanisch bis auf die Unterhose auszog und sich dann auf seine Seite des Bettes setzte. Er beugte sich vor, saß da, die Ellenbogen auf die Knie gestützt, und schaute einfach nur aus dem Fenster. Ich ging ins Bad und machte mich fertig. Als ich zurückkam, hatte er sich noch immer nicht gerührt. Ich wusste nicht, was ich machen sollte.

»Dort drüben ist es wirklich übel«, sagte er leise. Ich stellte mich vor ihn, streckte die Hand aus und strich ihm durch sein weiches, seidiges Haar. Ich wusste nicht, worauf das hier hinauslaufen würde, aber ich wollte ihm nahe sein und ihm etwas von seinem Schmerz nehmen. »Du hast keine Ahnung, wie es ist. Niemand versteht das. Sie sind wahnsinnig, sie bringen Frauen und kleine Kinder um, ganze Familien. Jeden Tag, Marie! Einmal hatte mein Team seine Zelte in einem Ort aufgeschlagen, dort gab es zwei Jungs, die gerne vorbeikamen und mit uns spielten. Sie waren vielleicht zehn, süße Kinder, und wir mochten sie sehr. Wir spielten ein bisschen Fußball mit ihnen, gaben ihnen Süßigkeiten, so was halt. Der Ball gehörte meinem Kumpel, aber wir gaben ihn den Kindern nach Hause mit, weil wir uns dachten, sie hätten mehr Spaß damit als wir. Es war einfach nur ein Ball. Am nächsten Tag kam nur einer von den Jungs wieder, warf uns den Ball zu und rannte weg. Wir haben später herausgefunden, dass sein Freund und dessen Mutter auf offener Straße erschossen worden waren, weil sie mit den Amerikanern befreundet waren. Es war einfach nur ein blöder Ball, Baby, und dafür musste dieser Junge sterben – und weil wir ihm Süßigkeiten geschenkt hatten. Es ist ein solcher Wahnsinn. Und so ein Scheißdreck passiert da die ganze Zeit! Es ist kaum zu fassen, wie viele Zivilisten dort ums Leben kommen.«

Ich massierte ihm die Kopfhaut und versuchte seine Anspannung zu lindern. Ich wollte ihn zu dem Artikel fragen, aber ich konnte es nicht. Worte schienen so unglaublich abgedroschen im Vergleich zu dem Schmerz, der von ihm ausging.

»Ein andermal kamen wir in ein Dorf, in dem alle niedergemetzelt worden waren«, sagte er mit rauer Stimme. »Der ganze verdammte Ort, alle erschossen zum Teufel! Kinder, Frauen, Männer, selbst die gottverdammten Esel und Ziegen. Alle tot, die Häuser angezündet, alles, was du dir nur vorstellen kannst. Und weißt du, was wirklich völlig bescheuert war? Wir kommen dahin, finden das Dorf so vor, melden es, und am nächsten Tag sind *wir* die Dreckskerle, und es wird gegen uns ermittelt. Offenbar hatten irgendwelche Leute behauptet, wir hätten das Dorf verwüstet. Weißt du, wie völlig irrsinnig das ist? Du gehst in ein Land und willst den Menschen dort helfen, und sie verwenden ihre ganze Zeit und Energie darauf, dich entweder umzubringen oder dir die Schuld in die Schuhe zu schieben.«

Ich war still und fragte mich, ob ich ihm glauben konnte. Horse hatte keinerlei Grund, mir von dieser Sache zu erzählen, es sei denn, er hätte meinen geheimen E-Mail-Account entdeckt. Aber ich war außerordentlich vorsichtig gewesen, hatte den Zwischenspeicher meines Telefons gelöscht, ebenso alle Cookies und den Verlauf, der anzeigte, auf welchen Internetseiten ich gewesen war. Ich hatte die Adresse nicht in meine E-Mail-App übernommen und hatte mich immer nur direkt über die Webseite engeloggt. Konnte er das trotzdem zurückverfolgen?

»Weißt du, was für ein Wahnsinn das ist? Bagger ist für dieses Land gefallen, in einem Krieg, der schon seit *zehn gottverdammten Jahren* tobt. Und hier meinen die Leute, dass sie leiden, wenn sie sich kein neues iPhone leisten können«, sagte er und blickte zum ersten Mal zu mir hoch. Der tiefe Schmerz, der ihm ins Gesicht geschrieben stand, schnitt mir ins Herz, und in diesem Moment wusste ich, dass er mir nichts vormachte. Nicht in diesem Punkt. Jeff hatte unrecht, was Horse anging. Horse mochte viele schlechte Seiten haben, aber er hatte diese Menschen nicht umgebracht. In dem Artikel hatte gestanden, dass gegen Marines ermittelt wurde, nicht aber, wie diese Untersuchung ausgegangen war. Sogar Jeff hatte eingestehen müssen, dass Horse nicht unehrenhaft aus der Armee entlassen worden war.

Horse hatte diese Menschen nicht getötet. Das spürte ich.

Ich fühlte mich so unglaublich erleichtert, dass ich zitterte, aber ich sagte nichts. Was auch immer passieren würde, ich würde Jeff beschützen. Aber das hieß nicht, dass ich alles aufgeben würde, was ich mit Horse hatte. Es musste einen Weg geben, allen beiden Männern, die ich liebte, gerecht zu werden, ich musste diesen Weg nur finden. Horse beugte sich vor, lehnte seinen Kopf an meinen Bauch und zitterte. Er umschlang meine Hüften und zog mich zwischen seine Beine. Ich habe keine Ahnung, wie lange wir so verharrten, aber es schien eine Ewigkeit. Er sagte nichts, sondern hielt mich nur umarmt und zitterte, während seine Trauer aus ihm rauskam.

Schließlich beruhigte er sich und ließ mich los. Ich sah auf ihn hinab, ließ meine Finger über sein Gesicht gleiten und spürte mit dem Daumen, wie weich seine Lippen waren. Er ergriff meine Hand, zog sie zum Mund und küsste die Handfläche. Seine Augen leuchteten auf, er ließ sich rückwärts aufs Bett fallen und zog mich zu sich hinunter.

Wir hatten uns in unserer gemeinsamen Zeit schon auf viele verschiedene Arten geliebt, hastig, langsam, wütend und lachend – aber noch nie so wie jetzt. Er hielt mich fest, als hinge sein Leben davon ab, vergrub die Hände in meine Hüften und breitete meine Beine über seinen Körper, während seine Hüften eindringlich gegen meine schlugen. Ich nahm sein Gesicht in meine Hände und küsste ihn, lange und innig, voller Schmerz darüber, dass er so leiden musste, und voller Erleichterung über das, was ich in ihm gesehen hatte. Ich dachte, mein Herz würde explodieren. Ich konnte nicht fassen, dass ich an ihm gezweifelt hatte. Ich wusste, dass er ein gewalttätiger Mann war, der ein raues Leben führte, aber was er mir gerade erzählt hatte, wie sehr er gelitten hatte – das war keine Lüge gewesen.

Sein Schwanz drückte gegen mich, lang und hart, während ich mich an ihm rieb. Ich trug nur ein T-Shirt und ein Höschen, er hatte nur seine Unterhose an, aber das war trotzdem viel zu viel. Ich wollte nackt sein, sodass ich ihn tief in mir aufnehmen konnte, und wollte ihm meine Liebe schenken, bis die Trauer in seinen Augen sich in etwas anderes verwandelt hatte. Stattdessen schlugen wir aufeinander, zu verzweifelt in unserer Sehnsucht nach Berührung, als dass wir uns lange damit aufgehalten hätten, uns auszuziehen. Ich ließ von seinen Lippen ab, stützte mich rechts und links neben seinem Kopf auf, bog meinen Kopf zurück und verstärkte den Druck zwischen uns.

»Du bringst mich um«, keuchte er und vergrub die Hände so fest in meinem Po, dass es wehtat. »Aber es ist es wert. Ich nehme, was immer du mir gibst. Ich will, dass es nie zu Ende geht.«

Ich ignorierte ihn und konzentrierte mich auf die Begierde, die zwischen meinen Beinen wuchs. Alles in meinem Körper zog sich zusammen und ich merkte, dass ich kurz davor war zu kommen. Ich fühlte mich wie ein Teenager auf der Rückbank eines Autos, so sehr verlangte mein Körper nach ihm. Ich drückte noch heftiger und fühlte ihn direkt unter mir, dann brach es aus mir heraus. Ich stöhnte und erbebte auf ihm.

Ich wälzte mich von ihm hinunter und zog mir das Höschen aus. Horse schob seine Unterhose nur so weit nach unten, dass sein Schwanz freilag und lang und hart zwischen uns heraufsprang. Er streckte die Arme nach mir aus und wollte mich auf sich heraufziehen, aber ich hielt ihn davon ab. Stattdessen beugte ich mich über ihn und nahm ihn tief in den Mund.

Er erzitterte und krallte die Finger einer Hand in mein Haar, während ich meine Zunge um seinen Schwanz gleiten ließ und anfing, ihn mit der Hand weiter unten zu streicheln. Ich konnte seine Welt nicht wieder in Ordnung bringen. Ich konnte Bagger nicht zurückholen und ich konnte nichts ändern, was am anderen Ende der Welt schieflief. Aber ich konnte ihn all das für eine kleine Weile vergessen lassen, und in dieser Hinsicht würde ich keine halben Sachen machen.

Ich saugte an ihm und leckte ihn. Ab und zu zog ich mich von ihm zurück, nahm stattdessen seine Eier in den Mund und ließ die Zunge darübergleiten. Dann wurde ich kreativ und schob ihm einen Finger in den Arsch. Ich saugte ihn stark, drückte und streichelte ihn mit den Fingern, bis er aufstöhnte und sich wand, völlig gefangen genommen und dringend nach Erleichterung verlangend. Er riss mich am Haar und versuchte mich wegzuziehen, aber das ließ ich nicht zu. Stattdessen hielt ich ihn mit Fingern und Mund fest und schluckte triumphierend, als er mit zuckenden und zitternden Hüften in mir explodierte.

Als er fertig war, gab ich ihn frei, setzte mich auf und wischte mir den Mund mit dem Handrücken ab. Er lächelte zu mir hinauf, und obwohl er immer noch traurig aussah, hatte sich die schreckliche Spannung gelöst.

»Danke«, sagte er leise, streckte die Hand aus und fuhr meine Lippen entlang.

»Gern geschehen«, flüsterte ich. »Ich putz mir jetzt die Zähne. Nicht böse sein, ja?«

Er lachte leise in sich hinein und nickte. Als ich zurück ins Bett kam, fand ich ihn nackt. Er nahm mich fest in die Arme und schob mein Bein über seines. Ich empfand tiefen Frieden. Nichts konnte ungeschehen machen, was passiert war, weder das, was ihm widerfahren war, noch den Verlust von Bagger, aber heute Nacht würde er schlafen können.

Ich fühlte mich wie eine sehr, sehr gute Alte Lady.

KAPITEL ZWANZIG

Der Morgen der Beerdigung war eisig. Ich fragte mich, wie viel der Kälte den winterlichen Temperaturen geschuldet war und um wie viel die Wolke der Ungerechtigkeit und der Trauer dazu beitrug, die über uns allen hing. Bagger war kein gläubiger Mensch gewesen, aber Cookie hatte einen Bikerkaplan aus Spokane gebeten, einen Gottesdienst an seinem Grab abzuhalten. Es würde erst eine Totenfeier im Bestattungsinstitut geben, dann eine feierliche Prozession zum Friedhof und dort die Beerdigung.

Maggs und Darcy kümmerten sich um die Organisation, denn Cookie konnte sich nicht mit den Einzelheiten beschäftigen. Ihre Schwiegereltern, die nicht vor Ort wohnten, waren schon alt und am Boden zerstört. Sie waren rührend dankbar für die Unterstützung und konnten an nichts anders denken als an den Verlust ihres Sohnes. Deshalb trafen sich die Frauen des Clubs am Abend vor der Beerdigung im Arsenal zu einer Strategiebesprechung. Offenbar machte sich Cookie besonders Sorgen um Silvie, die auf dem Friedhof dabei sein würde. Es würde sehr kalt sein und sie könnte durchdrehen bei der ganzen Trauer und Anspannung, die in der Luft lagen. Sie verstand immer noch nicht, was mit ihrem Daddy passiert war, und sie schleppte zu jedem Erwachsenen, den sie erwischte, den Laptop zu, weil sie online mit ihm sprechen wollte.

Cookie bat mich als Lieblingsbabysitterin von Silvie, ob ich ihr helfen könne, beim Gottesdienst am Grab ein Auge auf die Kleine zu haben. Falls Silvie mit der Situation nicht zurechtkommen würde, sollte ich sie ins Arsenal bringen, damit sie nicht länger einer Situation ausgesetzt war, die sie so gar nicht begreifen konnte. Natürlich sagte ich zu, also parkte Maggs meinen Wagen am Morgen der Beerdigung vor dem Friedhof. So würde ich Silvie, wenn es nötig wäre, übernehmen können und mit ihr schnell und unauffällig verschwinden. Horse gefiel dieser Gedanke nicht besonders, aber selbst er musste zugeben, dass die Devil's Jacks es nicht wagen würden, die Beerdigung zu stören. Nicht mit hundert Reapers, die aufpassten, ganz zu schweigen von den ganzen Veteranen aus dem nördlichen Idaho.

Ich hatte das Arsenal die ganze Woche über nicht verlassen, aber Em war meine Verbindung zur Außenwelt gewesen. Sie hatte mir sogar ein schwarzes Kleid für die Beerdigung gekauft, und an diesem Morgen fuhr ich mit ihr zum Bestattungsinstitut. Die Männer folgten uns auf ihren Bikes, was in der bitteren Kälte unglaublich ungemütlich sein musste. Es beklagte sich niemand.

Bei einer Bestattung im Winter eine feierliche Prozession auf Motorrädern zu veranstalten schien mir nicht besonders vernünftig zu sein, aber offenbar war das bei der Beerdigung eines Bikers so Sitte. Maggs hatte mich vorgewarnt, aber ich war dennoch verblüfft, als ich Hunderte von Motorrädern vor dem Bestattungsinstitut parken sah. Es waren nicht nur Bikes von den Reapers, sondern auch von den Silver Bastards und einem Haufen anderer Clubs, von denen ich noch nie gehört hatte. Außerdem waren Männer da, die keinem Club angehörten, und Veteranen, auf deren Harleys Fahnen mit der Aufschrift »Kriegsgefangene« und »Vermisste Soldaten« flatterten. Noch viel mehr Bikes waren mit der amerikanischen Flagge geschmückt. Diese Masse an Menschen passte natürlich auf keinen Fall für die Totenfeier in das Beerdigungsinstitut, aber das schien keinem von ihnen etwas auszumachen. Maggs nahm mich mit hinein und ich schaute zu, wie immer noch mehr Leute kamen, geduldig draußen in der Kälte warteten, in kleinen Grüppchen zusammenstanden und leise miteinander sprachen. Ein paar von ihnen klebten Dinge auf den Sarg, die aussahen wie Autoaufkleber, und ich wäre zuerst fast ausgeflippt. Dann begriff ich, dass es Aufnäher für die Unterstützer der Reapers waren und dass anscheinend niemand ein Problem damit hatte. Ich sah Cookie und schaffte es, zu ihr hinüberzugehen und ihr zu kondolieren. Sie lächelte mich an, aber ich glaube, sie erkannte mich noch nicht mal. Aber Silvie erkannte mich. Ich nahm sie auf den Arm und trug sie umher. Das gefiel ihr, und ich überschüttete sie mit Aufmerksamkeit.

Dann war es Zeit, für den feierlichen Umzug in die Autos zu steigen. Ich brachte Silvie zu Cookie, die völlig außerhalb jeder Realität zu schweben schien. Das konnte ich ihr nun wirklich nicht übel nehmen. Als ihre Schwiegermutter versuchte, mir ihr Enkelkind abzunehmen, fing das kleine Mädchen an zu weinen und klammerte sich strampelnd an mir fest.

»Komm mit uns mit«, sagte Cookie plötzlich, als wäre sie aus dem Schlaf hochgeschreckt. »Hauptsache, sie ist zufrieden. Bitte kümmer dich an meiner Stelle um sie, ich brauche deine Hilfe.«

So geschah es, dass ich mit der Familie in der Limousine fuhr, direkt hinter dem Leichenwagen. Das fühlte sich völlig falsch an, so anmaßend, aber Silvie war zufrieden, und Cookie war einfach nicht in der Lage, sich um sie zu kümmern. Wir fuhren in langsamem Tempo durch die Stadt, und ich war verblüfft, wie viel Unterstützung und Beileidsbekundungen wir erfuhren. Ich schätze, ich war draußen im Arsenal von den Ereignissen ziemlich abgeschottet gewesen, aber ich hatte wirklich nicht gewusst, was für eine große Sache Baggers Prozession werden würde. Hier ging es nicht nur um die Reapers und die anderen Clubs. Die ganze Stadt war angetreten, um Bagger im Tod zu ehren.

Es begann damit, dass sechs Polizeiautos, zwei und zwei nebeneinander, mit Blaulicht vorneweg fuhren. Die Reapers waren der Polizei nicht besonders zugetan, aber Baggers Vater hatte Wert darauf gelegt, ihr Angebot, den Trauerzug zu eskortieren, anzunehmen. Also hatte sich niemand dagegen gewehrt. Dann kamen der Leichenwagen und die Familie, aufgeteilt auf drei Limousinen, dahinter das unbeschreibliche Motorengeräusch von Hunderten von Motorrädern. Wir fuhren mitten auf der Sherman Avenue – statt wie ein gewöhnlicher Leichenzug die Hauptstraßen zu meiden, nahmen wir die Hauptstraße, und alle Nebenstraßen waren abgesperrt. Auf den Bürgersteigen warteten Menschen, um Bagger die letzte Ehre zu erweisen. Sie standen stramm, als wir vorbeifuhren. Viele hatten die amerikanische Flagge in der Hand, und wir sahen auch selbst geschriebene Schilder mit Aufschriften wie »Danke schön« und »Wir werden dich nie vergessen«.

Cookie schaute sich alles mit leblosen Augen an, während Silvie fasziniert ihr kleines Gesichtchen ans Autofenster drückte. Als wir schließlich am Friedhof ankamen, hielt die Limousine, und wir stiegen aus. Die Reapers kamen hinter uns, mehr Reapers, als ich je gesehen hatte. Es schienen Hunderte zu sein, später erfuhr ich, dass es um die einhundertfünfundzwanzig gewesen waren. Hinter ihnen fuhren andere Motorradclubs und Veteranenvereinigungen, gefolgt von einer endlosen Autoschlange. Soldaten, die im aktiven Dienst standen, nahmen in Ausgehuniform an der Bestattung teil. Auch die Blaskapelle der örtlichen Highschool, deren Mitglieder schlecht sitzende schwarze Anzüge statt ihrer sonst so farbenprächtigen Kleidung trugen, war anwesend. Es dauerte fast eine Stunde, bis alle einen Parkplatz gefunden hatten, also ließen wir Cookie wieder ins Auto steigen, damit sie dort warten konnte. Ich stieg mit Silvie in eine andere Limousine und ließ sie mit meinem Handy spielen.

Schließlich waren alle da und wir versammelten uns am Grab. Wieder einmal fühlte ich mich viel zu weit vorne dabei für eine Frau, die Bagger nie persönlich begegnet war. So viele Leute hatten ihn gekannt und gemocht. Aber Silvie wollte es so, also stand ich neben dem Stuhl von Cookie und ließ Silvie auf meinen Armen wippen. Der Gottesdienst war eine merkwürdige Mischung aus militärischer Formsache und Bikertradition. Statt der Ehrengarde der Marines hatte Cookie als Sargträger Horse, Ruger, Picnic, Duck und Bam Bam erbeten. Sie trugen den fahnengeschmückten Sarg behutsam vom Leichenwagen zum Grab. Auf der einen

Seite des Sarges gingen drei Männer, auf der anderen nur zwei, das hatte ich noch nie zuvor bei einer Beerdigung gesehen.

»Cookie wollte, dass sie einen Platz für Bolt frei lassen«, flüsterte Maggs neben mir, und ihr blieb die Stimme weg. Ich fühlte, wie mir Tränen in die Augen traten, und ich staunte, dass Baggers Frau selbst in ihrer tiefsten Trauer an Bolt dachte und seine Freundschaft zu ihrem Mann ehrte. Als der Sarg stand, sprach der Geistliche und auch ein paar der Männer vom Club. Die Band spielte die Nationalhymne.

Dann folgten die militärischen Ehrenbezeugungen.

Eine Gruppe von zehn jungen Marines in voller Montur hatte sich während des Gottesdienstes geduldig im Hintergrund gehalten und gewartet. Nun rief ihr Kommandant »Stillgestanden« und erteilte eine Reihe von weiteren Befehlen. Sieben Männer hoben ihre Gewehre und schossen drei perfekt aufeinander abgestimmte gemeinsame Salven ab. Der Klang spaltete die Luft wie Donner, so laut, dass es von den Hügeln zurückrumpelte. Cookie erbebte bei jedem Schuss, als würden die Kugeln ihr gelten. Silvie quiekte, als ich ihr die Ohren zuhielt.

Einer der verbleibenden Marines hob ein Signalhorn an die Lippen und spielte den Zapfenstreich. Die bewegende Melodie klang durch die unheimliche Stille des Friedhofs. Silvie wand sich in meinen Armen und fing an zu jammern. Der Kommandant und der letzte Mann traten behutsam an den Sarg und nahmen die Flagge herunter. Dann traten sie zur Seite und falteten die Fahne sorgfältig zu einem sternenbedeckten blauen Dreieck.

Als es schließlich perfekt war, trat der Kommandant auf Cookie zu und präsentierte ihr mit einer Verbeugung die Fahne. Seine Stimme klang durch die kalte, stille Luft.

»Im Namen des Präsidenten der Vereinigten Staaten, des Oberbefehlshabers des Marine Corps und der dankbaren Nation bitte ich Sie, diese Fahne entgegenzunehmen als Symbol unserer Wertschätzung für den Dienst Ihres geliebten Mannes für sein Vaterland und die Truppen.«

Cookie nahm die Fahne entgegen und drückte sie an die Brust. Sie war völlig still, während Baggers Mutter laut schluchzte. Silvie verzog das Gesicht und fing auch an zu weinen. Ich entschied, dass es für sie jetzt genug war. Ich bahnte mir einen Weg durch die Leute nach hinten und ging rasch über das überfrorene Gras, was das kleine Mädchen abzulenken schien. Ich setzte sie in den Kindersitz, den ich jetzt dauerhaft in meinem Wagen installiert hatte, stieg ein und wollte den Motor anstellen, damit die Heizung lief. Ich erschrak, als jemand ans Fenster klopfte, und stieß einen leisen Schrei aus, sodass Silvie erneut in Tränen ausbrach.

Draußen stand Max.

Ich hätte am liebsten aufs Gaspedal getreten und ihn über den Haufen gefahren. Stattdessen ließ ich das Fenster einen winzigen Spalt herunter und starrte ihn an.

»Ich muss Silvie hier wegbringen«, sagte ich in eisigem Tonfall.

»Ich weiß«, sagte er. »Schau mal, es tut mir wirklich leid, was passiert ist. Was ich getan habe, war völlig indiskutabel, und es gibt nichts, was ich tun oder sagen könnte, um das wiedergutzumachen. Aber ich mache mir Sorgen, wenn du alleine losfährst. Ich habe gerade eine SMS von einem Freund bekommen, darin steht, dass er vier Kerle von den Devil's Jacks bei Zip's essen gesehen hat. Sie können nur aus einem einzigen Grund in der Stadt sein, und ich glaube nicht, dass du sicher bist, wenn du jetzt alleine fährst. Ich will nur sichergehen, dass ihr beide ins Arsenal zurückkommt.«

»Du bist echt der letzte Mensch, dem ich vertrauen würde«, sagte ich kopfschüttelnd.

»Das weiß ich«, antwortete er mit reumütigem Gesichtsausdruck, der mir durchaus echt schien – aber wer konnte das schon so genau wissen? »Das habe ich verdient. Aber Horse sollte jetzt die Beerdigung nicht verlassen müssen. Wenn er auch nur die geringste Ahnung hätte, dass die Jacks in der Stadt sind, wäre er jetzt hier bei dir. Aber denk einmal drüber nach – so wie heute alle neben der Spur sind, könnte die Sache ganz schön hässlich werden, wenn es zu einer Konfrontation kommt. Horse ist in keiner guten Verfassung.«

Da hatte er recht.

Ich wollte nicht, dass Horse im Knast endete. Ich wollte nicht, dass irgendjemand im Knast endete, und ich wollte auf gar keinen Fall, dass Baggers Beerdigung in einem Debakel endete.

»Lass mich bei dir ins Arsenal mitfahren«, sagte er. »Ich behalte die Hände bei mir und ich halte auch die Klappe. Schick Horse eine Mail, dann weiß er, dass wir zusammen gefahren sind. Dann sendest du ihm noch eine, sobald wir angekommen sind. Die wird er lesen, sobald der Gottesdienst am Grab zu Ende ist. Damit müsstest du dich doch schon um einiges sicherer fühlen, oder? Und wenn du es nicht für dich selbst machen willst, dann tu es bitte für Silvie. Wenn die Jacks dich sehen, dann setzen sie sich in Bewegung, und sie schnappen dann nicht nur dich, sondern auch Silvie. Ich darf nicht zulassen, dass Baggers Kind etwas passiert. Das ist das Einzige und Letzte, was ich für ihn tun kann.«

Das überzeugte mich. Max hatte recht – was auch immer zwischen uns geschehen war, Silvie musste in Sicherheit gebracht werden, und ich wollte Horse auf keinen Fall von der Beerdigung wegzerren. Ich verabscheute Max zwar, aber dem Club gegenüber war er völlig loyal. Horse hasste Max auch, aber er hatte mir immer wieder versichert, dass er jedem einzelnen Reaper sein Leben anvertrauen würde. Max war noch immer einer seiner Brüder. Ich hatte Angst, dass die Jacks mich erwischen könnten, aber ich fürchtete mich noch mehr davor, dass sie Silvie etwas antun könnten. Sogar Max in seinen schlimmsten Momenten wäre besser als das.

»Steig ein«, sagte ich seufzend. »Sprich nicht mit mir und fass mich nicht an.«

Er nickte, ging um das Auto herum zur Beifahrertür und stieg ein, während ich Horse rasch eine Mail schickte. Dass er nicht nach den Autoschlüsseln griff, beeindruckte mich – Horse ließ mich nie fahren, und nach allem, was mir die anderen Frauen erzählt hatten, war das ein häufiger

Streitpunkt. Die Reapers hatten gern die Kontrolle. Ich schaltete das Radio an und fuhr auf dem kürzesten Weg ins Arsenal. Max hielt Wort. Er sagte nichts, er berührte mich nicht. Es passierte überhaupt nichts, bis ich den Motor ausmachte.

»Ich bringe dich rein und überzeuge mich davon, dass die Anwärter die Sache im Griff haben«, sagte er. »Dann fahre ich zurück und gebe Picnic und den Jungs Bescheid, dass du hier bist. Keiner will den Empfang oder die Feier verlassen, aber wir müssen aufpassen. Geh nicht nach draußen, in Ordnung?«

Ich nickte und war noch immer nervös, als er mich anschaute. Ich hatte mich in der Nähe dieses Mannes nie ganz sicher gefühlt. Wir gingen hinein und trafen Painter und ein paar andere Anwärter aus verschiedenen Chartern an. Painter sah nicht besonders begeistert aus, als er mich und Max sah, aber ich schaute ihm in die Augen und blinzelte ihm ein schnelles »Alles klar« zu. Dann nahm ich Silvie mit in die Küche, und wir aßen ein Sandwich. Während sie futterte, schrieb ich Horse eine SMS und teilte ihm mit, wo ich war und dass Max mich ohne Zwischenfälle hierher gebracht hatte. Er antwortete nicht, und das überraschte mich nicht. Ich brachte Silvie in mein Zimmer hinauf und legte sie hin, damit sie ein Mittagsschläfchen halten konnte. Ich war dankbar, dass ich hatte helfen können, und irritiert, dass Max es geschafft hatte, anständig zu bleiben.

Gegen sieben Uhr kam Dancer und nahm Silvie mit zu einer befreundeten Familie. Zu diesem Zeitpunkt waren seit Stunden Leute ins Arsenal geströmt. Cookie riss sich so weit zusammen, dass sie mit ihrer Tochter zu Abend aß und ihr etwas vorlas, ehe sie dann mit Dancer wegfuhr. Ich ging los und suchte Horse, denn ich wollte sehen, wie es ihm ging.

Ich fand ihn draußen an einem großen Lagerfeuer mit einer gemischten Gruppe aus Reapers, Silver Bastards und Familienmitgliedern. Wie es für einen Leichenschmaus üblich war, hatte das Ganze nüchtern begonnen, wurde nun aber immer lauter, während die Leute Bier tranken und sich Geschichten erzählten. Ich trat von hinten an ihn heran, schlang ihm die Arme um den Bauch und drückte mein Gesicht an seinen Rücken. Nach einer Weile zog er mich nach vorn, legte mir die Arme um die Schultern, beugte sich vor und flüsterte mir ins Ohr.

»Danke für alles, was du heute getan hast, Baby«, sagte er. »Tut mir leid, dass du mit Max fahren musstest. Aber du hast die richtige Entscheidung getroffen. Wir haben die Jacks ein paarmal gesehen, sie planen auf jeden Fall irgendetwas. Es ist gut, wenn die Sache bald ein Ende hat.«

Ich lehnte mich nach hinten an ihn, nahm seine Wärme in mich auf und dachte daran, dass wir bald zusammen nach Hause zurückkehren würden. Ich hatte das Arsenal wirklich satt. Ich hoffte nur, dass sie die Jacks loswerden würden, ohne dass Jeff dabei etwas geschah …

»Wird es gefährlich?«, fragte ich.

»Nicht, wenn wir es richtig anstellen«, sagte er. »Wir sind nicht blöd, und es ist nicht das erste Mal, dass wir etwas schützen müssen, das uns gehört. Mach dir keine Sorgen, Süße. Heute Abend geht es nur um Bagger.«

Nach einer Weile wurde mir kalt, also ging ich rein. Ich sah Maggs und einen Haufen anderer Frauen, die ich nicht kannte, um die Kücheninsel stehen und eine Flasche Jack Daniels herumreichen. Mir war nicht gerade nach Trinken zumute, aber ich stellte mich dazu, als Maggs mich heranwinkte. Ich lernte, dass die Schwesternschaft der Bikerfrauen größer war, als ich geahnt hatte. Ich sah Respekt und Willkommen in ihren Augen, als Maggs mich als Eigentum von Horse vorstellte – und zum ersten Mal machte mir diese Wortwahl nichts aus. Es bedeutete für uns einfach etwas anderes als für den Rest der Welt.

Für uns.

Ich merkte, dass ich jetzt voll und ganz zu ihnen gehörte. Das hier waren meine Schwestern, Horse war mein Mann, und ich konnte allen Männern hier vertrauen. Sie würden auf mich aufpassen, sogar Max. Ich konnte ihn immer noch nicht leiden und in seiner Nähe lief mir ein Schauer über den Rücken, aber heute hatte er auf mich und Silvie auf seine eigene merkwürdige Art aufgepasst. Bisher hatte ich nichts anderes erlebt, als dass

Mom, Jeff und ich gegen den Rest der Welt kämpften – und es war ein wunderbares Gefühl, nun Verstärkung zu bekommen.

Um neun erklang ein Horn, das alle nach draußen zum Feuer rief. Ich folgte den Frauen, fand Horse wieder und kuschelte mich in seine Arme, um mich warm zu halten, während Picnic feierlich vortrat. Cookie stand ganz in der Nähe, rechts und links neben ihr Maggs und Dancer. Sie sah sehr angeschlagen aus, aber ihr Blick war konzentriert. Sie trug noch immer ihr schwarzes Kleid, aber sie hatte ihre »Eigentum«-Weste darübergezogen und ihre hohen Schuhe gegen schwarze Lederstiefel getauscht.

»Heute verabschieden wir uns von einem Bruder und Freund«, sagte Picnic heiser. »Er hatte durch und durch verstanden, was Bruderschaft bedeutet und dass ein echter Mann, was auch immer geschieht, niemals geht, bevor der Kampf zu Ende ist. Was auch passiert, wir halten zusammen. Bagger hat sein Leben gegeben, als er mit seinen Brüdern in Afghanistan stand, und wir werden ihn den Rest unseres Lebens ehren.

Er hat den Aufnäher der Reapers seit zehn Jahren getragen und ihm immer Ehre gemacht. Als er zu seinem Auslandseinsatz einberufen wurde, hat er mir seine Farben gegeben. Jetzt gehört er zu den Freebirds und braucht seine Aufnäher nicht mehr. Es ist an der Zeit, sie ihm zurückzugeben. Wir werden ihn niemals vergessen. Reapers forever, forever Reapers.«

Viele der Männer, auch Horse, wiederholten diese Worte wie ein Mantra. Dann wurden alle still, und die ersten Takte von Lynyrd Skynyrds »Free Bird« erklangen. Picnic trat ans Feuer, hielt Baggers Kutte hoch, sodass wir sie alle sehen konnten, und stand kurz davor, sie loszulassen, als Cookie einen Schrei ausstieß.

»Warte!«, rief sie und machte sich von Maggs los. »Warte auf mich. Ich will meine auch verbrennen. Sie gehören zusammen.«

Ich sah zu, wie sie ihre Kutte mit der Aufschrift »Eigentum von Bagger, Reapers MC« auszog und sie über die von Bagger legte.

»Sie müssen zusammenbleiben«, sagte sie, und ihr versagte die Stimme. Picnic schüttelte den Kopf, und Maggs ging zu ihr und nahm sie am Arm.

»Du wirst sie einmal wiederhaben wollen«, sagte sie. »Heute Abend kannst du nicht klar denken. Bagger würde wollen, dass du sie behältst.«

»Sie gehört zu seiner Weste«, antwortete Cookie mit fester Stimme. Cookie und Picnic starrten einander eine Minute lang an, während das Lied weiterlief. Dann nickte er sein Einverständnis. Cookie seufzte erleichtert und ließ sich von Maggs vom Feuer wegziehen, jetzt wieder mit zittrigen Beinen, als hätte diese Szene ihr die allerletzte Energie genommen. Das Lied erklang noch immer, als Picnic die beiden Lederwesten mit ihren Aufnähern ins Feuer warf. Überall um mich herum hörte ich Frauen schluchzen, und die Männer zwinkerten mit verdächtig feuchten Augen. Nur allzu schnell war das Lied zu Ende, und die Kutten verbrannten im Feuer.

Es war offiziell. Bagger hatte die Reapers hinter sich gelassen.

Eine Stunde später stand ich in der Toilette beim Spielsaal und richtete mir das Haar. Am liebsten wäre ich gegangen. Horse brauchte Abstand und wollte bei seinen Brüdern sein. Die Frauen waren freundlich, aber ich kannte die meisten nicht und ich wollte sie in ihrem Kummer nicht stören. Hinter mir rauschte die Toilettenspülung, und Cookie trat aus einer Kabine.

»Hallo«, sagte ich verlegen, weil ich nicht wusste, was ich sonst sagen sollte. Ich wollte sie nicht fragen, wie es ihr ging, oder irgendeine Plattitüde äußern.

»Hallo«, murmelte sie und wusch sich die Hände. Sie schaute in den Spiegel und dann zur Tür. Dann holte sie tief Luft und berührte mich am Arm.

»Ich muss hier raus«, sagte sie ganz sachlich. »Kannst du mich nach Hause bringen? Es sind alle besoffen und ich finde keinen, der mich fahren kann. Bist du nüchtern? Du siehst nüchtern aus.«

»Ja«, sagte ich erstaunt. »Willst du wirklich gehen? Wir sind hier alle für dich da …«

»Ich muss jetzt sofort weg«, sagte sie und schüttelte mit unnatürlicher Ruhe den Kopf. »Ich halte mich nur noch mit Mühe aufrecht, und wenn ich noch länger seinen Namen höre oder mir irgendwelche alten Geschichten anhören muss, dann breche ich zusammen, und ich möchte nicht, dass das vor Publikum passiert. Nicht nur das – alle sagen mir, ich solle heute Nacht nicht allein sein, und sie würden mich wahrscheinlich gar nicht gehen lassen. Das ist aber nicht das Richtige für mich. Ich werde nichts Unbedachtes tun, aber ich ertrage es nicht, auf dieser Feier zu sein, wenn ich nur an eines denken kann – daran, dass mein Mann tot und kalt keine zwei Kilometer von meinem Haus entfernt in der Erde liegt. Wirst du mich nach Hause fahren?«

Darauf gab es nur eine einzige Antwort.

»Ich hole meine Tasche, wir treffen uns draußen.«

Ich rannte nach oben, schnappte mir meine Sachen und versuchte zu entscheiden, ob ich Horse Bescheid sagen sollte oder nicht. Ich wusste, dass die Jacks draußen unterwegs waren. Aber Horse brauchte Zeit, um zu trauern, und ich wollte sie ihm nicht nehmen. Vielleicht würde ich einen Anwärter finden, der uns begleitete? Painter stand mit ein paar anderen im Hof, aber als ich zu ihm ging und ihn bat, mit mir und Cookie zu ihr zu fahren, sagte er, er müsse erst mit Picnic sprechen. Cookie lief schon nervös vor meinem Auto hin und her, und ich erkannte, dass sie kurz davor war zusammenzubrechen. Was, wenn Picnic nicht wollte, dass sie ging? Da kam Max um die Ecke, und ich fasste einen spontanen Entschluss.

»Bist du nüchtern?«, fragte ich ihn. Er blieb stehen, sichtlich überrascht.

»Ähm, ja, das bin ich«, antwortete er. »Ich wollte fit sein, falls die Jacks auftauchen. Warum?«

»Cookie muss nach Hause, und ich fahre sie«, sagte ich und legte die Karten auf den Tisch. »Ich habe Painter gebeten, mit uns zu fahren, aber er sagte, er müsse das erst mit Picnic klären, und Picnic lässt sie vielleicht nicht gehen. Wir müssen hier weg, und zwar sofort. Würdest du uns begleiten?«

»Sicher«, sagte er. Wir stiegen alle zusammen in mein Auto ein, Cookie nahm auf der Rückbank Platz. Während der Fahrt fing mein Telefon an zu klingeln, sowohl Picnic als auch Horse versuchten mich zu erreichen, also ließ ich die Mailbox angehen. Ich würde mich später um die negativen Konsequenzen meines Handelns kümmern, nachdem ich Cookie abgesetzt hatte. Auf dem Weg sagte keiner von uns ein Wort, und als wir bei Cookies Haus ankamen, dankte sie uns nur ganz knapp und lief hinein.

»Glaubst du, dass sie hier in Sicherheit ist?«, fragte ich Max. »Ich meine, vor den Jacks?«

»Sie werden ihr nichts tun«, sagte er. »Sie ist die Witwe eines Kriegshelden, und es sind jede Menge unserer Leute in der Stadt. Wenn die Jacks es auf sie abgesehen hätten, dann würden sogar ihre eigenen Support Clubs sich gegen sie stellen. Sie ist unantastbar. Aber du bist es nicht. Wir sollten zurückfahren.«

Mein Telefon klingelte erneut, und ich ging ran, um Horse zu beruhigen.

»Hallo, Baby, es tut mir leid …«

»Marie, ich bin's, Jeff.«

Ich erstarrte und schaute Max an.

»Ah, hallo«, sagte ich und versuchte, freundlich und beiläufig zu klingen. »Momentchen.«

Ich stieg aus dem Auto und ging ein paar Meter die Straße hinab, sodass Max mich zwar noch sehen, aber nicht hören konnte.

»Warum rufst du mich denn an?«, fragte ich. »Du solltest mir doch mailen. Was, wenn jetzt jemand anderes drangegangen wäre? Es ist schon nach Mitternacht! Was, wenn ich mit Horse im Bett gelegen hätte?«

»Tust du aber nicht«, antwortete Jeff. »Ich weiß, dass im Arsenal ein Leichenschmaus stattfindet. Bist du dort?«

»Nein, ich musste jemanden nach Hause bringen«, antwortete ich rasch. »Woher weißt du von der Sache?«

»Ich bin über alles, was sie tun, informiert«, erklärte er. »Ich habe jetzt alles vorbereitet, es ist Zeit, dass wir verschwinden. Ich will, dass wir uns draußen bei Horse treffen. Ich bin da in der Scheune.«

»Was? Wie ist das denn möglich?«

»Ich habe jetzt keine Zeit, dir das zu erklären«, sagte er scharf. »Du musst deinen Arsch hierher bewegen, damit wir los können. Ich erklär dir dann alles auf der Fahrt.«

»Ich bin aber nicht alleine, Max ist bei mir.«

»Dann häng ihn ab«, fuhr Jeff mich an.

»Ich glaube nicht, dass ich das kann«, antwortete ich. »Die Reapers machen sich Sorgen wegen der Jacks. Max wird nicht einfach so aus dem Auto springen. Jeff, ich komme nicht mit. Du musst das verstehen. Ich bin mit Horse zusammen, und ich bleibe bei ihm.«

Er seufzte.

»Dir haben sie wohl eine Gehirnwäsche verpasst«, sagte er. »Ich hab dir schon mal gesagt: Horse ist nicht der, für den du ihn hältst. Ich habe Beweise, und die kann ich dir zeigen. Jetzt sind sie alle beschäftigt und sie werden nichts von der Sache mitbekommen, bis es zu spät ist. Komm wenigstens her und schau dir an, was ich gefunden habe. Wenn du danach immer noch bleiben willst, dann sage ich die Sache mit den Jacks ab und lass dich in Ruhe.«

»Und was ist mit Max? Der ist schließlich auch noch da.«

»Bring ihn mit«, sagte Jeff. »Sag ihm einfach, du brauchst irgendwas aus dem Haus, bitte ihn, dass er mitfährt. Ich hab eine Pistole. Wir können ihn fesseln, während wir uns unterhalten, und ihn dann in der Sattelkammer einsperren. Ihm passiert nichts.«

»Das ist ein ganz schlechter Vorschlag, Jeff«, sagte ich sanft. »Denk doch mal nach. Was, wenn das nicht klappt? Max würde dich umbringen.

Du musst aufhören, so verrückte Dinge zu tun, und die Situation so handhaben, dass du nicht alles noch schlimmer machst.«

»Du bist verdammt naiv«, murmelte er. Es war ihm anzuhören, dass er frustriert war. »Max ist ein gewalttätiger Krimineller, genau wie alle anderen Reapers auch. Du musst aufhören, sie in Schutz zu nehmen, und anfangen, an deine Familie zu denken. Und jetzt beweg deinen Arsch hierher!«

Damit beendete er das Gespräch. Ich drehte mich wieder zum Auto um und setzte ein falsches Lächeln auf. Es kam gar nicht infrage, Max zum Haus von Horse mitzunehmen. Jeff hatte völlig den Verstand verloren. Aber ich wollte trotzdem mit ihm sprechen und gucken, ob wir nicht gemeinsam einen anderen, weniger verrückten Ausweg finden könnten. Außerdem wollte ich mir den Beweis ansehen, von dem er gesprochen hatte. Es musste eine Erklärung geben, die das, was er entdeckt hatte, entschärfte.

»Das war Maggs«, sagte ich und stieg wieder ein. »Sie möchte, dass wir Müllbeutel mitbringen, die sind wohl ausgegangen. Lass uns einen kurzen Zwischenstopp bei Safeway einlegen, okay?«

»Alles klar«, sagte er. Ich sah konzentriert nach vorne auf die Straße und zählte meine Atemzüge, während ich zum Supermarkt fuhr. Als wir auf den Parkplatz ankamen, wählte ich sorgfältig eine Parklücke aus und hielt an. Max stieg aus, und sobald er die Tür zugemacht hatte, verriegelte ich alle Türen und trat aufs Gaspedal.

Während ich zu Horse fuhr, klingelte das Telefon mindestens fünfzehnmal. Ich zweifelte keinen Augenblick daran, dass Max Horse nur Sekunden nach meinem kleinen Kunststückchen angerufen hatte und dass Horse ganz schön sauer war.

Darum würde ich mich später kümmern.

Noch immer wollte ich nicht, dass er sich noch mehr Sorgen um mich machte, als ohnehin schon nötig war. Als ich sein Haus erreichte, schrieb ich ihm rasch eine SMS. Ich teilte ihm mit, dass alles in Ordnung war, aber dass mein Bruder angerufen hatte und ich jetzt allein sein wollte, damit ich ihn in Ruhe zurückrufen konnte. Dann stellte ich das Telefon auf lautlos und beschloss, seine Antwort zu ignorieren.

Die Konsequenzen würden absolut beschissen sein, gar keine Frage.

Ich schnappte mir meine Tasche und lief hinüber zur Scheune, sah aber keine Spur von Jeff. Auch Ariel erschien nicht auf der Bildfläche, was mich erst richtig nervös machte. Ich ging durch die offene Tür in die Scheune und bemerkte, dass das Schloss aufgebrochen war. Horse wird das nicht besonders gefallen, dachte ich. Ich musste mich zurückhalten, damit ich nicht anfing, hysterisch zu kichern. Der arme Horse würde noch heute Nacht einen Herzinfarkt bekommen, wenn es in diesem Tempo weiterging. Ich hatte erst einen einzigen Schritt in die Scheune gemacht, da packte mich Jeff, riss mich mit einer Hand von der Tür weg und schwenkte mit der anderen eine Pistole herum. Das Training, das ich mit Horse absolviert hatte, hatte sich anscheinend gelohnt, denn ich ließ mich automatisch zu Boden fallen, als der Lauf der Waffe auf mich zeigte.

»Ziel nicht mit der Pistole auf mich!«, zischte ich, und Jeff blickte erstaunt auf die Waffe.

»Oh, verdammt, tut mir leid«, sagte er. »Bist du allein?«

»Ja«, antwortete ich, stand auf und klopfte den Dreck von meiner Kleidung. »Aber auf dem Weg hierher hat mein Handy andauernd geklingelt. Wir haben nicht viel Zeit. Wo ist der Beweis, von dem du gesprochen hast?«

Jeff ging zu einer Arbeitsbank und zog eine Mappe hervor. Ich schlug sie auf und sah verschiedene Artikel über das Massaker, die aus unterschiedlichen Nachrichtenquellen stammten. Keiner enthielt Informationen, die ich noch nicht kannte.

»Guck weiter«, sagte Jeff. Er blätterte einige Seiten um und zeigte mir eine Kopie der Urkunde, mit der Horse aus der Armee entlassen worden war. Ehrenhaft entlassen. Ich fand eine Aktennotiz, die besagte, dass seine Einheit von den Vorwürfen freigesprochen worden war, aus Mangel an

Beweisen. Es folgte ein weiterer Zeitungsartikel, in dem stand, dass man die Mörder nie entdeckt hatte und dass inzwischen mehrere wichtige Zeugen verschwunden waren. Das war alles.

»Verstehst du?«, sagte Jeff. »Da steht es doch. Begreifst du's jetzt?«

Ich starrte ihn verwirrt an.

»Das heißt nicht, dass er irgendetwas Schlimmes getan hat«, sagte ich sanft. »Hier steht nur, dass man nie herausgefunden hat, wer die Täter waren. Manchmal geschieht so was im Krieg, Jeff, besonders in Gebieten, in denen verschiedene Guerillatrupps miteinander rivalisieren. Das beweist überhaupt nichts.«

Er schüttelte frustriert den Kopf.

»Es ist eine Verschwörung, du musst zwischen den Zeilen lesen!«, sagte er. »Die Zeugen sind verschwunden. Wie, glaubst du wohl, ist das passiert?«

»Wahrscheinlich weil sie Angst hatten, dass sie als Kollaborateure eingestuft und getötet würden«, antwortete ich und schüttelte den Kopf. »Jeff, vergiss die Sache. Du musst den Jacks Bescheid geben und die Zusammenarbeit mit ihnen beenden. Und dann musst du verschwinden. Ich habe Angst, dass die Reapers dich sonst umbringen. Ich liebe dich sehr – ich will dich auf keinen Fall verlieren.«

Sein Gesichtsausdruck wurde sanfter, und ich entdeckte in Jeff ein Stück weit den entspannten, liebenden Bruder, der er die meiste Zeit meines Lebens gewesen war. Er nahm mich in den Arm, aber das fühlte sich für mich irgendwie falsch an. Sein Herz raste, er war viel zu dünn geworden und ich roch feuchtkalten Schweiß an ihm. Ich machte mich los, schaute ihm ins Gesicht und empfand eine unbeschreibliche Trauer.

»Jeff, was tust du dir da an?«, fragte ich. Seine Gesichtszüge wurden hart, und er rückte von mir ab.

»Ich versuche mich um meine Familie zu kümmern«, fuhr er mich an. Draußen hörte ich Motorräder aufheulen und ich erstarrte.

»Oh verdammt, jetzt bringen sie dich um«, sagte ich voller Panik. Ich schaute mich um und versuchte, ein Versteck für ihn zu finden, was völlig lächerlich war. Die Tür flog auf und schlug gegen die Wand. Horse und Max stürmten, mit Pistolen bewaffnet, hinein. Sie erstarrten, als Jeff mich packte und mir seine Waffe an den Kopf hielt.

»Keine Sorge, Schwesterherz«, flüsterte er mir ins Ohr. »Ich würde dir nie etwas tun. Ich muss bloß hier rauskommen, damit wir anderswo neu anfangen können. Es wird großartig, du musst dir überhaupt keine Sorgen machen.«

Oh, verdammt.

KAPITEL EINUNDZWANZIG

Horse

Als er die Waffe sah, die auf Maries Kopf gerichtet war, drehte Horse beinahe durch. Jensen stand neben ihr und zitterte so sehr, dass Horse fürchtete, er könnte aus Versehen den Abzug betätigen. Der Mann stand ganz offensichtlich unter Drogen, vermutlich nahm er Meth. Das waren ganz üble Neuigkeiten. Er würde vielleicht sogar halluzinieren. Horse musste alle Willenkraft aufbringen, um Jensen nicht anzugreifen und ihn mit bloßen Händen zu töten. Es war wichtig, dass er jetzt klug vorging.

»Hallo«, sagte Max, und es klang ein bisschen zu lässig. Horse warf ihm einen Blick zu und griff seinen Tonfall auf. »Wir sind nur hier, um sicherzugehen, dass mit Marie alles in Ordung ist und die Jacks sie nicht erwischen. Wir wissen, dass du sie liebst und ihr niemals etwas antun würdest. Lass uns über die ganze Sache reden. Wir wollen beide mit einem positiven Ergebnis rauskommen, oder?«

Jeff lachte schrill und es klang mehr als nur ein bisschen verrückt.

»Ich habe ihr die Beweise gezeigt«, sagte er. »Sie weiß alles darüber, was du den Kindern in Afghanistan angetan hast. Und jetzt wirst du sterben für das, was du mit ihr gemacht hast.«

Horse hörte nicht auf das, was Jeff sagte, sondern konzentrierte sich auf den Tonfall und die Körpersprache. Jeff war eindeutig kein guter Schütze. Horse versuchte mit rasender Geschwindigkeit herauszufinden, wie er an Marie herankommen konnte. Er hatte schon wesentlich heiklere Situationen erlebt, aber noch nie hatte für ihn so viel auf dem Spiel gestanden.

»Ich leg jetzt meine Waffe weg«, sagte er und ließ seine Pistole langsam und vorsichtig auf den Boden gleiten. Dann hielt er die Hände hoch und zeigte Jeff, dass sie leer waren. »Max tut das Gleiche. Dann kannst du die Waffe von Maries Kopf wegnehmen. Ich will nicht, dass es einen Unfall gibt. Danach lassen wir dich in ihr Auto steigen. Das ist doch eine gute Idee?«

Jensen lachte wieder, aber diesmal zeigte sein Gesicht einen hässlichen Ausdruck von echter Schadenfreude und einem Hauch von Häme.

»Legt euch hier in der Mitte auf den Boden«, sagte er, »und keine Tricks.«

Horse trat mit erhobenen Händen vor. Jensen zog Marie weiter zurück, seine Hand zitterte stark. Jetzt standen sie noch weiter im großen offenen Raum der Scheune. *Fuck.*

»So ist es gut«, sagte Jeff. »Jetzt bist du dran«, fügte er hinzu und sah Max an. Horse hörte, wie Max sich hinter ihm bewegte. Dann riss Marie die Augen auf. Sie öffnete den Mund und schrie, während sich ihm eine Kugel in den Rücken bohrte. Schmerz durchfuhr Horse, und um ihn herum wurde es dunkel.

Er stürzte zu Boden und sah noch, wie sein Blut neben ihm auf die Erde floss. Er konnte sich nicht bewegen, aber fühlen konnte er, und der Schmerz übertraf alles, was er sich hatte vorstellen können. *So ist Bagger gestorben*, dachte er. *Allein in einer Blutlache, in dem Bewusstsein, dass er seine Frau nie wiedersehen wird.* Dann hörte er auf zu denken, und die Welt blieb stehen.

Marie

Horse stürzte zu Boden, und für mich blieb die Welt stehen. Ich glaube, ein Teil meiner selbst hatte immer noch daran gezweifelt, dass unsere Liebe echt war. Jetzt nicht mehr. Ich merkte kaum, dass Jeff mich losließ, rannte zu Horse hinüber und fühlte an seinem Hals nach dem Puls. Da war er, und obwohl die Blutlache unter ihm immer größer wurde, spritzte das Blut wenigstens nicht aus ihm heraus.

Ich hatte noch immer eine Chance.

Ich stand auf und sah, dass Max und Jeff einander grüßten und die Waffen gesenkt hatten. *Ach du Scheiße.*

»Das war eine Falle?«, fragte ich. Jeff schaute mich an.

»Max ist meine Insiderquelle. Er wusste, dass ich heute Abend hier sein würde, und hatte geplant, dich zu mir zu bringen. Dass du Cookie nach Hause gefahren hast, hat die Sache wesentlich einfacher gemacht.«

»Zu viel Gequatsche«, sagte Max und kniff die Augen zusammen. »Wir können ihr nicht trauen.«

Jeff nickte traurig.

»Ja, du hast recht«, sagte er. »Marie, ich weiß, es ist schwer für dich, aber du wirst darüber hinwegkommen. Du kennst Horse erst seit ein paar Monaten und seine Zuneigung war sowieso nur vorgetäuscht. Du wirst schon sehen.«

»Ist alles fertig?«, fragte Max. Jeff nickte.

»Alles bereit«, bestätigte er. »Ich hab das Geld noch nicht von den Konten abgehoben, denn ich wollte nicht, dass jemand Verdacht schöpft, ehe wir Marie hier rausgeholt haben. Komm, nimm deine Tasche, wir müssen los.«

Er warf mir meine Handtasche zu, dann zog er Max zur Seite und besprach leise etwas mit ihm. Beide Männer schienen außerordentlich erregt und aufgewühlt zu sein und studierten die Papiere, die auf der Arbeitsbank lagen. Ich achtete nicht weiter darauf – ich musste etwas finden, womit ich die Blutung bei Horse stoppen konnte. Da lag ein Haufen Lumpen, die ziemlich dreckig aussahen, aber über eine Infektion würde ich mir erst Gedanken machen, wenn er das hier überleben würde. Es wäre egal, ob ich die Wunde sauber hielt oder nicht, wenn er verblutete.

Sobald ich die Lumpen auf seine Wunde gelegt hatte und Druck ausübte, versuchte ich, an den nächsten Schritt zu denken. Mit Max und Jeff würde ich garantiert nirgendwohin fahren. Ich hatte endlich kapiert, was hier lief – und ich hatte Jeff verloren. Mit ihm stimmte irgendwas nicht, da war etwas ganz schrecklich danebengegangen, und ich würde es nie wieder geradebiegen können. Und selbst wenn – ich wollte ihn nicht mehr in meinem Leben haben. Nicht, nachdem er Horse getötet hatte. *Versucht* hatte, Horse zu töten.

Er war schließlich noch nicht tot. *Du musst positiv denken!*

Max und Jeff waren in ihren Kram vertieft, was immer es war, was sie da an Unterlagen studierten – offenbar stellte ich keine Gefahr für sie dar. Das konnte ich ausnutzen. Ich schaute auf meine Handtasche und mir wurde bewusst, dass ich darin zwei mächtige Werkzeuge hatte: mein Handy und meine Pistole. Ich konnte natürlich nicht einfach telefonieren und irgendetwas sagen, denn sie würden mich ja hören. Ich konnte vielleicht den Notruf wählen, in der Hoffnung, man würde mich finden, aber wenn man bedachte, dass das Handy erst geortet werden müsste, würde das wohl ziemlich lang dauern.

Ich würde Picnics Nummer wählen und beten, dass er abhob. Vielleicht würde er etwas hören und verstehen, was hier geschah.

Ich huschte um Horse herum, sodass ich den beiden den Rücken zuwandte. Das fühlte sich zwar irgendwie verkehrt an, aber ich brauchte Deckung, damit ich in meiner Tasche wühlen konnte. Außerdem musste ich weiterhin Druck auf die Wunde ausüben, also beugte ich mich vor und hielt die Lumpen auf Horse mit meinem Körpergewicht unten, während ich hastig meine Tasche durchsuchte. Das Telefon fand ich zuerst. Ich stellte es auf lautlos und wählte Picnics Nummer. Es klingelte ewig lang. Nichts. Verdammt! Ich hörte, wie sich der Gesprächston hinter meinem Rücken änderte, und begriff, dass mir die Zeit davonlief. Ich wählte die Nummer von Maggs und legte das Telefon auf den Boden hinter den Arm von Horse und hoffte, dass sie ranging und etwas mithören würde. Mehr konnte ich nicht tun, zumindest im Moment nicht.

Jetzt brauchte ich noch meine Pistole.

Horse hatte mir eine wirklich süße Lederhandtasche geschenkt, die ein kleines Fach besaß, das speziell für eine Handfeuerwaffe konstruiert war – verrückt, was? Ich war in diesem Augenblick aber verdammt dankbar dafür, denn meine .22er glitt sofort raus, als ich die Verriegelung drückte. Jetzt musste ich sie nur noch entsichern. Ich machte mich bereit und hustete laut, während ich die Waffe lud, dann ließ ich sie unter den Arm von Horse gleiten.

»Du solltest ihn einfach liegen lassen«, sagte Jeff hinter mir. »Er stirbt, und du kannst nichts daran ändern. Nimm deinen Kram und komm.«

Ich kam mit dem Oberkörper wieder hoch und presste die Lumpen weiterhin mit den Händen auf die Wunde. Dann drehte ich mich um und sah Jeff über mir aufragen.

»Ich komme nicht mit dir mit«, sagte ich und sah ihm in die Augen. »Ihr beiden solltet abhauen, solange ihr das noch könnt. Lasst uns einfach hier. Ich werde nicht mal sagen, wer auf Horse geschossen hat, ich will einfach nur, dass ihr verschwindet.«

Max lachte, stellte sich hinter Jeff und hielt ein Blatt Papier hoch. Er schüttelte lächelnd den Kopf und studierte es genau.

»Ich fass es nicht, dass das so einfach ist«, sagte er. Jeff drehte sich um und grinste ihn an. Wieder leuchtete Wahnsinn in seinen Augen auf, während er zuhörte, wie Max ihn lobte. »Du bist ein Genie. Wir sind jetzt reiche Leute, selbst dann noch, wenn wir das Kartell ausgezahlt haben.«

»Es ist nur deshalb so einfach, weil ich so viel Zeit investiert habe, die Sache aufzuziehen«, sagte er und sah sehr erfreut aus, aber ich merkte, dass seine Hand erneut zu zucken begonnen hatte. Er hielt immer noch den Finger am Abzug. Genau das, was ich jetzt brauchte.

»Du hast da echt eine Wahnsinnsleistung gebracht«, sagte Max und schüttelte reumütig den Kopf. »Das ist wirklich ein Wunder an Schönheit, Mann.«

Jeff grinste, als er das Kompliment hörte.

»Ich bin wirklich froh, dass die Reapers damals im September nicht auf mich gehört haben«, fuhr Max fort. Er schaute mich an und lächelte beinahe liebevoll. »Muss mich bei deinem Alten Mann dafür bedanken, Marie. Ich wollte dich vor ein paar Monaten noch umbringen, Jeff. Ich dachte, du würdest mich auffliegen lassen. Ich hätte mir niemals erträumt, dass sich das Ganze so bezahlt machen würde. Verdammt – es tut mir wirklich leid, dass ich das jetzt tun muss. Nimm's nicht persönlich, okay?«

Jeff schaute Max fragend an. Er bemerkte noch kurz, dass die Hand des Bikers sich hob, und ich hörte mich zum zweiten Mal innerhalb von zehn Minuten zu spät einem Menschen, den ich liebte, eine Warnung zuschreien. Jeffs Kopf explodierte wortwörtlich, es flogen Stücke von ihm weg. Eines davon traf mich im Gesicht, was ich zu diesem Zeitpunkt nicht wahrnahm, denn in dem Moment, als Max schoss, verkrampfte sich Jeffs Hand, und er zog den Abzug seiner eigenen Pistole. Der zweite Schuss fiel beinahe gleichzeitig, und ich spürte, wie mir Feuer durch den Arm schoss. Ich beachtete das nicht, denn mein Bruder war tot, mein Liebster war fast tot, und ich hatte das ganz beschissene Gefühl, dass auch ich bald tot sein würde.

Max blickte auf mich hinab und schlug die Pistole gegen sein Bein. Er sah genauso verwirrt aus wie in der Nacht, als er mich angegriffen hatte.

»Er stirbt«, sagte er und schaute nachdenklich auf Horse. »Da hat dein Bruder recht gehabt. Du kannst ihn genauso gut loslassen, denn du kriegst das ganze Blut auf deine Kleider.«

»Was stimmt bloß mit dir nicht?«, flüsterte ich. »Warum tust du so was?«

Er zuckte mit den Schultern.

»Wegen dem Geld natürlich – warum denn sonst? Geh aus dem Weg, wenn du nicht willst, dass ich dich gleich mit erschieße. Erst will ich dich noch ficken. Du kannst es dir aussuchen.«

Meine Augen weiteten sich, als er seine Pistole hob und auf den Kopf von Horse zielte. Das war's. Horse blieb keine Zeit mehr. Ich musste Max ablenken, und wenn es nur eine Sekunde war.

»Oh mein Gott, ich bin voller Blut!«, schrie ich auf, als ob ich vor Horse zurückschreckte, und riss mir den Pullover vom Leib. Natürlich richteten sich seine Augen sofort auf meine Titten, und in diesem Augenblick packte ich meine Pistole. Tausend Erinnerungen schossen mir in dieser einen Sekunde durch den Kopf, und was blieb, war der Klang der Stimme von Horse. Ich dachte zurück an das, was er gesagt hatte, als er mir zum ersten Mal erklärt hatte, wie man schießt:

Denk aber daran: Wenn du sie je auf eine Person richtest, dann musst du genau aufs Herz zielen, dann ist der Schuss tödlich. Bedrohe nie jemanden mit einer Waffe, wenn du nicht ernsthaft bereit bist, ihm das Leben zu nehmen.

Ich hob die Pistole und zielte direkt auf Max' Herz, als ob ich das schon hundert Mal geübt hätte. Ich dachte nicht nach, als ich den Abzug betätigte, immer wieder, bis ich keine Kugeln mehr hatte. Wie Jeff drückte auch Max noch einmal ab, als er starb, aber sein Arm war schon so weit hinabgesunken, dass er uns nicht mehr traf. Ich krabbelte zu seiner Leiche, schnappte mir seine Pistole und nahm sie an mich, dann kletterte ich auf Horse hinauf und setzte mich auf die Lumpen, während ich nach meinem Handy griff.

»Maggs, bist du dran?«, fragte ich.

»Was ist passiert?«, fragte sie mit klarer, ruhiger Stimme. Offenbar steckte Maggs Schüsse locker weg. »Die Jungs sind unterwegs, sie sind in zwei Minuten bei dir. Sie hatten ein GPS an deinem Auto befestigt. Bist du in Ordnung?«

»Horse braucht einen Krankenwagen«, sagte ich mit zitternder Stimme. »Ich glaube, er lebt noch. Max und Jeff sind tot. Bitte rette uns, Maggs. Ich habe riesige Angst.«

Die Scheunentür flog auf, ich ließ das Telefon fallen, brachte Max' Pistole in Anschlag und richtete sie auf Picnic, Bam Bam, Duck, Ruger und ein paar andere Männer, die ich im Arsenal gesehen hatte, Typen von einem anderen Charter.

»Ich will die Bullen hier haben und einen Krankenwagen«, sagte ich. Meine Stimme war zwar schwach, aber meine Hände zitterten nicht.

Picnic blickte sich kurz um, sein Gesichtsausdruck war ruhiger, als mir angemessen schien.

»Max hat versucht, Horse umzubringen«, erklärte ich ihm. »Er hat Jeff erschossen. Ich traue keinem von euch. Ich will einen Krankenwagen für Horse und ich will, dass ihr alle rausgeht.«

»Baby, ich habe keine Ahnung, was hier gelaufen ist«, sagte Picnic langsam. »Aber du musst uns erlauben, dass wir Horse helfen. Leg die Waffe weg.«

»Auf gar keinen Fall«, antwortete ich. »Max hat ihm in den Rücken geschossen. Ich werde jeden verdammten Reaper erschießen, der auch nur versucht, Horse anzufassen. Ruft einen Krankenwagen. Sofort!«

»Es ist schon ein Krankenwagen unterwegs«, sagte Picnic. »Bam hat sich darum gekümmert. Aber wenn du da sitzt und mit der Pistole auf uns zielst, wenn die Bullen in die Scheune kommen, dann wird es um einiges schwieriger werden, sich um Horse zu kümmern. Er ist unser Bruder und wir werden ihm nichts Böses tun.«

»Max war auch sein Bruder.«

»Hier ist etwas Schlimmes passiert«, sagte Duck und trat einen Schritt vor. Etwas an seiner Stimme fesselte mich, und seine Augen blickten sanft und traurig. Ich schaute zu, als er durch den Raum kam und sich vor mir hinkauerte, nur knapp einen Meter von meiner Pistole entfernt. »Mach es nicht noch schlimmer. Wir können die Situation in den Griff kriegen, aber das ist nicht mehr möglich, wenn du in eine Schießerei mit den Bullen gerätst.«

Das erschreckte mich.

»Ich will nicht auf die Bullen schießen, ich will nur Horse beschützen«, sagte ich.

»Und woher sollen die Bullen das wissen?«, fragte er ganz vernünftig. In einiger Entfernung hörte ich Sirenen heulen. »Dir läuft die Zeit davon. Aber wir helfen dir bei dieser ganzen Sache, in Ordnung?«

Ich hatte gerade den Mund aufgemacht, um Duck meine Zustimmung zu geben, als ich von hinten gepackt wurde. Im selben Moment schoss Ducks Hand nach vorne und entwand mir die Pistole. Ruger zog mich von Horse weg und drückte mich zu Boden. Er hielt mir den Mund zu und hielt sein Gesicht ganz nah an meines geneigt. Sein Gesichtsausdruck war angestrengt, beinahe brutal. Aus den Augenwinkeln sah ich, wie die Männer in Aktion traten, Gegenstände in eine Tasche warfen, die Bam Bam in die Hand nahm, ehe er durch den hinteren Ausgang der Scheune davonraste.

»Wenn die Bullen reinkommen, bricht hier die Hölle los«, sagte Ruger eindringlich zu mir. »Sie werden dich wahrscheinlich verhaften, vielleicht sogar uns alle. Du musst die Klappe halten. Es ist mir egal, was hier passiert ist, und es ist mir egal, wer geschossen hat. Du hältst einfach nur den Mund, wenn du bei der Polizei bist, und machst ihn nur ein einziges Mal auf, und zwar, wenn du nach einem Anwalt verlangst. Du forderst so lange einen Rechtsbeistand, bis du einen bekommst, wir schicken dir jemanden. Sonst sagst du *nichts*, hast du verstanden?«

Er nahm die Hand von meinem Mund und ich nickte mit weit aufgerissenen Augen. Ein einzelner Polizist kam durch die Tür hereingerannt und blieb abrupt stehen, offensichtlich geschockt von dem, was er hier sah.

»Heilige Scheiße!«, rief er aus und packte sofort sein Funkgerät. »Wir brauchen sofort Verstärkung! Alle die Hände hoch, schön nach oben, dahin, wo ich sie sehen kann! Und Sie lassen sofort das Mädchen los, lassen Sie sie gehen!«

Ruger ließ von mir ab und stand auf. Er wich zurück und hielt die Hände hoch erhoben. Die anderen folgten seinem Beispiel und ich ging zu ihnen. Der einsame Bulle sah uns richtig angsterfüllt zu, während die Rettungssanitäter zu Horse hinüberrannten, ihn auf eine Trage legten und nach draußen trugen. Die Verstärkung kam, weitere Polizisten trafen ein, und das war der Anfang einer sehr, sehr langen Nacht.

Ich fragte nach einem Anwalt und bekam schließlich einen, aber er konnte die eine Frage nicht beantworten, die mich als Einzige interessierte.

War Horse am Leben?

Horse

Er fühlte sich, als wäre er von seinem Körper losgelöst, beinahe, als würde er schweben. Schmerz dröhnte in ihm. Im Hintergrund hallten Stimmen und Sirenen. Dann wurde alles wieder schwarz.

Noch mehr Stimmen. Schmerz, aber diesmal gedämpft. Horse machte langsam die Augen auf und nahm verschwommen einen Raum und ein grelles weißes Licht war. Eine Frau beugte sich über ihn und stellte ihm Fragen. Er versuchte sie zu beantworten. Er wollte ihr seinen Namen nennen, aber er war so verdammt müde. Er musste unbedingt schlafen.

»Wach auf, Arschloch. Du bist zu spät dran für den Gottesdienst. Keine Ausreden diesmal!«

Scheiße, hatte er verschlafen?

Horse öffnete die Augen, blinzelte ein paarmal und versuchte sich zu besinnen. Das hier war nicht sein Schlafzimmer … Krankenhaus, es musste ein Krankenhaus sein. Auf einmal kam die Erinnerung zurück – er war mit Marie zusammen gewesen, und dann hatte jemand auf ihn geschossen.

»Haben die Jacks Marie?«, fragte er. Er brachte nur ein Flüstern hervor. Verdammter Schlappschwanz, er konnte noch nicht mal reden. Er verabscheute es, sich so schwach zu fühlen.

»Marie ist in Sicherheit«, sagte Picnic und stellte sich so vor das Bett, dass Horse ihn sehen konnte. Horse betrachtete sein Gesicht genau, um sicherzugehen, dass der Mann ihn nicht belog. »Sie ist jetzt im Knast. Unser Anwalt kümmert sich schon darum, sie auf Kaution rauszuholen. Er sagt, wenn die Ballistik ihre Version der Geschichte bestätigt, dann wird gegen sie wahrscheinlich keine Anklage erhoben. Sie wäre auch schon draußen, aber sie sind angepisst, dass sie so gemauert hat, als sie wissen wollten, warum ihr Bruder und Max sich gestritten haben.«

»Im Knast?«, fragte Horse verwirrt.

»Marie hat Max erschossen«, sagte Picnic mit grimmigem Gesicht. Horse runzelte die Stirn. »Ruger sitzt auch. Er hatte blutüberströmte Hände, also haben sie ihn auch verhaftet. Er musste dein Mädchen zu Boden reißen, um ihr die Waffe abzunehmen. Sie hat einen auf Pulp Fiction gemacht und hätte uns alle über den Haufen geschossen, um dich zu verteidigen, wenn es hätte sein müssen. Sie hat über dich gewacht wie eine Superheldin. Ich krieg einen Ständer, wenn ich nur daran denke.«

»Du bist ein Arschloch. Warum hat sie Max erschossen?«, fragte Horse und musste jedes Wort durch seine schmerzende Kehle krächzen. Hatte die Kugel ihn am Mund getroffen, verdammt? Warum konnte er nicht richtig sprechen?

»Max hat dich in den Rücken geschossen«, sagte Picnic knapp. »Und dann hat er Jensen erschossen. Marie wäre wahrscheinlich als Nächste dran gewesen. Sie hat unserem Anwalt erzählt, dass Max kurz davorstand, dich abzuknallen – und da hat sie ihn ausgeschaltet. Das Mädchen ist ein beschissenes Killerkommando, das hätte ich nie gedacht. Sieben Schüsse hat sie auf ihn abgefeuert.«

»Fuck«, murmelte Horse und spürte, wie er anfing zu lächeln. »Verdammt, das ist ja unglaublich. Mein Mädchen ist eine Ein-Frau-Armee.«

»Ohne Scheiß«, sagte Picnic kopfschüttelnd. »Sie hat sich um die Sache gekümmert, so viel steht fest. Und jetzt muss ich dich noch etwas Wichtiges fragen.«

»Und das wäre?«

Picnic beugte sich zu ihm hinab und senkte die Stimme.

»Die Bullen haben alle möglichen Unterlagen gefunden«, sagte er. »Keine Ahnung, was da drinstand, aber Marie hat dem Anwalt gesagt, dass Max und Jensen irgendetwas von Überweisungen geredet haben und dass

Jensen verkündet hat, es wäre alles bereit. Könnten wir da Schwierigkeiten kriegen?«

Horse runzelte die Stirn und versuchte nachzudenken.

»Ich habe alles geändert, nachdem wir das mit Jensen herausgefunden hatten«, erwiderte er. »Neue Konten, das ganze Drumherum. Ich habe mehr gemacht, als nur die Passwörter zu ändern und das übliche Zeug. Sollte eigentlich nicht nachzuverfolgen sein.«

»Ich frage mich, was Max dann gemeint hat.«

Horse forschte in seiner Erinnerung, aber das war viel zu schwierig. Er musste ordentlich Medikamente im Blut haben. Irgendwas schwebte ihm vor, am Rand seines Bewusstseins, aber er kam nicht drauf. Und doch wusste er, dass es wichtig war. Da fiel es ihm wieder ein.

»Es ist alles in Ordnung«, sagte er lächelnd.

»Was heißt das?«

»Als ich das letzte Mal eine Liste mit den Nummern der ausländischen Konten und den Kontaktinformationen ausgedruckt habe, war Max bei mir im Büro. Ich hab ihm erzählt, ich würde ein Duplikat fürs Schließfach machen. Dann bin ich aus dem Raum gegangen, um zu pinkeln oder so, und er hat sie sich kopiert. Ich wette, er hat sich gedacht, er hätte den Jackpot geknackt.«

»Sag mir, dass das nicht so schlimm ist, wie es klingt, Bruder.«

Horse versuchte den Kopf zu schütteln, aber es klappte nicht.

»Das war nur eine Finte«, erklärte er und kostete diesen Augenblick voll aus. »Du weißt doch, dass ich die Bullen gern verarsche. Ein paarmal im Jahr bringe ich meine falschen Konten und Hauptbücher auf den neuesten Stand, damit sie realistisch wirken. Sollten wir je eine Razzia bekommen, dann werden sich die Behörden monatelang im Kreis drehen und nichts finden. Das habe ich Jensen natürlich nie erzählt, und Max wusste ganz sicher auch nichts davon. Max hat Jensen also Konten genannt, auf denen ungefähr fünftausend Dollar lagen, gerade genug, um jemanden auszutricksen, der eine Testüberweisung macht, verstehst du?

Ein kleines Spielchen von mir, eine Zusatzversicherung … scheint sich gelohnt zu haben.«

»Gott im Himmel … danke!«, sagte Picnic.

»Nein, Gott bin ich nicht, ich bin ein ganz normaler Mann«, flüsterte Horse. »Obwohl … wenn Frauen zum ersten Mal meinen Schwanz sehen, fallen sie schon gelegentlich auf die Knie und beten mich an.«

Picnic lachte.

»Ja, ganz klar, du wirst die Sache hier überleben«, sagte er. »Dein Ego ist viel zu groß, als dass es sterben könnte. Die Bullen werden dich irgendwann befragen wollen. Sag ihnen, du könntest dich an nichts erinnern außer an Baggers Leichenschmaus. Der Anwalt sagt, eine traumatische Kopfverletzung kann dazu führen, dass man sich an die letzten Stunden vor dem Ereignis nicht mehr erinnern kann. Du bist mit dem Kopf aufgeschlagen, als du nach dem Schuss zu Boden gegangen bist. Mit dieser Ausrede bist du aus dem Schneider und treibst sie dabei auch noch zum Wahnsinn. Ich ruf jetzt die Krankenschwester und sag Bescheid, dass du wach bist.«

»Warte«, sagte Horse. »Sag mir noch was zu den Jacks. Hab ich irgendwas verpasst?«

»Noch nicht«, antwortete Picnic. »Wir behalten sie weiter im Auge, es geht gerade erst los. Es wird Krieg geben. Ich bezweifle aber, dass dein Mädchen weiterhin ihr Ziel sein wird. Es lohnt sich nicht für sie, sich so weit außerhalb ihres Gebiets zu bewegen, denn jetzt gibt es ja niemand den mehr, der sie dafür bezahlt.«

Horse hörte, wie die Zimmertür aufging, und die Geräusche geschäftigen Treibens auf dem Flur drangen in den Raum.

»Hallo, Picnic, ich hab mir nur gerade was zu trinken geholt«, sagte Dancer, als sie reinkam. Horse schaffte es, die Augen wieder aufzumachen und sie anzuschauen. Sie erstarrte mit weit aufgerissenen Augen, dann erschien ein strahlendes Lächeln auf ihrem Gesicht und sie lief auf ihn zu. Sie beugte sich über ihn und wollte ihn umarmen, aber in der letzten

Sekunde hielt sie sich zurück und verzog das Gesicht. Gott sei Dank – eine Umarmung in seinem Zustand hätte wahrscheinlich dazu geführt, dass er eine weitere Ladung Schmerzmittel gebraucht hätte, welches Zeug auch immer sie ihm hier gegeben hatten. »Horse! Es tut mir leid, dass ich nicht hier war, als du aufgewacht bist. Wie fühlst du dich? Kannst du sprechen?«

»Du siehst beschissen aus«, sagte Horse. »Stimmt etwas nicht mit dir?«

»Mein Bruder wurde angeschossen, du Idiot«, sagte sie. »Ich dachte, du würdest sterben. Marie hat dir das Leben gerettet, hat Picnic dir das schon erzählt?«

»Ja«, sagte Horse und machte die Augen wieder zu. Verdammt, war er müde!

»Verdammtes Weichei«, sagte Picnic, und Horse hörte ihn wie aus weiter Ferne lachen. »Seine Frau musste ihn beschützen, der faule Arsch ist noch nicht einmal aufgestanden. Hat geblutet wie ein Schwein und eine Riesensauerei angerichtet …«

Horse öffnete den Mund und wollte ihm sagen, dass er die Fresse halten sollte, aber ehe die Worte aus seinem Mund kamen, hatte er wieder das Bewusstsein verloren.

EPILOG

Yakima Valley im östlichen Washington

Fünf Monate später

Marie

Ich kam auf dem Weg zur Kirche an unserer alten Grundschule vorbei. Jeff und ich hatten den Spielplatz geliebt – im Sommer hatte Mom uns dort immer abgesetzt, ehe sie einen Block weiter zur Arbeit gegangen war. Wir schauten alle paar Stunden bei ihr vorbei und sagten kurz Bescheid, dass alles in Ordnunng war, und dabei fühlten wir uns sehr erwachsen. Der vertraute Schmerz von Trauer und Verlust traf mich unvorbereitet, ein heimlicher Angriff.

Ich vermisste ihn.

Jeff war völlig durch den Wind gewesen, kaputter, als ich es mir jemals hätte vorstellen können, aber das änderte nichts an der Tatsache, dass er mein Bruder gewesen war und dass ich hatte zusehen müssen, wie er starb. Wenigstens war es mit den Albträumen inzwischen besser geworden. In den ersten Wochen hatte ich Angst gehabt zu schlafen, weil er mir nachts erschien und mich beschuldigte, dass ich ihn umbringen wolle, während ihm die Hirnmasse aus dem Mund tröpfelte. Zum Glück hatte ich jetzt seit zwei Monaten keinen solch schrecklichen Traum mehr gehabt, und ich dachte auch nicht mehr jeden Tag an Jeff.

Heute war aber kein Tag wie jeder andere.

Ich fuhr auf den Parkplatz und packte die Hülle mit meinen Kleidern. Mom würde sauer sein – ich hätte schon vor einer Dreiviertelstunde da sein sollen. Die Frau, die alles organisierte, funkelte mich wütend an, als ich hineinkam, packte mich am Arm und eilte mit mir in den Keller zu den Toiletten. Dort fand ich meine Mutter, die wunderschön aussah in ihrem eleganten pfirsichfarbenen Hochzeitskleid im griechischen Stil.

»Oh, Mom«, sagte ich und spürte, wie mir die Tränen in die Augen traten. »Du siehst einfach wunderbar aus. John wird sterben, wenn er dich sieht.«

Bei dem Wort »sterben« sackte ihr Gesicht zusammen, und ich verfluchte mich innerlich. Mom war immer noch sehr verletzlich, und ich wusste einfach nicht, wie ich damit umgehen sollte. Ich war daran gewöhnt, dass sie stark war, denn sie hatte schon so viel mitgemacht und alles überstanden. Jetzt war ich die starke Überlebende geworden.

»Du musst dich umziehen«, sagte sie und zwang sich zu einem Lächeln. Joanie, ihre langjährige Kosmetikerin, schwirrte um sie herum und forderte sie auf, sich hinzusetzen, damit sie ihr Make-up beenden konnte. Das Haar hatte sie schon frisiert, es war auch im griechischen Stil gehalten, mit kleinen Bändern und frischen Blumen durchflochten.

Eine Stunde später warteten wir hinten in der Kirche. Als die letzten Gäste hereingekommen waren, trat John zum Altar. Die Musik begann zu spielen. Ich ergriff die Hand meiner Mutter und drückte sie. Johns Tochter Carla schritt uns voran und trug weiße Lilien. Sie war schwer zu durchschauen, und ich war noch immer nicht sicher, was sie davon hielt, dass unsere Familien nun miteinander verbunden waren. Aber ich glaube, es war ihr egal, denn sie wollte, dass ihr Vater glücklich war. Das schien zu reichen, um sie über unsere merkwürdige Familie hinwegsehen zu lassen. Der Hochzeitsmarsch ertönte, und ich hob Mutters Hand an, um die Braut dem Bräutigam zuzuführen.

Das hätte eigentlich Jeffs Aufgabe sein sollen.

Ich fragte mich, ob er uns von dort sehen konnte, wo auch immer die Menschen nach dem Tod hinkommen. Ich hoffte, er wusste, dass Mom jetzt endlich glücklich war. Dann hörte ich auf, an Jeff zu denken, denn der überwältigte, beinahe verehrungsvolle Blick von John, der uns beobachtete, wie wir den Mittelgang entlanggingen, wärmte mir richtig das Herz. Ich legte die Hände der beiden ineinander, stellte mich auf die Zehenspitzen und küsste erst John und dann meine Mom auf die Wange. Ich hatte John gern, sogar sehr gern. Er betete meine Mutter an, und dieses Gefühl beruhte auf Gegenseitigkeit.

Ich trat zurück und nahm den Platz neben meiner Mutter als ihre Trauzeugin ein. Der Pfarrer begann zu sprechen und jetzt erlaubte ich mir zum ersten Mal, zu Horse hinüberzuschauen. Er stand groß und breit neben Johns erwachsenem Sohn Paulson. Sie trugen aufeinander abgestimmte Smokings. Ich hatte mir nicht vorstellen können, dass Horse so etwas anziehen würde, aber er hatte es voller Würde ertragen und mir gesagt, ich würde schon einen Weg finden, wie ich es wiedergutmachen könnte.

Ich wurde rot, denn genau aus diesem Grund war ich zu spät dran gewesen. Er hatte schon angefangen, meine Schulden einzutreiben.

Der Hochzeitsempfang fand in der alten Eagles Lodge statt, bei der John seit Jahren Mitglied war. Der erste Tanz des Brautpaars war wunderschön, und Mom schaffte es auch irgendwie, dem Drang zu widerstehen, John ein Stück Hochzeitstorte ins Gesicht zu schmieren. Da sie mit meinem Vater nicht verheiratet gewesen war, war dies tatsächlich ihre erste Hochzeit. Das schien John auf sonderbare Weise zu schätzen. Ich glaube, ihm gefiel der Gedanke, dass er ihr einziger Ehemann war. Während des Essens hielt Horse die ganze Zeit über meine Hand und schaute mich immer wieder von der Seite an, wenn er dachte, ich würde es nicht merken. Das machte mich ein bisschen nervös – ich kannte ihn gut genug, um zu wissen, dass er irgendwas vorhatte. Manchmal war das etwas ganz Tolles. Als er mich schon einmal auf diese Weise angeschaut hatte, hatte er mich zu einer Überraschungsreise übers Wochenende in ein umwerfendes Bed and Breakfast nach Kanada entführt.

Andererseits hatte ich diesen Gesichtsausdruck auch letzte Woche bei ihm gesehen – in dem Augenblick, als Maggs mir aus dem zweiten Stock des Arsenals einen Eimer Wasser über den Kopf geschüttet hatte.

Ich stand neben der Tanzfläche und sprach mit Denise, als er zur Tat schritt. Er warf mich über die Schulter und trug mich unter dem Jubeln und Pfeifen der Gäste aus dem Saal. Die Stimme meiner Mutter übertönte alle anderen – darüber würde ich später noch ein Wörtchen mit ihr reden. Ich kreischte, als er mich die Treppe hinauf- und aufs Dach schleppte. Dort ließ er mich endlich runter, und ich sah eine Decke, die mit roten Rosenblättern bedeckt war.

Ich hob die Augenbrauen.

»Ich verstehe, dass es sich hierbei um eine romantische Geste handelt. Aber was hast du mit meinem Alten Mann gemacht?«, fragte ich und schaute ihn mit zusammengekniffenen Augen an. »Das ist doch gar nicht dein Stil, Süßer.«

Horse grinste und sah fast verlegen aus. Wow! Ich hatte nicht gewusst, dass Reapers überhaupt verlegen sein konnten.

»Die Idee ist von deiner Mutter«, sagte er. »Sie meinte, man könnte mir nicht trauen und ich würde womöglich alles versauen. Dieses Arrangement ist der Preis, den ich dafür gezahlt habe, dass sie uns nicht hierher folgt. Komm!«

Er nahm mich bei der Hand, führte mich zur Decke, blieb vor mir stehen und küsste mich sanft auf den Mund. Dann ließ er sich zu meinem allergrößten Erstaunen auf ein Knie nieder und griff nach meiner Hand.

»Ich komme mir vor wie ein Arschloch, weil das so abgedroschen ist«, sagte er kopfschüttelnd. Er wollte sich wieder erheben, aber ich packte ihn an den Schultern und drückte ihn wieder hinunter.

»Aua«, sagte er und starrte mich an.

»Sag's mir«, brach es aus mir hervor, und ich starrte ihn an. »Oder muss ich erst meine Pistole holen?«

»Fuck, ob ich das in diesem Leben wohl wieder loswerde?«, fragte er und schüttelte den Kopf. »Weißt du eigentlich, dass man mich inzwischen im Arsenal dein Weibchen nennt? Bist du jetzt zufrieden?«

»Ich hab's mitgekriegt. Es ist ja nicht meine Schuld, dass ich deinen dicken Bikerarsch retten musste. Du weißt ja, was man über Männer sagt, die …«

»Halt die Klappe, Marie«, sagte Horse und verdrehte die Augen. »Lässt du mich jetzt mal ausreden oder nicht?«

»In Ordnung«, antwortete ich, und mir war ein bisschen schwindelig. Klar war es kitschig, aber gleichzeitig war es auch wunderschön.

»Marie Caroline Jensen, wirst du mir die Ehre erweisen und mein dauerhaftes Weibchen werden?«

Ich verpasste ihm einen Schlag auf den Kopf, während er anfing zu lachen. Dann zielte ich mit dem Fuß nach seinen Eiern. Er packte mich, schubste mich auf die Decke und legte sich auf mich, immer noch bebend vor Lachen.

»Du verknautschst mir das Kleid!«

»Ich glaube, deine Mom hatte recht – ich versau die Sache völlig.«

»Mach es richtig, sonst sage ich Nein.«

»Marie Caroline Jensen, willst du mich heiraten?«, fragte er plötzlich und sah mir direkt in die Augen. Ich biss mir auf die Lippen und überlegte, wie lange ich meine Antwort hinauszögern konnte. Vielleicht noch ein bisschen länger … er hatte schließlich Formulierungen benutzt, für die er ruhig ein bisschen leiden sollte. Ich schaute weg und vermied es, ihm in die Augen zu sehen. Horse hörte auf zu lachen und wurde still.

»Marie?«, fragte er und klang plötzlich ganz angespannt. »Oh fuck, bitte tu mir das nicht an. Ich …«

»Ja«, sagte ich, schaute ihm ins Gesicht und grinste. »Ich heirate deinen dicken bescheuerten Arsch, aber nur, weil du das Zauberwort gesagt hast.«

»Das Zauberwort – fuck? Du hast recht, das ist ein Zauberwort, lass es uns gleich einmal ausprobieren.«

Ich brach in Gelächter aus, aber nur ein paar Sekunden lang, denn dann lag sein Mund auf meinem und er küsste mich innig. Ich spürte seine Erektion in ihrer ganzen Länge zwischen meinen Beinen und merkte, dass der Schaden, den mein Kleid und mein Make-up bereits erlitten hatten, nur der Anfang war.

Er hörte ganz kurz auf, mich zu küssen, um sich von mir zu erheben und das Kleid hochzuziehen. Er entdeckte, dass ich auf das Unterhöschen verzichtet hatte, und knurrte anerkennend, während ich kicherte und sein Gesicht mit Küssen bedeckte. Er zerrte an seinem Reißverschluss, dann hatte er seinen Schwanz herausgeholt, drückte sich in mich und glitt mit bemerkenswerter Konzentration in meine feuchten Tiefen hinein, sodass es mich fast verrückt machte.

Horse stieß immer wieder in mich, tiefer, als ich es mir jemals hatte vorstellen können, bevor ich ihm begegnet war. Ich schlang die Beine um seine Taille, drückte ihn an mich und bewegte das Becken so, dass ich für mich alles aus seiner harten Länge herausholen konnte.

»Ich glaub's nicht, dass du dumm genug bist, mich zu heiraten«, murmelte Horse, setzte sich auf und hob meine Hüften an. Das war eine meiner liebsten Stellungen, denn jetzt traf der runde Rand seiner Schwanzspitze bei jedem Stoß meinen G-Punkt mit einer Kraft, die mich wahnsinnig machte. Das wusste er auch, und er grinste mich an, als ich kam, stöhnte und meinen Rücken durchbog. Noch zwei Stöße, und er folgte mir und spritzte tief in mich hinein.

Wir kamen zusammen wieder runter und keuchten unter dem Sternenhimmel, während unter uns aus den offenen Fenstern die schwachen Klänge von Moms Hochzeitsempfang drangen. Nach einer halben Ewigkeit setzte Horse sich auf, und ich tat es ihm nach, wobei ich mein Kleid wieder so sittsam herrichtete, wie es möglich war, wenn man bedachte, dass ich gerade auf dem Dach irrsinnig gut gefickt worden war. Ich zog die

Knie an die Brust, schlang die Arme darum und schaute über die Lichter des Tals.

»Und du überlegst es dir auch nicht anders?«, fragte er.

»Nein, ich überleg es mir nicht anders«, sagte ich und fühlte mich ganz und gar warm und glücklich. Dann hielt ich meine linke Hand hoch. »Hast du möglicherweise was vergessen?«

Horse lächelte mich an und sah wieder sehr selbstzufrieden aus.

»Ja, den hab ich für dich mitgebracht.« Er stand auf, ging zu einem Rohr der Klimaanlage, nahm eine kleine schwarze Tasche und stellte sie neben mir auf die Decke. Dann griff er hinein und zog eine Schachtel hervor.

Eine Schachtel, die viel zu groß war.

Ich kniff die Augen zusammen und nahm sie ihm ab. Dabei stellte ich fest, dass sie nicht nur viel zu groß für einen Ring war, sondern auch viel zu schwer. Ich machte die Schachtel auf und sah eine große, halbautomatische schwarze Pistole.

»Das ist eine .38er«, sagte er stolz. »Ich weiß, dass du ein .22er-Mädchen bist, aber es ist an der Zeit, den nächsten Schritt in unserer Beziehung zu tun. Ich glaube, wenn du anfängst zu üben, wirst du dich schnell an das Gefühl gewöhnen. Das ist ein großartiges Teil, denn …«

»Ich schwöre dir, noch ein Wort, und ich erschieß dich«, knurrte ich. Ich war echt angewidert. Natürlich musste er mir eine Verlobungspistole kaufen.

Der bescheuerte Biker.

»Nimm sie wenigstens mal heraus und probier, wie sie dir in der Hand liegt.«

Ich zuckte mit den Achseln, holte die Pistole heraus und fragte mich, wie viele Hochzeitstage es dauern würde, bis ich einen privaten Bunker für mein Waffenlager brauchte. Aber als ich sie herausnahm, kam gleichzeitig ein wunderschöner, funkelnder silberner Verlobungsring zum Vorschein, der mit einem Faden am Abzug befestigt war. Er war umwerfend, nicht so groß, dass er geschmacklos gewesen wäre, aber immer noch atemberaubend. Der Stein war ein großer blauer Saphir und er war rechts und links von kleinen Diamanten eingefasst. Ich liebte ihn auf den ersten Blick. Horse machte den Ring ab und ich streckte die Hand aus, damit er ihn mir anstecken konnte. Dann fasste er mich am Kinn und schaute mir in die Augen.

»Ich liebe dich, Baby. Willst du mich jetzt immer noch erschießen?«

»Ich liebe dich auch«, antwortete ich und grinste ihn an. »Aber was das Erschießen angeht, da bin ich mir noch nicht sicher, ich sag dir später Bescheid.«

»Willst du noch ein bisschen hier oben bleiben, nur wir beide? Oder willst du hinuntergehen und deiner Mom deinen neuen Klunker zeigen?«

Ich lachte ihn an und lehnte mich an ihn, während er den Arm um mich schlang.

»Macht es mich zu einem schrecklich oberflächlichen Menschen, wenn ich jetzt hinuntergehen möchte, um diesen Ring jedem einzelnen Gast unter die Nase zu halten?«

»Damit kann ich gut leben«, antwortete er und küsste mich auf den Scheitel. »Danach musst du Maggs und Em anrufen – ich hab es gerade so geschafft, dass die beiden nicht hierherkommen und in den Hochzeitsempfang deiner Mutter platzen. Sie haben eine Party für uns vorbereitet, wenn wir nach Coeur d'Alene zurückkommen. Picnic will, dass du Kartoffelsalat machst. Ich habe ihm gesagt, es kommt verdammt noch mal nicht infrage, dass du für deine eigene Verlobungsparty kochst.«

»Ehrlich?«, fragte ich. Er schüttelte den Kopf.

»Nein, ich hab ihm gesagt, ich würde alles tun, was nötig ist. Ich liebe deinen Kartoffelsalat. Der Schinken unterscheidet ihn von allen anderen.«

»Baby!«, kreischte meine Mom und kam zu uns aufs Dach gerannt. John folgte ihr, dahinter Denise. »Es tut mir leid, aber ich konnte einfach nicht mehr warten. Erzähl mir alles! Hat er's versaut?«

»Los, geh zu deiner Mom«, sagte Horse und verdrehte die Augen. Er stand auf, reichte mir die Hand und zog mich auf die Füße. Dann gab er mir einen Klaps auf den Po und schob mich auf meine Mutter und ihren neuen Ehemann zu. »Aber wenn sie mit dir fertig ist, dann bringe ich dich nach Hause und wir feiern.«

Ich stellte mich auf die Zehenspitzen und küsste ihn. Dann rannte ich zu meiner Mutter, um ihr den Ring zu zeigen. Die Pistole ließ ich bei Horse.

Zumindest fürs Erste.